KB266046

수양대군

수양대군

초판 1쇄 발행 | 2026년 3월 30일

원저자 김동인
편저자 이정서
발행인 한명선

주소 서울시 종로구 평창길 329(우편번호 03003)
문의전화 02-394-1037(편집) 02-394-1047(마케팅)
팩스 02-394-1029
전자우편 saeum2go@hanmail.net
블로그 blog.naver.com/saeumpub
페이스북 facebook.com/saeumbooks
인스타그램 instagram.com/saeumbooks

발행처 (주)새움출판사
출판등록 1998년 8월 28일(제10-1633호)

ⓒ이정서, 2026
ISBN 979-11-7080-160-3 03810

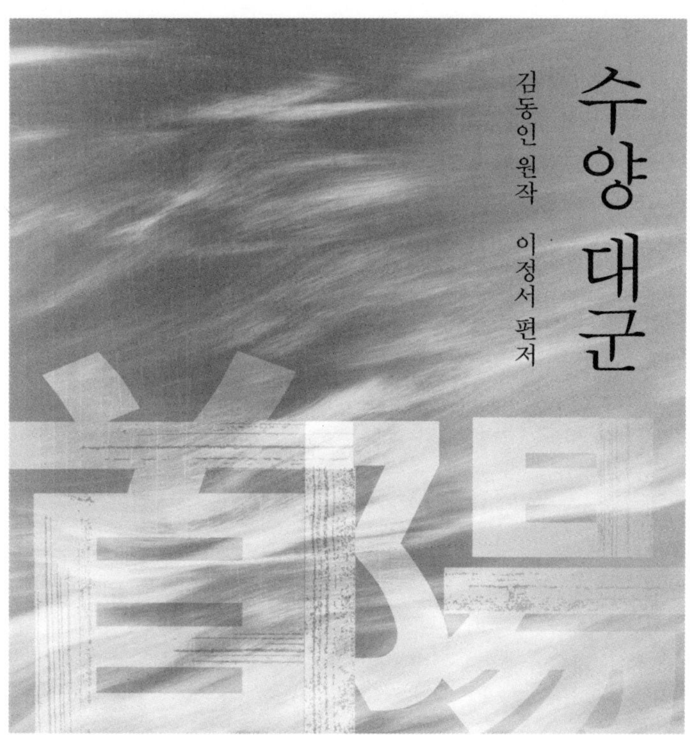

새롬

일러두기

1. 이 책은 원래 『대수양』이라는 제목으로 1941년 《조광》지에 연재되었고, 이후 같은 제목으로 단행본으로 만들어졌던 것을 원본으로 삼았다.
2. 편저는 당시 신문연재가 지녔던 한계로 인해 같은 내용이 반복되거나, 이야기 전개에 불필요하게 삽입된 부분들은 삭제했고, 작품의 원형과 본뜻을 훼손시키지 않는 선에서 대부분의 문장을 현대의 독자들이 이해하기 쉽도록 손봤다. 표기 또한 2026년 현재의 표기 원칙에 따랐다.
3. 편저를 하면서 현대에 거의 쓰이지 않는 한자어들은 분위기를 해치지 않는 선에서 풀어 썼다. 혹시라도 해석에 오해의 소지가 있는 것은 ( ) 안에 한자를 표기했다. 가능한 한 한자 표기를 자제했고, 따라서 소설 속 인물이나 지명의 한자 병기는 대부분 생략했다.
4. 현재는 잘 쓰이지 않는 우리말이나 한자어는 ( ) 안에 그 간략한 뜻을 적었다.
5. 확인한 바로 이 책의 원저자 김동인은 어디에도 작가의 말을 남기지 않았다. 따라서 그 자리는 편저자의 말로 대체했다.
6. 원소설도 55분으로 나뉘어 있지만 제목은 없었다. 이 작품에 달린 제목은 전부 편저자가 단 것이다.

역사는 누구의 얼굴로 남는가?

영화 〈왕과 사는 남자〉 덕분에 앞서 펴냈던 『단종애사』가 많은 독자들의 사랑을 받았다. 영화보다 앞서 나온 책이었기에, 단종 관련 영화임을 알고 일찌감치 영화관을 찾았다. 영화가 진행되면서 인물의 성격이며 사실관계 등이 많이 달랐지만, 장면 장면이 책과 오버랩되면서 '책 내용 그대로구나' 하는 생각도 들었다. 이 형용모순인 듯한 말이야말로 사실은 책과 영화의 간극일 터이다.

그런데 글로 쓰인 '역사'는 어디까지가 진실이고 어디까지가 허구일까? 이제 '역사는 승리한 자의 기록'이라는 말을 모르거나, 그 말이 담고 있는 의미를 부정하는 사람은 거의 없다. 그만큼 대중의 안목이 높아져 있는 것이다. 그럼에도 우리는 여전히 어떤 사안이든 기록된 역사에 의지할 수밖에 없다.

영화에 등장하는 엄흥도에 관한 기록만 보더라도 사정은

간단하지 않다. 엄흥도에 관한 동시대 기록은 매우 희박하고, 그의 행적은 후대에 후손들이 올린 상언과 국가의 추숭 기사 속에서 회고적으로 정리되어 나타난다. 단종에 대한 기록 역시, 수양대군, 곧 세조에 대한 기록에 비하면 훨씬 제한적이다. 그런데 어떻게 그렇게 긴 서사가 만들어지게 된 것일까? 여기에는 무엇보다 1928년 쓰여진 이광수의 『단종애사』의 영향이 컸다고 할 것이다.

그런데 『단종애사』는 말 그대로 소설이다. 작가가 상상력으로 빚어낸 이야기라는 뜻이다. 그럼에도 사람들은 그것을 역사 그 자체와 거의 포개어 받아들이고, 그리하여 단종 유배지는 관광객들로 북새통을 이루고 세조의 릉은 댓글 테러가 벌어지기까지 한 것일 테다.

그렇다고 그것을 마냥 역사가 아니라고만 할 수도 없다. 역사란 어차피 '과거와 현재와의 대화'라고 하지 않던가. 그나마 남아 있는 기록 속에서 현재 어떤 시각으로 바라보느냐에 따라 충분히 달라질 수 있는 것, 그것이 바로 역사인 셈이다.

공교롭게도 그것을 또렷하게 확인시켜 주는 작품이 있으니, 그것이 바로 이 책 『수양대군』이다. 이 작품은 원래 『대수양』이라는 제목으로 1941년 《조광》지에 연재되었던 소설 작품이다.

그런 점에서 글로 쓰인 역사소설의 측면에서 『대수양』은 『단종애사』의 대척점에 있는 작품이다. 이 둘을 역사 그대로 받아들인다면 사람들은 한동안 혼란에 빠질 것이다. 주인공 수양대군과 단종뿐 아니라, 그 주변의 거의 모든 역사적 인물에 대한 평가가 정반대로 갈리기 때문이다. 예를 들어 단종의 아버지 문종은 말할 것도 없고, 김종서나 신숙주, 정인지 등은 한쪽에선 걸출한 영웅이 되고, 다른 한쪽에선 비루한 배신자이거나 노욕에 찌든 늙은이가 되는 것이다.

한마디로 김동인은 이광수와 달리, 수양대군이 계유정난을 거쳐 왕위에 오르는 과정을 단종의 비극으로만 보지 않고 수양의 정치적 정당성이라는 쪽에서도 바라보았던 것이다.

그렇다면 어느 것이 진실에 가까울까? 공교롭게도 그것을 단정적으로 확인해 줄 수 있는 것은 없다. 남아 있는 기록만을 두고 볼 때, 어느 한쪽의 소설적 재현을 곧장 역사적 진실과 동일시하기 어렵기 때문이다.

또한 사람들이 많이 오해하는 부분이 있는데, 사실 원래 『단종애사』든 『대수양』이든 현재의 독자가 읽고 곧장 감동을 논할 수 있는 작품은 아니다. 아니, 감동이 문제가 아니라 원본은 아예 몇 페이지를 넘기기도 쉽지 않을 정도다. 작품의 수준을 두고 말하는 것이 아니다. 당대 최고의 작가들이 쓴 문장이지만, 한자어의 비중이 높고 한글 맞춤법 표기조차 현대인들에게는 외래어처럼 낯설게 보일 것이기 때문이다.

이 책 본문에서 한 장면을 예로 들어 보자. 원작 그대로를

옮기면,

　종이에는 소학小學의 한 구절, '舅姑若使价婦毋敢敵 於家婦'
라는 글이 적혀 있었는데, 그 가운데 「耦」자가 「偶」자로 되어 있
었다. 세자는 그것을 지적하였다.
　"왜요?"
　수양이 반문하였다.
　"'우' 자의 변이 틀렸네."
　"'짝 우' 자 아닙니까?"
　"'짝 우' 자는 '짝 우' 자지만 인人 변에 쓴 자가 아니라 뢰耒 변
에 쓴 자라네."
　"뢰변이오? 뢰변이라면 무슨… 밭을 간다든가 가래를 어떡헌
다든가 하는 자가 아닐까요? '밭길 우'라든가 '가래질할 우'라든
가……."
　"에이!"
　세자는 안색이 창백해지면서 입술까지 파들파들 떨었다.
　"왕가에 태어나서 그렇듯 무식해서 무엇에 쓴단 말인가. 가래
뢰耒 변에 쓴 자는 본시는 '따비 우' 자지만 여기서는 '짝 우' 자로
되는 법이야. 그런 것도 모른담. 그런……."
　"'耦' 자가 본시 따비(따비가 무엔지는 모르겠습니다만), '따비
우' 자고 '짝 우' 자가 따로이 있으면 '짝 우' 자를 쓸 경우에 따비

8　　　　　　　　　　　　　　　　　　　　　　　　　　　

우 자를 쓴 것이 실수가 아닐까요? '짝 우' 자를 쓰는 게 옳지 않
을까요?"

……

이 웃지 못할 희극… 정침正寢에 누워서 이 다툼을 들은 왕(세
종대왕)은 뜻하지 않게 한숨을 쉬었다.

_김동인, 『대수양』 원문 중에서

한자 실력을 떠나 이걸 읽고 과연 내용을 파악할 수 있는 현
대인이 있을까? 한자는 둘째치고, 아마 우리말 '따비'조차 아는
이가 드물 것이다. 그리고 세종대왕이 왜 저 대화를 듣고 깊은
한숨을 내쉴 수밖에 없었는지도 쉽게 와닿지 않을 것이다.

이 책 본문에서는 저 소학의 문장을 번역하고, 그 아래 설
명 또한 이해할 수 있게 최대한 고어의 분위기를 살리면서 현
대인이 읽을 수 있도록 교열·교정하였다.

이 책에 '편저'라는 이름을 붙이게 된 것은 바로 그런 이유
에서이다. 이 책 제목이 『대수양』이 아니라 『수양대군』이 된
것 역시도.

2026. 불광동에서 이정서

두 아들

"이리 오너라."

세종대왕은 손에 들고 보던 물건을 조용히 내려놓으며 소리쳤다. 그리고 내전 밖에 꿇어앉아 있는 황희 정승을 건너다보며 혼잣말처럼 말했다.

"나보다도 동궁이 더 쓸 데가 있겠군……."

황희가 엎드려 아뢰었다.

"절도사도 아마 그런 뜻으로 진상했는지 모르겠사옵니다."

대왕 앞에는 함길도 절도사 김종서가 진상한 담비 이불이 놓여 있었다. 건장한 대왕은 이런 것까지 쓸 필요가 없어서 약질인 세자(후일의 문종)에게 주려고 하는 것이었다.

왕의 부름에 내관이 대령해 툇마루 아래서 몸을 굽히자, 왕은 내관에게 동궁을 부르라 명하였다.

이윽고 쿵 쿵 쿵, 땅이 울리는 소리가 사정전 앞으로 돌아와서 멎었다.

"동궁마마 듭시옵니다."

우렁찬 소리에 굽어보니 입실한 것은 왕이 부른 동궁이 아니라, 왕의 둘째아들 진평대군(後에 수양대군이라 고쳤다) 유李瑈였다. 벌써 스무 살이 넘은 진평이었지만 한 명의 장난꾸러기 소년 같았다. 그가 눈에 미소를 띠고 씨근거리며 뜰 아래 대령해 손을 읍하고 허리를 굽히고 있었다.

대왕은 이 씩씩한 둘째아들을 굽어보았다. 굽어볼 동안 눈가에 미소가 나타났다.

"너를 부른 게 아니라 동궁을 불렀다. 동궁은 어디 갔느냐?"

"모르겠습니다."

"모르면 왜 네가 왔느냐."

"승전빛(내시 이름)이 동궁마마를 찾기에 신이 대신 나온 것이옵니다."

"너는 몰라도 되는 일이로다. 동궁이래야지……."

왕은 미소를 띠고 백발 동안의 정승 황희를 돌아보았다. 황희도 이 부자지간의 대화를 미소지으며 듣고 있다가 왕이 보는 바람에 좀더 허리를 굽혔다.

뜰에 읍하고 서 있던 진평이 발꿈치를 높이고 머리를 조금 들어 내전 안을 들여다보았다. 담비 이불을 종내 발견한 모양이었다.

“옳아, 상감마마, 저 담비이불을 동궁마마께 하사하시려고 부르셨습니까?”

“그렇다. 부러우냐?”

“원 천만에요! 신은 그런 걸 쓰면 몸이 썩습니다. 그런 건 동궁께나 주시지요. 신은 아예 생각도 마십시오. 신은 또 다른 무슨 분부인가 하고 달려왔던 건데… 그러면 동궁마마를 찾아 보내겠습니다.”

“아니 네가 동궁께 갖다드려라.”

왕은 이불을 문 가까이로 밀어놓았다. 그것을 진평은 끌어당겨서는 어깨에 걸치고 무슨 콧노래를 부르면서 내전을 물러나갔다.

왕은 물끄러미 그 모양을 바라보다가 다시 황희에게로 향하였다.

“어떻게 보시오?”

“예?”

“유를 어떻게 보시오?”

“활발하신 기상이옵니다.”

“동궁에 비해서?”

“……”

황희는 대답하지 않았다. 손을 양 무릎에 놓고 머리를 좀더 숙였다. 대답할 바를 몰랐다.

대왕이 잠시 뒤에 다시 한번 채근하였다.

"동궁과 유의 사람됨이 어느 편이 낫겠소?"

드디어 황희가 입을 열었다.

"전하, 전하께서는 단지 그 사람됨을 하문하셨는지요?"

이번에는 왕이 대답하지 못하였다.

"그 사람됨으로 말씀드리옵자면 동궁께서는 인자하시옵고, 진평대군은 활달하시어 일장일단이 있사옵니다."

대왕은 이 만족치 못한 대답에 한순간 눈살을 찌푸렸다. 한 편은 인자하고 한 편은 활달하다는 이 간단하고 평범하고도 요령부득의 대답을 듣고자 함이 아니었다. 좀더 확실한 대답, 좀더 요령 있는 대답, 말하자면 좀더 세자와 둘째 왕자의 사람됨을 적절히 지적하는 대답이 대왕은 듣고 싶었다.

세종도 모르는 바는 아니었다. 자식을 알기는 어버이만한 이가 없다. 왕도 환히 아는 바다. 아는지라 늘 마음에 걸렸다.

첫째 아들 동궁은 마음으로든 몸으로든 약하고 부족하였다. 동궁이라면 장래의 이 나라의 주인이 될 귀한 몸임에도 불구하고 너무도 약하고 부족한 점이 많았다.

둘째 아들 진평은 또 그 사람됨이 너무 과하였다. 나이가 들어가면서 더욱 그 성격이 억세고 커 가서 그것은 재상감이 아니요 오히려 왕자王者 감이었다. 만인의 위에 서서 만인을 지휘할 감이지 남의 아래 설 감이 아니었다.

이 두 아들의 상반되는 사람됨을 보면서 왕은 늘 마음에 엉기는 덩어리를 느끼지 않을 수 없었다. 오늘도 다시 이 문제에 직면하여 왕은 신임하는 원로 재상 황희에게 그 의견을 물어본 것이다.

왕이 자기의 대답에 만족스러워하지 않음을 짐작하였는지, 황희는 조금 뒤에 다시 말을 계속하였다.

"전하, 신이 두 분 왕자님에 대한 우견愚見(자신의 의견을 낮추어 이르는 말)을 직언하오리까?"

"탓하지 않으리다."

"황송하옵니다. 정인지, 황보인, 김종서, 남지 등 아직 장년의 명신들이 조정에 그득 하옵니다. 동궁 저하께서 장래 등극을 하실지라도 보필할 명신들이 그득하오니 무슨 근심할 바가 있사오리까마는 신의 우견으로는 동궁 저하는 황공한 말씀이오나 명신의 보필이 없사오면 그것이… 좀… 그것이……."

말하기 힘들어하는 것을 대왕이 보충하였다.

"감당키 힘들겠단 말이지요? 나도 짐작하는 바요. 그러면 유(진평)는……?"

"진평대군에 대해서는 더 말씀드릴 바가 없사옵니다. 진평대군은 현재의 왕자요 장래의 왕제王弟이오며, 그 뒤는 다시 왕숙王叔일 따름이옵니다. 왕자, 왕제, 왕숙의 인물은 논해서 무슨 필요가 있사오리까?"

　대왕은 당신의 뜻과 꼭 부합되는 이 명신의 현명한 답변에 빙긋이 웃었다. 그러나 쓸쓸한 미소였다.

　"아니, 나도 그 점은 모르는 바가 아니지만… 쓸데없는 말이나마 진평의 사람됨을 어떻게 보시오?"

　"예에. 만약 대군께서 동궁으로 탄생하셨다면 따로 보필할 신하가 필요 없으실 분이옵니다. 전하께오서도 그러셨지만 명군 아래는 단지 '신하'가 있을 따름이지 '명신'은 없사옵니다. 나랏님이 명하시는 대로 복종만 하오면 저절로 명신이 되는 것으로, 신 또한 전하의 성대聖代에 태어난 덕으로 아무 능력도 없이 무위한 세월을 보냈지만 청사靑史에는 '명상' 칭호로 오를 줄 굳게 믿사옵니다. 이 모두 전하의 여덕餘德(선인이 남겨 놓은 은덕)으로서, 진평대군께서도 세자로만 탄생하셨더라면 보필의 신하가 쓸데없사옵고 단지 고지식하고 부지런한 신하만 있사오면, 무엄한 말씀이오나 전하의 성대에 손색없을 광휘 있는 세월에 백성들은 배를 두드리며 살 것이옵니다. 그러나 어찌하오리까. 원자로 탄생치 못하오시고 진토에 묻혀서 일생을 보내실 수밖에 없겠사오매……."

　"늘 그 생각을 합니다. 그렇지만……."

수양대군

세종의 번뇌

왕은 늘 그 생각을 하였다. 진평의 인물됨, 그것은 왕자로서만 가져야 할 것이었다. 진평의 무술이 능함을 의미함이 아니다. 진평의 무술은 차차 시대가 나약해가는 지금에 있어서는 당대 제일이라 할 수 있었다. 그러나 무술이 능하댔자 한낱 무사의 재목에 지나지 못한다. 병법에 능하댔자 또한 한낱 선비의 재목에 지나지 못한다. 정치에 능하댔자 한낱 재상의 재목에 지나지 못한다.

진평의 인물됨은 그런 것이 아니었다. 사람을 위압하는 힘이 있었다. 똑같은 행동이나 말을 하여도 어째서 그런지 웃사람의 기품이 보였다. 동궁과 진평이 똑같은 자비스러운 일을 한다 치더라도 동궁의 언행은 '인자스럽다'라고 평할 종류의 것이고, 진평의 언행은 '긍휼히 여긴다'고 평할 종류의 것이었다. 어째서 그런지 어디가 다른지 알 수 없지만 그렇게 보이는 것이었다. 치밀한 주의력을 가진 왕은 늘 이 점을 관찰하고 속으로 근심하였다.

당신이 천추만세한 뒤에 세자가 왕위에 오르면 물론 인자한 임금은 될 것이다. 지금의 재상 황희는 그때쯤은 한 더미 흙으로 화하게 되겠지만 정인지, 김종서, 남지, 내려가서는 성삼문, 신숙주, 박팽년 등의 인물이 잘 보필을 하면 혹은 훌륭한 왕업을 이룩하기도 할 것이다. 그러나 보필의 명신들의 힘으로 이룩한 왕업이, 명군 독재로 이룩한 왕업에는 비기지 못할 것을 잘 안다. 그러므로 지금 세자의 단지 인자롭다는 단 한 가지의 장점만으로 국정을 보살핀다는 것을 왕은 늘 부족하게 보고 쓸쓸히 여기었다. 인자와 동시에 힘이 필요하고 관대함과 동시에 억셈이 필요하다. 그런데 세자는 한쪽편만 가졌지 다른 한쪽편은 가지지 못한 것이 마음에 걸리는 것이었다.

"유가 첫째로 태어났더라면……."

지금 당신이 기르는 장래의 명신들을 거느리고 진평이 이 국가를 운용할 날이 있으면 그때야말로 훌륭한 나라를 이룩할 것이다. 그러나 불행히도 진평은 둘째로 태어나고 동궁은 나약한 것을 어찌하랴.

세종대왕은 언젠가 이런 근심을 정승 맹사성에게 얘기한 일이 있었다. 그때 맹사성은 간단히,

"그러면 현 동궁을 폐합시고 진평대군을 세자로 책봉하오면

 수양대군

좋지 않습니까?"라고 대답하였지만 여기 대하여서는 당연히 그 의견을 눌렀다.

세종은 본시 선왕(태종대왕)의 원자가 아니고 세째 아들이었다. 자신의 위로 첫째인 양녕대군이 있었고, 둘째로 효령대군이 있었다. 당연한 순서로 본래는 양녕대군이 세자로 책봉되었다.

그러나 선왕은 웬 까닭인지 세자(양녕대군)를 몹시 미워하고 셋째인 충녕대군을 유난히 사랑하였다. 그래서 마침내 이미 세자로 책봉되었던 양녕대군을 정신에 이상이 있다고 폐하여 버리고 지금의 왕을 다시 세자로 책봉하였던 것이다.

그때에는 아직 연세도 적고 하여 그런데 대해서 그다지 관심치 않고 지냈지만, 아버님인 선왕이 승하하고 자신이 등극한 이래로는 늘 그것이 마음에 걸렸다.

'내 형 양녕대군이 본시 보위에 오를 것을 순서가 바뀌어서 내가 이 자리에 오른 것이다.'

이런 생각이 늘 들어서 형님 되는 양녕대군을 보기가 여간 거북하지 않았다. 거기에 더해 삼사三司(사헌부 사간원 홍문관)는 계속해서 양녕대군이 이런저런 죄를 지었으니 벌하라는 상소를 하였다.

이런 무리 중에는 그런 상소를 하는 것이 왕의 마음을 기쁘게 하는 것이라는 생각으로 왕의 총애를 사고자 하는 간악한 무리도 있었다. 또는 양녕의 사람됨이 범인이 아니라 그냥 두었다가는 대왕의 자리가 위태로울 것 같아서, 양녕을 기피하고 꺼리어서 제거해버리고자 하는 무리도 있었다.

이러한 위태로운 입장에 있어서 현인 양녕이 처신을 잘하기도 하였지만, 왕 또한 양녕을 믿고 그의 인격과 그의 견식과 그의 우애를 굳게 믿어서, 간사한 무리와 소인배들이 올리는 온갖 참소와 비난과 음험한 궤휼(교묘한 속임수)을 일축하고, 형을 옹호하여 왔기에 양녕의 생명이 지금껏 탈 없이 부지되어 왔지, 왕의 우애심에 약간의 틈새라도 있었으면 양녕은 벌써 이 세상 사람이 아니었을 것이다.

이 현철한 형과 현철한 동생, 세상 보통의 사람이었다면 사면에서 불어넣는 참소에 형제간에 유혈지극은 반드시 일어나고야 말았을 것이다.

만약 선왕으로서 처사를 옳게 하여 첫째인 양녕을 폐하지 않고 양녕에게 위를 전하고, 두 동생 효령과 충녕으로 하여금 형을 보좌케 하여 삼 형제의 합친 힘으로써 나라를 다스리게 하였다면 얼마나 좋았을 터인가. 선왕 처사가 잘못되었기에 형제간에 우애는 늘 위협받고 거북살스러운 세월을 전전긍긍 보내온 것이다.

선대에서 세자 위의 순서가 바뀜으로써 생긴 불쾌하고 거북살스런 경험을 여지없이 체험한 이 대왕은, 당신의 대에서는 다시 그런 일이 안 생기게 하려고 그 점에 대해서는 퍽 마음을 썼다. 선대에서는 요행이 형 양녕도 현인이요 대왕 당신도 형 못지 않은 사람인 것을 스스로도 잘 아는 바라서, 요컨대 양녕이 폐사廢嗣(대를 이을 아들에게서 그 자격을 없앰)되고 자신이 책봉되었더라도 국정은 문제없이 처리되었지만, 대왕의 아들들은 자기 형제들과는 다른 점이 있었다. 즉 지금의 세자는 나약한 일개 선비로서, 나약하기 때문에 의심이 많고 투기심이 많아서 왕의 재목으로는 부족한 점이 적지 않았다.

이와 반대로, 둘째인 진평은 또 걸출 중의 걸출로서, 어느 모로 뜯어보아도 당당한 왕자의 재목이었다. 선대에서 첫째를 폐하고 셋째를 책봉한 것은 엎치나 뒤치나 마찬가지인 일이었지만, 지금 대代에 있어서는 첫째를 폐하고 버금(으뜸의 바로 아래)을 끌어올린다는 것은 단순한 문제가 아니었다.

'나약한 으뜸을 폐하고 억센 버금을 세운다.'

옳은 말이다. 사리에 맞는 당연한 일이다.

일견 과연 옳은 말이다. 그러나 '일견' 그렇다는 것뿐이다. 왕은 누구보다도 잘 안다. 지금의 동궁은 선대의 세자이던 양녕이 아니다.

양녕은 부왕의 뜻으로서 까닭 없이 세자의 자리에서 밀려 떨어져서도 쾌활하고 호탕하게, 떨어진 자리를 싫다 하지 않고, 이전의 지위에 연연해하지 않고, 예나 지금이나 매한가지로 호기롭고 활달한 생애를 보내지만, 지금의 동궁이 만약 선대의 양녕과 같이 까닭없이 폐사가 되면? 암운이 생길 것이다. 비극이 생길 것이다. 혹은 참극이 생길는지도 알 수 없다.

당신의 대에 있어서는 형님 양녕대군이 고금에 다시없는 현인이기에 원만하게 일이 처리되었지만, 동궁의 대에 있어서는 결코 그렇게 못 될 것이다.

그것뿐만 아니다. 장차 이씨 만대의 장구지책으로 보아서도 적장嫡長이 위를 잇는다는 법칙을 세워둘 필요가 있었다. 적장이 뒤를 잇는다는 법칙을 확립하여 두지 않으면 장차 대대로, 이래서 폐한다 저래서 폐한다 하여 후사 문제로 다툼이 끊이지 않을 것이요, 유혈지극까지도 안 생기리라고 어찌 보증할 수 있을까. 과거로 보아서도 태조 이성계가, 이씨 조선을 창업한 이래 정종, 태종으로 이어와 겨우 당신의 대까지 네 대째에 지나지 않음에도, 그 네 번 다 순탄히 왕위가 제 순서대로 계승되어 본 일이 없었다.

과거는 그러했더라도 이제부터라도 쓸데없는 비극이 생기는 것을 피하기 위해, 반드시 적출嫡出(정실이 낳은 자식)을 왕으로 삼는다는(적출 중에서는 선후의 순으로) 법칙을 세워두려 하였다.

그런 까닭으로 아무리 세자가 부족하더라도 절대로 바꾸지 않으려는 방침이었다. 방침은 그렇지만 늘 왕의 눈앞에 보이는 동궁의 나약한 모습과, 진평의 왕자다운 기품은 왕으로 하여금 무의식적인 탄식까지 흘러나오게 만들고 있었다.

세종의 쓸쓸함

황희, 맹사성 등 선왕의 대부터 내려온 명신들을 비롯하여, 정인지며 신진 소년新進少年 성삼문, 신숙주, 박팽년 등 많은 재사들이 왕의 날개 아래서 국가 건설의 대업을 진행시키고 있었다.

그러나 세종은 세자의 문제 때문에 늘 쓸쓸하였다. 재상들과 한담이라도 나누게 되면 늘 이 세자의 문제를 끄집어내곤 하였다.

더구나 근심되는 것은 당신이 지금 지휘하고 기르는 대신들 가운데도 마음놓고 뒤를 맡길 만한 큰그릇이 없다는 점이었다. 당신이 이 사람이면… 하고 뽑아내서 부리는 사람들이라 모두 한 가지 재주나 능력은 있으나 여러 사람을 통솔해서 부릴 만한 큰그릇이 없다는 점이었다.

큰그릇이 없는 바가 아니라 있기는 있었다. 그 하나는 현재 영의정 황희였다. 황희만 있으면 넉넉히 그 재사들을 부려서 큰 일을 이룩할 수가 있을 것이다. 그러나 황희의 나이가 벌써 늙어서 죽음을 눈앞에 바라보는 형편이니 세자의 대까지는 도저히 가지 못할 것이었다.

또 하나는 둘째인 진평대군 유다. 진평만 있으면 넉넉히 그 재사들을 거느리며 통제 또한 할 것이다.

또 한 사람은 왕의 백형 되는 양녕대군이 있다. 그러나 양녕대군은 선왕께 광인이라 하여 폐출되었을 뿐더러, 왕족으로서 스스로 근신해야 할 신분이라 정치에는 간섭하고 참견하려 하지 않을 것이다.

그 밖에 황보인, 김종서, 남지 등이며 신숙주, 성삼문 등은 모두 제 한몫은 감당할 만한 재사지만 그들에게는 자신들을 통솔하고 지휘할 만한 웃사람이 있어야지, 그렇지 못하면 제 가진 바 재능도 완전히 발휘하기 힘들었다. 이것이 세종대왕의 걱정이었다.

한참 뒤 동궁이 담비이불에 대한 사례를 하러 온 때도 왕은 동궁을 물끄러미 바라보며 쓸쓸히 머리를 끄덕였을 뿐이었다.

왕의 마음을 잘 아는 황희도 약하디 약한 동궁을 쓸쓸히 절하여 맞았다.

양녕과 수양

말을 좋아하는 진평(수양)이 함길도 체찰사 황보인에게 당부하고 당부해서 구해온 몽고말을 시험해보기 위해 말에 높이 올라앉았다.

마침 그날은 친경일親耕日이라 저편 경농제慶農齊에서 울리는 풍악 소리가 바람결에 이곳까지 날아왔다. 진평은 배경陪耕(임금을 모시고 함께 논밭을 갈고 심음)에 참여했었지만 이 말을 시험해보기 위하여 몰래 빠져나온 것이다.

"이랴……."

말에 높이 올라앉아서 발로 배를 한 번 차자 말은 땅을 차면서 내달리기 시작하였다.

진평은 말 등에 납작 엎드려서 계속해서 말 배를 찼다. 찰 때마다 속력이 차차 더하여 마지막에는 화살같이 빠르게 되었다.

꽤 넓은 마당을 한 바퀴 돌고 두 바퀴 돌고 세 바퀴 돌았다.

말 코에서 씨근대는 숨소리가 꽤 높아졌다.

"어디 몇 바퀴나 도나 보자."

말의 기운을 시험해보고자 그는 이 씨근거리는 말을 그냥 돌리려 하였다. 그러면서 얼핏 보매 친경장 쪽에서 사람 하나가 이편을 향해 오고 있었다.

무시하고 그냥 말을 달리면서 곁눈으로 보니 그 사람은 백부인 양녕대군이었다.

"하하! 백부께서 나를 데리러 오시는구나."

모든 왕자 중에서 자기를 특별히 사랑하는 백부인지라 자기가 보이지 않으니까 찾으러 나온 것이 분명하였다.

삼촌은 조카를 본 모양이었다. 곧바로 경무대 쪽을 향하여 왔다. 그것을 보고 진평은 말을 달려서 광장을 벗어나서 길로 들어섰다. 그리고 삼촌이 오는 쪽을 향하여 달렸다.

어쩌나 보자 하는 심사로 말을 전속력으로 달려서 삼촌 쪽으로 향해가지만 삼촌은 아는지 모르는지 그냥 무심히 오고 있었다. 말이 꽤 가까이 이르도록 삼촌은 비키려 하지도 않고 말을 마주 바라보면서 천천히 걸어왔다.

삼촌의 앞 세 걸음에 이르러 진평은 비로소 말고삐를 낚아채었다. 거기서 말이 뒷발을 구르며 공중으로 날아올라 갈 때에 진평은 안장에서 뛰어올라 길로 떨어졌다. 떨어진 곳은 삼촌의 꼭 두 발자국 앞이었다.

수양대군

“버릇없는 짐승이 어른의 머리 위를 넘었습니다. 참斬하리
까?”

진평이 벙글벙글 웃으면서 그 자리에 엎드려 그리 말하자
삼촌 양녕은,

“말보다 네가 더 버릇없다. 고약한 녀석…” 하고 호령하였다.

“그럼 저를 참하리까?”

“그래라.”

“그럽지오… 그렇지만 저를 참하면 백부께서 애통해하실
걸 생각하니 차마 그럴 수가 없습니다.”

진평은 무릎의 먼지를 툭툭 털면서 일어났다.

“왜 몰래 이리로 왔느냐?”

“예 그것이……”

문득 진평은 시무룩하게 머리를 숙였다.

“제가 있으면 무얼 합니까?”

“없으면 무얼 하느냐?”

“말을 탔지요. 경농제야 인군人君의 놀이지 저 같은 야인이
섞여 무얼 하겠습니까?”

양녕은 잠시 사랑하는 조카의 얼굴만 뚫어지도록 들여다보
다가 “가자” 한 마디만 하고는 돌아서서 친경장 쪽을 향해 가
기 시작했다.

진평도 뒤를 따랐다.

양녕과 조카가 친경장으로 돌아온 것은 막 친경이 시작되는 때였다. 왕 이하로 고관 대작들이 모두 야회복을 입고 머리에 수건까지 동이고는, 동서반으로 나뉘어 갈라 서 있었다. 보습을 매고 회색 옷을 입힌 커다란 황소의 맨 앞에서 왕이 보습을 잡고, 한쪽 편은 대군, 또 한편은 군君이 대신들과 함께 배경을 하고 있었고, 관풍각에는 특별히 배관의 허락을 받고 나온 비빈과 고관 부인들이 발 뒤에서 지켜보고 있었다. 그사이로 아악이 부드러이 울려나오고 있었다.

그 음악을 따라서 동창 서창이 노래를 부르고, 노래를 좇아 소가 한 걸음 한 걸음 걸어나갔다.

선왕에게서 광인이라는 칭호를 얻은 양녕은 좀 예사롭지 못한 일도 가능한 특권이 있으니만큼 조카를 끌고, 바야흐로 소의 발이 첫걸음을 내어 디딜 때에 대군 열에 끼어 들어갔다. 안평대군 용瑢(둘째)이 노골적으로 불쾌한 안색을 하며 혀를 차는 것을 모른 체하고 두 사람은 세자의 뒤에 들어가 끼었다.

진평은 처음에는 그다지 달갑지 않은 마음으로 그 틈에 끼었다. 아까 타던 말을 좀더 타고 싶었다. 말을 길가 소나무에 매고 왔기에 마음은 그리로만 쏠렸다. 이 친경이라는 것이 도대체 우스웠다. 공잔가 맹잔가의 소견을 좇아 임금도 농부들의 고초를 알아야 한다는 뜻으로 한다지만, 도대체 이것으로 과연 농부의 땀을 알 수가 있을까? 좌우편에서 노래와 음악이 흥을 돋우고 대궐에서 이곳까지 보련을 타고 와 전후 좌우에서 부액(겨드랑이를 붙잡아 걷는 것을 도움)을 하고 보습 끝에 손만 약간 대는 듯한 체 몇 걸음만 나가면 친경을 끝낼 터이고, 그러고 나면 대궐로 돌아가서는 몸을 모두 씻고 닦고 내관들이 부채질을 해드리는 이런 일로 백성의 고초가 알아질까? 이런 생각에 그다지 달갑지 않았던 것이다. 그렇게 한 걸음 두 걸음 나아가면서 앞에 아버님 대왕의 등을 바라보았다.

대왕은 엄숙한 태도였다. 보습을 잡은 손에 일어선 핏대로써 왕이 힘 있게 보습을 잡았다는 것을 알 수 있었다. 보습 잡은 솜씨가 서투른지라 계속해서 한 편으로 쏠리려는 몸을 바로잡으며 엄숙한 태도로 한 걸음 한 걸음 나아갔다.

이런 모습을 보면서 따라가는 동안, 진평의 마음에 차차 자라난 생각이, "왕이 엄숙한 마음으로 애쓴다" 하는 것이었다. 동시에 그는 알았다. 이 친경이라는 것은 결코 왕이 몸소 농부의 고초를 맛본다는 단순한 의미에 그 의의가 있는 것이 아니라 좀더 다른 뜻을 가졌다는 것을. 즉, 왕이 백성들의 고초를 알려고 애쓴다 하는 점을 재상들에게 보여서 그들로 하여금 안일에 흐르지 않도록 경계하려는 군왕의 무언의 훈시나 매한가지였다.

진평은 재상들을 둘러보았다. 재상들은 모두 한결같이 이마에 구슬 같은 땀이 맺혀 있었다.

진평은 비로소 미소를 지었다. 그리고 그의 완강한 팔을 펴서 보습의 한 편 채를 힘있게 잡았다.

강녕전의 맹세

세월은 고요히 흘렀다. 오 년, 십 년…….

장난꾸러기 소년 왕자 진평은 소년에서 청년으로 변하였다. 이름도 진평대군이던 것을 수양대군首陽大君으로 고쳤다.

세종대왕 즉위 삼십 년 축연이 경회루에서 열린 날 저녁이었다.

그날 낮에 경회루에서 세자와 그의 동생 수양 사이에 조그만 다툼이 있었다. 그것은 그다지 문제라고 할 것도 아니고, 충돌이라고 일컬을 만한 것도 아니었다.

대왕이 사랑하는 개가 한 마리 있었는데, 그 개가 연석에 뛰어들었다. 그것을 세자가 환관에게 명하여 내쫓으려 하였다. 그때에 수양이 곁에 있다가 상감이 사랑하는 짐승이니 그냥 두어도 괜찮지 않습니까? 하고 말렸다.

수양은 특별히 깊은 뜻이 없이 한 말임을 대왕은 잘 알았다. 그러나 이 말에 대해 동궁이 문득 안색이 창백해지더니 짐승이 외람되어 어전을 더럽혔으니 당장에 내다가 베라고 엄명하였다.

이런 경우에 싱글싱글 웃기 잘하는 수양도 이번에는 웃지를 못하고 눈이 둥그렇게 되어 성난 세자를 바라보았다.

뜻밖에도 동궁의 노여움이 너무 컸으므로 수양도 어찌할 바를 모른 것이었다. 만약 수양에게서 무슨 말이 한 마디 더 나오면 세자는 수양에게 호령을 내릴 기세였다.

왕은 이 형세를 보았다. 이즈음 동궁이 매우 수양을 미워하고 꺼리고 그 감정이 더해가는 것을 늘 보아왔다. 몸이 약하고 마음이 약하니만큼 동궁의 마음에는 나날이 수양을 투기하는 감정이 높아갔던 것이리라.

이러한 심경을 아는지라 왕은 동궁의 편에 서서 그 짐승을 내다 베게 하여서 동궁의 뜻을 세우고 수양의 뜻을 꺾었다.

그러나 왕의 마음은 매우 불안하고 어지러웠다.

밤에 왕은 강녕전에 들어서 세자를 조용히 불렀다.

"동궁. 아까 낮에 경회루의 일을 기억하는가?"

동궁이 북면北面하여 자리를 잡은 뒤에 왕은 곧 이렇게 물었다.

동궁의 안색은 문득 벌겋게 되었다가 금시 도로 창백하게 되었다.

 수양대군

"예……."

모기소리 같은 대답이었다.

"동궁의 뜻을 세워 주기 위해서 짐승을 내다 베게는 했지만, 짐승이 사랑하는 주인이 그리워서 찾아오는 것이 그다지 큰 죌까. 내가 늘 쓸어주고 붙안아주고 침전에까지 드나드는 짐승인 줄은 동궁도 잘 알겠지?"

왕은 눈을 감았다. 약하기 때문에 차차 마음이 외틀어져 가는 세자를 앞에 두고 어떻게든 형제의 의를 상하지 않게 해보려고 왕은 눈을 감고 잠시 생각한 연후에, 그대로 눈을 감은 채로, 밖을 불렀다.

"누구 오너라."

지밀상궁 한 사람이 달려왔다.

"음. 나가서 수양대군이 아직 퇴궐하지 않았거든 내가 이리로 부른다고 들라 하라……."

그러고 왕은 조금 자리를 비켰다.

"동궁. 이리 와서 앉으시게."

당신이 비켜서 곁에 낸 자리를 동궁에게 가리켰다. 거기 앉으면 남면南面(임금이 남쪽을 향하여 앉는 자리)하여 앉는 것이 된다. 동궁은 황공하여 머리만 더 푹 숙였다.

"자. 어서."

"신이 어찌……."

"아니야. 동궁은 장래의 나랏님이니……."

그래도 주저하는 동궁을 왕은 억지로 남면하여 앉게 하였다.

수양이 든 때는 대왕은 용안 전면에 수심이 가득하고, 동궁은 그 곁에 거북한 듯이 남면하여 앉아 있는 때였다. 수양은 들어서면서 먼저 눈이 동그랗게 되었다. 그러고는 부자분의 맞은편 쪽에 북면하여 단정히 꿇어앉았다.

"불러 계시오니까?"

"오냐. 불렀다."

왕은 잠시 생각한 뒤에 말을 계속하였다.

"너 아까 경회루의 일이 생각나느냐?"

"예."

수양은 곧 대답하였다.

"어느 편이 옳다고 생각하느냐?"

"신이 옳다고 생각합니다."

왕은 손을 들어 세자를 가리켰다.

"이분은 네게 누구 되시는 분이냐?"

"형님이올씨다."

왕은 보일 듯 말 듯 약간 눈살을 찌푸렸다.

"나는?"

"국왕 전하이시오며 사사로운 정분으로는 아버님이시옵니

다……."

여기서 수양은 비로소 깨달은 모양으로 다시 말을 이었다.

"형님은 또한 공公으로는 동궁 전하이시오며 장래 임금이시옵니다."

왕의 눈살이 도로 펴졌다.

"그렇지. 너는 북면하고 칭신稱臣(스스로 신하라고 자처함)해야 할 신분인 줄 알지."

"예……."

"그러면 너는 왜 아까 네가 잘한 줄 알았으면 동궁께 그대로 여쭙지 않았느냐? 신하된 도리로서 군왕의 실수를 알고도 모른 체하면 되겠느냐?"

"동궁마마의 분부시기에 가만있었습니다. 전하의 분부시면 가만있지 않았을 것이옵니다."

"그럼, 내가 말할 때는 왜 가만있었느냐?"

"그것은……."

수양은 말을 끊었다. 하기 어려운 듯이 머뭇거렸다.

"그것은 그래 어떻단 말이냐?"

왕이 채근하였다.

"예……. 동궁마마의 기를 펴주시려는 어버이의 뜻인 줄 짐작이 갔기에 가만있었습니다."

왕은 미소를 지었다.

"그 말을 너한테서 듣고자 일부러 불렀다. 좀 가까이 오너라."

그리고 무릎걸음으로 가까이 온 수양의 손을 당신의 왼손으로 잡고 동궁의 손을 당신의 오른손으로 잡아서 두 손을 마주 갖다 대었다.

"자. 너희들한테 당부할 것은 끝끝내 군신의 의와 형제의 정을 저버리지 말라는 것이다. 오늘 이 자리는 군신간의 자리라기보다 부자간의 자리로서 서로 흠 없이 이야기하자. 자, 너희들은 장래 끝까지 서로 돕고 서로 의를 지키고 정을 상하지 않게 지내겠다고 맹세하거라."

"예. 맹세하겠습니다."

그것은 수양의 대답뿐이었다. 동궁은 얼굴이 발갛게 되어 고개를 숙인 게 다였다.

"동궁은?"

"신도 그리하겠습니다."

부왕의 채근을 받고야 나온 동궁의 대답은 마치 여인의 목소리와 같이 가늘고 작은 음성이었다.

동궁의 의심

왕은 그래도 마음이 놓이지 않았다.

돌아보건대 당신의 업적은 그만하였으면 적지 않았다. 태조가 이씨 조선을 창업한 이래, 조선의 자리를 튼튼히 잡기에 급급하여 백성들의 세세한 사정은 챙기지 못했던 바를 당신이 등극한 이래 삼십 년간에 모두 대략 꾸려 놓았다.

문치文治의 방면으로는 집현전을 두고, 학도들을 양성하는 한편, 역사를 편수하고, 삼심법三審法을 세우고, 신문고를 설치하고, 농서를 발간했고, 음악 제도를 세웠고, 천문 지리에 관한 온갖 기구를 만들었으며, '용비어천가'를 짓고, 한글을 창제했다. 이러한 문치 방면의 업적과 아울러서 국방으로는, 육진을 설치하고, 오랑캐를 쫓는 등, 문무 양면에서 조선은 이제 과도 건설기를 지나 찬란한 문화국으로 진보하였다.

이만한 업적을 남기고 대왕은 동궁으로 하여금 섭정케 하고 당신은 물러앉았다. 왕이 동궁께 대리를 부탁하고 제일선에서 물러앉을 때는, 다만 한 사람 신뢰할 만할 재상 황희는 벌써 구십이 가까운 노인이요, 그 밖의 재상들은 재능은 지녔지만 큰그릇은 없었는지라, 장래 이 나라의 주인 될 동궁이 직접 이 재상들을 거느리고 구사해야 할 형편이었다. 그리하여 당신 생존 중에 동궁으로 하여금 대리왕의 지위에 오르게 하여 당신이 직접 손을 잡고 지도하여 왕도를 가르치기 위함이었다.

당신의 그 능란한 솜씨로 일일이 동궁을 지휘하고 지도하여 왕노릇 하는 법을 사소한 점까지 가르쳤다.

그러면서도 항상 마음이 안 놓이는 것은 동궁의 천성이 하도 나약하므로 왕이 몸소 지도하는 일 가운데도 좀 억센 일을 매우 거북해하며 어려워하는 것이었다. 좀 억세게 해야 할 일을 만나면 아버지인 대왕께 슬며시 떼밀어 맡기곤 하였다. 이것이 왕에게는 퍽 근심스러웠다.

대왕은 둘째 아들 수양도 늘 대궐로 불러들여서 동궁께 북면해서 섬기는 습관을 들이도록 하려 노력하였다.

수양의 성격이 본시 억센지라, 형 되는 동궁을 떼밀어 가면서 일을 꾸며 나아가는 양을 뒤에서 보면서 대왕은 남모르게 미소 짓기도 하였다. 미소 지으면서도 왜 순서가 바뀌지 않았는가 탄식하곤 하였다.

수양대군

그런데 동궁은 마음이 나약하기에 수양에게 늘 눌리면서, 눌리고서는 역정을 내고, 내심 매우 수양을 싫어하고 투기하고 의심하는 것이 왕의 마음에 절실히 느껴졌다. 수양은 자기 딴에는 이렇게 해야 되겠다는 신념으로 형 되는 동궁께 무슨 진언을 하면, 동궁은 도리어 권리를 침해 당한 듯이 뾰로통해지곤 하는 것이었다.

어떤 날(그것은 왕이 막내아들인 영응대군 댁을 별궁으로 하고 거기 거처하는 때였다) 대왕은 좀 늦도록 집현전에서 젊은 학도들과 언문을 토론하다가 늦게 별궁으로 돌아가는 길에, 갑자기 손자를 잠깐 보고 싶은 생각이 나서 시종들은 길가에 세워두고 혼자서 자선당 쪽으로 돌아갔다.

때마침 전내에서 무엇을 책망하는 듯, 위협하는 듯한 심상치 않은 동궁의 음성이 새어 나오므로, 왕은 멈춰 서서 귀를 기울였다.

"이다음에는 삼가라, 삼촌은 무서운 사람이다. 알겠느냐?"

그것은 동궁이 세손을 훈계하는 것으로, 요컨대 동궁의 아들인 세손에게 삼촌 수양대군을 조심하여 꺼리고, 경계하라고 훈계하는 것이었다.

대왕은 가슴이 선뜩하였다. 온몸에 냉수를 끼얹은 듯 소름이 쭉 돋았다.

대왕은 황급히 소리 안 나게 발을 돌이켰다. 도망하듯이 그곳을 피하였다.

그 밤이 새도록 대왕은 잠을 이루지 못하고 이리저리 뒤채며 고민하였다.

"이 일을 어쩌나."

차차 눈에 보이게 더욱 동생을 미워하고 의심하는 동궁의 괴벽한 심사를 어찌할 것인가. 지금은 왕이 생존해 있으니, 또한 아직은 왕위에 있으니 문제가 크지 않지만, 후에 세자가 즉위하기만 하면 노골적으로 수양을 괄시하고 괄시를 넘어서 박해까지도 할 것 같았다. 게다가 동궁 자신뿐 아니라, 세손에게까지도 그런 생각을 넣어 주고 있으니 이 일을 어찌할 것인가.

수양 없이 세자만으로 이 재상들을 충분히 조종해 나아갈 수 있을까? 인물을 적재적소에 두어야 비로소 그 기능이 발휘될 것이었다. 아무리 재사라 할지라도 자리를 잘못 잡으면 무능한 인물이 될 것이다. 그 적재를 적소에 뽑아 두는 일도 동궁으로서는 좀 어려운 일이겠거니와, 적소에 있다 할지라도 위에 있는 사람의 힘과 장려함이 있고서야 비로소 제 기능이 나타나는 것이다. 이것은 동궁 혼자만으로는 도저히 감당하지 못할 일이었다.

그뿐 아니라 수양을 괄시해서 불행히 동기간에 유혈 참극이라도 생기면 이것은 사직에까지 영향을 끼칠 무서운 일이었다. 전일 대왕의 백형(큰형) 양녕대군이 선왕께 득죄하고 이천에 내려가 있는 동안, 대왕은 동교東郊(동대문 밖 근교)까지 나아가서 귀양살이하는 형을 그리워하고, 모셔다가 잔치를 열어 형제의 의를 늘 두텁게 유지하기에 애썼다.

그 뒤 배소(귀양살이 하는 곳)에서 돌아온 뒤에도 늘 금지된 중에도 청하여 주안을 나누고 연락을 같이하여 형제의 의를 더욱 두텁게 했었다.

이런 일 등도 사실 동궁에게 보이기 위해 일부러 강조한 점도 있는데, 그리하여 동궁으로 하여금 형제라는 것은 이런 것이라는 것을 알게 하려함이었다. 그런데 동궁은 어쩐 일인지 부왕의 그런 행교行敎(행동으로 보여주는 가르침)를 보면서도 깨달음이 없었다.

수양도 형님 되는 동궁이 자기를 꺼리고 싫어하는 것을 물론 알 터였다. 그만큼 노골적으로 구는데 모를 까닭이 없었다. 그런데도 불구하고 그냥 꾸준히 입궐하여 형님께 이렇다 저렇다 싫어하는 말을 하는 것은 오직 신하된 도리를 다하려 함일 것이다. 그런 수양의 심경을 생각하고 또 동궁의 싫어하는 심사를 생각할 때에 왕은 세상 보통 아버지로서의 번민을 맛보지 않을 수 없었다. '에라.' 탁 폐사하여 버리고 수양을 세자로 책봉하고 싶은 생각이 일어날 때도 없지 않았다. 그러기만 하면 뒷근심이 없어질 듯하기도 하였다. 그러나 까닭 없이 적자를 폐한다는 것은 장래 영원히 왕위 계쟁의 원인이 될 것으로 그것도 할 일이 못 되었다.

　성군이라는 일컬음을 듣는 대왕도, 가정적으로는 늘 불안하고 불쾌하게 지냈던 셈이다.

세종의 당부

수양은 형 세자의 괄시를 그다지 탓하지 않는 모양이었으나, 그러면 그럴수록 세자는 더욱 보란 듯이 수양을 괄시하였다.

이 두 아들의 태도를 가만히 관찰할 때에 왕은 때때로 속으로 몸서리까지 쳤다. 한 마리 벌레도 오 분의 걸기는 있는 법이었다. 아무리 수양이 활달한 눈으로 형 세자를 대하고 모든 괄시를 관대히 참아 넘긴다 하더라도, 이 괄시가 도가 넘쳐서 참을 수 없을 지경에까지 이르면…….

장년 시대에는 그래도, 장래에는 어떻게든 되겠지, 안 되면 되도록 만들기라도 하지, 하는 낙관의 눈으로 보아 왔지만, 차차 만년에 든 대왕은 이에 대한 근심이 떠나 본 적이 없었다.

때때로 수양을 불러서 장래 영구히 형 세자께 충성하라고 분부하면 수양은 쾌활히 웃으면서,

"신이 이 나라 백성된 이상에야 어찌 감히 군왕을 배반하오

리까."

하여 자기의 마음을 숨김없이 아버님 앞에 피력하곤 하였다. 그리고 대왕의 투철한 안목은 결코 이 수양의 말에 거짓이 없음을 알았다.

그러나 세자를 불러서 수양에게 한 말과 꼭 같은 말을 하면 세자는 언제든 얼굴이 빨갛게 변하였다. 그런 뒤에는 좀 외면을 하며,

"신이야 동생을 어떻게 하겠을까마는 수양의 눈치가……."

하며 수양에 대한 자기의 의심을 드러내곤 하였다.

진실로 괴로운 일이었다.

여기서 만약 왕이 세자에게 수양을 의심치 말기를 강조하면 심약한 세자는 겉으로는 절하여 이를 승복하겠지만 내심으로는 그 미움을 키워, 장차 어떤 불길한 결과를 낳을지 예측할 수 없는 일이었다.

차차 만년에 들면서 장년 시대에 너무도 많은 업적에 골몰하였던 피곤이 한꺼번에 몰려와 대왕의 몸은 나날이 쇠약해 갔다. 태조, 정종, 태종 전 삼대에 뒤를 이어서 등극한 이래 이 반조半造의 국가를 다지느라고 쓴 그 노력의 피곤이, 만년에 들면서 갑자기 몰려들며 이달이 저 달보다 못하고 오늘이 어제보다 못한 자신의 건강을 볼 때에 세자와 수양 사이의 불화는 더욱 마음에 걸렸다.

수양대군

지금 오십을 조금 넘은, 어떻게 보자면 아직도 장년이랄 수 있는 나이였으나, 너무도 많은 업적을 몸소 지휘하고, 가정적으로도 선대에는 형님 되는 양녕대군과의 미묘한 문제며, 당신의 대에는 세자와 수양과의 문제 등으로 심로가 많았던 만큼 보통 사람의 장년인 오십이 대왕에게 있어서는 만년이었다.

지금은 표면적으로는 나라의 정사를 세자에게 맡기고 자신은 은거한 몸으로 한가히 영웅대군의 사택에서 쉰다 하나, 이것은 오로지 약한 세자로 하여금 당신이 아직 생존한 동안 정사를 견학시키고, 세자의 손을 잡고 지도하여 세자를 한 완전한 나랏님 감으로 만들어보려는 마음에서 나온 것이지, 번거로움은 자신이 직접 정사를 볼 때보다도 도리어 더하였다. 이런 일 등 때문에 대왕의 건강은 더욱 상하고 건강이 상하면 상하는 만큼 근심도 커갔다.

이러한 가운데서 그래도 희망을 붙여 두는 사람은 단지 한 사람, 당신의 백형 양녕 대군이었다. 지금의 왕족 중의 어른이요, 항렬로도 가장 위일 뿐더러 고금에 다시 찾기 힘든 이 현인인 양녕이 그냥 건장히 있으니 그분의 좋은 지휘와 지도가 한 가지의 희망이 되기는 하였다. 장래에 세자가 국왕의 지위에 등극하는 날에라도 왕족의 어른으로 양녕만이라도 생존해 있으면, 심약한 세자는 거역하면서까지 자유로운 행동은 못할 것이고, 양녕의 감시만 있으면, 비록 세자가 수양과 화목까지는 아니더라도 가족간 유혈지극까지는 보지 않고 견디어내리라 생각되었다.

이리하여 대왕은 만년에 더욱 형 양녕을 가까이 찾아서 장래를 당부하였다.

세종의 솔직한 속내

양녕은 서울에 머무는 동안 사흘이나 나흘, 길어도 닷새에 한 번씩은 잊지 않고 대궐에 문안드리러 와서, 몇 시간씩 머물다 가곤 했다.

기사년己巳年 겨울 어느 날.

그날도 왕은 지금 별궁으로 쓰고 있는 영응대군 염琰의 사저에서 양녕과 마주 앉아 이야기를 나누고 있었다.

"형님."

비록 공적으로는 군신지간이라 하나, 왕은 언제든 양녕에게 사사로운 형 대접을 깍듯이 하였다.

"사자는 제 새끼가 사자 노릇을 감당하지 못할 것 같으면 그냥 죽여버린다지만, 사람은 그러지도 못하니 참으로 딱하오이다."

만날 때마다 늘 듣던 이 아우님의 하소연에 대해 양녕은 머리를 숙이고 한참 말없이 있다가, 비로소 대답했다.

"전하, 어쩔 수 없는 일이옵니다. 기린은 잠자고 스라소니가 춤추는 시대가 올 모양이니……."

"그 스라소니를 형님께서 돌보셔서, 너무 지나치게 숭한 춤이나 추지 않도록 이끌어주셔야 할까 봅니다."

"전하의 분부가 없으시더라도, 신의 힘 닿는 데까지 해보기는 하겠습니다만, 한 가지 근심은… 스라소니도 호랑이 새끼라, 과연 이 늙은 말의 지휘에 복종할지가 의문이옵니다."

왕은 양녕의 마음을 잘 알고 있다. 양녕은 세자를 좋아하지 않는다. 양녕은 언젠가 세자에 대해 극단적인 말까지 한 일이 있었다.

'국가적 안목으로 보자면 스라소니(세자)와 스라소니의 새끼(세손)는 제거해버리는 편이 좋겠다.'

양녕이 세자를 두고 가진 생각은 이처럼 극단적이었다.

왕도 양녕의 그 생각이 그다지 비난할 만한 것은 아니라는 걸 안다. 다만 이씨 사직의 만년지책으로 보아 적장(정실부인의 큰아들)을 버릴 수가 없어서 그대로 두는 것뿐이었다. 그리고 이 적장을 어떻게든 좀 호랑이답게 만들어보려는 것이 왕의 속마음이었다. 스라소니가 아무리 해도 호랑이답게 되지 못한다면, 좋은 호랑이로 하여금 스라소니를 호위하게 해서, 호랑이처럼 '가식假飾(가짜로 꾸밈)'이라도 시키고 싶었던 것이다.

왕은 세자에 대해 여전히 만족의 뜻을 보이지 않는 형님의 말에 잠시 말이 없었다.

한참 침묵이 이어졌다. 한참 침묵 뒤, 그 침묵을 깨뜨리는 왕의 목소리는 약간 떨렸다.

"형님, 마음을 탁 터놓고 형님께 말씀드립니다. 여태까지 새에 막혀 있던 군신지분이라는 것은 터버리고, 한낱 한집안 사람으로서 이 이씨 일문의 일을 형님과 잠깐 의논하겠습니다."

"……."

"형님. 제 생각, 제 마음은 이렇습니다. 형님 의견도 그러시겠지만, 제 적출 소생 여덟 가운데서 뒤를 이을 사람으로 만약 결출한 이를 고르라면 유(수양)를 택할 것입니다. 여기에는 형님도 이의가 없으실 줄 압니다. 만약 문학이 가장 뛰어난 이를 고르라면 용(안평)을 택하겠습니다. 이 또한 이의가 없으실 줄 압니다. 또 만약 제가 가장 사랑하는 이를 고르라면 염(영응)을 택하겠습니다. 이것도 형님이 잘 아실 줄 압니다.

그렇지만 결출도 버리고, 문학도 버리고, 애총도 버리고, '맏이毗'를 택한 것은… 그 까닭 역시 형님이 잘 아실 줄 압니다. 이것은 택해야 하니까 택한 것이지, 어떤 볼만한 점이 있어서 택한 게 아닙니다. 스라소니… 형님 말씀대로 스라소니이지만 '맏이'인 것을 어찌하겠습니까. 다만 한 가지, 아직도 희망을 둔 것은……."

왕은 말을 끊었다. 뒷말을 할까 망설였다. 그 뒷말은 해도 되는 말인지 아닌지… 여태까지 왕 혼자만 가끔 생각해보던 일로, 남 앞에까지 꺼내기에는 너무도 무서운 말이었다.

왕은 잠시 망설이다가, 마침내 이 형 앞에 말해버리기로 하고 입을 열었다.

"단 한 가지 희망을 둔 것은… 형님. 이 말씀은 한쪽 귀로 들으시고 한쪽 귀로 흘려 곧 잊어주십시오. 무서운 말씀이옵니다. 다름이 아니라, 세자가 몸이 약한 데에 한 가지 희망을 두었습니다. 아비 마음으로 자식이 몸 약한 것을 다행히 여긴다는 것이 얼마나 딱한 일이겠습니까. 세자가 몸이 약해서 내 생전 중에 세상을 뜨고, 세손이 제 아비를 닮지 않아 영특하면… 이것이 단 한 가지 희망이옵니다. 마음 아픈 희망이지만, 이 밖에는 달리 희망 붙일 곳이 없는가 하옵니다."

양녕은 말없이 듣고 있었다. 양녕의 활달한 얼굴에도 검은 그림자가 드리웠다.

"전하. 성의聖意(임금의 뜻)는 신이 이미 잘 알고 있는 바이옵니다. 유도 또한 성의를 짐작하는 모양이니… 다만 전하께서 스라소니를 낳으신 것만이 불찰이옵지요.

유도 그 사람됨이 (전하께서 더 잘 통찰하시겠지만) 호탕하고 활달하여 웬만한 작은 감정에는 얽매이지 않을 인물이오니, 장차 세자가 보위에 오른 뒤라도 유는 끝까지 신하의 도리를 지킬 것임을 신이 장담하옵니다. 다만 세자의 투기가 너무 괴벽하여, 혹 유에게 위해라도 가하는 날이 있다면, 사직을 지킬 가장 귀한 기둥을 스스로 꺾어버리는 셈이 되어 사직이 위태로울까 하옵니다.

용(안평)은 그저 문학지사라고 얕볼 인물이 아니옵니다. 만약 세자가 누군가를 경계하려면 누구보다도 용이야말로 경계해야 할 인물이 아니겠사옵니까. 이 양녕의 눈이 아직껏 사람을 헛본 일이 없사온데, 제가 본 바, 유는 작은 지위나 절節에 매이는 소인이 아니옵고… 무엄한 말씀이오나 전하와 넉넉히 어깨를 겨룰 만한 인물이옵니다. 소홀히 대접한다고 그런 것을 탓할 인물도 아니옵고, 중히 여긴다고 거만해질 인물도 아니며, 어떤 대접을 받더라도 제가 믿는 바대로 꾸준히 해나갈 인물이옵니다.

경계할 것은 용이옵니다. 대체로 문학지사라는 것은 좀 간특한 데가 있고, 속으로는 이利를 취하고 겉으로는 의義를 가식하는 측면이 있습니다. 전하, 천추만세 뒤에는 유가 있으니 사직도 반석 같겠사오나, 유가 없으면 용은 승천하려드는 인물이 될 것입니다.

전하도 보셨겠지만 바둑의 수는 그 사람의 성격을 드러내는 법… 세자의 바둑은 방비를 위주로 하여 방비만 하다가 요행으로 공세를 취하기 전, 이쪽의 방비가 다 되면 그럭저럭 견디거니와, 이쪽 방비가 끝나기 전에 저쪽이 공세를 취하면 세자의 바둑은 전멸하옵니다. 유의 바둑은 공격을 위주로 하여 공세를 취하는 가운데 한 점 한 점 자기 진형도 지키고, 적이 공세를 펼 기회를 주지 않는 가운데 적을 전멸시키는 것. 용의 바둑은 상대의 약점을 노려 기리奇利(뜻밖의 이익)를 취하려는 것, 이 세 사람의 바둑은 각기 그 사람됨을 말하는 것이옵니다.

수로 보자면 세자의 바둑이 가장 센 모양이온데, 대국을 하면 한 번도 제 수로 유를 이겨 본 적이 없사옵니다. 때때로 유가 일부러 져주는 일이 있사온데, 유가 지면 독 있는 말로 유를 야유하옵고, 유에게 지면 안색을 바꾸어 다시 두자고 강청하옵니다. 패배를 인정하지 않고 또 두자고 강청하는 모양 등은 과연 그다지 향기롭지 못한 일이지요……."

"딱한 일이올씨다."

"참 딱한 일이옵니다."

‘耦(따비 우)’와 ‘偶(짝 우)’

딱한 일이었다.

과연 딱하였다.

일전에도 이런 일이 있었다.

왕이 감기로 몸이 좀 불편해 누워 있을 때에 세자가 문병을 왔다. 수양도 문병을 왔다. 그때 또 조그만 충돌이 있었다.

문병을 한 뒤에 세자와 수양, 이 형제가 대청에 물러나가서 한담을 할 때에, 수양은 이야기를 하면서 종잇조각에 무슨 글을 끼적이고 있었다.

이 장난을 들여다보다가 세자가 문득 질색을 하였다.

“이게 무어란 말이냐?”

종이에는 소학小學의 한 구절,

“구고약사개부모감적우어가부舅姑若使价婦母敢敵耦於家婦(시부모님이 만약 부리는 사람을 시키더라도, 며느리는 감히 집안의 며느리로서 대등하게 짝하지 못한다.)"라는 내용의 글이 적혀 있었는데, 수양은 그 가운데 '耦(우)' 자를 '偶(우)' 자로 쓴 것이었다. 세자는 그것을 지적한 것이고.

"왜요?"

수양이 반문하였다.

"'우' 자의 변이 틀렸잖나."

"'짝 우' 자 아닙니까?"

"'짝 우' 자는 '짝 우' 자지만 인ㅅ 변에 쓴 자가 아니라 뢰耒 변에 쓴 자라네."

"뢰변이오? 뢰변이라면 무슨… 밭을 간다든가 가래를 어떡헌다든가 하는 자字가 아닐까요? '밭길 우'라든가 '가래질할 우'라든가……."

"에이!"

세자는 안색이 창백해지면서 입술까지 파들파들 떨었다.

"왕가에 태어나서 그렇듯 무식해서 무엇에 쓴단 말인가. 가래 뢰耒 변에 쓴 자는 본시는 '따비 우' 자지만 여기서는 '짝 우' 자로 되는 법이야. 그런 것도 모른단 말이냐. 그런……."

"형님도 참, '우耦' 자가 본시 따비(따비가 무엔지도 모르겠습니다만), '따비 우' 자고, '짝 우' 자가 따로이 있으면 '짝 우' 자를 쓸 자리에 따비 우 자를 쓴 것이 실수가 아닐까요? '짝 우' 자를 쓰는 게 옳지 않을까요?"*

　　　　　　　　　　　　　　　수양대군

수양은 그냥 벙글벙글 웃으면서 이렇게 반문하였다. 거기 대해서 세자는 기가 막히는 듯이 입을 떨었다.

"에익! 무식한! 옛날 성현이……."

"성현도 아마 저같이 무식해서 오자를 쓰신 모양입지요."

세자는 자리를 떨치고 일어났다. 그러나 수양은 그냥 벙글 벙글 웃고만 있었다.

정침正寢(거처하는 곳이 아니라 주로 일을 보는 곳으로 쓰는 몸채의 방)에 누워서 이 다툼을 들은 왕은 뜻하지 않게 한숨을 쉬었다.

사실 수양은 맹자 한 구절만 따로 외워 바치라 해도 정확히 바치지 못한다. 뜻만 통하면 글자 하나하나는 얼마든지 고쳐도 꺼릴 것이 없는 인물이었다. 반대로 세자는 뜻이 통하든 말든(수양 말마따나) 옛 성현이 무식해서 잘못 쓴 다른 글자라 하더라도 원문을 있는 그대로 지키려는 사람이었다.

이 활달한 둘째 아들과 소심한 맏아들… 아아, 어째서 순서가 바뀌었느냐.

"형님, 부탁이옵니다. 만일 제가 먼저 불행하게 된 뒤라도 동궁의 장래를 형님께 부탁드립니다. 동궁은 본시 마음이 약

---

* 수양은 문구의 내용이 '짝 우'니까 偶(짝 우)를 쓰면 된다고 생각했고, 세자는 이 문맥을 원래 소학에 '耦'를 써왔으니 그것을 써야 맞다고 핀잔을 준 것. 세자는 문자·경학 지식의 정통성을 내세우고, 수양은 오히려 뜻이 통하면 되는 것 아니냐는 실리적이고 상식적 입장이면서 고전이 틀릴 수도 있다는 깨어 있는 사고를 드러낸 것. 곧 둘의 성격을 잘 드러내고 있는 대목임.

해서 백부님께는 비록 자기가 임금이 되더라도 거역하지 못할 것입니다. 형님께서 잘 살피셔서 유와 불화가 생기지 않도록 주의해주시기 바랍니다. 동생으로서 연로하신 형님께 뒷일을 부탁드린다는 것이 일이 거꾸로 된 셈입니다만, 지금 형편으로 보아 아무래도 이 부탁을 해두어야 할 것 같습니다.”

왕의 이 간곡한 부탁에 대해 양녕은 절하고 응낙했다.

부왕의 유탁

기사년(1449)이 가고 경오년(1450)에 이르렀다.

기사년 가을부터 놀랍게 쇠약해진 왕의 건강은 경오년에 들어서면서부터는 더하였다.

초승에 잠깐 조신들의 하례를 받기 위하여 근정전까지 거동하였던 것이 빌미가 되어 드디어 병석에 눕게 되었다. 한낱 감기쯤으로 여겼더니 환후는 차차 위중해갔다.

보름께쯤 수양이 부왕의 환후 문안을 왔다.

"전하. 좀 어떠하신지요?"

몹시 추워하기 때문에 겹겹이 장을 친 침침한 윗쪽에 엎드려서 수양이 문안을 드릴 때, 왕은 수척한 용안을 수양에게 향하고는 물끄러미 보기만 하였다.

수양은 엎드려 머리만 조금 들어 수척한 아버님의 용안을 우러러보았다. 과거 삼십 여 년 간 이 나라의 주재자로서 수많

은 신하들을 마음대로 구사하던 명군의 야윈 얼굴이었다. 왕
도 아무 말없이 이 젊은 아들의 눈만 마주 보고 있었다. 서로
보는 눈과 눈, 무표정한 듯하고도 뜻깊은 눈이었다.

"유야."

한참 뒤에야 비로소 왕이 입을 열었다.

"예……."

"내 병환은 골수까지 스미었다."

"……."

"아마 다시 일어나지 못할까 싶구나."

"그럴 리가 없사옵니다. 다만 감기일 뿐으로……."

계속하려는 말을 왕이 받았다.

"아니 네 진정으로 대답을 해라. 그럼 네 생각에는 내가 다
시 일어날 때가 있을 듯싶으냐?"

수양은 가슴이 선뜩하였다. 사실 아버님은 다시 일어날 날
이 있을 것 같지 않았다. 자식된 욕심에는 불가능한 일일지라
도 가능하다고 믿고 싶어서, 만에 하나 요행을 바라고 싶은 생
각도 있기는 했으나 냉정한 이성으로 생각할 때는 이번 이 병
환이 마지막 병환으로 볼밖에 없었다. 그간의 과도한 노력 때
문에 드디어 스러진 이번 병환은 아버님의 전 생애를 막음할
병환일 것이다. 춘추로 보자면 아직 멀었지만, 업적으로 보아
서 다른 사람이 몇 대를 두고 하여도 다하지 못할 만한 업적

을 삼십 년 만에 끝낸 이 거인은 그 업적의 일단락과 동시에 삶의 막음도 할 것으로 보였다.

수양은 부왕의 하문에 대답을 못하였다. 수양의 대답을 기다리지 않고 왕은 말을 계속하였다.

"유야. 이상하구나!"

"……?"

왕은 말을 끊었다. 야윈 눈가죽 아래서 눈동자가 이리저리 구르는 것을 볼 수 있었다.

"무엇이 말이옵니까?"

수양이 재차 물을 때에 왕은 눈을 가늘게 떴다. 왕의 눈에는 아직껏 이 왕에게서 볼 수 없었던 동정을 구하는 듯한 가련한 표정이 나타났다.

"너의 집에 누워서 앓고 싶구나!"

"……?"

무슨 뜻인가? 수양은 얼른 그 뜻을 이해하지 못하였다. 부왕을 우러를 뿐.

"너의 집… 너의 집 후당……."

수양은 깜짝 놀랐다. 눈물이 칵 한 꺼풀 눈에 씌어졌다.

4년 전, 왕비가 승하한 곳. 환후가 깊어지니 문득 그 방이 그리워진 모양이었다. 왕비(세자며 수양, 안평 등 여덟 왕자의 어머님)도 환후가 깊어지니 대궐에서 나와, 당신네의 가장 걸출한 아들인 수양의 사택 후당에 나와서 마지막 숨을 거두셨던 것이다. 지금 가장 총애하는 막내아들의 집에 누워 있으나, 환후 침중하매 문득 사 년 전 왕비가 승하한 그 방이 그리워진 모양이었다.

수양은 눈에 한 껍질 씌워진 눈물을 감추기 위하여 머리를 푹 수그렸다.

"전하의 뜻에 달렸사오나 날씨가 하도 차오니 환후가 어떠하실는지요……."

"아니. 말이 그렇지, 가길 무얼 가겠느냐!"

말이 끊어졌다.

수양은 머리를 푹 수그린 채 묵묵히 있었다. 천만 가지 생각이 그의 머리에 왕래하였다. 이제 사십을 눈앞에 둔 사나이. 사상에 있어서든 골격에 있어서든 완숙한 장년으로서의 그는 슬퍼하거나 가슴 아파하는 법이라는 것을 잊어버린 억센 사내였다. 웬만큼 성낼 만한 일은 모두 일소에 붙여버리고 웬만큼 감상적인 일은 애당초 느끼지도 않을 만큼 호탕하고 활달한 사람이었지만, 이 부왕의 자조 섞인 하소연에는 가슴이 쿡 찔리었다.

부왕의 지금 심경을 동정하자면 물론 자기 집으로 모셔 가야 할 것이다. 그러나 부왕을 자기의 집으로 모셔 가면, 그렇지 않아도 사사건건 기괴한 이유를 붙여서 자기를 감시하는 동궁이 어떻게 생각할지…….

다시 회춘치 못할 부왕. 자기 집 후당에서 승하하게 되면 부왕의 마음에는 흡족할지 모르나 동궁과 자기 사이는 더욱더 멀어지게 될 것이다. 부왕 승하 후에는 동궁이 당연히 국왕으로서 자기의 보필이 없으면 도저히 한 국가를 요리할 수 없는 샌님이었다. 동궁과 사이가 더 틀어져, 자기가 국정에서 빠지게 되면 동궁의 시대에 나라를 붙들어줄 사람이 없을 것이다.

이러한 생각 아래서 부왕의 이 가여운 뜻은 듣기가 힘들었다. 부왕도 그만한 일은 짐작하기에, 스스로 그 문제를 철회하기는 한 모양이나 부왕의 철회를 다행히 여기고 이 문제를 모른 체해버리려니 너무나 가슴 아픈 일이었다.

'가련하신 아버님이시여.'

한참 머리를 수그리고 있다가 수양은 조금 고개를 들었다.

"전하. 일기가 하도 차서 거동하시기가 좀 힘들 듯합니다."

아까 한 말을 되풀이하였다.

"지나가는 말이다. 마음에 두지 말거라!"

또 잠시 침묵.

"유야."

"예."

"마음에 두지 말거라."

"예."

“그 밖에 네게 좀 할 말이 있는데 가까이 오너라.”

“예……”

수양은 무릎걸음으로 바싹 가까이 내려갔다.

“동궁은 아까 다녀갔으니 오늘은 다시 안 올 것이다. 네게 좀 할 말이 있구나.”

“예……”

왕은 눈을 감았다. 야윈 입술이 몇 번을 들먹들먹하였다.

“너는 내 뜻을 알지?”

“예……”

“내 임종 전에 다시 너를 조용히 대할 기회가 있을지 모르겠구나. 그래서 오늘 이 기회에 내 마음에 있던 말을 다 하련다. 괜찮겠느냐.”

“예.”

“동궁은 약한 분이다. 약하기 때문에 의심 많은 분이다. 네가 붙들어야 한다. 동궁이 약하기 때문에 너를 미워하는 일이 있을지라도 너는 반발하지 말고 충성을 다해야 한다.”

“예. 늘 그렇게 생각하고 있습니다.”

“그렇지. 나도 안다. 네 마음을 알기 때문에… 그러고 너를 믿기 때문에 이런 부탁을 하는 게다. 알아라. 너를 미워할지라도 너는 그분을 원망할 권리가 없는 사람이다.”

“일찍부터 알고 있사옵니다.”

"또 약하기 때문에 네가 붙들지 않으면 사직까지 위태롭다."

"그것도 압니다."

"동궁이 아무리 너를 괄시해도… 네게 죽음을 명할지라도 너는 거기 거역을 못한다."

수양은 눈을 들었다.

"상감마마. 신은 동궁마마의 괄시는 결코 탓하지 않을 것이옵니다. 그러나 신을 멀리 하시려 하면 거기에는 거역하겠습니다. 신이 멀리 가거나 신이 죽사오면 누가 있어 이 사직을 비호하겠습니까!"

"오냐. 내가 말을 실수했다. 네 충심을 믿는 바요, 네 힘을 믿는 바니 네 힘껏 동궁을 보좌해라."

"예. 신도 일찍부터……."

하려던 말을 끊었다.

"그래서?"

"예……."

"어디 말을 해보거라."

수양은 말을 더듬었다.

"예. 저, 아직 생존해 계신 전하께 이런 말씀을 여쭙기는 불충 불효한 일이오나……."

"마음에 두지 않으마."

"동궁마마 등극하시게 되면 마마는 곱게 강녕전에 모시옵고 신이 사정전 툇마루를 지킬까 이렇게 간간히 생각해보았습니다."

왕의 약하고 기운 없던 눈에 약간 광채가 났다.

"믿는다. 너를 믿는다."

"지성껏 보답하오리다."

"또 한 가지, 동궁의 건강이 좋지를 못해. 이런 생각까지 하는 건 지나친 일일는지 모르나 동궁께 불행이 있는 날에는 세손의 장래까지 아울러 당부한다."

"예. 신의 수壽(목숨)만 넉넉하오면 대대로 몇 대까지라도 주공周公의 역할을 다하오리다."

"네가 참기 힘들만치 동궁이 괄시를 할 때는?"

"그래도 참겠습니다."

"참다 참다 참지 못하게 되면?"

"백부께 의논하겠습니다."

"아아!"

내 아들아, 목에까지 나온 이 말을 왕은 꿀꺽 삼켰다.

"백부는 현인이시다. 어려운 일이 있으면 백부께 가라. 네 지혜, 네 힘이면 웬만치 어려운 일은 넉넉히 헤쳐나갈 것이며, 네 참을성이면 대개는 무난하게 넘기겠지만 그래도 감당키 어려운 때에는 백부께 의논하거라. 동궁도 백부의 말씀은 거역하지 못하리라."

"그럴 생각이옵지만 참을 인忍 자 한 자만 마음에 굳게 새겨
두면 백부까지 번거롭게 하지 않더라도 감당할 듯하옵니다."
"음. 열 번 참아서 안 되면 스무 번 참고, 스무 번 참아서 안
되면 서른 번 참고, 참고 참아라. 인젠 나도 마음 놓고 눈을 감
을 수 있겠구나."

형과 아우

그날 왕은 그 아들을 돌려보내기가 싫어서 당신의 침전에서 저녁까지 먹이어서 밤에야 놓아주었다.

밤이 되어서야 부왕께 하직하고 별궁을 나온 수양은, 그냥 집으로 돌아갈까 하다가 다시 마음을 돌려 삼촌 양녕을 찾아가기로 했다. 사냥을 갔다가 이삼 일 전에 돌아왔다는 백부를, 그는 돌아온 뒤 아직 찾아뵙지 못했던 것이다. 남여(의자와 비슷한 뚜껑이 없는 작은 가마)에 몸을 싣고 백부 집으로 가는 동안 수양은 한 번도 눈을 떠 보지 않았다. 서슬이 푸르른 왕자 수양대군 유의 행차라 하여 구종·별배 놈들은 의기양양하게 우렁차게 호령하며 길을 달렸지만, 행차의 주인 수양은 무거운 마음으로 눈을 감고 생각에 잠겨 있었다.

부왕이 아까 당부한 말, 그것은 나도 늘 생각하던 일이어서 새삼스럽게 마음에 걸릴 것은 아니었으나 그 모든 말이, 모두 부왕의 유탁遺託이라 생각하니 저절로 마음이 무거워졌다.

예전에는 그렇게 살이 오르고 풍만하던 뺨이, 아까 보니 얼마나 야위셨는가. 그것은 병 때문만이 아니다. 지난 삼십 년 동안의 노심초사 탓만도 아니다. 마음속에 늘 걸려 있는 동궁과 나의 문제를 근심하느라 그렇게 여위셨을 것이다.

아아. 순서만 바뀌어 났더라면… 가련하신 아버님이시여.

나도 잘 안다. 아버님이 이런 뜻을 입 밖에 내본 일은 전혀 없지만, 마음 깊은 곳에서는 늘 이 탄식이 울리고 있다는 것을.

순서만 바뀌어 났더라면. 왜 내가 뒤에 태어났던가.

순서가 이렇게 된 이상, 하다못해 내 형 동궁이 부왕의 형 양녕처럼 활달한 인물이라도 되었더라면 그래도 좀 나았을 텐데, 어째서 그렇게 마음이 작고 좁고 약하고 투기심 많은 인물로 태어났는가.

나는 지금 동궁이고 장차 임금이니 내 자리는 지키겠지만, 내 힘이 모자라는 곳은 네가 도와다오.

왜 이렇게 솔직히 나오지 못하는가?

나는 아무 딴 마음이 없고 오로지 형으로서, 또 동궁으로서 성심성의로 섬기는데, 어째서 그렇게 나를 의심의 눈으로 보고 꺼리고 피하고 멀리하려 하는가.

지금까지는 아직 부왕이 살아 계시고, 부왕의 그늘 아래에서는 그다지 문제 삼을 것도 없었다. 그러나 만약 부왕이 승하하시고 동궁이 즉위하는 날이 오면, 그때야말로 나를 향한 노골적인 기탄이 쏟아질 것이다. 나는 모든 일을 다 참고 그날의 형 왕에게 끝끝내 충성하려 하지만, 그 충성을 받아 주지 않으면 어쩌나. 임금이 쥔 권력으로 나를 멀리하려 들면 어쩌나. 필시 그럴 것이다. 필시 그럴 것이라 생각하니 딱한 일이었다.

거기에 맞서면 군왕에게 맞서는 일이 된다. 그러나 또 거기에 그대로 승복하면 그것은 충성이 아니다. 임금의 그릇된 일을 그대로 보고도 그냥 복종하는 것 역시 신하의 도리가 아니다.

어찌하여야 하는가.

괴로운 처지였다.

"컹컹컹컹."

와르르 요란한 소리에 퍼뜩 정신을 차려 보니, 행차는 어느덧 백부 양녕의 집 대문 안으로 들어서 있었다. 이 집 사냥개들이 우렁차게 짖으며 뛰어나왔다.

수양은 남여에서 내렸다.

"이놈!"

사방에서 둘러싸고 짖어대는 개들 앞에서 별배들은 겁이 나 비슬비슬 물러서려 했지만, 수양은 우렁찬 소리로 호령했다. 이 집 하인들이 달려나와 개를 진정시키는 동안, 수양은 중대문 안으로 들어섰다.

　　　　　　　　　　　　　　　　

백부와 조카

"백부님. 주상 전하의 환후가 심상치 않사옵니다."

"음. 지금 어소에서 나오는 길이냐?"

"예……"

마주 앉은 숙질. 양녕은 조카의 얼굴을 물끄러미 들여다보았다.

"네 얼굴은 근심에 쌓이면 어울리지 않는 얼굴이다. 펴거라."

수양은 쓴웃음을 지었다.

"백부님은 언제든 참 근심이 없으셔서 다행이옵니다."

"내게 무슨 근심이 있겠느냐. 내 신분이 왕형王兄이요, 불형 佛兄(중이 된 효령대군을 의미)인데……"

"그렇지만 저도 왕자요, 장차 왕제가 될 신분이라도 근심이 태산 같습니다."

수양은 쓸쓸한 듯이 머리를 숙였다.

"그다지 근심하지 말아라. 동궁도 마음이 약할 뿐이지, 악인은 아니다. 호랑이도 새끼를 많이 낳으면 한 마리는 스라소니가 있는 법이니라. 스라소니가 된 게 좀 탈이지만……."

양녕은 쾌활하게 웃었다.

"자. 노루고기나 좀 먹어보련?"

"싫습니다."

"네가 노루고기를 싫다 하니 웬일이냐?"

수양은 머리를 숙였다. 한숨이 입에서 새어 나오려 하였다.

"백부님. 백부님의 심경이 부럽습니다."

"피차일반이니라. 나는 왕형. 너는 왕제니 너나 나나 다를 게 무에 있느냐. 마음 먹기에 달렸지."

"그럴까요? 백부님의 왕형 노릇은 편히 노시고 사냥이나 다니시면 그뿐이겠지만 제 왕제 노릇은 그렇지 못할까 싶은데요."

양녕은 잠시 뚫어져라 조카의 얼굴을 바라보았다.

"야야. 낸들 네 마음을 왜 모르겠느냐. 다 안다. 알지만 할 수 없지 않느냐. 네 팔자 고약해서 그런 걸 어쩌겠느냐. 너도 형을 두려면 나 같은 형을 두었더라면 좋았지. 이왕에 그렇지 못한 이상에는 근심이나 하면 무얼 하느냐? 근심 걱정 다 버리고 오늘은 네 삼촌이 잡아온 노루를 안주 삼아 술이나 마

　　　수양대군

시자. 음식은 먹으면 없어지지만 근심은 한다고 덜어지는 게 아니다."

수양은 눈을 고요히 들어서 삼촌의 호기롭고 활달한 얼굴을 쳐다보았다.

일찍이 장래의 나라 주인으로 세자로 책봉까지 되었다가 그 고귀한 세자의 위를 헌신같이 내어던지고, 일개 왕자로 그 뒤는 왕 형으로 사냥을 소일삼아 여생을 보내는 이 쾌활하고 호협한 노인의 얼굴을 우러러볼 동안, 수양의 마음에도 얼마만큼 우울한 기분이 사라지는 듯하였다.

수양은 밤이 꽤 깊도록 이 집에 있었다. 삼촌과 술을 나누었다.

자정이 지나도록 삼촌의 술을 얻어먹으며 삼촌과 이야기를 하는 동안, 이 득도한 노인의 기분이 전염된 탓도 있겠지만, 술에 얼근히 취한 수양의 마음은 꽤 가벼워졌다.

백부께 하직을 하고 집으로 돌아가려고 댓돌에 나서서 우연히 하늘을 우러러보니 이마 꼭 맞은편 하늘에는 경오년 살별(혜성)이 꼬리를 길게 뻗치고 있다.

"살별이다. 길조냐, 흉조냐."

수양은 잠시 그냥 서서 그 괴상한 광휘를 내고 있는 살별을 올려보다가 뜰로 내렸다.

수양숙을 조심해라

2월에 들면서 세종대왕의 환후는 매우 위중해졌다.

이월 열엿새(1450년) 날이었다.

왕은 그날 아침에는 예외 없이 기분이 깨끗하고 상쾌하여 이즈음 그다지 부르지 않던 소원한 신하까지 와내臥內(침실 안)로 불러들여 정사政事에 대해 묻기도 하여서, 왕실의 친척은 물론이요 외부 신하들까지도 적지 않게 기뻐하고, 왕의 환후에 퍽 희망을 품게 하였다.

이월의 짧은 해가 툇마루 밖을 잠깐 비추고 지나갈 무렵에 왕은 설핏 옅은 잠에 들었다.

온몸에 식은땀이 축축히 배면서 왕은 잠에서 깨었다.

이때 용태가 갑자기 변하였다. 못된 꿈을 본 때문이었다.

깨어나 겁에 질려 허둥지둥 안정을 찾는 순간, 어렴풋이 눈에 들어온 것은 몇 개의 얼굴이었다. '보인다'는 것이 분명한 감각으로 붙잡히자, 그 얼굴들이 누구의 얼굴인지도 알아차렸다. 다만 이 얼굴의 주인과 저 얼굴의 주인이 서로 어떤 관계인지까지는 두세 번 다시 보고서야 알게 되었다.

지금 왕의 머리는 지극히 예민한 감각과 지극히 무딘 감각, 이 두 가지로 작동하고 있었다. 왕은 눈앞에 마주한 당신의 맏형 양녕대군과 맏아들 동궁 사이의 효상孝祥(상을 치르는 중의 예의) 관계를 분명히 하려고 잠깐 눈을 감았다.

잠시 알아낼 수가 없었다. 마음이 답답했다. 그 답답함에 못지않게 가슴도 답답했다. 숨을 들이쉬어 시원하게 들이켤 수가 없어 중간에 도로 뱉게 된다. 뱉다가는 또 답답해서 중간에 도로 들이켜게 된다. 가쁨이 끝이 없었다. 하… 하… 숨찬 호흡에 시달리면서 왕은 온 힘을 머리에 모아 맞은편의 한 노인과 한 중년(동궁의 나이 서른일곱이었다) 사이의 효상 관계를 알아내려고 애썼다.

"전하, 기운은 어떠하십니까?"

동궁의 말이었다. 동궁이 입을 움직일 때마다 길게 늘어진 수염이 흔들렸고, 그 수염 뒤에 절반쯤 가려져 있던 다른 얼굴이 칠 분쯤 드러났다가는 다시 가려지곤 했다.

그 수염 뒤의 얼굴 주인이 누구인지 알아차리는 순간, 왕의 효상 관계는 한꺼번에 환히 풀렸다. 수염 뒤의 얼굴은 둘째 아들 수양이었다.

왕의 병든 신경은 한순간 소름이 돋는 듯한 느낌을 받았다. 야윈 뺨에 희미하게 경련이 일어났다. 풀솜을 넣은 덮개이불 위에 또 풀솜이불을 덮고, 그 위에 털이불까지 덮어 두껍게 포개진 이불을 걷어내려고 팔을 내밀었다. 몸을 일으키고 싶었던 것이다.

"전하, 물을 가져올까요?"

양녕이 자기의 웅장한 목소리를 있는 힘껏 낮추어 작게 여쭈었다.

"아니다. 좀… 일어… 나……."

숨찬 중에 왕은 겨우 말하였다.

"안정해 계시지 왜 일어……."

"좀 부축해주려……."

왕은 일어나려고 한편 팔을 이불 밖으로 간신히 꺼내었다.

꺼낸 팔을 덮쳐 오는 지독한 냉기에 몸서리를 쳤다. 그러면서도 다른 한쪽 팔까지 꺼내려 움찔거렸다. 지켜보던 사람들은 어찌해야 할지 몰라 서로 얼굴만 바라보았다. 가만히 내버려둘 수도 없는 일이고, 그렇다고 이런 추운 날 위독한 왕을 일으켜 부축하기도 어려웠다. 그런데 왕이 이 아픈 몸을 억지로 일으키려는 데에는 무슨 사정이 있는 듯하여, 억지로 말리기도 힘들었다.

지켜보던 사람들이 어떻게 할지 결정을 못하고 서로 눈치만

보는 동안, 왕은 두 팔을 모두 꺼내었다. 그러고는 누워 있던 몸을 엎드리려는 듯 다리까지 움찔움찔 움직였다.

온돌(항)에 불을 많이 땠지만 날씨가 몹시 매서워 방 안은 싸늘했다. 병든 사람이 일어나기에는 알맞지 않은 온도였다.

"누구 좀."

왕은 조력을 청하였다.

마침내 양녕이 나섰다. 양녕은 바람이 들지 않게 관복의 소매와 자락을 여미고, 조심조심 내려가 왕의 곁으로 돌아서서 왕의 겨드랑이에 손을 넣었다.

"전하, 어떻게 하시렵니까?"

효령대군이 존귀한 아우님의 귀에 입을 가까이 대고 나직이 물었다.

숨찬 호흡, 떨리는 사지, 대왕은 형님에게 몸을 맡기며,

"좀 앉게 해줍시오."

하고 청했다. 양녕은 덮개이불을 끌어 빼어 왕의 몸을 감싸며 부축해 일어나게 했다.

왕은 가쁜 숨을 괴롭게 몰아쉬고 몸을 떨며 간신히 일어나 앉았다. 그리고 뒤에서 받쳐 주는 형에게 몸을 기대고, 왼쪽 팔은 사방침四方枕(네모난 베개)에 의지한 채, 힘없이 시선을 들어 동궁 쪽을 바라보았다.

"동궁, 좀 이리로……."

동궁은 어찌할 바를 모르는 듯, 구원을 청하듯 얼른 백부 양녕을 보더니 곧 동생 수양을 돌아보았다.

"저하, 어서 복명하세요."

수양도 동궁을 재촉했다.

동궁은 부왕께 가까이 내려가 엎드려 절했다. 그러나 왕이 동궁을 부른 것은 마주 앉혀 무슨 분부를 하려는 것이 아니었다.

"저 보寶(옥새)를……"

왕은 옥새를 자기 무릎 앞에 가져다 놓게 했다. 그리고 나라와 국왕의 존엄을 대신하는 그 장중한 물건이 들어 있는 함을 내려다보았다.

수양 이하 모두 조용했다. 왕의 가쁜 숨소리만이 정적을 깨뜨렸다.

왕이 잠깐 앉아 있다가 곧 다시 누울 줄 알았는데, 그럴 기미가 없었다. 그래서 내관이 양녕을 대신하려고 가까이 오려 하자, 왕은 그것을 금했다. 그리고 가쁜 숨을 몰아쉬는 가운데서도 간신히 "정승을 와내로 불러오라" 하고 명했다. 그 뒤로는 자기 분부가 실행될 때까지, 피곤함을 이기지 못해 눈을 굳게 감고 양녕에게 몸을 기대어 말없이 기다렸다.

정승들이 들어왔다. 조심스레 들어와 제대군들 뒤에 엎드려 절했다.

정승들이 들어왔는데도 왕이 아무 말이 없자, 뒤에서 왕을 붙들고 있던 양녕이 목을 조금 앞으로 빼어 왕의 옆얼굴을 보니, 왕은 잠시 잠들어 있었다.

위독한 왕을 깨우지 않으려고 모두 죽은 듯 조용했다. 왕의 가쁜 숨소리만 들렸다.

왕은 오래 자지 않았다. 얼마 기다리지 않아 왕은 한 번 몸서리를 치며 눈을 떴다. 그리고는 주위를 둘러보았다.

"동궁."

동궁을 불렀다. 이번 목소리는 전번보다 훨씬 또렷했다.

"예."

"이리로… 이… 이리로."

왕은 시선을 굴려 동궁이 앉을 자리를 가리켰다. 몇 번이고 다시 가리키고 또 가리켜, 동궁이 왕의 뜻에 맞는 자리에 가게 했는데, 그 자리는 왕의 오른쪽 곁, 곧 왕과 나란히 앉아 여러 대군과 군들, 그리고 정승들과 마주하게 되는 자리였다.

동궁을 곁에 앉힌 뒤 왕은 잠깐 숨을 돌렸다. 그리고 이번에는 다시 눈을 조금 굴려 안평대군 곁에 앉아 있는 세손을 보았다.

"이리로 나오너라."

세손을 앞으로 불렀다. 세손이 나와 엎드려 절하는 동안, 왕은 머리를 돌려 절반쯤 형 양녕 쪽으로 향했다.

"형님, 팔이 피곤하시지요?"

"아니옵니다. 전하, 왜 이렇게 가벼우십니까. 칠팔 세 아이나 다름없습니다."

"잠깐만 더 붙들어주세요."

왕은 형에게 향했던 시선을 동궁 쪽으로 돌렸다. 본래도 약한 데다, 부왕의 병환을 곁에서 지키느라 요즘 더 여위어 뼈만 남은 듯한 동궁. 얼굴은 수염에 가려져 그리 드러나지 않지만, 두 손은 장작개비처럼 핏기 없고 살이 없었다. 몸이 약할 뿐 아니라 마음도 지극히 약해, 지금 여러 왕실 친척과 정승들 앞에 남면하여 앉아 있는 것이 몹시 거북한 듯, 눈이 부신 사람처럼 머리를 숙이고 있었다.

한편 세손을 바라보니, 아홉 살 난 소년에게서 소년다운 활기보다 어른스러운 기색만이 짙게 보였다.

'나라를 운용하기에는 너무 약하구나.'

왕은 팔을 뻗어 몹시 애를 쓰며 옥새를 끌어당겨 동궁 쪽으로 밀어놓았다. 그리고 몸도 크게 힘을 들여 동궁을 향해 돌아앉았다. 몸을 돌린 뒤에는 두 팔을 뻗어 방바닥을 더듬었다. 조금씩, 조금씩 머리를 숙이다가 푹 하고 엎드려 버렸다.

동궁과 양녕이 놀라 붙들어 일으키려 하자, 왕은 엎드린 채 그대로 두라는 뜻으로 머리를 약간 저으며,

"저하… 전하… 휼민恤民(백성을 보살핌)하세요. 무겁소이다.

곤하오이다."

하고 말했다. 목소리는 차차 듣기 힘들 만큼 작아져갔다.

동궁은 망지소조(어찌할 줄을 모르고 갈팡질팡함)하여 몸을 와들와들 떨고만 있었다.

왕자와 정승들 틈에서는 느껴 우는소리가 들렸다.

왕은 엎드린 채 다시 일어날 기력이 없어서 몸을 지탱하던 팔꿈치도 넘어지고, 가슴까지 방바닥에 대어버렸다.

양녕이 내관과 힘을 합쳐 왕을 다시 자리에 눕혔다. 동궁과 세손은 왕의 분부대로 그 자리에 그대로 있었다.

몸을 일으키려다 생긴 피로가 한참 가라앉은 뒤, 왕은 수양을 자기 앞으로 불러냈다.

"유야. 나는 이제 임종이야. 내가 죽은 뒤에는 동궁 저하를 나로 알고 지성껏 섬겨라. 저하는 선비±라 도덕이 높고 착하기가 한량없으시지만, 눈이 미처 못 미덥게 여기는 데가 있을지도 모른다. 그런 때엔 네가 잘……"

"분부가 없으셔도, 제가 믿는 대로 섬기고 보좌하오리다."

왕은 잠시 숨을 돌리고, 이번에는 안평을 불렀다.

"너도 힘을 합해서 저하께 충성해라."

"수양 형이 계신데, 신 같은 어리석은 자는 있으나 없으나 마찬가지이겠습니다."

왕은 입맛을 다시고 잠시 쉬었다가 다시 말했다.

"너는 매사에 수양 형께 투심妬心을 품는구나. 형제끼리 화목해라."

왕은 왕자들을 차례로 어전에 불러 유훈을 내렸다. 그 뒤에는 형 양녕대군에게 모든 조카들을 잘 감독하여 나라에 충성하고 형제간에 화목하도록 이끌어 달라고 당부했다.

마지막에는 정승들을 불러 국사와 왕실을 위해 한결같이 진충갈력盡忠竭力(충성을 다하고 있는 힘을 다 바침)해달라고 부탁했다.

왕자와 대신들에게 뒷당부를 마친 뒤, 왕은 동궁을 물러가게 하고 그 자리에 세손을 불러 앉혔다.

눈을 감고 세손의 손을 잡았다.

임종을 눈앞에 두고 이 어린 손자님의 앞날을 생각하니 끝없이 근심스러웠다.

왕에게는 동궁이 오래 살지 못할 것처럼만 느껴졌다. 예전에 왕은 형 양녕에게, 동궁이 일찍 죽고 세손이 영특하면 좋겠다고 말한 적도 있었다. 그러나 어느 날인가, 왕이 우연히 자선당(동궁 처소) 뒤쪽으로 돌아가던 때에 동궁이 어린 아드님(세손)을 훈계하던 말, "삼촌을 조심해라. 수양숙首陽叔을 조심해라. 무서운 사람이다"를 들은 뒤로, 왕은 새로운 큰 근심 때문에 늘 번민했다.

세손이 만약 어릴 때부터 아버지인 동궁에게 그런 교훈을

수양대군

받고 자란다면, 장차 영원히 수양숙과는 화목하게 지낼 수 없을 것이다. 지금 이 반조半造의 나라를 완성해가는 데에는 수양의 힘을 빌리지 않을 수가 없다. 동궁은 나약하여 임금은 될지언정 명군이 될 가망이 없다. 동궁의 아들인 세손은 어떠할지. 이제부터 비로소 그 사람됨을 만들어야 할 터이다.

태조 때는 무력으로 나라를 세웠고, 정종과 태종 두 대에 걸쳐 민심을 수습하는 일을 겨우 마쳤다. 그 뒤의 이 어수선한 나라를 내가 이어받아 삼십 년 동안 다듬고, 깎고, 갈고, 닦아 이제는 나라로서의 기초는 만들어 놓았다.

내 손으로 꽃까지 찬란히 피우고 싶었다. 그러나 하늘이 수명壽을 빌려주지 않아 중도에 손을 떼게 되었으니, 하다못해 마음 놓이는 후계자에게 뒤를 맡기고 싶다.

"나라가 태평할 때에는 맏이嫡를 뒤嗣로 삼고, 나라가 어지러울 때에는 공功 있는 자를 뒤로 삼는다"는 원칙에 따라, 나는 내가 이렇게 수명이 짧을 줄은 모르고 지금을 태평한 때라고 여겨 그 원칙을 적용해왔다. 그런데 막상 임종이 눈앞에 닥치고 보니 아직 태평한 때가 아니었다.

하지만 이제 와서 다시 바꿀 수는 없다. 형 양녕대군 같은 현인이면 몰라도, 그렇지 않은 사람이 지금 이것을 바꾸려 들었다가는 더 큰 화란이 일어날 것이다.

일이 이미 이렇게 된 이상, 동궁의 도량과 수양의 진충갈력

만을 바라며 기다릴 수밖에는 다른 도리가 없었다.

사랑하는 손자의 손을 잡고 눈을 감고 있는 동안, 왕의 눈가 좌우로 눈물이 끝없이 흘렀다.

이튿날 왕은 깊은 근심을 품은 채 조용히 세상을 떠났다. 나이 쉰넷.

동궁과 수양을 가까이 불러 형제의 손을 맞잡게 하고, 자신이 몸소 그 두 손을 잡아 끝까지 서로 붙들고 살아가라는 뜻을 보였다. 그리고 그 손을 잡은 채로 승하한 것이었다.

묘호廟號는 세종世宗이라 했다.

대행왕大行王(임금이나 왕비가 죽은 뒤 시호를 올리기 전의 칭호)의 뜻대로 '맏아들'이 등극했다.

문종의 환후

선왕이 이 세상에 남기고 간 자녀는 적출이 팔남 이녀, 서출이 십남 이녀, 합해 스물두 분이다. 대행왕의 뜻을 이어 '맏아드님'(문종)이 왕위에 올랐다.

재궁梓宮(시신을 넣은 관)이 아직 빈전인 휘덕전에 머물러 있는 동안, 새 임금은 한 시 한때도 재궁 곁을 떠난 적이 없었다. 승하한 날이 이월 열이레, 아직도 꽤 추운 절기였고, 더욱이 밤에는 화기火氣도 없는 넓은 빈전에서는 건강한 몸이라도 추위가 뼈까지 스며들어 몸이 오그라들 만큼 추웠다. 넓다랗게 트인 빈전 안으로 찬바람이 거리낌 없이 이리저리 드나들었다.

바깥은 볕이라도 들었지만 침침하고 막을 데 없는 빈전 안은 밖보다 훨씬 더 추웠다. 시종 드는 내관들은 속에 두꺼운 옷을 겹쳐 입어서 이 냉기를 얼마만큼 막았고, 그리고도 우들우들 떨다가, 빈전 밖으로 심부름이라도 나가면 가능한 한 거기서 오래 시간을 끌며, 빈전으로 다시 들어오기를 피했다. 그러나 그렇게 잠깐 남의 눈을 속일 형편이 아닌 신왕은 한결같이 부왕의 영혼(영해)을 지켰다.

본래 몸이 약한 데다 오래 부왕의 병석을 지키느라 건강 상태는 말할 것도 없었다. 원래 수염이 많은 편인데다가 그동안 세수도 하지 않아 때가 잔뜩 끼고, 손톱은 자랄 대로 자라고, 옷은 구겨지고 더러워져 사람 꼴이 아니었다.

영해靈骸를 영능英陵에 안장하기 위하여 비로소 몸을 기동하였다.

몸을 일으키다가 눈이 아뜩하여 앞이 캄캄해졌다. 무엇을 붙들려고 양손을 휘저었지만 눈이 보이지 않아서 허공만 더듬었다.

내관이 황급히 달려와서 부액을 하였지만 왕은 부액 받은 채로 그 자리에 주저앉았다. 머리를 들려고 힘썼지만 그 반대로 머리는 무릎에 묻히고 몸은 내관의 품에 쓰러졌다.

모두 당황하였다. 인산因山(왕의 장례를 치르러 관을 모시고 산릉으로 나아가는 의식)에 수행하려고 전정에 모였던 왕족과 삼공 이하 문무대신들, 백관들이 모두 어쩔 바를 모르고 술렁거렸다.

대군들 사이에 섞여 있던 수양이 먼저 뛰쳐나왔다. 허둥대며 이리저리 빙빙 도는 중관들 가운데서 두 사람을 불러 왕을 부축하게 하고, 담비이불로 옥체를 싸게 했다. 한편으로는 따뜻한 꿀물을 가져오게 하고, 자신은 왕의 손발을 주무르며 불을 피운 화로를 몇 개 가져오게 해 왕에게서 조금 떨어진 곳에 둘러놓게 했다.

잠시 뒤에 왕은 정신이 들었다. 먼저 당신의 곁에서 팔다리를 주무르던 수양에게로 눈이 향하였다. 훈훈한 화로의 온기로써 화로의 존재도 알았다.

왕은 담비이불을 벗어던졌다.

"이 화로는 웬 것이냐."

"신이 명하였사옵니다."

수양이 아뢰었다.

왕은 일어나려 했다.

"상인喪人에게는 당치 않은……."

왕은 성가신 듯 화로를 보았다.

"전하, 잠깐만 더……."

수양이 말리자,

"아니. 이제는 괜찮으니."

하며 비칠비칠 일어섰다.

사도

봉릉하고 돌아온 뒤 왕은 이틀 동안 자리에서 일어나지 못했다.

침전에서 정사를 보았고, 경연관經筵官도 침전으로 불러들였다.

수양이 형 왕의 건강을 걱정해 여러 번 "한동안 요양하시라"고 아뢰었지만, 왕은 단호히 거절했다. 조금이라도 자기 몸을 편하게 하거나, 즐겁게 하거나, 사치스럽게 만드는 일은 모조리 금하고 하지 않았다. 여관女官은 곁에도 오지 못하게 했다.

인산 직후는 한여름이었다. 찌는 듯이 더웠다. 그러나 왕은 얼음은커녕 부채질까지도 엄금하고, 그 찌는 더위를 그대로 참았다. 의대衣帶에는 땀이 흠뻑 배고 살이 물큰해져 그 고통이며 냄새가 보통 사람도 견디기 힘들 정도였다. 하물며 금지옥엽으로 자란 왕으로서는 견디기 어려웠을 텐데, 그때마다

"지하의 선왕께서는 어쩌하실까."

하며 눈물을 흘리곤 했다.

대신이며 재상들도 아무 말도 하지 못했다. 그들 눈에도 날마다 더 쇠해가는 왕의 건강이 환히 보였지만, 어찌해야 할지 방도가 떠오르지 않았다. 명군 아래서 분명한 지휘가 있으면 그것을 어김없이 실행할 줄은 알지만, 스스로 '어떻게 해야 한다'는 방책을 짜내지는 못하는 사람들이었다.

왕은 좀처럼 자리에 눕지 않았다. 눕는 것을 죄악처럼 여겼다. 일어나서는 억지로 버티며 정사를 보았다. 정사라 해도 그날그날의 간단한 일만 처리하고, 경연에 나아가는 정도였을 뿐, 중대한 일은 아예 손대지 않았다. 삼년상을 치르기 전에는 중요한 일을 보고 처리하는 것이 효도에 어긋난다고 여겨, 그대로 방임해두었다.

신하들도 변변한 인물이 없었다.

명상이 없는 가운데 황보인皇甫仁 같은 사람은, 아무 재간도, 지략도, 압력도 없는 늙은 선비에 지나지 않았다.

한때 조선 천지를 휘어잡던 용명높은 김종서도, 선왕 아래서 선왕의 지휘대로 다만 충직하게 일했기에 큰일을 이루었지, 혼자 제 마음대로 내버려두면 그런 큰일을 이룰 수 있었던 사람이 아니었다.

허후나, 혹은 하연이나, 모두 이런저런 일을 시키면 성실히 실행할 사람들이지만, 스스로, 어떻게 하면 나라에 도움이 되리라고 계책을 짜내어 펼칠 만한 능력은 없어 보였다.

이런 사람들 위에는 오직 명철한 임금이 있어 지휘하고 지도해야만 하거늘, 왕은 복상服喪(상중에 상복을 입음)에만 충실하고 국사는 돌보지 않았다.

신숙주, 성삼문, 박팽년 같은 신진 기예의 학도들이 있기는 하지만, 그들은 아직 지위상으로도 국정에 관여할 처지가 못 되었다.

이 임무를 감당할 만한 사람은 수양 단 한 사람뿐이었다.

그러나 수양은 형 왕의 신임을 얻지 못하고 있었다. 지위가 지위인 만큼, 형 왕은 늘 수양을 의심의 눈으로 보고 경계심을 품어 마음을 터놓지 않았다. 이것이 수양에게는 몹시 민망하고 답답한 일이었다.

둘러보면 형 왕은 정사는 돌보지 않고 복상 예절만 지키느라 급급하고, 대신들은 지금 세상을 태평세월이라 여겨 술이나 마시고 바둑이나 두며 세월을 보내고 있었다. 신진기예의 젊은이들은 경서經書 토론만을 중시하고 있으니 한심한 노릇이었다. 경서 이외의 학술은 잡술이라 하여 끝없이 업신여기고, 다른 학문에 힘쓰는 자가 있으면 사도斯道(유학의 도리를 이르는 말)에 어긋난다며 배척하기를 마지않았다. 선왕인 세종대왕은 이렇지 않았다.

선왕이 삼십 년 동안 가꾸고 길러 온 찬란한 문화는 이제 날로 쇠해가고 있었다. 기술이든 재능이든, 무엇이든 한 가지라도 능한 사람이 있으면 그 능력이 비록 역학譯學이든 야금冶金이든 음률音律이든, 하다못해 천한 장인匠人에 지나지 않는다 해도, 뛰어난 솜씨가 있으면 육품직 이상의 벼슬을 주어 장려하기를 아끼지 않았다.

그랬기에 단 삼십 년의 재위 동안 이 땅은 기름지고, 제도와 문물이 갖추어져 문화가 향상되고, 나라 살림이 안정될 수 있었던 것이다.

그런데 지금 형 왕은 문학 이외의 학술은 모두 잡기라 하여 천대하고 멸시하며 돌보지 않는다. 오히려 그런 학술이 발달하는 것을 나라의 불행으로 여겨, 억압하기를 그치지 않는다.

부왕과 같이 왕 당신이 온갖 학술에 통달하여 몸소 앞서 지휘하고 가르치지는 못할망정, 그것을 잡술이라 하여 억압하고 배척할 필요까지는 없을 것이다. 어떤 학문이든 발달하면 그만치 나라에 이익이고 도움이 되며, 혹 지금 당장 필요하지 않다 하더라도 언젠가는 쓸 데가 있을 것이다. 설령 쓸 데 있는 날이 끝내 오지 않는다 하더라도, '있어서 해로울 것은' 없을 것이다.

유학儒學도 물론 쓸모없는 것은 아니지만, 유학이 쓸모 있는 만큼 다른 학문도 또 쓸모가 있다. 한 나라에는 온갖 학문이 두루 갖추어져야 한다. 예전 부왕은 그러했다. 무엇을 더 중히 여기고 무엇을 더 가볍게 여기지 않고, 학문이라는 학문은 다 존중했다. 부왕이 나라를 다스린 삼십 년 동안 이 나라가 이처럼 완전해지고 이처럼 탄탄해진 것은, 학문에 경중을 두지 않고 어떤 학문이든, 기예까지도 한결같이 귀히 여기며 장려하고 북돋운 덕분이다.

그런데 지금 형 왕은, 오직 복상에만 힘을 쏟고, 장려하는 일도 유학만 힘쓰니, 부왕이 삼십 년간 닦아놓은 기초는 무엇을 의지하고 성장하랴.

"아! 아."

과거를 돌아보고 장래를 생각하면 수양은 저절로 탄식이 나오는 것을 금할 수가 없었다.

수양의 진심

세종이 승하한 지 어느덧 일 년 남짓 지났다. 그 무렵에는 왕(문종)의 건강 상태가 말로 하기 어려울 만큼 나빠져 있었다. 앉아 있다가 갑자기 일어서는 일은 도저히 하지 못했다. 무심코 몇 번 갑자기 일어서려다가 정신이 아득해 다시 주저앉은 뒤로는, 몸을 일으키려 할 때마다 한참을 마음으로 준비하고 팔다리를 조금씩 움직여 충분히 준비한 다음에야 내관을 불러 부축하게 했다. 그리고도 무릎을 손으로 짚어 가면서 겨우 일어나곤 했다.

하루는 왕이 조회를 받으려고 근정전에 나왔다. 즉위한 지 일 년 남짓 지난 뒤인, 신미년 6월의 어느 날이었다. 품반품서 品班品序에 따라 뜰 아래에 줄지어 서서 머리 숙여 예를 올리고 있던 군신들을, 왕은 피곤한 기색으로 내려다보고 있었다.

배례가 끝나면 왕은 편전으로 들어야 했다.

편전으로 들려면 몸을 일으켜야 했다. 시종이 부축하려고 용상 뒤로 돌아갔다. 워낙 힘을 들여야 간신히 일어서는 왕이라, 시종은 뒤에서 옥체를 붙들고 조금 힘을 주었다. 그러나 옥체는 천근처럼 무거웠다. 더 힘을 주어보았지만 왕은 일어날 것 같지 못했다.

대군 열에 있던 수양은 왕이 너무 오래 용상에 그대로 있자, 눈을 조금 치뜨고 용상을 우러러보았다. 왕은 눈을 감고 있었고, 머리는 축 처져 가슴에 묻혀 있었다. 뒤쪽에 있던 시종들은 몰랐지만, 용상 맞은편의 수양은 용안이 심상치 않다는 것을 알아차렸다. 뜻하지 않게 앞으로 나가려 했으나 감히 그럴 수도 없어, 근심스러운 눈으로(곁눈질로) 용상만 살피고 있었다.

내관들이 옥체를 일으키려고 팔에 더욱 힘을 주었다. 그 힘으로 옥체가 용상에서 빠져나왔다.

그러나 다음 순간 왕의 상반신은 맥없이 앞으로 수그러졌다. 깜짝 놀란 시종들이 옥체로 정신이 팔리는 순간, 옥체는 시종들의 팔에서 용상 위로 푹 쓰러졌다.

수양은 깜짝 놀랐다. 이것저것 살필 겨를이 없었다. 그대로 내달려 용상 아래에 이르렀다. 그리고 용상 위로 뛰어올라 옥체를 붙들어 일으켰다.

"전하! 전하!"

그 순간 왕이 머리를 들었다. 그때서야 왕도 정신이 든 모양이었다. 겁에 질린 눈동자로 두어 번 둘러보았다. 그러고는,

"이젠 괜찮소."

비교적 또렷한 목소리로 그렇게 말했다. 그리고 수양에게 내려가라고 하고, 내관에게 부축하라고 분부하였다.

그러나 수양은 즉시 제자리로 돌아가지 못했다. 마음이 안 놓여서였다.

"전하. 신께 기대시어 입어(임금이 편전에 들어 자리잡고 앉음)하시옵소서."

평소엔 꺼리던 동생이었지만, 이 비상한 때에 재빠르게 자신을 지킨 공을 가상하게 보지 않을 수 없었다. 왕은 수양의 건장한 팔에 자기 몸을 맡겼다.

수양은 왕을 편전으로 모시지 않고 내전으로 모셨다. 그리고 내관에게 명해 금침을 펴게 했다.

극도로 몸이 쇠약하였던 왕은, 조회의 피로 때문에 잠시 상기上氣(어지럽고 정신이 아뜩함)되었던 것이다. 왕이 안정을 되찾아 고요히 잠드는 것을 보고, 수양은 침전을 물러나왔다.

수양은 빈청으로 나왔다. 대신들은 아직도 당황해 어정쩡하게 서성거리고 있었다. 그러다가 수양이 나오는 것을 보자, 모두 시선을 수양에게로 돌렸다.

"지금 주무십니다."

수양은 그들의 근심에 간단히 대답해주고, 빈자리에 말없이 앉았다.

대신들은 다만 눈앞의 변고만 걱정하지만, 수양에게는 다른 더 큰 근심이 있었다. 왕의 건강 문제였다.

왕은 동궁 시절부터 본래 몸이 약한 데다 학업에 지나치게 힘을 써 건강이 말할 수 없이 상해 있었다. 그러던 중 부왕의 병세가 차츰 위중해지자, 본래 효성이 지극한 왕(당시 동궁)은 끼니도 잊고 잠도 잊으며 부왕을 간호했다.

부왕의 병환은 갑자기 닥친 병이 아니라, 지나친 과로 때문에 골수까지 스민 것이어서 하루아침에 더 위중해질 수도, 하루아침에 나아질 수도 없었다. 시름시름 앓는 것이 조금씩, 차차 위중해져 가는 병이었다.

그런 장구한 환후를 동궁이 한결같이 곁에서 시중하느라, 동궁의 몸도 차차 더 약해져 갔다. 그러던 중 동궁의 성품이 몹시 심약해 대수롭지 않은 일도 크게 걱정하고 근심했으니, 그 탓으로도 건강은 더욱 나빠졌다.

동궁은 장차 나라의 임금이 될 사람이니 그 건강이 걱정되어 수양은 늘 형에게 건강에 유의하시라고 권하였다.

보약을 드시고 기름진 음식도 드시라고 거듭 권했다. 그러나 동궁은 한결같이,

"대전께서 병환에 계신데 신자(신하된 자)가 무슨 흥이 난다

고 보약을 먹고, 무엇을 잘살자고 기름진 음식을 먹겠는가.”

하고 거절하곤 했다.

수양이 제 뜻으로 동궁께 쇠고기 찜을 올린 적이 있었는데, 동궁은 그것을 보자 벌떡 일어서며 음식 그릇을 뜰로 내던지기까지 했다.

“어느, 어느 고얀 놈이 이런 짓을 했느냐?”

동궁은 몸을 떨면서 이렇게 호령하였다. 그리고 수양대군의 분부로 그렇게 했다는 대답을 듣고는 한참을 말없이 있다가 마지막에 토하는 듯이,

“고약한.”

한 마디만 하고는 수라반을 물리고 말았다.

그래도 부왕이 살아 계실 때에는 육즙肉汁만은 간간이 받았다. 그런데 부왕이 승하하고 동궁이 새 임금이 되어 즉위한 뒤로는, 나락과 채소밖에는 절대로 가까이하지 않았다. 생선도 고기도 모조리 멀리했다. 복상 삼 년 동안은 비린내 나는 음식은 절대로 입에 대지 않았다.

“부지법삼년불개父之法三年不改”(아버지가 세운 법은 삼 년 동안 고치지 않는다)라 하여 정사와 제도 등도 하나도 손대지 않고 그대로 두었으며, 삼 년 동안 비린내 나는 음식과 계집을 가까이하지 않으려 했다.

영양 부족과 운동 부족으로 왕의 얼굴빛과 모습은 날마다

초췌해져갔다. 걸음걸이마저 비칠비칠해 똑바로 걷지도 못했다.

이것을 가장 근심한 것은 수양이었다.

"전하, 옥체를 보전하시는 것이 효도이옵니다. 어버이께서 물려주신 옥체를 손상하는 것은 효도가 아니옵니다."

수양은 이렇게까지 말하며 형 왕이 영양을 섭취하도록 하려 했다. 그러나 왕은 늘

"성현의 가르치신 바는 어길 수 없느니라"

하며 수양의 말을 물리치곤 했다.

이렇게 지내기를 일 년 반. 정전에서 조회를 받다가 상기했던 그날, 수양은 빈청에서 대신들과 등을 진 채 돌아앉아 혼자 곰곰이 생각했다.

이러다가는 형 왕도 얼마 못 가 부왕의 뒤를 따를 것이다. 부왕께 효도를 다하려면 어떻게 해서든 왕께 보양을 하시도록 진언을 해야 한다. 어떤 견책을 받더라도 왕을 위해, 나라를 위해, 또한 돌아가신 아버님의 영을 위해서라도 왕께 강권이라도 해야 한다.

수양은 내관을 불러 왕이 아직 누워 계신지, 기침을 하셨는지 물어보았다. 기침하셨다는 대답을 듣자, "뵙겠다"는 말만 전해두고 윤허가 내리기 전(왕이 수양을 꺼리니 거절할 것을 미리 알고) 내전으로 들어가 영외(현관의 밖)에 읍하고 서 있었다.

   수양대군

"수양, 등대(알현을 청함)하였습니다."

왕은 물론 들었을 것이다. 그러나 외면한 채 대답도 없었다.

"전하, 신 수양이 아뢸 말씀이 있사와 등대하였습니다."

왕은 비로소 약간 머리를 돌렸다.

"아까는 수고했네."

"신이 한 말씀 올리고저……."

"무슨 말인가?"

"늘 아뢰어온 바와 같이, 옥체를 부디 보전하시옵소서!"

또 그 소리냐 하는 표정이었다.

"맛난 음식을 먹으란 말이지?"

"……."

"계집도 부르고."

"아니옵니다."

눈동자가 수양에게로 돌아왔다.

"고서를 읽었으면 알 것이지마는 자네는 나를 만고의 죄인
이 되라는 말인가?"

"아니옵니다."

"아니라면?"

왕의 얼굴에 차차 노한 빛이 분명히 나타나기 시작했다.

"천 가지 죄 중에 불효보다 더 큰 죄는 없다. 나더러 불효자
가 되란 말인가?"

"옥체를 손상하는 게 더 효에 어그러지지 않을지, 어리석은 소견엔 그렇게 생각되옵니다."

"자네는……."

왕은 노여움 때문인지 숨이 차서인지 한 순간 말을 끊었다가 계속했다.

"나하고 언쟁을 할 셈인가?"

수양은 말문이 막혔다. 어찌할 바를 몰랐다.

"자네나 계집 부르고 주육 차려서 질탕히 놀게. 나는… 난… 난… 차마 못하겠네."

"전하!"

"나가게!"

"전하!"

"냉큼 나가게."

"전하, 깊이 헤아려보시옵소서. 백성이 웁니다. 선대왕께서도 근심하십니다."

"자네 같은 불효자를 두셔서 선왕께서도 걱정하시겠네. 어서 나가게!"

달리 어찌할 수가 없었다. 수양은 물러나왔다.

무거운 걸음으로 물러나오다가, 수양은 문득 부왕이 임종 전에 했던 말이 떠올랐다.

"네 힘으로 감당하지 못할 일이 있거든 양녕 백부와 의논

해라. 백부는 현인이시다. 동궁은 마음이 약해서 비록 마음에
없는 일이라도, 백부의 말이면 차마 거역하지 못할 것이다."
　수양은 백부 양녕을 찾아서 이 무겁고 어려운 짐을 떠맡기
려 하였다.

청죄

"네 처지도 딱하긴 하다."

수양의 부탁을 들은 양녕은 한숨을 쉬며 이렇게 대답했다.

"백부님, 참 민망하고 딱하옵니다."

"짐작한다."

"이 일을 어떻게 처리해야 하겠습니까?"

"나라고 무슨 방도가 있겠느냐?"

숙질은 서로 얼굴을 마주 보았다.

"백부님!"

"왜?"

"선대왕께서 승하하시기 전에 제게 하신 말씀이 있습니다."

"무어라시더냐?"

"어려운 일, 감당키 힘든 일이 생기면 백부님께 의논하라셨습니다……."

수양은 머리를 푹 숙이며 이렇게 말하였다.

양녕은 머리를 기울였다.

"선대왕은 고금에 다시없으신 현인이시지만 그래도 역시 어버이로구나. 어버이는 자식이 한 자―R만한 것을 두 자만한 것으로 보고, 두 자만하면 석 자만한 것으로 보는 법이니라. 상감의 성벽이 그다지도 야릇하신 줄은 선대왕도 모르셨지. 네 말을 안 들으셨는데 내 말이라고 들으실 듯싶으냐?"

수양은 머리를 숙였다. 형 왕의 성벽이 너무 곧아, 백부의 권고라고 해서 들을 것 같지는 않았다. 그래도 이미 매달린 일이니, 되든 안 되든 한 번 백부를 움직여볼 수만 있다면 다행이라는 마음으로, 수양은 그냥 백부에게 떼를 쓰기로 했다.

"백부님. 일이 될지 안 될지는 두고 봐야겠지만, 될 수 있도록 힘을 써보아야 하지 않겠습니까?"

"그야 그렇지. 되든 안 되든 간에 내가 한 번 예궐해서 힘껏 권해보긴 하겠다. …너도 참 애를 쓰는구나. 그 정성을 왜 하늘이 몰라주시는지……"

"백부님. 간곡히 부탁드립니다. 꼭 애써 봐주십시오."

"그래그래. 되는 데까지 힘은 써보도록 하자."

양녕은 사랑하는 조카 수양을 위해, 대궐에 들어가 왕께 옥체 보중하시라 간하겠노라고 약속했다.

"그런데, 유야. 나는 네게 걱정이 하나 있구나?"

"무슨 말이신지요?"

"문신들이 가만있을 성싶지 않구나. 무슨 일이라도 벌이겠지."

"왜요?"

"왜라니? 네가 용상에 뛰쳐올랐다던데. 용상은 신하가 올라서는 안 되는 자리라는 건 너도 알 거 아니냐?"

"그래도, 그런 위급한 경우에……."

"위급했는지 아니었는지 네가 어떻게 안단 말이냐. 문신들은, 사정이 어떻든 네가 용상에 올라간 건 임금을 범한犯上 죄로 논의할 것이다."

들고보니 백부의 말이 당연했다. 선대왕 때나 그 전 태종 때에 문신들이 백부 양녕을 처벌하자고 청죄한 것도, 백부에게 큰 죄가 있어서가 아니었다. 그들은 무엇이든 꼬투리를 잡아 왕의 주의를 끄는 것이 벼슬살이의 도리라고 여기니, 무슨 핑계든 생기기만 하면 우르르 들고일어나는 것이 상례였다. 그러고보니 용상까지 뛰쳐올라갔으니, 가만있을 리가 없었다.

이튿날 헌부憲府에서 수양을 청죄하자는 논의를 꺼내들었다. 동시에 간원諫院(임금에게 간하는 일을 맡아보던 관아)도 들고일어섰다. 거기에 더해 옥당玉堂(궁중의 경서, 문서 등을 관리하고 임금의 자문에 응하는 일을 맡아보던 관아)도 차자箚子(간략한 상소문)

를 올렸다. 모두 한결같이, 수양대군이 용상에까지 뛰어올라 옥체를 어루만지고 붙들어 일으킨 것은 범상犯上(신하가 임금에게 해서는 안될 짓을 함)의 죄이니, 중하게 벌해달라는 것이었다.

양녕은 수양의 부탁으로 그 이튿날 왕을 뵈러 예궐하였다.

한헌寒暄(안부)의 문안을 드리며 틈을 보아 우러러보니 용안이 참혹했다. 그동안 멀리서 뵌 적은 여러 번 있었지만, 가까이서 뵙기는 참으로 오래간만이었다. 멀리서는 알아보기 힘들었으나, 가까이서 우러러보니 광대뼈가 쑥 드러나고 볼은 푹 꺼져 있었다. 움푹 들어간 얼굴 안에서 두 눈동자만은 유난히도 빛이 났다.

선비로 자라 평소에는 앉아서 지내고 눕기를 싫어하던 왕이었지만, 몸이 너무 괴로워 잠시도 가만히 앉아 있을 수가 없었다. 자리를 이쪽으로 눕혔다 저쪽으로 눕혔다 하고, 몸을 앞뒤로, 혹은 좌우로 흔들며, 어떻게 해서든 조금이라도 편한 자세를 찾으려 애쓰는 것이 분명했다.

"수양에게 들었사온데, 전하의 병환이 심상치 않으시다지요?"

"그렇지는 않습니다."

"전하, 적당히 몸을 움직이시고 원기 조양에 힘쓰시옵소서. 하루빨리 쾌차하시기를 만백성이 바라고 있습니다."

"나도 그렇게 생각합니다."

양녕은 그윽이 용안을 우러렀다.

"전하, 성궁聖躬(임금의 몸)은 전하 한 분의 것이 아니옵니다. 만백성이 기다리고 우러르는 바이옵니다. 지금 늙은 눈이 분명치 못하오나, 보아하니 심상치 않은 듯하오매 부디 보중하옵소서. 속담에 '고기 한 점이 귀신 천을 쫓는다' 하오니, 전하 무엇보다도 식양食養에 힘쓰시옵소서."

왕은 피곤한 눈길을 들어 백부 양녕을 바라보았다. 백부도 수양이 했던 말과 같은 말을 하느냐 묻는 듯한 눈치였다.

"백부님. 수양에게도 들었습니다. 지금 또 백부님께도 듣습니다. 그러나……."

희노애락이 수시로 치밀어오르는 왕은, 지금 갑자기 슬픈 감정 때문에 말을 중간에 끊었다. 잠시 마음을 가라앉힌 뒤에야 다시 말을 이었다. 힘도 없고 숨차 하는 목소리였다.

"선왕께서 승하하신 지 겨우 일 년 남짓인데, 지하에 계신 선왕을 생각해서라도 어찌 저 혼자 따뜻하게 자고 맛있는 음식을 배불리 먹겠습니까? 차마 못하겠습니다. 백부님의 엄명이라 하더라도……."

양녕은 더욱 머리를 숙였다.

"지당하신 하교이옵니다. 그러나 전하, 생각해보시옵소서. 선대왕께서도 전하가 효도를 다한다는 이유로 성궁을 해치시는 것을 기뻐하시겠사옵니까, 아니면 성궁이 건장하여 선왕께

　　　　　　　　　　　　　　　　　　　　수양대군

서 남기신 유업을 잘 북돋우시는 것을 기뻐하시겠사옵니까. 하나만 생각하시고 둘은 생각지 않으시는 것이옵니다. 선대왕의 영을 위로하기 위해서라도 성궁을 더욱 보중하셔야 하지 않겠사옵니까. 신은 그렇게 생각하옵니다.”

“그래도 내 마음이 그렇지 못한 것을 어찌하겠습니까, 백부님. 이 고충을 알아주십시오.”

탄원하듯이 하는 이 말에 양녕도 더 아뢸 말이 없었다.

그날도 삼사에서는 수양의 죄를 벌하자고 상소를 올리고 논박하며 소란을 피웠다.

그러나 왕은 이 일만은 끝끝내 ‘불윤不允(허락하지 않는다)’ 두 글자를 내렸다.

수양의 행동이 예절에는 어긋나고 범상한 형적은 있으나, 임금을 생각하는 지성에서 나온 일이니 문제 삼지 말라고 하교한 것이다.

만고의 죄인

왕의 병세는 갑자기 확 나빠지는 일은 없었지만, 날마다 조금씩 조금씩 더 중해져갔다. 이제는 가벼운 물건조차 들 힘이 모자라, 내관을 불러 시키곤 했다. 그러면서도 선왕의 제사 절차며 예에 관한 행사는 무슨 일이 있어도 몸소 치렀다. 대신들도 이 왕의 수명이 오래가지 못하리라는 것을 환히 알았다.

국정의 밀린 일은 산더미처럼 쌓여 있었다. 선왕이 병환으로 수년 동안 정사를 제대로 돌보지 못했고, 그 뒤를 이은 지금 왕도 오로지 예절을 지키는 데만 힘을 쏟아 정사는 방임했다. 대신과 재상들 역시 녹봉만 받아먹고 편히 지낼 뿐, 나라 일을 돌보려는 사람이 없었다.

왕이 국정을 제대로 돌보지 못할 때에는 대신들이 마땅히 알아서, 해야 할 일은 하고 금할 일은 금해야 할 터인데, 이 대신들은 그럴 줄을 몰랐다. 예나 지금이나 동서고금에 다시없

수양대군

을 만큼 현철한 선왕 아래서 삼십 년을 지냈던 탓에, 국정이라는 것은 그저 임금이 시키는 대로 충실히 실행하면 되는 것인 줄만 알았지, 대신들 스스로가 좋은 계책을 내어 왕에게 아뢰고 시행하게 하는 것이라는 뜻은 알지도 못하는 듯했다. 그러니 이런 대신들 위에는 현철한 임금이 있어 지휘하고 지도하고 명해야 하는데, 왕은 그런 점은 생각도 하지 않고 그저 예경禮經을 읽고 또 읽고, 고서古書를 외우고, 시문詩文이나 희롱하는 것을 일로 삼았다. 그 밖의 온갖 실제 문제는 모두 예절에 어긋나고 옛사람이 하지 않은 일이라며, 아예 거들떠보지도 않았다.

선왕이 삼십 년 동안 창안하고 장려하고 북돋운 온갖 기예 (이른바 '잡기'들)는, 돋던 싹이 쓰러지고 자라던 움이 꺾이고 커가던 가지가 부러져 마침내 자취를 감추어버렸다. 그리고 유학儒學 한 길만을 이른바 사도斯道라 하여, 유일하게 가치 있는 학문으로 여기고, 국왕 이하 서민에 이르기까지 모두 이것만 힘쓰고 애썼다.

이런 가운데서 이 사태를 근심한 사람은 단 한 사람, 수양대군이었다.

수양은 왕의 신임을 잃고 대신들의 꺼림을 받고 재상들의 배척을 받고 언관·사신들의 탄핵을 받으면서도, 꾸준히 대궐에 들어가 형 왕을 알현했다. 배척도 두려워하지 않고 주목도 탓하지 않으며, 왕의 꾸지람과 회피도 모른 체하고, 계속해서 믿는 바를 아뢰고 생각하는 바를 조르곤 했다.

왕은 수양이 들어오는 것을 끔찍이 여겼다. 왕의 입장에서 보면, 수양은 올 때마다 조르고 떼쓰는 것이 일이었다. 아무리 졸라도 형 왕이 끝내 승낙하지 않을 줄을 알면서도, 그 일을 그치지 않았다. 그러다 정 못 견딜 만큼 조르면, 왕도 그 끈기에 못 이겨 백 번에 한 번쯤은 허락하고, 실행도 하게 되는 것이었다. 수양은 그 백에 하나, 천에 하나쯤 되는, 그것마저도 미흡하게나마 이루어지는, 이런 결과를 바라며 계속 졸라대는 것이었다.

수양의 박력과 끈기 앞에서는 왕의 굳은 결심도 간혹 꺾이는 때가 있었다. 왕이 그토록 완강히 거절하던 육찬도, 고기를 고기 그대로는 끝내 못 놓게 했지만 육즙 정도는 올리라는 윤허가 내려졌다. 방에 불을 때는 일을 엄금하던 것도 조금 풀려, 밤에만은 침전에 약간 불을 때도 무방하다는 윤허가 내려졌다. 탕약도 조금씩 들었다. 그러나 이런 조치만으로 왕의 건강이 회복되거나 나아지기에는 너무도 때가 늦었다.

자리에 일어날 때마다 몸이 너무 아파, 한참 동안 자리 속에서 준비를 하고서야 일어났다. 한 번 몸을 움직이려면 마음으로 오래 준비한 뒤에야 움직일 수 있었다. 뼈에 기름기 하나 남지 않아 몸을 움직일 때마다 삐걱삐걱 온몸이 아팠다. 눈을 한 번 감으면 다시 뜨기가 싫어 한참을 망설이곤 했다.

다시 나을 날이 오지 않으리라는 것을, 왕 자신이 가장 잘 알고 있었다. 경연에는 아침 한 번밖에(그마저도 간신히) 나아가지 못했다. 대신 늘 어린 세자를 무릎 앞에 불러 가르치기를 게을리하지 않았다.

왕의 남자 동기는 적출로 8인, 서출로 10인, 합해 열여덟 분이었다. 그 가운데서 왕 혼자만 마음으로든 몸으로든 유난히 약했을 뿐, 다른 이들은 모두 억세고 건강했다. 중조부 태조의 혈통, 할아버님 태종의 혈통, 외가의 혈통 등을 물려받아 강인한 데다, 아버님 세종의 지혜까지 함께 물려받았는지라, 적서 열여덟 사람의 힘을 합치면 이 세상에 두려울 자가 없었다.

그 가운데서도 동생 수양은 할아버지의 용략과 아버지의 지혜를 한 몸에 물려받아, 가장 뛰어났다. 이 아우를 잘 붙잡아 수족처럼 써야 할 터였는데, 왕은 자기 옥체가 너무 약하고 보잘것없다는 생각 때문에 아우를 시기하기 시작했고, 그 시기는 차츰 변해 의심에까지 이르렀다.

아우를 의심하고 보니 매사가 모두 의심스러웠다.

수양이 왕을 돕고자 좋은 진언을 하면, 왕은 그 속내를 캐어 의심하고 싶어졌다. 왕의 건강을 위해 권하면, '나를 만고의 죄인으로 만들려는 복선이구나' 하고 의심이 갔다. 편히 쉬시라고 청하면, '내가 쉬는 동안 무슨 짓을 하려는가' 하고 또 의심이 갔다.

이렇다 보니 의심은 의심을 낳아, 그 의심은 날마다 커져갈 뿐이었다. 그리고 호랑이 같은 숙(叔)들 앞에 아직 어린 세자를 남겨두고 떠나기가 겁나고 무서웠다.

틈만 나면 왕은 어린 세자를 무릎 앞에 불러 앉히고 머리를 쓰다듬으며 한숨을 쉬곤 했다.

"동궁."

"예?"

아직 어린애나마 그 눈치는 너무도 노숙하였다.

"내가 만약 천추하면 동궁은 누구를 믿고 누구를 의지할꼬?"

"양녕 증조부."

"또?"

"수양숙, 안평숙."

꼽아내리려는 것을 왕은 막았다.

"안 된다. 왜 조심하지 않느냐. 안평숙은 괜찮지만 수양숙은……."

걱정이었다. 왕은 탄식하였다.

문종의 부탁

임신년 봄도 다 가는 어느 날.

왕은 그날 울울한 마음을 누를 수가 없었다. 특별히 무슨 일이 생긴 것도 아닌데, 공연히 울울하고 심란했다. 그새 정사가 너무 밀려 며칠을 억지로 정사를 보았더니 그 탓인지, 몸도 지나치게 피곤한 데다 요즘은 상기하는 횟수도 몹시 잦았다. 몸을 일으킬 때마다 정신이 아득해 무엇인가를 붙들지 않으면 안 되었고, 그렇지 않으면 한 번 다시 앉았다가 일어나곤 했다. 내관에게 부축을 받아도, 온몸을 내관에게 맡기지 않고서는 스스로 걸어다니기조차 힘들 만큼 쇠약했다. 입맛은 전혀 없어 미음이나 육즙을 조금씩 마셔 겨우 갈증만 달래는 정도였다.

그날은 더욱 마음이 불편하여, 생명에 대한 위협을 크게 느꼈다.

이러다가는 불시에 무슨 일이 생길지 도무지 짐작할 수가 없었다.

영외에는 내관이 머리 숙여 대령하고 있었고, 왕의 곁에는 어린 세자가 혼자 무슨 글을 외우고 있었다.

"여봐라!"

왕은 소리쳐 내관을 불렀다.

"유신들 가운데 누구 있는가, 나가보아라."

동궁 시절의 학우學友요, 장차 나라의 큰 기둥이 될 학사들을 불러보고 싶었던 것이다.

왕은 유신儒臣들을 편전으로 부르라 하고, 자신도 옷차림을 단정히 한 뒤 내관의 부축을 받아 편전으로 나갔다. 어린 동궁도 따라나섰다.

한 각(두 시간)쯤 뒤, 그 자리에서는 임금과 신하들 사이에 작은 잔치가 벌어졌다. 아직 복상服喪 중이라 여악女樂도 없고, 음악도 없었지만, 왕은 떨리는 손으로 친히 술을 따라 신하들에게 잔을 돌렸다.

"범옹이(신숙주), 근보(성삼문). 옛날 함께 글 배우던 일이 생각나는가?"

"전하, 신들이 죽기 전까지야 그때의 영광을 어찌 잊겠사옵니까?"

"옛날 일이로다."

    수양대군

왕은 신하들을 위해 술을 따랐다. 부왕의 투철한 안목으로 뽑아낸 이 명신들…….

"자. 근보 마시게."

"황공하옵니다."

"범옹이도 마시게."

"황공하옵니다."

"임금이 주는 술이니 마음 놓고 먹게. 아니면……."

왕은 말을 끊었다. 끊고 뒷말은 계속하지 않고, 술을 얼마간 더 돌렸다.

술이 제법 돌았다. 술기운이 올랐지만, 그래도 정신을 잃을 만큼은 아니었다. 그때 왕은 자세를 조금 바로 하며 돌던 술잔을 멈추고, 세자의 손목을 잡아 앞으로 나오게 했다.

왕은 조용히 입을 열었다.

"내 수명이 얼마 남지 않았다."

두런거리는 기색이 있었다. 왕이 말을 끊으려 눈짓을 주었다. 좌석은 한순간에 조용해졌다.

"여러 말 하지 않겠다. 내게 충성하듯이, 이 어린 세자에게도 충성해주게. 긴말은 쓸데없고, 부탁은 딱 한 가지뿐이네. 내가 세상을 떠나도 눈을 감지 못할 일은… 세자의 앞날이니, 그것만 잘 살펴주겠다면 다른 부탁은 아무것도 없네."

"전하!"

"딴말은 말고 세자만!"

"전하!"

취기가 일시에 깨었다. 숙주가 먼저 머리를 푹 숙였다. 뒤따라 삼문, 팽년, 모두 머리를 숙였다.

흐득흐득 흐느끼는 소리가 그들 사이에서 났다.

세자는 가만히 앉아 있을 뿐이었다.

"자네들 같은 현신이 있으니, 뒷일은 무엇을 근심하겠는가. 다만 세자가 너무 어리니, 그것이 마음에 걸릴 뿐."

문종의 고명

오월 열나흘.

그해는 더위가 일찍 찾아와 오월 십 일 무렵에는 찌는 듯 무더웠다.

요즘 왕의 병세가 갑자기 악화되었다. 시름시름, 눈에 띄지 않게 조금씩 더해가던 용태가 오월 십 일쯤부터는 갑자기 위중해졌다.

열나흗날 아침, 국을 한 술 떴다. 그리고 한참 있다가 갑자기 숨이 가빠지기 시작했다. 의관들이 허겁지겁 달려왔다. 달려와 진맥을 했으나, 이렇게 급작스런 변화에는 손쓸 방도가 없었다. 그들은 물러나 서로 의논했지만, 당장 내놓을 대책이 없었다. 그러는 사이 왕은 정신을 잃었다. 의관들이 의논 끝에 탕약을 조제해 한 사발 올리자, 왕은 잠깐 정신을 추슬렀다.

그제야 곁에서 대령하던 승지들도 조금 정신을 차렸다.

"정승… 정승은 들어왔느냐?"

모기 소리 같은 왕의 목소리였다.

내관이 대청의 승지에게 정승 입직 여부를 물었다.

"이리로 불러라… 음, 종친은… 수양은 부르지 말아라."

중관은 왕명을 받고 빈청으로 달려나갔다.

그때 수양은 빈청(비변사의 대신이나 당상관이 정기적으로 모여 회의하던 곳)에서 영의정 황보인과 함께 왕의 환후를 걱정하고 있었다. 전날 밤에도 내전 대청에서 밤을 새우며 근심했고, 왕의 상태가 조금 가라앉는 듯하여 밖으로 나와 기다리고 있던 참이었다.

그때 내전에서 중관이 달려나왔다.

"입직한 정승과 판서 듭시랍니다."

어명을 받은 사람들은 옷깃을 여미고 중관의 뒤를 따랐다. 수양도 당연히 자신도 부름을 받은 줄 알고 함께 일어섰다. 그러나 중관이, "수양대군은 좀 뒤에 들라는 분부요"라고 말하고는, 뒤도 돌아보지 않은 채 내전으로 들어가버렸다.

일어섰던 수양은 우뚝 서버렸다. 물론 따라 들어갈 수는 없었다. 그렇다고 멍하니 서 있는 것도 우스웠다. 획 하고 노기가 치밀어올랐다. 괄괄한 성미라 참기가 어려웠다.

그러나 수양은 꾹 참았다. 어명이었다. 어명에 거역할 수 없는 일이었다.

"열 번 참아 안 되면 스무 번 참고 스무 번 참아 안 되면 서른 번 참고, 참고, 참고 또 참겠습니다."

일찍이 부왕께 맹세한 이 말이 떠올랐다.

"아… 아, 형 왕께서는 왜 저리도 괴벽하신가?"

돌아보면, 말로든 행동으로든 손톱눈만큼도 불공하거나 불쾌한 마음을 품어본 적이 없건만, 어째서 이토록 멀리하시려는가.

"형님!"

눈물이 솟았다.

창피니 체면이니 하는 것은 둘째 문제였다. 아마도 임종일 것이다. 임종이면 필시 고명顧命(임금이 유언으로 세자나 종친 신하 등에게 나라의 뒷일을 부탁하는 일)일 것이다. 그런데 그 고명에서 수양 자기만 빼고 물리친다는 게 무슨 일인가.

분하다기보다 억울하다기보다, 기가 막혀서 수양은 움쩍도 못하고 그 자리에 못 박힌 듯이 서 있었다.

멍하니 서 있는데, 누가 어깨를 툭 치기에 돌아보니 백부 양녕이었다.

백부를 보자, 지금까지 참고 있던 눈물이 쏟아져나왔다.

"백부님!"

"오오. 그런데 너는 울기는 왜 우느냐?"

"임종이십니다."

백부의 눈이 둥그레졌다.

"아, 그러면 너는 왜 여기 있느냐. 어서 들어가자."

"들지 말라는 분부이옵니다."

양녕은 수양의 얼굴을 보았다. 눈치를 챘다.

"누구누구가 들어갔느냐?"

"영상, 좌우상, 좌우상찬성, 이, 호, 예, 병조판사, 기타 수삼 인입니다."

"지금 고명이시구나."

"그렇습니다."

"너나 나나 못 불리기는 매한가지 아니냐, 여기서나마, 자!"

양녕은, 손을 읍하고 북향하여 길게 절하였다. 수양도 백부 를 따라 절하였다.

안평 이하 대군이며 군들도 차례로 들어왔다.

고명이 끝난 뒤에야 왕은 삼촌과 동생들을 와내에 불렀다.

"길지 못한 생애를 폐만 많이 끼쳤구나, 어린 조카 의지할 데 없는 동궁이니, 숙들이 잘 보좌해서 장차 현철한 군주가 되도록 지도해주게."

뭇 동생에게 어린 세자를 부탁하였다.

"동궁, 좀 이리로."

가까이 불러 앉히었다. 초췌한 용안… 더욱이 어린 세자를 이 어지러운 판국에 남겨놓고 떠나는 왕은 못내 마음이 놓이지 않는지, 몹시 힙겹게 세자 쪽을 바라보고 다시 대군들 쪽을 바라보곤 하였다.

"백부님."

양녕도 찾았다.

"백부님께서 너무 연로하셔서 뒷일을 부탁드린다는 것이 도리상 옳지 않았습니다만, 백부님 생존해 계시는 동안만이라도 끝끝내 어린 동궁을 보호해주십시오."

"분부가 없으시더라도 어찌 조금인들 소홀히 생각하겠나이까. 안심하소서."

고명과 당부가 모두 끝나고, 그날 저녁 왕은 잠든 듯 고요히 세상을 떠났다.

임신년 오월 십사 일이었다.

나이 서른아홉. 경오년 이월에 즉위하여, 재위는 2년 3개월이었다.

묘호를 문종文宗이라 하였다.

이 왕의 외아드님(후일의 단종)이 그 뒤를 이어 보위에 올랐다.

양녕대군의 회한

머칠째 끈끈하고 불쾌한 더위가 이어졌다. 새벽 무렵이면 보통은 좀 서늘해지기 마련인데, 그날은 그 법칙을 무시하듯 새벽녘에도 도무지 서늘해질 줄 몰랐다. 그러다가 아침밥때가 좀 지나서 비가 내리기 시작했다. 비는 비였지만 냉기를 퍼뜨려주는 시원한 장대비가 아니라, 침침하고 음산한 기분만 더하는 시원치 못한 비였다. 더위는 줄지 않고, 하늘은 캄캄하고, 비는 내리고… 역한 날씨였다.

빈전殯殿(국상 때, 상여가 나갈 때까지 왕이나 왕비의 관을 모시던 전각)은 더 축축하고 더 침침했다. 향 연기가 자욱하게 서려, 눈앞의 거리조차 분간하기 어려울 지경이었다. 정신마저 흐릿해질 듯했다.

열두 살밖에 안 된 새 임금은, 그동안 여러 날 자리에 눕지도 못하고 지냈던 탓에 극도의 피로를 이기지 못하고 꾸벅꾸벅 졸고 있었다. 새 임금을 모시는 여러 종친들, 그 종친들 가운데서 맏어른은 수양이었다. 윗항렬로 백부 양녕이 있기는 하지만, 양녕은 나이도 많은 데다 태종대왕의 처분으로 공적인 일에는 몸을 사리며 지내는 처지였다. 그래서 대행 전하(문종)의 아우요, 새 임금의 숙부인 수양이 지금 왕실의 장로였다.

수양은 눈길을 조금 돌려 존귀한 조카님의 용안을 보았다. 꾸벅꾸벅 조는 얼굴에는 피곤이 깊게 배어 있었고, 부쩍 야위어 차마 보기 민망할 만큼 초췌했다.

수양은 합죽선을 꺼내어, 천천히 용안에 바람을 보내드렸다. 그리고 내관을 손짓으로 불러 사방침을 가져오게 한 뒤, 몸소 조심스레 부축해 오른팔을 들게 하고, 내관에게 그쪽으로 사방침을 받치게 했다.

신왕은 누가 몸을 건드리자 잠깐 눈을 뜨는 듯했으나, (그냥 왼손으로 수양이 보내드리는) 부채바람이 상쾌해 다시 눈을 감으며, 사방침에 옥체를 기대었다.

수양은 부채질을 멈추지 않았다.

'얼마나 적적하실까.'

아직 어머니를 그리워할 나이에 부모를 모두 저세상으로 떠나보낸 어린 상감의 마음을 생각하니, 수양은 눈물이 났다.

이 세상에 떨어지면서 어머님을 잃어버린 가련한 고아.

그 뒤로는 어머니를 대신해 사랑해주시던 왕후마저 세상을 떠났다.

그리고 겨우 사 년이 더 지나서는(어린 왕손이 가장 응석을 부릴 수 있었고, 그 응석을 늘 기쁘게 받아주던) 할아버님(세종)까지 잃고 말았다. 아버님은 좀 어려운 분이었다. 자애로움보다 감독이 더 많았고, 애무보다 꾸중이 더 많았다. 그러나 어린 왕손에게는 이 세상에서 단 한 분, 믿고 의지할 수 있는 분이었다. 그분마저 이제 이 고아를 두고 떠났으니, 그 외롭고 막막한 처지를 어찌 다 말로 할 수 있으랴.

수양은 잘 안다. 이 어린 상감이 수양 자신을 두려워하고 꺼린다는 것을……. 이제 아버님까지 잃었으니, 얼마나 외롭고 주위가 무서울까.

그 마음을 생각하면 수양은 차라리 물러서 비켜드리고 싶었다.

그러면 조금은 마음을 놓게 해드릴 수 있을지도 모른다.

그러나 지금 나라는 다난하고, 더구나 왕실이 너무 번성하여 어린 임금 한 분만 덩그러니 내놓고 굳센 보호의 손이 없으면, 앞으로 어떤 화단禍端이 생겨날지 알 수 없다. 종실 장로라는 내 지위와 이 힘으로 튼튼히 보호하지 않으면, 어린 임금의 신변이 위태롭다.

'전하. 고독하신 전하.'

수양대군

무상한 인간 세상이다.

할머님(태종비)의 재궁梓宮을 모신 것이 지금으로부터 겨우 육 년 전.

아버님(세종)의 재궁을 모신 것이 또 겨우 이 년 전. 그런데 지금 벌써 또 형님의 재궁을 모시게 되었구나.

'네가 보좌해라. 너를 믿는다.'

'어린 조카도 네가 보좌해야 한다.'

아버님이 말년에 내게 늘 하시던 말씀, 그 유촉遺囑 가운데서 형님은 끝내 보좌를 받기도 전에 저세상으로 가셨다. 대상大祥을 핑계로 끝내 들으려 하지 않다가, 보좌할 기회도 없이 그대로 승하하니 어찌할 수 없는 천명이다.

형님께 못해드린 보좌를, 어린 조카님께는 반드시 두 곱, 세 곱으로 하리라. 조카님은 당신의 아버님이 늘 훈계하시던 말을 따라 수양인 나를 꺼리고 멀리하려 하고, 두려워하고 피하려 할는지도 모른다. 그러나 그런 괄시를 탓하지 않고, 내 힘으로, 내 지혜로, 내 지식으로 보좌해드리리라. 일 년, 이 년, 삼 년, 사 년, 오 년… 어떤 괄시와 박대도 두려워하지 않고 오직 충심으로 모시는 동안, 긴 세월이 지나면 조카님도 언젠가는 그 오해를 풀 날이 있겠지. 그럴 날이 오겠지.

경오년 이월, 아버님의 병세가 급변했을 때, 대신들에게보다도 재상들에게보다도 다른 종친들에게보다도, 누구보다도 먼저 내게 "형 왕을 도와라, 어린 조카를 보호해라" 하고 부탁하신 그 말씀을 저버려서는 안 된다.

결코 저버리지 않으리라. 하늘에 계신 아버님의 영을 안심시키리라. 장차 그곳에서 아버님을 뵐 때, 자랑스러운 마음으로 뵐 수 있도록, 온갖 난관을 물리치고 어리신 조카님을 보호하고 붙들리라.

부채질을 하면서 간간이 용안을 엿보면, 피곤한 얼굴, 겁에 질린 얼굴, 아직 피지도 못한 얼굴이 보였다. 어머니 몸에서 이 세상으로 떨어진 날부터 오늘에 이르기까지, 내내 불행에 또 불행이 이어져 자라는 곳이 화려한 궁중인데도, 나이가 한창 열두 살인데도 얼굴은 시들고 초췌해져 있었다. 그 모습이 참 눈물겨웠다.

수양 자신과 형제들이 아버님 슬하에서 자랄 때에는 마음껏 피고 마음껏 뻗던 그 기상과, 어째서 이렇게까지 딴판일까.

같은 대궐, 같은 왕손인데도…….

"덜컥!"

밖에서 무슨 소리가 나자 어린 왕은 흠칫하며 눈을 떴다.

"아아."

하품하고, 기지개를 켰다.

"조금 더 주무십시오. 얼마나 피곤하시겠습니까. 침상에 조금 더 편히 기대 쉬십시오."

수양이 권하였다.

어린 왕은 소리가 들려오는 쪽으로 얼굴을 돌렸다. 겁먹은 눈빛이 그대로였다. 그는 시선을 다시 돌려 안평을 스치고는 더 돌렸다. 종조부 양녕에게까지 이르자 비로소 표정이 조금 누그러졌다.

"조부님."

왕이 양녕을 불렀다.

"오오."

양녕은 황급히 무릎을 짚고 늙은 몸을 일으켰다. 그리고 어전 가까이 다가와 엎드려 머리를 조아렸다.

"불러 계시오니까?"

"조부님, 비가 그냥 오지요?"

"예, 오나봅니다."

"아아, 지루두 해라."

"장마가 시작될 모양입니다."

"……."

사방침에 의지하고 있는 왕의 손가락은 포르르 끊임없이 떨린다. 쇠약 때문이다.

수양은 말없이 부채질만 계속하고 있었다. 조카님의 떨리는 손가락, 꺼지는 듯한 호흡, 가슴 아픈 일이었다. 고귀하게 탄생하여 고귀하게 자란 조카님…….

우러르면 우러를수록 애처롭고 민망하였다. 왜 형님은 이다지도 빨리 떠나시어 당신의 아드님으로 하여금 이런 답답한 지경에 빠지게 하였나.

조카님의 처지를 생각하면 눈물이 났고, 동시에 세상을 떠난 형님의 한평생을 떠올리면 통곡하고 싶을 만큼 가엾었다. 형 왕은 겨우 서른아홉이라는 짧은 생을 살았는데, 그 삶은 왕자답지도 못했고 왕자다운 위엄을 누리지도 못한, 외롭고 쓸쓸한 생애였다.

태조가 이씨 조선을 세운 뒤, 이 형님이 진정한 의미의 초대 왕자였다.

태조는 본래 고려의 장수였다. 쉰여덟이라는 늦은 나이에 임금이 되었다. 그다음 공정왕恭靖王(정종)도 역시 고려의 신하로 있다가, 서른여섯에야 비로소 왕자(아버님 태조가 이씨 조선을 창건한 뒤)가 되었고 마흔둘에 임금이 되었다. 제3대 태종 또한 고려의 신하로 태어나 스물여섯에야 왕자가 되었으며, 스물여덟에 임금이 되었다.

그 뒤 제4대 세종(대행왕과 수양의 아버지)은 이씨 조선 창업 이후에 태어나 본래부터 왕자로 태어났지만, 셋째 왕자였기 때문에 일곱 살까지는 그저 왕자일 뿐 세자가 되지 못했다. 그래서 장차 왕위에 오를 수 있을지는 미리 기약할 수 없었다.

반면 승하한 이 형님은 태어날 때부터 왕실의 적장으로 태어나, 이씨 조선에서 처음으로 '진정한 세자'가 되어 마침내 왕위에까지 오른 분이었다. 그러나 만복萬福 가운데 으뜸인 건강을 지니지 못한, 불행한 분이었다.

그 위에 가정적으로도 끝내 즐거움을 보지 못했다. 두 번 맞아들였던 세자빈을 모두 폐하지 않을 수 없었던 불행이 있었고, 그 뒤 세 번째 빈(처음에는 궁녀로 들였다가 앞의 두 빈이 폐해지면서 세자빈이 된 사람)도 겨우 십 년 뒤에 왕자(어린 신왕)를 낳고는 세상을 떠났다.

본래 허약하여 여인에게 큰 관심이 없었던 데다, 세 명의 빈과 모두 불행한 결말을 맞았으므로 그는 다시는 빈을 맞아들이지 않았다. 그리고 쓸쓸한 자선당慈善堂(동궁 처소)에서 어린 세자를 기르며 홀로 지켰다. 왕세자로서 서른여섯 해를 의롭게 살다가, 부왕이 승하한 뒤에 왕위에 올랐으나 끝내 왕비를 맞지 않았고, 그렇게 홀몸으로 이 년 남짓을 지내다가 그 자신도 또 승하하였다.

세자 생활에서 왕의 생활로 이어지는 이 존귀한 삶을 살면서도, 인생 최대의 복인 건강을 끝내 잃고, 인생 최대의 낙인 짝을 알지 못한 채 지나간 이 형님의 일생은 '비극의 서른아홉 해'라고밖에는 할 수 없었다. 외로운 일생을 보낸 형 왕. 고달픈 장래를 맞을 신왕端宗.

이 부자 사이의 기구한 운명을 생각하니 수양의 입에서도 한숨이 나왔다.

"전하, 식혜라도 올릴까요? 목이 마르시지요……."

수양이 작은 소리로 조카에게 여쭈어보았다.

왕은 그제야 수양의 목소리를 듣고, 삼촌이 곁에서 부채질을 하고 있었다는 것을 알아차린 듯했다.

"아이, 숙부님, 덥지 않습니다. 부채질 그만두세요. 언제부터 그러셨습니까. 팔 고단하시게, 민망합니다."

"신은 괜찮습니다. 식혜를 올릴까요?"

"그만두세요. 자치야, 이리 오너라."

신왕이 내관을 불렀다.

"자치야, 너는 대군께 부채를 받아서, 제조부며 숙부들께 부쳐올려라."

"괜찮습니다."

"신들은 덥지 않습니다."

대군들에게서 일제히 사양하는 말이 나왔다. 그러나 자치는 부채를 수양에게 받아서, 임금께 부쳐드리었다. 바람 한 점 없는 중에 일직선으로 피어오르던 향로의 연기가 부채 바람에 어지럽게 흩어진다.

"수양 숙부님."

왕은 눈을 고요히 수양에게 돌리었다.

"예?"

수양대군

"저… 저……."

어린 얼굴에 눈물 한 줄기가 보였다.

"이즈음 두고두고 생각하는데, 천리天理가 너무도… 불… 공평해요."

"……."

뒤에 무슨 말이 나올지는 알 수 없었으나, 왕의 얼굴에 맺힌 눈물이 수양에게도 눈물을 불러오려 했다. 수양은 고개를 푹 숙였다.

겨우 한마디를 내뱉었다.

"예……."

"왜오니까?"

곁에 있던 안평이 끼어들었다. 어린 왕은 잠깐 안평숙부를 바라보았다.

안평숙부의 물음에 수양숙부에게 대답하기도 어렵고, 수양숙부에게 막 시작한 말을 안평숙부에게 이어 대답하기도 어려운 듯했다. 왕의 시선은 양녕조부에게로 돌아갔다.

"조부님, 하늘은 왜… 왜……."

또 더듬었다. 눈물이 또 한 줄기 흘러내렸다.

"왜… 대행大行 전하께는 동궁으로 서른여섯 해나 수명을 빌려주시고, 내게는 단……."

마침내 참지 못하고 흐느껴 울었다. 그러면서,

"이 년… 하고 겨우 석 달 더……"

수양에게서도 끝내 눈물이 흘러내리고 말았다. 병풍 뒤에 있던 내명부內命婦들의 흐느끼는 소리도 새어나왔다.

"전하."

수양이 울음을 억지로 감추며 아뢰었다.

"대행 전하께서는 남은 수명을 모두 전하께 물려드리셨습니다. 전하, 동궁으로 오래 계시기보다 지존至尊으로 천세만세하시라고, 먼저 가신 것이옵니다."

수양의 말을 양녕이 이어받았다.

"전하의 수명이 신의 수명보다 십 배, 백 배나 되게 하소서."

안평도 한 마디, 금성도 한 마디, 모두가 한 마디씩 위로의 말을 올렸다. 그러나 그런 위로로는 어린 왕의 슬픈 마음을 달랠 수 없는 듯했다. 왕은 마침내 머리를 사방침에 엎드리고, 흐느껴 울기 시작했다.

소년 부마駙馬(왕의 매부) 영양위 정종鄭悰은 한쪽에서 코를 골며 자고 있었다.

밖에서는 장맛비가 마른 잎에 떨어지는 소리가 우수수 들려왔다.

수양의 지위

하늘 높고 말 살찌는 가을철.

선왕 생존 시에, 선왕은 여러 왕자 대군에게 형님 되는 분으로, 성미가 곧고 까다로워서 대군들이 얼마만큼 꺼려한 편이었다. 그러나 선왕이 승하한 뒤, 어린 왕은 모든 대군들에게 조카 항렬이 되고, 게다가 아직 나이가 어려 대군들이 어려워하지를 않았다. 그리하여 매일 대군청大君廳에는 한둘, 혹은 너댓의 대군이 들어와 있지 않은 때가 없었다. 대군청에서 빈청賓廳으로 대군들은 마치 대궐 안을 자기 집인 듯 드나들었다. 우리 종조부께서 세운 나라이니 우리 것이라는 식이었다.

"집안이 화하여 나라가 되었다."

이 나라의 제도는 나라와 왕실을 하나로 여기고, 나라를 국왕 개인의 것과 같이 보았으므로 대군들 또한 '우리 집'이라는 태도를 취했던 것이다.

소년 임금이고 또 어린 나이라, 그분께는 아직 동궁도 없고 왕자도 없었다. 게다가 내전의 지밀한 곳에조차 웃어른이 없고, 임금이 홀로 궁녀들과 함께 살림을 꾸리는 '집안' 같은 형편이었으므로, 대군들은 내전까지도 거리낌없이 드나드는 것이 예사였다.

대군과 여러 '군'들 가운데서도 안평만은 입궐하는 횟수가 좀 적었다. 그는 자하문 밖 경치 좋은 곳에 '무이정사武夷精舍'를 짓고, 또 남호南湖 호숫가에 담담정淡淡亭을 지었다. 그리고 위로는 정부의 재상을 비롯해 벼슬아치와 선비, 무사, 협객은 물론이고, 심지어는 시정의 부랑잡배까지도 불러 함께 놀며, 시서금기詩書琴碁와 가무연락歌舞宴樂으로 세월을 보내고 있었다.

만 권의 책을 쌓아 두고 문사들이 마음대로 보게 했으며, 사회射會(활쏘기 대회)를 수시로 열어 기예가 뛰어난 자에게는 후하게 상을 주었다. 그리하여 자연히 입궐하는 횟수도 적었다.

지금 수양의 지위는 국가로서도, 왕실로서도 다소 처하기 어려운 입장이었다. 수양은 때때로 스스로에게 물었다. '나는 대체 무엇인가' 하고.

물론 왕실에서는 장로長老였다. 나이는 겨우 서른을 조금 넘겼을까 말까 한 청년이었지만, 세상 일과 인연을 끊은 백부를 제외하면 가장 윗항렬이어서, (친족들 가운데서) 종실宗室 전체를 감독하고 거느려야 할 사람이었다.

종실에서는 그렇다 하더라도, 정부와의 관계는 아주 묘한 형편이었다. 어린 임금이 즉위했으니, 이치로 따지든 옛 선례로 보든, 나이 많은 왕족이 있어 보필해야 한다. 모후母后나 친조모(선왕비)가 생존해 있었다면 그분이 수렴청정했겠지만, 그렇지 못하면 종실 가운데 촌수가 가까운 어른이 섭정攝政(군주를 대신해 나라를 다스림)해야 할 것이다.

지금 열두 살의 어린 임금이 즉위했고 모후도 없으니, 조부나 숙부 가운데 누군가가 마땅히 섭정을 해야 하는 것이다.

조祖 항렬의 분은 세상사에 관여하지 않는 분이고, 숙부들 가운데서는 수양이 가장 가까운 웃어른이니, 당연히 수양이 섭정을 해야 했을 것이다. 아버님(세종)이 승하하실 때에는 동궁이 나이 서른일곱의 장년이어서 섭정이 필요하지 않았지만, 그런 때에도 부왕은 수양에게 "형 왕을 보필하라"는 것과, 장차 조카(단종)까지도 지도해달라는 하교를 내린 바가 있었다. 형 왕이 임종할 때에는 후계자가 겨우 열두 살의 소년이고 모후마저 없었으니, 형 왕은 당연히 수양에게 섭정하라는 고명을 내려야 했을 것이다.

그런데 그런 고명이 없었을 뿐더러, '수양은 들지 말라' 하여 고명하는 자리까지 못 보게 하였으니, 여기서 자기는 어떻게 처신하여야 할까.

어린 임금을 돌보고 이끌 사람이 없다고 그냥 내버려두어 신하들 마음대로 휘두르게 할 수는 없는 일, 그것은 도저히 있을 수 없는 일이다. 나라를 위해서든 왕실을 위해서든, 또는 왕 개인을 위해서든, 임금을 여러 신하들의 자의적인 농락에 맡겨둘 수는 없다.

그렇다면, 나는 어떤 명분으로 임금을 뵙고 신하들을 대해야 하는가.

섭정하라는 고명이 없으니, 수양이 스스로 나서서 "제가 섭정하겠습니다" 하고 들어갈 수도 없었다. 왕 또한 보필을 청하지 않으니, 왕에게 먼저 청할 수도 없었다. 이런 사정이라면 대신들이 왕에게 아뢰어 수양에게 섭정을 명하는 하명이 내려지든가, 혹은 종친들 쪽에서 그런 움직임이 있어야 할 터였다.

그런데 지금 대신 각료들의 생각은 수양의 생각과는 전혀 달랐다. 어린 임금이 성인이 될 때까지 현상을 그대로 유지하며, 아무 변화도 만들고 싶지 않아 하는 기색이 분명했다. 그러려면 '섭정' 같은 존재는 필요 없을 뿐 아니라, 오히려 귀찮은 일이었다. "이렇게 하라, 저렇게 하자" 같은 말이 모조리 성가셨다. 지금처럼 태평한 세월에 무슨 변고가 있겠느냐는 것이다. 배를 두드리며 술을 마시고, 미희의 노래와 춤이나 즐기며 지낼 태평한 시절에 쓸데없는 일을 꾸며내어 스스로 귀찮음을 살 필요가 없다는 태도였다. 그저 고요하게, 그저 평온하게.

이런 판인데 하물며 수양이랴. 세종대왕 때부터도 세종대왕의 그 광대한 사업조차 부족한 듯이 "이렇게 하면 어떻겠습니까", "저렇게 하면 어떻겠습니까" 하며 앞장서서 재촉하고 조르곤 했고, 문종이 재위하던 이 년 석 달 동안에는 문종이 거상을 방패로 삼아 아무리 막아도 끝내 꺾지 못할 만큼, 수양은 숨 막히도록 성화를 부렸다. 그런 수양을 '섭정'으로 세운다는 것은 말도 안 되는 일이다.

수양이 섭정을 하게 되면 대신들은 바쁘고 숨이 차서 감당하지 못할 것이다. 지금은 요행히 선왕(문종)이 외신들에게는 고명을 내리고, 수양은 금절해두었으니, 마치 환란을 미리 막아낸 듯 마음이 한없이 가벼울 터이다. 이런 상황에서 스스로 수양을 섭정이라 칭해 세운다는 것은 망령된 일이다.

이런 형편에서는 수양의 바람이 이뤄질 길이 없었다. 그뿐 아니라 수양이 간간이 정사에 관여하려 하면, 그들은 선왕의 고명을 방패 삼아 차갑게 거절하곤 했다. 때로는 "우리에게는 고명이 내려져 있고, 친아우이신 당신께는 아무 말씀도 없으셨다는 점을 생각하시오"라는 뜻을 노골적으로 드러내는 것조차 주저하지 않았다.

수양은 매일 종친부에 나와 종친부에서 빈청으로, 혹은 각閣과 사司로 오가며 참견도 하고 자기 의견을 내놓기도 하고 그들의 말을 듣기도 했지만, 그들은 가능한 한 수양과는 '한담' 말고는 이야기를 피했고, 숨기고, 얼버무리며, "웬 간섭이냐”는 태도를 분명히 보였다. 이런 일을 겪을 때마다 수양은 치밀어오르는 격분을 억누르려 한참을 마음속으로 다잡지 않으면 안 되곤 했다.

야속하신 형님이여, 저런 자들이 형님께는 믿어집니까?

저런 자들에게 나라와, 또 형님의 아드님을 맡겨두고도 마음이 놓이십니까?

분노의 뿌리는 마침내 선왕에게로 향하지 않을 수 없었다. 원망이 선왕께 돌아가지 않을 수가 없었던 것이다.

그러던 어느 날, 마침내 대신들과 정면으로 충돌하고 말았다.

먼저 안평과 충돌하였다.

본시 안평은 부왕께서 살아 계실 때에도 늘 수양에게 불복하는 태도를 보였고, 매사에 트집을 잡고 깎아내리는 기색이 있어 부왕에게 꾸지람을 듣곤 했다.

부왕이 승하한 뒤, 형 왕은 수양을 꽤 꺼리면서도 그 반대로 안평에게는 비교적 호의를 보였다. 부왕 때와는 반대였다. 수양이 청하는 일은 대개 물리치고 들어주지 않았지만, 안평이 청하는 일은 대체로 들어주었다.

그런데 부왕과 형 왕이 모두 승하하고, 어린 조카가 임금이 된 뒤부터는 안평에게서 조카를 업신여기는 듯한 태도가 보이기 시작했다.

조카는 나이도 어릴 뿐 아니라 항렬로도 아래였으니, 어떤

 수양대군

숙부들에게도 별다른 분부를 내리지 못했다. 수양은 그 분부를 기다리지 않고 늘 여러 진언과 계청을 올렸지만, 안평은 "어린애가 뭘…" 하는 태도로 진언도 계청도 올리지 않았다. 그러다가 혹시 무슨 분부라도 내려오면

"글쎄올시다."

하고 말하면서, '말해봐야 무슨 소용이냐'는 뜻을 노골적으로 드러내곤 했다.

더구나 수양이 무슨 분부라도 하면, 안평은 "내가 뭘 압니까. 형님이 잘하시면서… 나는 아무것도 몰라요" 하며, 말로도 그 속마음을 드러내곤 했다.

하루는 수양이 그날도 마침 종친부 대군청에 있다가, 정부 쪽에서 대신을 좀 만나러 나가려 할 때였다. 그때 안평이 입궐하였다.

안평이 형(수양)께 문안하고, 동생들의 인사를 받으려 할 때에, 수양은 문득 전날 저녁 누군가에게서 들은 어떤 문제가 떠올라 안평에게 물었다.

"요즘 자네 무이정사에 잡배들이 많이 모인다던데, 그런가?"

다른 대군들도 이런저런 잡담을 하다가 맏형님의 말이 나오자 잡담을 그치고 이쪽으로 귀를 기울였다. 그러니 안평이 못 들었을 리가 없었다. 그런데도 안평은 형의 말에 대답하지 않았다. 아홀牙笏을 오른손에서 왼손으로 옮겨 쥐고, 오른손으

로는 부채를 쫙 펴더니,

"어, 더워. 가을날이 한여름 같군."

하며 훨훨 부채질을 했다.

이런 일은 흔했다. 수양이 무슨 말을 해도 못 들은 척하고 딴짓만 하곤 했던 것이다.

"응? 어떻게 된 일인가?"

수양은 다시 물었다. 그때야 안평은 형을 보았다.

"예? 뭐라구 하셨어요?"

아깟말은 못 들은 체하고 되묻는 것이다. 수양은 다시 한 번 아까 한 말을 되풀이하였다. 그리고 다시 물었다.

"그래, 어떻게 된 일인가?"

"글쎄올시다. 저는 모르겠습니다."

그러면서 부채질만 그냥 한다.

"몰라? 실제 목격한 사람들도 적잖은데."

"글쎄올시다. 누가, 언제, 무슨 일을 목격했다는 겁니까?"

"그 말은 그만두고, 어제… 아니 그저께로군. 그저께도 삼사십 명이 무이정사에 모여 법석을 떨며……."

이번에는 안평이 도리어 수양의 말을 중간에서 끊고 끼어들었다.

"어떤 자가 그런 소릴 합디까? 그저께 우리 집에 삼사십 명이 모인 일은 있지만, 잡배는 하나도 없고……."

뒷말이 선뜻 이어지지 않는지, 안평이 더듬거렸다. 수양이
다그쳤다.

"그래서?"

"그래서라니… 모여서 습사회習射會를 한 일은 있습니다만,
모두 당당한… 사람들이지, 잡배는 없었습니다."

쏘아붙이는 말투였다. 수양은 눈을 가늘게 치켜뜨고 동생
을 바라보았다. 수양의 그 눈빛에 안평은 '볼테면 보시오' 하는
태도로 맞바라보았다.

"아니면 다행이고. 그래도 내 귀에 들어온 소문이 고약하니,
그 소문이 내 귀에 들어올 정도면 다른 귀에도 안 갈 리가 없
겠지. 삼가야 할 일이네. 더구나 사람 입이란 고약해서, 깨알만
한 흠도 호박만 하게 부풀려 깎아내리고, 그 말이 한 입에서
두 입, 세 입만 넘어가면 그때는 태산만하게 부풀려놓고 마는
법이니, 처신을 삼가야 하네."

처신을 경계하는 말을 들은 안평의 얼굴에는 불쾌한 기색
이 뚜렷했다.

"나보다 형님도 좀 처신을 잘 하시오."

"내가 왜?"

"형님네 댁에도 잡배 출입이 많답니다. 도성 안이 그런 소리
천집니다."

"응? 누구?"

"권람權擥이라나, 또… 또… 좌우간 그따위……"

"권람이가 어떻단 말이냐. 명문의 자손이고 거유의 후예고 경오년에 백의白衣로 장원급제해서 벼슬이 청환에 올라 있으니, 가문으로든 신분으로든 재간으로든 어디로 보아서 잡배란 말이냐. 하여간, 왕자라 해도 잡인을 함부로 사귀는 건 금해야 할 게야. 하물며 거상 중인 몸이니……"

"거상, 거상 하시니 말인데 형님은 거상의 예를 제대로 준행하고 계십니까? 그래서……. 그래서 거상 중이신 현능顯陵(문종)께 주육을 권했습니다그려. 금상께도 권하신다지요? 왜 미색도 좀 권하시지요."

"내가 언제 주酒를 권했단 말인가?"

"참, 술은 잊으셨다지요."

수양은 더 참을 수가 없었다. 말 마디마디에 되었건 안되었건 집어대며 긁어대는 데는 더 참을 수가 없었다.

"괘씸한!"

주먹을 들어서 서안을 내려쳤다.

"좀된 사람 같으니! 임금의 몸이 허약하시다 하여 고량膏粱(기름진 음식)을 권한 건 애군지념愛君之念이야. 그게 잡인과 교유하는 것과 같단 말인가?"

안평은 대꾸하지 못했다. 이 폭발한 노기에 한마디만 더 기름을 부었다가는, 형의 손 가까이에 놓인 연적이 날아올 게

　　　　　수양대군

틀림없었던 것이다.

두 웃형이 다투는 것을 듣고 있던 다른 대군들도, 형세가 이렇게 험악해지자 모두 얼굴이 새파랗게 질렸다. 안평은 외면한 채 부채질만 하고 있었다. 날이 그다지 덥지도 않았고, 그만큼 부채질을 했으면 땀도 식었을 텐데도 말이다.

수양은 한순간 주먹으로 서안까지 두드렸지만, 곧바로 냉정을 되찾았다.

"여보게. 남 보기도 숭하거니와, 우리 꼴도 딱하네. 아직 인산도 치르기 전에 골육지친끼리 이 꼴이 뭔가. 내가 서안을 두드린 건 큰 실수였네. 허물은 하지 말게. 그렇지만 자네는 어려서부터 그 버릇이 고약해. 다투려면 당당히 다투든가, 그렇지 못하겠으면 애초에 말을 말지. 남의 노염만 돋우게 슬쩍슬쩍 긁어대는 건 천하고 못된 버릇이야. 지금 유충하신(나이 어린) 전하께서 재상하신 이때에, 철든 우리들이 이런 시시한 일로 다툰다는 것부터가 옳지 않네. 자, 내 노염은 깨끗이 사죄하겠네. 자네도 부르튼 마음을 녹이고, 우리 형제 한려같이(한마음으로) 손목 맞잡고 충성을 다해 나라를 받들어 대대 조종의 영령을 안심시켜드리고, 우리 종실이 천만세하도록 힘을 쓰세. 요만한 일로 형제가 불화해서야 되겠나? 그리고 자네에게 부탁하고 싶은 일이 있네만, 그동안 기회가 없어 못했네. 오늘 이 기회에 당부하니 들어주게. 다른 게 아니라, 자네가 좀 자

주 들어와주게. 철 없는 저 사람들이 공연히 궐 안에서 왁작
지걸하고 다니면 남의 이목도 꺼림칙하고, 그사이에 또 무슨
풍설이 생겨날지 알겠나? 나와 자네가 웃동생이니, 우리 손으
로 아랫동생들을 잘 감독해서 공연히 남의 의심도 사고 공연
히 남의 말썽도 듣지 않도록 해야겠어. 지금 전하께서 재상하
시고 섭정하시는 모후나 종실이 없는 이때, 우리 성상을 외신
들에게만 맡겨두고 전하를 도울 우익이 없으면, 그 틈에 무슨
권간이 생겨날지 모를 형편일세. 우리 강헌 전하(태조 이성계)께
서 평생 신고하신 대업을 우리 형제가 보호하고 지켜드리지
않으면 누가 하겠나. 그러니 철든 우리가 사사로운 다툼은 그
만두고, 일심협력하여 성상을 보필하세."

안평은 묵묵히 있었다. 아까 외면한 채 저편만 바라보던 그
고개도 그대로 그쪽을 향한 채였다. 뒤틀린 심사가 아직 가라
앉지 않은 모양이었다.

"나는 정부에 좀 들어갔다 오겠네. 동생들과 함께 용비어천
가나 읽으며 강헌 전하의 위업을 해설해주게. 아직 저 매부(영양
위 정종도 의빈부儀賓府에서 방금 건너왔다)도 물론이고, 우리 형제
중에도 염 같은 소년은 모르는 성업이 많으니, 좀 강론해주게."

수양은 안평에게, 매부와 동생들에게 용비어천가를 해설해
건국의 위업을 되새기게 해달라고 부탁하고 정부로 갔다.

의정議政에는 황보인과 김종서가 있었고, 좌우 찬성으로는

                                           수양대군

서향이 자리하고 있었다. 마침 집현전 교리인 신숙주가 어떤 계목을 들고 의정께 뵈러 와 있다가, 대군 행차라는 말에 마주 나와 맞아들였다.

절하며 맞는 정승들에게 수양도 상례대로 예를 갖추어 응하고, 두 정승 사이에 들어가 자리에 앉았다.

한바탕 인사가 끝났다. 소심한 데다 이미 늙어 세상만사를 어름어름 넘기며 무사히 지나가기만을 일삼는 수상 황보인은, 말썽 많기로 소문난 대군의 방문에 양손을 비비며 연방 미소를 지었다. 김종서도 억지로 미소를 띠어보였다.

서로 인사를 주고받고 평범한 이야기가 한참 이어졌다. 그러고 나서 수양은 마침내 오늘 가져온 문제를 꺼내었다.

즉, 근일 건주建州(지금의 길림 지방의 옛이름)의 야인들이 자주 변경을 침범하니, 신왕이 즉위한 이즈음에 국위를 크게 떨치고 야인의 불손을 벌한다는 뜻으로 건주 정벌을 하는 것이 어떠냐는 문제였다.

좌의정 김종서(최근까지 남지가 좌의정이고 김종서는 우의정이었다가 남지가 병으로 사직하고 김종서가 그 자리에 오른 것임)는 세종의 명을 받아 오래 색북에 가 있으면서 그곳의 야인을 토벌하여 위엄을 떨치고 그 지방을 마침내 조선 영토로 고정시켰다. 함길도咸吉道(즉 육진이다)는 이렇게 하여 조선 땅이 된 것이었다.

그때 왕(세종)은, "과인寡人이 없으면 이 일을 시킬 사람이 없고, 과인이 있다 하더라도 김종서가 없으면 역시 이 일은 능히 행하지 못한다" 하며 김종서의 충직함을 칭찬하였다.

그런데 그때 두만강과 압록강 너머로 쫓겨났던 야인들이 근자에 다시 자주 변경을 침범하고 있었다. 그러나 세종은 이미 세상을 떠나 지휘할 분이 없고, 선왕(문종)의 재위 이 년 석 달은 무위무사로 보낸 탓인지 야인들은 더욱 교만해져, 요즘에는 꽤 우리 땅 깊숙이까지 들어오곤 했다. 이 일을 그대로 내버려두었다가는 세종대왕 때 많은 노력 끝에 얻었던 땅을 도로 잃을 염려가 있었다. 그러니 이 신정지초에 야인들을 토벌하여 국위를 떨치고, 가능하다면 국토도 좀 더 확장해보면 좋겠다는 것, 이것이 수양이 벼르고 있던 일이었다. 그런데 마침 어제도 함길도 관찰사에게서 야인의 내침을 알리는 장계가 왔으니, 이 기회에 치자는 생각이 들었다. 세종 때 직접 그 일을 겪었던 김종서가 지금 새로 좌의정이 되었으니, 김종서가 혹 찬성하지 않을까? 다른 일 같으면 김종서도 다른 재상들과 마찬가지로 무위무사만 꾀하기 쉬웠겠지만, 야인 토벌만큼은 찬성할지도 모른다. 이렇게 해서 수양은 정부에 그 건의를 한 것이었다.

그랬더니 김종서가 첫마디에 그 건의를 물리쳤다.

"유주幼主께서 재상在上하신 이때, 그런 큰 일을 어찌 친재親裁(임금이 몸소 옳고 그름을 가려 결정함) 없이 시작하겠습니까?"

　　　　　　　　　　　　　수양대군

야인 토벌이라면 그렇게 냉담하게 거절할 줄은 몰랐는데 뜻밖이었다. 수양은 다소 멍해져서 김종서를 바라보았다.

"그럼 대감."

"말씀하십시오."

"성조(聖祖)께서 그만치 노력하셔서 얻은 땅, 용흥지기龍興之其(이씨 발상지)를 내버리잔 말씀이신가요?"

수양이 힐문하듯 물었다.

"그럴 리야 있습니까?"

"그럼 야인들의 발밑에 버려두자는 것이오?"

"버려두자는 게 아닙니다. 성재를 기다리자는 말이외다."

기실 매사에 수양에게 반대하고 반항하는 태도를 취하는 김종서였다.

"그렇다면, 야인의 내침이 좌상께도 괘씸하게 보인다면, 계청하여 윤허를 얻어서라도 속히 결말지어야 하지 않겠습니까? 이건 마땅히 정승들이 해야 할 일 아니든가요?"

종서는 대답하지 않았다. 허리를 좌우로 저으며 외면하고 말았다. 수양은 다시 영의정 황보인에게로 시선을 돌렸다.

"영상 대감의 의견은 어떠십니까?"

자기에게로 날아오는 질문에 황보인은 당황하여 얼굴에 억지 미소를 걸었다.

"허허허, 노생들이야 뭐, 전하의 분부대로만 할 뿐이지요."

"분부가 안 계시면요?"

"……"

"안 계시면 국토를 다 잃어도 가만히 있겠단 말씀이오?"

일단 외면하였던 종서가 머리를 획 수양 쪽으로 돌렸다.

"나으리, 정부의 일은 의정들이 잘 맡아서 하오리다. 나으리가 걱정은 안 하셔도 되오."

웬 참견이냐는 어조였다.

"그럼 좌상, 어떤 거조(신하가 임금께 조목조목 들어 아뢰던 조항)를 하시려오?"

"그때 가서 보아 하지요."

"그때라니? 지금 벌어져가는 일을……"

"……"

종서는 다시 대답이 없었다. 허리만 저었다.

"여보소, 정승네들 '웬 참견이냐' 하시겠지. 그렇지만 우리 성조께서 이룩하신 땅을 한 치라도 남에게 잃기는, 후손 된 마음에 분하오. 그래서 하는 말이외다. 좌상은 야인 토벌의 경험도 계시니, 의향이 어떠시오?"

외면해도 그냥 추궁하는 바람에 종서는 외면한 채 허리를 계속 저었다. 그러고는 황보인에게로 몸을 돌려,

"대감, 이즈음 손발이 조금씩 떨려오는데, 이게 아마 늙은 탓이겠지요? 대감은 안 그렇습니까?"

   수양대군

전혀 딴 말을 꺼내어 수양의 말에 대답하기를 피했다.

인과 종서 사이에는 다른 몇 마디 말이 오갔다. 자기를 무시하는 태도에 수양의 젊은 마음에서는 차차 노기가 움트기 시작했다. 두 정승 사이에 쓸데없는 객설이 계속되는 틈을 타, 수양은 끼어들었다.

"정승네들, 종친이 들어와 국사를 의논하자는데 대감네들은 객담만 하시니 웬일이외까? 어디 좌상, 야인 토벌에 대한 대감의 의견을 들어봅시다."

종서는 수양 쪽으로 얼굴을 돌렸다. 불쾌한 기색이 분명히 드러났다.

"나으리, 나으리는 종실의 장로시니 종실이나 잘 거느려주시오. 국사는 정부에서 할 일이니, 종실에까지 염려를 끼치지 않겠소. 원 참……."

마지막의 '원 참'은 종래 수양의 노염을 폭발시키고야 말았다. 아까 안평에게 서안을 두드렸던 수양은 여기서 또다시 종서에게 서안을 두드리지 않을 수 없었다.

"대감네들이 태평세월인 듯 아무 일도 하지 않고 있으니 종실에서 참견하는 게 아니오? 국록을 자시고, 그 국록에 대해서 무엇으로 보답하시려오?"

종서도 여기서 맞받아 큰소리로 대답했다. 수양을 마주 보며,

"우리 노생들은 현능顯陵(문종)께 고명을 받았고, 금상 전하를 보필할 임무가 있소. 금상께서 아직 유충하신 이때, 군사를 일으켜 북쪽 오랑캐를 치러 보냈다가 도리어 욕을 보면, 지하의 현능을 무슨 낯으로 뵙겠소? 나으리께서 대신 사죄해주시겠소?"

"실국失國보다야 낫지 않으리까."

"나으리, 나으리는 현능께 고명을 받으신 바가 없지요?"

"……"

"노생들은 고명을 받자와 유군을 보호할 책임이 있어요. 잘 들으세요. 보좌만이 아니라 보호올씨다."

보호라고 꼬집어 말하는 태도에 수양은 종서를 똑바로 쳐다보았다.

"보호라는 건?"

"예, 말하자면 강성한 대군들의 날개 아래서 미약하신 금상 전하를 보호하라는 말씀이외다."

"무어라!"

수양은 팔을 걷었다.

"다시 한번 말해봐라!"

수양은 벌떡 일어섰다. 그의 오른손은 종서의 멱살을 움켜잡았다. 동시에 왼손이 종서의 뺨을 향해 날아갔다.

"간물(간사한 놈)! 영능英陵(세종)의 유교(유지)로다! 불초 수양은 영능의 유교로 현능도 보좌했거늘, 하물며 금상이랴. 너희 같은 간물은……."

인과 좌우 찬성, 사인 검상舍人檢詳에 이르기까지 모두 일제히 일어섰다. 황보인은 와들와들 몸을 떨었다. 자리에서 일어선 채로 꼼짝도 못하고, 두 손을 빌 듯이 모아 떨기만 했다. 다른 재상들도 어찌할 바를 몰라 모두 떨기만 하였다.

연달아 서너 번 수양의 손바닥이 내려치자 종서의 코에서 코피가 났다. 수양이 다시 손을 들려는 순간, 다른 손 하나가 수양의 손목을 붙잡았다.

돌아보니, 계목을 가지고 들어왔던 신숙주가 꿇어앉아 있었다. 숙주의 눈에는 눈물이 가득 고였다.

"나으리, 참으십시오. 나이든 대신이 망령된 말씀을 올렸사오니, 나으리께서 참으십시오."

수양은 아래를 내려다보았다. 숙주의 유명한 영특한 눈에 눈물이 그득한 채, 두 손으로 자기 손을 붙잡고 간하는 모습이 기특해 보였다. 수양은 종서의 멱살을 놓아주었다.

"대감, 대감이 기력이 없어 북정(색북) 원정이 꺼려지면 그만이지, 왜 종실을 걸고들어갑니까? 영능(세종)께서 고명하시는 자리에는 대감이 당시 지위가 낮아 참례하지 못했지만, 여기 영상 황보보국이 동참하여 목도했을 것이오. 그때……."

말이 이어지는 중간에 황보인이 연방 미소를 지으며 끼어들었다.

"아무렴요. 보고말고요. 양녕대군은 부액 아래 영능 곁에서 기석起席하셨고, 현능은 당시 동궁으로서 영능전 앞에 부복하셨고요. 금상께서는 세손으로 시좌侍坐(임금이 정전에 나갔을 때에 세자가 옆에서 모시고 앉던 일)하셨고, 대군께 고명하시던 광경이 노생 눈에 오늘도 서늘히 보입니다."

그러나 수양은 황보인의 말에는 대답도 하지 않고, 신숙주를 다시 굽어보았다. 일품 정승들이 벌벌 떨며 어쩔 줄을 모르는 마당에, 일개 오품관이 뛰쳐들어 호랑이 같은 자기 손목을 붙잡고 눈물로 간하는 모습이 기특했다. 영능(세종)께서 생존해 계실 때 늘 '수양에게도 숙주는 큰그릇이다' 하시던 그 눈은 과연 밝았구나. 수양은 돌아섰다. 그리고 좌중을 향해 말하였다.

"대체 국왕을 보좌한다는 것은 국가를 안목에 두고, 이 나라에서 이 임금이 좋은 임금이 되시도록 하는 것이지, 나라에는 이롭건 해롭건 임금의 일신과 마음만 편안케 해드리고자 하는 것은 참된 보좌가 아니오. 혹은 고간苦諫을 할 때도 있고, 혹은 쟁간爭諫을 할 때도 있으며, 자기의 생사를 돌아보지 않고 죽기를 각오해 내왕乃王과 맞설 때도 있을 것이지, 임금 일신의 안일만 꾀하는 것은 신하된 도리에 어긋나는 일일 뿐더러, 자칫하면 나라를 잃는 큰 변까지도 생길 염려가 있는 일

                                          수양대군

아니, 이 점을 잘 알아두시오. 아까 좌상은 나더러 웬 간섭이
냐고 하였소마는, 대신이 실정을 하면 나라가 패하는지라, 내
가 다만 종실이라서 하는 말이 아니라 이 나라 신민의 한 사
람으로 근심스러워서 한 말이외다. 그런데 그것을 편벽되이
'고명을 받았다, 받지 않았다' 하여 보필할 권리가 있느니 없느
니 따지는 것은 나라에 불충된 일이요, 내왕께 불신不臣된 일
이오……."

"암, 그렇구말구요."

응하는 사람은 영상 인이었다. 종서는 코피 닦는 데 정신
팔린 체하며 대답이 없었다.

젊은 왕자가 늙은 대신을 절절히 훈계하는 마당에 다른 재
상이며 관원들은 숨소리를 죽이고 듣고 있었다.

일찍이 부왕(세종)이 하신 말씀, '내가 있어도 종서가 없으면
육진 개척의 대업은 이루지 못한다' 하신 그 뜻은, 종서의 용
맹을 칭찬한 말씀이 아니라 '지혜는 없으나 성품이 곧은 자는,
지자智者가 위에서 시키면 직자直者는 아래에서 딴 생각 없이
봉행한다'는 뜻에 다름없었다. 원로 대신들과 각료가 반대하
는 가운데서도 종서의 '직直'이 없었더라면, 육진 개척의 대업
은 결코 달성되지 못했을 것이다. 굉굉히 울리는 반대의 소리
속에서 적임자 종서를 알아본 부왕의 명안은 귀신 같았다.

그때 부왕은 하루가 멀다 하고(서울에 앉아서도) 현지의 종서에게 서찰로 격려하고 지휘했다. 지도를 앞에 펼쳐놓고 베푸는 전략은 어찌 그리도 주밀하고 상세하고 분명하여, 세운 꾀가 어긋난 적도 없었고 내린 지휘에 착오가 난 일도 없었다. 종서의 '직'은 그 분부를 충성스럽게 봉행하여 대업을 무난히 성취했다.

그러나 꾀 없는 종서는, 위에서 좋은 지휘가 없으면 아무것도 하지 못할 사람이었다. 게다가 곧은 성품 위에 과거의 공을 자랑하는 자긍과 자신自信까지 있어 남의 말에 굴하기를 싫어했고, 보좌와 보호를 혼동하며 '충忠'의 전체를 이해하지 못하는 한, 그저 '늙은이'에 지나지 못하였다.

"재상된 이는 내왕乃王을 잘 보좌하여 현군명주가 되게 함으로써, 위로는 재천의 조종祖宗(임금의 조상)의 영령을 안심시켜드리고, 아울러 내왕으로 하여금 만세에 남을 영명을 이루게 해야 합니다. 아래로는 억만 백성이 땅을 치며 노래 부를 수 있는 성대聖代의 백성이 되게 해야 하는 것, 이것이 보좌의 도리요.

내왕께 과오가 있으면 죽음으로 간쟁도 해야 하고, 그릇된 분부가 있으면 거역도 해야 할 것입니다. 좋은 일이건 나쁜 일이건 유유낙낙 '군명'이라 하여 그대로 봉행하고, 국사가 되든 안 되든 내왕께 근심만 안 드리고자 감추고 피하고 맹종하는 것은 신하된 도리에 어긋날 뿐 아니라, 내왕을 만세의 용주(용맹한 임금)로 만들 기회까지 그르칠 수 있는 일입니다.

내가 단지 종실의 한 사람이라 말하는 것이 아니라, 이 나라 신민의 한 사람이라는 자격으로 국사가 근심되어 하는 말이니, 잘 생각해 선처하십시오. 유주幼主(나이가 어린 임금)께서 재상하오시고, 법정法廷(심리하고 판결)할 연장자도 없는 이때, 나라에 손톱만한 흠단이 생겨도 그 책임은 대감네들에게 돌아갑니다. 지중하고 지난한 세월을 지내, 지중하고 지난한 자리에 앉은 대감네들이 코나 어루만지고 손이나 비비며 지내서야 되겠습니까? 평온히만 살아온 대감네들이 만년에 '무능無能' 두 글자의 아호雅號를 얻어서야 되겠습니까?

만절晚節(오래도록 지키는 절개)을 더럽히지 않도록, 그 위에 '아무개가 유주를 잘 보좌하여 이런 성대聖代를 이룩했다'는 광휘로운 이름을 청사에 남기도록 힘쓰십시오. 수양은 무능하고 무재하나, 대감네들이 팔 걷고 국사에 헌신하신다면 수양도 종중宗中을 모아 종가까지 합력하여, 대감네들의 노력을 만 분의 일이나마 후원하겠습니다.

수양의 얼굴은 차차 빛이 났다.

그러나 인 이하의 신료들은 아무 말도 없이 들었는지 안 들었는지도 알아보기 힘들 정도로 침묵을 지키고 있었다.

다만 신숙주만이 꿇어앉아서 귀를 기울이고 있는 것이 분명하였다.

단종의 나라

궁중과 조정의 기강은 날로 해이해져갔다.

대궐 안에서는 혜빈 양씨가 가장 큰 실세였다. 양씨는 본래 천한 집안의 딸로, 궁에 들어와 잡역을 하다가 우연히 세종을 모시게 되었고, 그 총애를 받아 왕자 셋을 낳았다.

그 뒤 동궁빈이 세손(지금의 임금 단종)을 낳고 곧 세상을 떠나자, 어머니를 잃은 갓난 세손은 양씨 밑에서 자랐다.

세종이 승하한 뒤, 대궐에서는 차차 양씨를 업신여기기 시작했다.

총애하던 임금이 떠나 의지할 데가 없어진 양씨였지만, 총애를 받던 때의 교만한 기색이 여전한 데다 출신이 천한 탓에 거친 몸가짐까지 드러나, 유자적(유학자적) 기상을 지닌 문종의 눈에 띄지 않을 수 없었다. 같은 궁녀들조차 출신이 천하다고 입을 비죽거리며 대했다. 마침내 양씨는 대궐에서 쫓겨나 여염에서 살게 되었다.

문종마저 승하하자 어린 세손이 즉위했다.

어린 임금은 국왕이라는 존귀한 자리에 올랐지만, 그 주위
는 너무도 고적했다.

넓은 대궐에 남자라고는 소년 임금 한 사람뿐이었다. 여자
는 적지 않았지만, 모두 궁녀와 하인들뿐이었다. 어린 임금의
동무가 될 만한 가문의 여인은 한 사람도 없었다. 아직 어머니
가 그리울 나이에, 어머니도 아버지도 없이 지낼 뿐 아니라 서
로 이야기를 나눌 사람조차 없어, 혼자 대궐을 지키는 어린 임
금의 모습은 남이 보기에도 딱했다.

임금의 이런 심정을 헤아려 동정한 수양은, 여염으로 나가
있던 양씨를 대궐로 불러들였다. 양씨의 손에서 자란 임금이
니, 지금 세상에서 정이 가는 여인을 찾는다면 양씨 한 사람
뿐이었을 것이다.

양씨가 가까이 모시게 되자, 임금의 고적감도 얼마간 덜해
졌다.

그러나 양씨는 천한 집안 출신이라는 이유로 같은 궁녀들
사이에서도 얕보이고, 입을 비죽거리며 대접받았다. 양씨 역
시 제 출신 탓에 체면과 교양을 마음대로 드러내지 못했다.

대궐 안에는 어른이 없었다. 사람들은 저마다 패거리를 지
어 아첨하고 물어뜯고 중상하며 남의 흠을 잡는 데만 열중했

다. 그 탓에 기강은 해이해지고 궁중은 문란했으며, 질서도 규칙도 없이 허술하게 돌아갔다.

이 대궐에서 여주女主(세종비)가 사라진 지도 벌써 칠 년이 되었다.

세종이 살아 계실 때는 누구도 감히 버릇없이 굴 수 없었다. 게다가 그때에는 세종의 총애를 받던 양씨가 사실상 여주 노릇을 하고 있어, 궁중의 기강도 겉으로는 유지되었다. 다만 기강이 유지되기는 했으나, 내전 깊숙한 후궁들의 처소까지는 임금의 눈이 미치지 못했으므로 분란의 싹은 그때부터 자라나기 시작했다.

세종이 승하하고 문종이 즉위하자, 문종은 유자적 엄격함으로 양씨까지 내보냈고, 그 뒤로 내전은 감독자 하나 없는 '자유 상태'로 사실상 방치되었다.

내전의 기강은 해이해질 대로 해이해졌다. 궁녀들이 정장正裝을 갖추고 있는 일은 드물었고 대개 편한 옷차림으로 지냈다. 해가 중천에 오르도록 아침잠을 자고, 궁녀들끼리 할퀴고 뜯으며 싸우는 일이 다반사였다. 간간이 환관이 아닌 남성의 그림자가 보였다는 둥 수군거리는 말도 돌았고, 궁녀들의 친정에서 보따리를 인 계집종이 드나드는 일도 부산했다. 참으로 해괴하기 짝이 없었다.

임금은 자신의 몸 하나 건사하는 일조차 귀찮아하는 분이

어서, 그런 일들까지 간섭하고 감독할 생각조차 하지 않았다.

이런 상태의 대궐에 또 어린 임금이 즉위했으니, 궁녀들의 방자함은 이루 말할 수 없었다. 어전에서조차 싸움을 벌이고 장난질을 하는 것까지도 거리끼지 않았다.

수양은 임금께 아뢰어 양씨를 다시 불러들이는 한편, 양씨에게 내전의 감독까지 맡겼다. 그러나 궁녀들은 양씨의 감독쯤은 우습게 여기고 삼갈 생각조차 하지 않았다.

궁중이 이처럼 어지러워져가는 동안, 조정 또한 기강이 풀리고 질서가 흐트러져갔다.

세종은 말년에 건강이 좋지 않았고, 동궁(문종)은 정무라는 것을 도무지 익히지 못한 데다 유儒에 치우치는 점이 근심스러웠다. 그래서 동궁에게 참결서무參決庶務(섭정에 참여하여 여러 정무를 함께 처리)하라고 명하였다. 그리고 세종은 직접 세자의 손을 잡고 이끌며, 유에 치우치기 쉬운 동궁에게 왕도王道를 몸소 가르쳤다.

그러나 그 과정에서 세종의 건강은 더욱 쇠해 차차 병세로 굳어졌고, 승하하기 전 한동안은 정사를 거의 모두 세자에게 일임하였다.

그때부터 정치의 방침은 세종 때와는 아주 달라지기 시작했다.

세종은 '유儒도 학문 가운데 하나'라는 견해 아래, 유학을 존중하는 한편 불교와 도교도 함께 존중했다. 또 세상의 학문이란 귀천을 가리지 않고 한결같이 존중하며 북돋우고 장려하여, 여러 학문과 기예가 꽃피는 황금시대를 이루었다.

그러나 유학에 치우친 동궁은 세자 시절은 물론, 임금이 된 뒤에도 한결같이 유학만을 가장 존귀한 것으로 여기고 다른 학문과 기예는 모두 천대했다. 온갖 과학은 '기技'니 '술術'이니 하며 낮추어보기 일쑤였고, 더구나 유학과 결이 다른 도교나 불교 같은 학문은 억압하고 없애려 했다. 세종 때에는 세종의 놀라운 안목으로 뽑혀 중히 쓰이던, 한 가지 재주에 뛰어난 달인들조차 이 임금 때에는 다시 심문과 검열을 거쳐 '유가 아닌 자'는 모조리 내치거나 떨어뜨리거나 지위를 낮추어버렸다. 오직 유생만 높여 쓰고 요긴한 자리에 앉혔다.

그 결과 깊은 기술이 필요한 군사, 축성, 교량, 회계 같은 분야에까지도 유생들을 끌어다 썼다.

적재적소라는 것이 없었다. 말 그대로 유생이 모든 자리를 휩쓸었다.

스무 살 남짓한 소년 무사 이징옥(육진 개척에 공이 큰 세종 때의 무인)을 발탁해 함길도 절도사로까지 중용하는 일 같은 것은, 문종에게는 망령에 가까운 일이었을 것이다.

이런 정치 방침 아래에서 조직된 경부와 백관들은, 열에 아홉이 유생이었고 하는 일 또한 열에 아홉이 유교의 틀 안에서만 돌아갔다. 세종의 명으로 요동까지 여러 차례 왕래하며 연구를 거듭해 만들어낸 언문 같은 일도, 문종에게 말하자면 쓸데없는 일일 뿐이었다. 더구나 신숙주나 성삼문 같은 쓸 만한 인물들을 그런 '잡학'에 몰두하게 하여 아까운 세월과 재질을 허비하게 했으니 통탄할 일이었다.

게다가 측우기를 발명하고 악기를 개량하며 시계 등을 만들어낸, 이루 헤아릴 수 없는 세종의 업적은 문종에게는 재간과 시간의 낭비에 지나지 않았다.

이렇게 되자 한때 황금시대를 열어보이려던 문화도 다시 위축되어버렸고, 무슨 재주든 간에 결국은 '유'로 귀착되었다. 위로는 일품 대신에서 아래로는 구품 말직에 이르기까지, 각자의 장기가 무엇이든 간에 모두 '유' 노릇을 하게 된 것이다.

이런 상황 아래서 사람들의 기상도 자연스레 위축되고 퇴폐적인 기운만 더욱 짙어져 가는 가운데, 문종도 마침내 승하하였다. 그리고 어린 임금이 즉위했다.

이 어린 임금에게는 섭정할 조숙祖叔도 없고, 정사를 들어 살필 대비聽政도 없었다. 결국 대신들이 섭정을 맡을 수밖에 없었다. 그 대신들 가운데라도 뚜렷이 중심을 잡는 사람이 있었더라면 그나마 나았겠지만, 이들은 선왕의 고명을 그저 '어린 임금을 잘 키워달라'는 정도로만 받아들였다. 임금이 자라 성년이 될 때까지 아무 탈 없이 평온하게만 지내면 된다고 여겨, 만사를 사실상 방치한 채 '어서 임금이 크기만'을 기다리며 무위한 나날을 보내고 있었다.

정무는 침체되었다. 다만 경사經史, 곧 학문과 문치의 일은 겉으로나마 계속해야 했다.

하관은 상관에게 지시를 청하지 않았다. 청해도 별다른 지시가 나올 리 없을 뿐더러, 설령 중대한 사건이 생기더라도 어차피 어찌할 도리가 없다고 여겼기 때문이다.

상관도 하관을 지휘하려 하지 않았다. 하관이 지시를 청하지도 않았고, 청할 만한 일도 거의 없었다. 설령 억지로 지시를 구하더라도, 가벼운 일은 하관의 자의판단에 맡겨 책임을 피했고, 중대한 일은 임금이 장성한 뒤까지 기다린다며 미루어두는 데에만 힘썼다.

수양으로서는 한심하기 짝이 없었다. 부왕(세종)께서 계실 때 그렇게 활기차던 나라가 불과 몇 년 사이에 이토록 변하다니… 저런 무리들은 모조리 묶어 한데 뭉친 뒤 처치해버려야 할 것처럼 보였다. 두어도 쓸모가 없을 뿐 아니라, 도리어 방해가 되고, 나아가 남이 하려는 일까지 가로막는 존재였다. 있어도 무익할 뿐 아니라 해롭기까지 했다.

수양은 이처럼 나라를 침체시킨 책임이 형 왕 문종에게 있다고 보았다. 문종이 좀 더 활기가 있었거나, 그렇지 않더라도 부왕 세종의 고명대로 수양 자신에게 조력이라도 청했더라면,

 수양대군

사태가 이 지경에까지는 이르지 않았을 것이라고 여겼다.

"어리석은 형님이시여."

그때 아버지가 새삼스레 그리웠다.

수양은 조카의 성장이 기다려졌다. 어서 장성하여 친정을 하게 되면 그때는 어떻게 될까. 아무리 못해도 형 왕 때보다 더 침체되지는 않을 것이리라, 그럴 일은 상상조차 할 수 없다고 생각하며, 그는 속으로 되뇌었다.

어서 자라소서. 어서 자라소서. 그는 그렇게 기다렸다.

조카님이 영특하시든가 아니면, 조카님이 몸소 자신에게 협력을 청하든가, 어쨌든 지금보다 더 침체되는 일이 있어서는 안 될 것이었다.

"아… 아……"

저절로 나오는 탄식이었다.

영의정 황보인

수양이 정부에서 김종서와 충돌한 직후, 이상한 소문이 돌기 시작했다. 그 소문을 수양의 책사라 할 한명회가 듣고는, 수양에게 재빨리 아뢰었다.

소문의 요지는 이랬다. 종실의 대군들과 정부 당상들의 '분경奔競'을 금지해달라고 임금께 아뢰었다는 것이다. 그 청은 헌부에서 올렸고, 대사헌 기건奇虔이 그 일을 맡았다고 했다.

여기서 '분경을 금한다'는 말은 서로 앞다투어 정사나 시사에 간섭하는 일을 금한다는 뜻이었다. 즉 대군들과 정부 당상관들이 그런 경쟁을 벌이는 일을 막겠다는 것이었다.

"흠."

명회의 보고를 들은 수양은 고개를 갸웃하며 생각에 잠겼다.

'대군과 정부 당상관들의 분경을 금한다'고 하기는 했지만,

당상관까지 끼워 넣은 것은 대군들만을 상대로 삼기가 어려워 그렇게 한 것일 테고, 실제 목표는 분명 대군들이었다. 당상관을 거론하기는 했지만, 당시 당상관 가운데 '금지당할 만큼 과격하게 분경'하는 사람은 없었다.

그리고 '대군들' 운운하지만, 숙행叔行이 되는 양녕 효령 같은 이들이나 수양의 어린 동생들 또한 대궐에 드나들기는 해도 '분경'이라 지목될 만한 일을 벌인 적이 없었다. 결국 표적은 수양 자신과, 가끔 입궐하는 안평일 것임이 분명했다.

"그리고 나으리. 이현로가 이 일을 대신들에게 건의했다는 건 틀림없습니다."

명회의 말에 수양이 답했다.

"글쎄, 이현로도 그런 일을 할 만한 사람이긴 하지만, 좌상 김종서가 발안해서 이현로를 부추기고, 헌부를 움직였을 것이다."

수양이 생각하기에 이현로도 그런 일을 할 수 있을 만한 사람이지만, 가장 의심할 만한 이는 김종서였다. 종서의 성격이 그러한 데다, 현 정부에서 노골적으로 맨 앞에서 수양에게 맞서고 있는 이는 바로 그였다. 실제로 얼마 전 수양과 정면으로 충돌하기까지 하지 않았던가?

"나으리는 이 일을 어떻게 처리하시겠습니까?"

명회가 수양의 뜻을 물었다.

“그야 정부에 말해서 무르도록 해야겠지.”

“쉽게 되겠습니까?”

“되고말고!”

“그럼 나으리 수단을 한번 보겠습니다.”

“수단까지 쓸 게 있겠나?”

이튿날 수양은 예궐하러 가는 길에 수찰을 보내 안평을 대궐로 불러들였다. 안평이 들어오자 수양은 분경 금지 상소 문제를 꺼냈다. 아직 수양만큼 침착할 나이가 아닌 안평은, ‘대신들이 왕자들의 분경을 금하도록 상계한다’는 형의 말에 주먹을 움켜쥐고 성을 냈다.

“그런 모욕스런 말을 듣고도 형님은 그냥 계셨습니까?”

“이미 헌부가 계청을 했으니 일을 사전에 막지는 못했네만, 도로 철회하도록 해야지.”

“어떻게요?”

“염려 말게!”

일은 수양 혼자서 감당해야 했지만, 안평의 동행이 필요했다. ‘분경을 금한다’는 조처의 표적이 사실상 수양 한 사람뿐이라 해도 과언이 아니었으니, 이런 일에 수양이 혼자 나서는 것은 체면상 껄끄러운 노릇이었다. 백부 양녕이 함께해주면 가장 좋겠지만, 늙은 백부까지 번거롭게 할 필요는 없었다.

수양은 다른 동생들은 물리고, 안평과 단둘이 정원에 하인

수양대군

을 보내 도승지 강맹경을 대군청으로 청해 불렀다.

수양이 맹경에게 따져 물은 요지는 대략 이러했다.

―지금 헌부에서 종친들의 분경을 금하는 법을 계청했다 하는데, 그 뜻이 어디에 있는가. '분경'이라는 악명을 씌워 그것을 금한다는 것은, 요컨대 종실, 특히 대군들이 궁중에 자주 드나들지 못하게 하려는 것 아닌가.

―임금의 지친至親을 자주 입궐하지 못하게 하자는 까닭은 둘 가운데 하나일 것이다. 하나는 대군들을 의심하기 때문이고, 다른 하나는 대군들에게 의심 받을 일을 하면서 대군들의 눈을 피하려는 것이다.

―재상들이 스스로 자신들을 의심한다는 말은 성립하지 않는다. 그렇다면 필시 대군들을 의심하기 때문에 이런 조치가 나온 것이다. 우리 대군들이 의심을 받는다는 사실도 유야무야 넘겨버릴 수 없거니와, 더구나 임금께서 우리를 의심하도록 만드는 일은 묵과할 수 없다.

―전하의 우익을 잘라 전하를 고립무원하게 만드는 일이 어떤 필요에서 비롯되었는지는 알 길이 없으나, 우리로서는 좌시할 수 없다. 첫째, 나라로 보아 어리신 임금을 고립시켜 권간權奸(권력과 세력을 가진 간사한 신하)의 손에 맡겨둘 수 없고, 둘째, 우리 종중으로서도 우두머리이신 분을 남의 농락에만 내맡겨둘 수 없다.

—우리는 나라의 휴척休戚(편안함과 근심)을 함께하는 처지이고, 지금은 나라가 위난한 때다. 그런데도 재상들이 도리어 우리를 멀리하려 하니, 그것이 우리를 의심해서인지, 아니면 우리에게 의심 받을 일을 하면서 이를 감추기 위해서인지는 알 수 없으나, 우리는 그 계략을 꿰뚫어보고 속을 수는 없다.

—우리는 억울한 사정과 재상들의 알 수 없는 속내를 전하께 아뢰어 시비를 가려달라고 청하고 싶었다. 다만 혹시 이 조치가 재상들의 지휘가 아니라 유사有司(단체의 사무를 맡아보는 직무)의 착오에서 나온 일이 아닐까 하여, 먼저 대신에게 이를 고해 그 속사정을 알아본 뒤, 전하께 대죄待罪(죄인이 처벌을 기다림)하든 변명하든 하려는 것이다.

이만큼 말하고 수양은 도승지를 돌려보냈다. 과연 도승지가 돌아가자마자 정부는 술렁거렸다. 사인舍人(조선 전기에 문하부에 속한 벼슬)들은 낭패하여 이리저리 오가고, 정원政院(승지)의 공기도 당황해졌으며, 헌관 간관들은 몸소 달음박질치며 이리저리 뛰어다녔다. 제법 소란한 모습이었다.

이윽고 영의정 황보인이 노구를 이끌고 대군청으로 왔다.

"나으리, 용서해주십시오."

자리에 앉자마자 그는 머리를 숙였다.

"헌부의 철없는 젊은이들이 누구에게 품의도 하지 않고 그런 일을 벌인 모양입니다. 알아보니 나으리네, 곧 대군들께 관

수양대군

한 일이 아니라 화의군和義君(세종의 서자)과 몇몇 먼 종친들, 그리고 재상들을 지목한 것이었다는데, 전하는 사이에 와전이 되어 나으리께 오해를 사게 된 것 같습니다. 하여튼 명색이 문신이라 하면서도 말 한마디 제대로 전하지도 못하는 사람들이니, 나으리께서 관대하게 보아주셔야지 어쩌겠습니까. 그 더벅머리들이 앞뒤도 가리지 못하고 왜 그런 일을 벌였는지…… 허허, 이런 일로 상上(임금)께 글까지 올려 성심을 번거롭게 해서야 되겠습니까. 나으리, 부디 살펴주십시오."

수양은 황보인의 변명을 쓴웃음을 삼키며 들었다. 그 속을 모르는 바 아니었으나, 종국에 원하는 것은 파국이 아닌 것이다.

"그렇겠지요. 대감들께서 알고도 그런 일을 하도록 내버려두셨겠습니까. 저도 그럴 줄은 알았습니다만…… 그래도 싶어 강 승지에게 일러둔 것뿐입니다."

"원, 나으리두, 왜 그런데 추호라도 의심을 두신단 말씀이오? 팽복시충심膨腹是忠心이요 만부시적성滿腹試赤誠이어늘(배가 불룩한 것이 곧 충심이요, 배가 가득 찬 것이 곧 지극한 성심이다), 나으리도. 허허허."

"그렇군요. 내 실수외다."

"헌부 더벅머리들은 기회 봐서 좌천시키도록 계청을 하겠습니다. 아 그리고 좌천을 해야겠습니다. 하하."

"예?"

"대군께서도 실수를 하셨으니 말입니다. 하하."

"말이 그렇게 되나요? 하하, 그럼 그럽시다. 대군을 소군으로 할까요."

"소소군 정도는 되어야……."

"그럼 극미군極微君으로 합시다그려."

"허허허허."

"하하, 오해 풀리니 가슴이 시원하군."

"피차일반이올씨다."

수양은 속으로 생각했다. '팽복시겁膨腹是怯이요 만부시저滿腑是로다(배가 부풀어 있는 것은 속에 겁이 차 있기 때문이요, 속이 가득한 것은 원망과 저주로 차 있기 때문이다).'

"그럼 대감. 해오解誤(오해를 풀다) 기념으로 극미군이 한턱내리다."

"사양치 않으리다."

이 정승 치하의 백성들이여…. 수양은 속으로 탄식 섞인 쓴웃음을 물었다.

영양위와의 약속

구월 하순.

꽤 서늘했다.

왕은 주강晝講을 마치고 곧 내전으로 들어갔다. 내전 대청에는 매부인 영양위 정종이 기다리고 있었다.

왕에게 가장 가까운 친척은 정종에게 시집가 있는 누이였다. 누이와의 인연으로 영양위와는 매부와 처남 사이로 가까이 지냈고, 나이도 비슷한 탓에 정이 깊어져, 이 세상에서 영양위는 왕에게 거의 유일한 벗이었다.

넓은 대궐 안에는 내관과 궁녀가 많았지만, 친구로 대할 만한 사람은 하나도 없었다. 왕은 몹시도 고적했다. 종친들이나 재상들을 늘 만나기는 했지만, 그들은 왕에게 알기 어려운 까다로운 이야기만 늘어놓고 듣자고 할 뿐이어서, 긴요한 존재라기보다는 오히려 귀찮은 존재였다.

벗이 될 만한 또래 소년은 대궐 가까이에 있을 리가 없었다. 이복형제도 하나 있고, 아저씨뻘이 되는 어린 종친들과 먼 종실의 소년들도 몇 있는 듯했지만, 그 소년들은 무슨 절차가 있을 때 문안하러 입궐하는 것 말고는 왕과 벗하여 놀 수 없었다. 문지기가 그렇게 하지 못하게 막고 있었다.

이런 가운데서도 영양위만은 달랐다. 재상들이나 종친들도 두 사람이 함께 노는 것을 방해하지 않았고, 떼어놓으려 하지도 않았다. 그래서 왕은 영양위가 오면 대개 내전으로 들어가 놀았다. 어른도 없고 여인도 없는 내전—궁녀들은 아예 사람 수에 넣지도 않았다— 에 들어가서, 혹은 격구를 하고 혹은 활쏘기를 하며 소년답게 즐겁게 놀았다. 두 고귀한 소년 사이에 맺어진 우정은 매우 깊었다. 왕은 틈만 나면 의빈부_{儀賓府}에 영양위를 부르러 중사를 보내곤 했고, 때로는 몸소 영양위의 집에까지 행차하는 일도 드문 일이 아니었다.

그들은 거리낌없이 놀았다. 늙은 내관들과 궁녀들은 왕의 마음을 이해하는 듯했고, 왕도 그것을 눈치채고 있었다. 그래서 이 내관들만 있는 곳에서는 영양위와 팔씨름이나 눈 깜박이기 같은 장난을 하고, 내기까지 하며 스스럼없이 놀았다. 그런 속된 놀이를 왕에게 가르쳐준 것도, 사실은 궁 밖 사람인 영양위였다. 젊은 궁녀들은 영양위를 한 번 보려고, 부르지도 않았는데 가끔 들여다보거나, 일부러 소리를 내어 그의 주의

수양대군

를 끌어보기도 했다. 그러나 놀이에 정신이 팔린 두 소년은 그런 데는 아랑곳하지 않고, 이 짧은 시간을—하루에 세 번이나 해야 하는 경연이 사실은 귀찮기만 했으므로— 될 수 있는 한 길게 즐기려고 했다.

이날도 내전에 들어와 처음에는 조금 점잖게, 그러다 점점 거리낌 없이 늘 하던 식으로 어울리다가, 왕이 문득

"영양, 이봐."

하고 불렀다.

"예?"

"너, 연경燕京 구경하고 싶지 않으냐?"

"욕견미달欲見未達(보고 싶지만 아직 가보지 못했음)이로소이다."

"참 좋다더라. 경궁요대瓊宮瑤臺가 늘어서 있고, 다섯 걸음마다 누각이요 열 걸음마다 정각이라더라. 호숫가에는 정자가 서 있고 정자 아래에는 기화요초가 만발하고, 못에는 연꽃이 피고 잉어가 뛰놀아, 물고기와 꽃이 어울려 노니는 모습이 마치 선녀가 도원에서 춤추는 것 같고, 옥난간에 비취 걸상에는 동자가 피리를 불고……."

"아이, 침이 넘어갑니다. 그만 좀 두세요."

"가보고 싶으냐?"

"아이, 싫습니다."

왕은 웃었다.

“그야 싫을 리가 있겠습니까.”

“상감, 자꾸 그렇게 자랑만 하시면 무엇하겠습니까. 그림 속의 떡이 아닙니까.”

“가보고 싶으냐? 아아, 나는 가보고 싶어도 국왕은 함부로 움직일 수 없으니, 그저 침만 삼킬 뿐이로구나.”

“신도 그러하옵니다. 연경이 만 리 길인데 어떻게 갑니까.”

왕은 잠시 생각에 잠겼다. 안석에 몸을 기대고 다리를 길게 뻗은 채, 두 손을 뒤통수에 얹고 반쯤 누운 자세로 문틈으로 언뜻 보이는 끝없이 넓은 창공을 바라보며 생각에 잠겼다.

“내가 보내줄까? 연경에. 싫으냐?”

“벌 받을 말씀이옵니다. 싫다니요. 갈 수가 없어서 못 가는 것이옵지, 신 평생의 소원이옵니다.”

왕은 반쯤 누운 채로 눈까지 감았다. 사랑하는 벗의 평생 소원이라니, 그 소원 하나를 들어줄 수 없으랴.

이번 즉위에 대하여 명나라에서 고誥(중국의 황제가 조선의 국왕이나 왕비, 세자 등을 임명할 때 보내는 공식적인 임명장)와 면룡을 보내왔다. 그에 대한 사례로 우리나라에서도 사례사를 보내야 한다. 이 답례사의 정사正使는 왕자나 부마, 혹은 정승쯤 되는 사람이 맡아야 했다.

평생 소원이라는 연경 유람을, 이런 기회에 한 번 시켜줄까?

어린 왕은 눈을 떴다. 손으로 방바닥을 짚고 몸을 일으켜

앉았다.

"내가 주선해주지. 고면誥冕 사례사를 보내야 하니, 영양, 그 정사正使로 가볼까?"

"아이고, 황송하고 고맙습니다. 상감, 꼭 주선해주십시오."

"어디 해보세."

소년들 사이에는 소년다운 약속이 그렇게 성립되었다.

영양은 꿈에도 생각지 못했던 연경 유람의 기회가 문득 눈앞에 떨어진 터라, 그 황홀한 빛에 취한 듯했다. 동경으로 불붙은 소년다운 눈을 번쩍 치뜨고, 말로만 듣던 연경의 풍광에 홀린 듯 숨소리마저 가쁜 것 같았다.

"절기가 좋지 못하구나. 시월에 떠나서 새북의 극한지대를 돌아 설 무렵에야 연경에 들게 될 텐데, 너무 추우면 구경이나 변변히 하겠느냐? 봄 삼월 좋은 때에 좋은 벗을 짝지어, 성현이 머물던 자취를 찾아 꽃을 꺾으며 유람하면 오죽 좋겠느냐."

"그건 욕심이 과합니다. 연경을 한번 다녀오기만 해도 신 같은 인생에는 과한데, 그 이상 욕심을 내겠습니까."

"하하하하."

"상감 덕택으로 평생 소원이 이뤄집니다."

"아아, 나도 가보고 싶구나."

"신이 가서 구석구석 구경해다가 상감께 그대로 아뢰겠습니다."

“백문이 불여일견이라는데, 영양의 입재간이 그걸 당해내겠느냐. 네 말솜씨로 그 선경을 다 말할 수 있다면야 가볼 만한 값이라도 있겠지만, 도리어 선경을 더럽힐까 염려다.”

“너무 수모 주지 마십시오.”

“하하하하.”

이는 봉명 사신의 길이라기보다 유람의 길이었다.

“재상들이 반대하지 않겠습니까?”

이 질문에 왕은 순간 안색이 달라졌다. 말썽을 부릴 존재를 잠시 잊고 있었던 것이다. 이 일은 국사라기보다는, 자신에게 내려진 고고서와 면류관에 대한 답례 사신을 보내는 일이었고, 또 영양을 기쁘게 해주리라는 마음이 앞섰기 때문이다.

그러나 영양의 말대로라면, 재상들이 가만있지 않을 것이 분명했다.

왕은 열 살 남짓한 지난 삶을 더듬어보았다. 그 가운데서도 ‘사물을 이해할 수 있는 소년 시기’라 할 만한 지난 오 년 동안의 기억을 되짚어보면, 신하라는 존재는 임금이 무슨 일을 하든지 간에 그중 몇 사람은 반드시 반대하곤 했다. 조부 세종의 처분과 분부에 대해서조차, 무슨 반대든, 하다못해 의견을 내지 않고는 못 견뎌 하는 것이 신하들의 버릇이었다. 한두 관원이 들고일어나기도 하고, 헌부까지 합한 양사兩司가 나서기도 하며, 심한 때는 집현전과 승문원(외교에 대한 문서를 맡아보던 관아)까지 세력을 합쳐 임금의 일에 다른 의견을 제출하곤 했다. 아무런 문제없이 매끄럽게 마무리된 일은 기억에 나지 않을 만큼 드물었다.

이번 사신 파견에 대해서도 물론 말썽을 부릴 것이다. 더구나 사신이 임금의 사사로운 매부이며 아직 소년이라면, 말썽은 더할 게 뻔했다.

그러나 이미 영양에게 약속한 일이니, 그대로 흐지부지해버릴 수도 없게 된 어린 왕은 이 일을 수양에게 부탁해보리라 마음먹었다.

단종과 안평숙

강보에 싸인 적부터 부왕께 늘 "수양숙을 삼가라. 무서운 사람이니라" 하는 교훈을 들으며 자란 왕은 세상 무엇보다도 수양을 무서워하였다.

아버님도 승하하셨다. 수양숙은 무서운 사람이라는 가르침을 가슴에 품은 채 왕은 등극하였다.

빈전에서 재궁을 모시는 동안 왕은 처음에는 참으로 기막혔다. 세상 무엇보다도 무서운 사람인 수양숙이 바로 곁에 붙어 앉아 잠시도 떠나지 않는 것이었다. 처음에는 진저리가 날 만큼 무섭고 애가 탔다.

한 달, 두 달, 석 달, 가까이 지내는 동안 차차 두려움이 덜해졌다. 동시에 수양숙의 헌신적인 보호가 점차 눈에 띄기 시작했다. 그 체격과 음성, 모두가 유달리 굵고 큰 그 숙에게서 어디서 그런 세밀한 주의가 나오는지. 어린 왕이 피곤한 기색

수양대군

을 보이면 곧 누울 자리를 마련하였다. 목마른 듯하면 무엇을
눈치챘는지 곧 내관에게 식혜나 밀수(꿀물)를 들게 하였다.

원상院相(왕이 빈전에 있을 동안 정무를 맡아보는 대신)이 무슨 문
제를 가지고 빈전까지 찾아오면 수양이 먼저 맞아 듣고, 그 문
제를 해결할 방책을 상책 중책 하책의 세 가지로 나누어, 그
문제와 아울러 왕께 아뢰었다. 또 신료의 어리석은 행동에 대
해서는 왕을 대신하여 책망하기도 하였다.

만사를 독재하는 일은 없고 반드시 왕의 윤허를 얻은 뒤에
야 행하였으며, 아직 어린 임금이라 잘 이해하지 못하는 일이
있으면 소상하고도 명쾌하게 가르치고 이끌어올렸다. 그러면
서도 또한 옥체 보중까지 용의주도하게 감독하고 돌보는 것이
었다.

수양에 비하면 다른 어린 숙들은 말할 것도 없고, 안평숙의
태도 또한 차이가 너무 컸다.

안평숙은 자기가 직접 왕으로부터 명을 받거나 심부름을
맡은 일이 아니면 손가락 하나 움직이기 싫어하는 것이 분명
했다. 가장 하찮은 일을 예로 들더라도, 가령 왕이 무엇을 집
으려 하는데 팔이 채 닿지 않는 경우가 있다고 치면, 안평은

"저것 좀 이리로 밀어주세요."

하든가, 혹은

"좀 집어주세요."

하고 직접 자기를 지목해 시키는 일이면 부득이 행하였다.
그러나 왕이 혼자 집으려고 애를 쓰거나, 혹은 누구를 지목하
지 않고 다만

"저것, 누구 좀 안 집어주시나."

하고 말하면 외면하고 모른 체해버리는 것이었다.

역시 물건을 집는 일을 예로 들자면, 가령 왕이 안평을 향해
"안평숙, 저것 좀 집어주세요."

할 때, 안평의 곁에 다른 사람이 있어 일어서려 하면 안평
은 일부러 행동을 느리게 하여 그 사람이 집어 바치도록 하였
다. 안평은 집으러 가려는 시늉만 하고 있는 것이었다.

이것은 비근한 예에 지나지 않지만, 안평은 만사에 다 그러
하였다.

"군명은 복종해야 한다."

"움직이기 싫다."

이 두 가지 마음의 합작이 안평의 온 행동을 이루는 것이
었다.

이런 일에 있어서 수양은 그와 꼭 반대로, 어떻게 알아내는
지 입을 딱 벌릴 수밖에 없을 만큼 왕이 하고 싶어하는 일을
알아내어 봉행하였다. 미처 알아내지 못한 일이라도 왕의 분
부가 떨어지기 무섭게 남보다 앞서 하명을 받들어 행하였고,
모든 정무에 대해서도 그의 활달한 눈으로 관찰하여 가장 적

수양대군

당한 방책을 골라내 어린 왕의 재단을 청하였다. 그는 빈전에 있는 동안은 섭정, 섭정 가운데서도 가장 믿을 만한 섭정의 책무를 스스로 맡아 봉행하였다.

하루가 지나고 이틀이 지나고, 한 달이 지나고 두 달이 지나는 동안 왕은 수양의 이 성심을 부인하려야 부인할 수 없을 만큼 절실히 느끼었다.

"아버님이 숙부님을 오해하셨구나."

수양숙에 대한 감사와 신뢰의 마음이 왕의 마음속에서 끝내 크게 자랐다.

"할아버님이 역시 바로 보셨다."

어린 왕도 분명히 기억하고 있었다. 수양이 부왕의 병석에 와서 무슨 진언을 할 때면, 부왕은 흔히 외면해버리셨다.

어떤 때는 혀를 차며 냉큼 나가라고 호령하실 때도 있었다.

이런 일을 당하면 감정이 나서라도 한동안은 입궐하지 않기 쉽다. 그런데 수양숙은 한동안은커녕 그 자리에서 그냥 미소지으면서 부왕께 다시 무슨 말씀을 여쭙곤 하였다.

'수양은 삼가야 할 사람'이라는 생각을 가지고, 따라서 수양에게 호감을 갖지 못했던 당시의 세자는 수양의 이런 태도를 보고 밸도 없는 뻔뻔한 사람이라고 여기지 않을 수 없었다.

그러나 부왕이 승하한 뒤 가까이서 조석으로 대하고 보니, 대하면 대할수록 그 성의가 느껴지고 그 마음이 미더워졌다.

부왕께서 승하하시기 직전에 고명하기 위하여 대신들을 부를 때, 수양은 들이지 말라 하여 대신들에게 수양을 믿지 않는다는 뜻을 분명히 나타내셨다. 지금도 내관들이 저희끼리 하는 잡담의 마디마디를 뜯어보면, 대신들은 부왕의 이 말씀을 방패 삼아 수양숙과 간간이 다툼을 벌이는 모양이다.

이런 일을 당하면 사람이란 얼마나 불쾌한 감정이 일어날지 왕은 짐작할 수가 있었다.

"숙부님, 미안합니다."

수양과 김종서

왕은 명나라에 보내는 사절의 정사로, 매부가 되는 영양의 정종을 보내고 싶어했으나 그 희망은 가엾게도 꺾이고 말았다.

수양에게 그 건의를 부탁하려던 참이었다. 그러나 자기에게 그런 계획이 있는 만큼 내전으로 수양을 부르는 것도 남이 이상하게 볼 듯하여 주저하고, 외전에서는 이목이 번다하여 꺼려져서 주저하고 있었다. 그런데 마침 어느 날 석양 무렵, 왕이 혼자 편전에 앉아 있고 대청에는 내관들만 대령하고 있을 뿐 승지는 아무도 없을 때, 수양이 대청에 와서 부복하였다. 이렇게 승지나 주서注書도 모르게 왕을 뵙는 일을 각신들은 꺼리는 일이었다.

마침 수양을 만나고 싶던 왕은 반가워하며 수양을 영내로 들어와 앉으라고 청하였다.

"마침 잘 오셨습니다. 숙부를 뵙고 싶은 일이 있었는데."

왕은 다른 방해자가 오기 전에 벼르던 말을 하려고 이 말부
터 꺼내었다.

"신도 전하께 좀 조를 일이 있어 참내하였사옵니다."

"무슨 일이오니까?"

"전하는 무슨 일로?"

"숙부부터 먼저."

"전하 먼저……."

"예, 나는 다른 게 아니라 며칠 내 상국에 사례사를 보내야
지 않겠습니까?"

"예……."

"그 일로 사절사를 누구를 보낼지……."

"신도 그 일로 누구를 보냈으면 좋을는지."

"숙과 의논하고 싶어서. 숙의 의향으로 누가 좋을 것 같습니
까?"

"신이 가오리까?"

왕은 손에 들었던 홀을 내려뜨리도록 놀랐다. 얼굴이 주홍
빛이 되었다.

수양은 푹 머리를 방바닥에 묻었다. 한참을 잠자코 있었다.

한참 뒤에야 머리를 조금 들었다.

"전하. 사절사에 관해서 생각하고 계신 곳을 신 짐작하옵니
다. 영양위 정종을 마음에 두고 계신 것을 아옵니다. 알면서도

　　　　　　　　　　　　　　　　　　　수양대군

성의(임금의 뜻)를 꺾었습니다."

회복하려던 어린 왕의 얼굴이 다시 주홍색이 되었다.

"그거야 숙……."

"알면서도 거역하고 지금 대죄합니다."

수양은 약간 머리를 들었다.

"전하, 지금 상국에서는 우리나라를 매우 주목하고 있사옵니다. 세종대왕께서 승하하시고 문종대왕께서 등극하신 이후, 이 년 남짓 효孝에 치우치시고 정사政事는 삼년상三年喪이라 하여 돌보지 않으셨으며, 변경에는 오랑캐가 있어 넘보는 자들이 많은 가운데, 전하 또한 소년의 몸으로 위에 임하셨사오니, 오늘의 형세는 성태조께서 개국하신 이래 가장 위난한 때라 하겠사옵니다. 이때에 모侮(업신여김)를 덜고 방謗(비방)을 막지 않으면 아니 될 것이옵니다.

영양위는 소질이 영특하고 명민하여 사절로서 군명을 더럽힐 염려는 없사오나, 다만 연치(나이)가 조금 부족하여 저 나라 사람들에게 조선에는 사람이 없어서 홍안의 소년으로 사절의 중임을 맡겼는가 하는 웃음을 사게 된다면 크게 한恨 될 일이옵니다.

신이 성의를 거슬러서까지 영양위 파송의 중지를 청하옵는 뜻은 여기에 있사옵니다. 굽어살펴주소서. 감히 이런 간언을 올려 전하의 뜻을 거슬렀으니, 전하께서 최종 결정을 내리시기 전에 저는 먼저 죄인으로서 벌을 기다리겠습니다."

왕은 당황하여 수양의 말을 끊었다.

"숙부, 숙부. 대죄가 무슨 대죄여요. 내가 어리석어 그런 생각을 잠깐 낸 일은 있었지만, 지금 생각하니 철없기 짝이 없었어요. 영양을 한번 호사시켜보고자 하는 철없는 마음으로 그런 생각을 해보기는 했지만, 숙부의 말씀을 듣고보니 스스로 부끄러워 드릴 말씀이 없습니다. 그 일에 대해서는 내가 부끄러우니 다시는 말씀하지 말아주세요.. 영양에게는 내가 직접 잘 타일러 단념하게 하겠습니다. 숙부께 참 미안합니다."

"황공하옵니다. 전하."

"그럼, 숙부. 사절로는 누가 가장 좋을까요? 역시 숙부 이상은 생각이 나지 않는데."

"글쎄요. 신의 생각에도 신 외의 적임자는 얼른 떠오르지 않습니다."

수양은 미소지었다.

왕도 미소지었다.

"역시 숙부밖에는 누가 있겠사옵니까? 삼공은 모두 연로하여 먼 길에는, 도중에 죽기까지야 하겠습니까마는 피차 재미도 없을 테고……"

"그 밖에는 대군과 군들이온데, 왕자가 가려면 역시 신이 가겠습니다."

　　　　　　　　　　　　　　수양대군

"숙부께서 꽤 가고 싶으신 모양입니다? 하하."

어린 왕이 웃으며 말했다.

"예… 저 사람들을 만나서 우리를 멸시하는 기색이 보이면 그 그릇된 생각도 고쳐주고, 요지선경이라는 상국 자궁도 다시 한번 보고 싶습니다."

"영양도 그걸 보고 싶다고 하더군요."

"황송하옵니다. 소년의 마음에 품었던 꿈을 신이 깨뜨려버리고 말았습니다."

"할 수 없지요."

둘은 화기애애하게 담소하였다.

그날 저녁, 명나라에 갈 정사와 부사는 정식으로 결정되었다.

삼촌과 조카가 의논한 결과, 일단 임금의 뜻이라는 형식으로 부마 영양위를 명단에 올렸다가, 예상하였던 바와 같이 영양위는 아직 너무 어리다 하여 반대가 일자 수양이 자진하여,

"신이 가겠습니다."

하고 자기를 천거하였다. 왕은 다른 재상들이 반대할 틈도 없이 수양의 말이 끝나자마자,

"그럼 숙부께 부탁합니다."

하고 결정을 지어버렸다. 김종서가 무어라 입을 열려 했지만, 그때는 벌써 "숙부께 부탁한다"는 하교가 내린 뒤라 입을

다물고 말았다.

부사副使로는 공조판서 이사철李思哲을 보내고, 집현전 교리 신숙주를 종사관으로 삼았다.

번갯불같이 처리하고 결정해버려서 재상들은 무슨 영문인지 모두 어안이 벙벙하였다.

안평도 이 자리에 있었다.

안평도 무슨 말을 꺼내려고 누차 기회를 엿보는 모양이었으나 끝내 기회를 얻지 못하고 말았다.

벼락치듯 일을 결정지은 뒤, 수양은 그날 밤 집으로 한명회와 권람을 불렀다.

수양이 명나라에 사신으로 가게 된 사실을 알리자 한명회가 목소리를 낮추어 말했다.

"나으리, 부연赴燕(연경(북경)에 감)은 않는 게 좋겠습니다."

"왜? 무슨 일이라도 있는가?"

"요즈음 좌상이 자주 담담정을 찾아다니고 있습니다."

"담담정을? "

김종서가 담담정에 간다는 것은 효령을 만난다는 뜻이었다.

"그게 참말인가?"

"그렇습니다. 며칠 전 밤에는, 수상도 함께였다고 합니다."

정승이 왕자를 찾아다닌다. 수상도 함께?

한명회가 가져온 이 소식은 수양을 긴장하게 만들었다.

무슨 일인지는 알 수 없지만, 때가 때인만큼 그냥 넘겨들을 일은 아니었다.

가령 지금 무슨 사건이 돌발하여 어린 왕이 물러서거나 없어지면, 그 뒤를 이을 이는 수양이요, 수양의 다음 순서로는 안평이다. 과히 요원한 일도 아니다. 여기 만약 안평에게 다른 야심이 있다 하면, 그 열매는 과히 먼 곳에 있지 않다. 손을 내밀면 넉넉히 딸 곳에 있다. 나이도 좀 되었고, 성격상 음모를 좋아하는 사람이라, 이 안평의 성격과 현재의 지위와 이즈음의 언행으로 미루어볼 때, 결코 단순하게 볼 일이 아니었다.

안평과 대신들의 의논이라는 것이 어떤 것인지는 물론 상세히는 알 바가 아니다. 그러나 사정으로 따져보아 어린 조카님의 신상에 좋지 못한 결과를 가져올 의논이라는 것만은 추측할 수 있었다.

수양은 안평의 뒤에 감추어져 있는 김종서의 그림자를 즉각 깨달았다.

일찍이 세종대왕의 지휘 아래서 육진 개척의 큰일을 성취한 무인, 그러나 영웅처럼 인식되고 있는 그의 그릇은 수양이 보기엔 과장된 측면이 많았다. 이제 늙은 그에게 남은 것은 음흉한 성격에 더해진 노욕이었다.

안평이 만약 좋지 못한 편으로 마음이 기울었다 하면, 그 뒤에서 안평에게 기름을 붓는 김종서의 그림자는 너무도 명료

한 것이었다. 그렇다면 김종서가 왜?

지금의 정부에서 가장 수양을 미워하고 싫어하고 꺼리는 사람은 김종서였다. 그건 수양 또한 마찬가지였다.

김종서는 선왕에게 어린 임금을 보좌하라는 고명을 받은 사람이다. 그 고명을 방패 삼아 어린 임금을 모시고 무사태평히 노후를 보내고자 하였다. 어린 왕도 부왕의 고명까지 있었는지라, 늙은 대신을 신뢰하고 그들에게만 힘입으려 하였다. 거기 수양이 끼어들어 있다. 그러나 부왕께 늘 수양은 무서운 사람이라는 훈계를 들어온 어린 왕은 수양을 무서워하고 꺼려, 더욱더 늙은 대신들에게 의지하려 하였다. 이리하여 비록 수양이 함께하고 있다고는 해도, 왕의 신뢰가 없고, 따라서 늙은 대신들의 지위는 반석과 같이 튼튼한 듯하였다.

그러나 이 현상은 잠깐이었다. 수양의 지성과 충심이 어린 왕께도 차차 이해되게 되었다. 처음에는 그렇게도 무서워하던 수양을 차차 가까이 부르고 신뢰하여 가는 것이 분명하였다.

여기서 늙은 대신들은 신상의 불안을 느끼지 않을 수 없었을 것이다. 왕이 수양을 꺼리는 동안은 자기네의 신분도 반석과 같되, 왕이 수양을 신뢰하기 시작하면 자연히 수양과는 척지고 있는 자기네들의 신변이 안전치 못하다. 여기서 꾀는 빚어졌을 것이다. 가볍고 감정적인 안평을 허수아비로 끌어들였을 것이다. 수양에 대하여 이유 없는 반감을 품고 있는 안평으

수양대군

로서는 대신들의 농락에 비교적 쉽게 끌려들었을 테고…….

이 전후곡절을 마음에 분명히 깨달은 수양은 괴로움을 느끼지 않을 수 없었다.

어린 조카님과 안평, 두 그림자가 감고 있는 수양의 눈가에 어릿거렸다.

지금 자기는 바야흐로 중대한 사명을 띠고 연경으로 떠나려 하고 있었고, 아까 궁중에서 그 일이 작정되었다. 자청하여 취한 길이라, 이제 새삼스레 사퇴하기도 어려운 일이었다.

이번 길의 목적은 표면으로는 사례사라 하지만, 수양으로서는 이번 길에 그곳에 가서 대국의 문물제도를 시찰하고 싶었다. 왕자의 신분은 가볍게 움직이기 어려운 것이라, 이번 기회를 놓치면 장래 언제 또 그런 기회가 올는지 아득하다. 지금 어린 왕이 위에 계시고, 차차 수양 자기를 신뢰하여 오는 현재에, 자기가 왕을 보좌하여 좋은 시정을 하고자 함에는 아직도 안목이 넓고 크지 못함을 스스로 안타깝게 여기는 때가 적지 않았다. 몸소 그곳에 가서 주周 이래 발달된 문물제도를 보고, 그것을 참고로 하여 이 땅의 부족한 점을 보충하고 부강한 영토를 이룩하고자 하는 야망을 품고 있는 수양이었다.

그러나 그보다도 더 큰 야망이 있었다. 옛날 부왕 생존 시에 내심 몹시 벼르기만 하면서도 입 밖에 꺼내지도 못하였던 위대한 야망인 옛 고구려 영토의 회복을 어떻게 할 수 없을까 하는 것이다. 요동 일대를 몸소 밟아서 그 땅의 형세와 사정을 몸소 체험해보고자 함이다.

그러나 안평의 존재라는 것이 꺼림칙하였다. 안평이 단지 수양 자신에게만 비꼬인 행동을 취한다면, 그것이야 아무렇든 관계가 없지만, 이즈음 정승들과 사귄다는 것, 자주 왕래하며 밀담한다는 것이 꺼림칙하였다. 국가에 관계되는 일이면 왕께나 수양 자신에게 감추고 할 까닭이 없었다. 사사이든 간에, 왕이며 수양 자신을 이기려 하는 일이면 결코 온당한 일이라고 볼 수가 없었다.

적지 않게 꺼림칙한 일이다. 그러나 안평이라면 그것도 또한 그다지 큰 두통거리는 아니다. 안평은 그 성격이 좀되기는 하나 과단성이 없는 사람이었다. 비틀고 비꼬는 언행은 한다 할지라도 언행에 그칠 뿐이지, 무슨 일을 저지를 만한 사람은 아니었다. 입으로는 남의 감정을 긁는 말을 하고, 남을 폄하는 말은 할지나, 행동으로써 무슨 엉뚱한 일은 못할 사람이다. 따라서 안평 혼자만이면 아무런 일도 성사하지 못할 것이다.

종실의 한두 다리만 건너면 국왕의 위에라도 오를 만한 안평의 신분에다가 김종서라 하는 날개가 달리면, 이것이 적지 않게 귀찮은 문제였다.

한두 가지의 문제로 한두 사람만 젖혀놓으면, 안평은 당연한 순서로 왕위에도 오를 수 있는 사람으로서, 그런 신분의 사

수양대군

람을 중심으로, 혹은 허수아비로 앞장세우고 몇몇의 꾀가 진행된다 하면 놀랄 만한 사건도 빚어질 것이다. 안평 혼자면 이런 대담한 생각은 내지도 못할 선비에 지나지 못하지만, 그의 뒤에서 부채질하는 사람이 있다 하면, 아니, 부채질이라기보다 등 뒤에서 떠미는 사람이 있다 하면, 안평이 선두에 나서지 않으리라고 보장할 수도 없는 일이었다.

이즈음 안평과 자주 접근한다는 김종서는 어떤 사람인가.

선왕 문종의 총애를 받아 좌의정이라는 중직에 있는 사람이다. 한때는 그의 자리가 튼튼한 듯이 보였다.

그러나 근자에 와서 왕이 차차 수양을 신용하는 편으로 기울어지는 듯하자, 종서는 자연히 자리의 흔들림을 느끼고, 불안을 느끼지 않을 수 없게 된 사람이다.

김종서는 많은 자손을 거느린 사람이다.

김종서가 만약 옛날의 명상과 같이 부귀와 영화를 초개같이 여기는 재상이라 하면 문제가 안 되겠지만, 불행히 종서는 아첨하기를 즐겨하고 이간질하기를 좋아하는 성품을 다분히 가진 사람이었다.

일찍이 태종대왕이 맏아드님인 양녕대군을 세자로 봉하였다가, 다시 사위嗣位(임금의 자리를 이어받음)를 셋째 아드님 충녕대군(세종대왕)으로 바꾸고자 할 때에, 김종서는 다만 태종의 뜻에 영합하고자 하여 얼마나 많은 말을 꾸며내어 양녕대군을 헐뜯었던가. 양녕대군이 아무 죄도 없는 줄을 번히 알면서도, 다만 왕의 뜻에 영합하고자 양녕에게 가지가지의 죄안을 꾸며내어 씌웠던 종서였다. 양녕이 종내 폐사가 되고, 충녕대군이 사위에 올랐다가 등극하기까지 하자, 충녕, 즉 신왕(세종대왕)께 대하여서도 종서는 연해 양녕을 참소하였다. 신왕인즉 양녕을 대신하여 등극한 분이라, 신왕께 양녕을 욕하는 것이 신왕의 총애를 사는 방도라고 생각하였기 때문이었다. 신왕은 종서의 이 비루한 심사를 더럽게 보았다. 당신을 옹립한 공로가 있는 종서였지만, 왕은 그를 엄책하였다.

"그대의 마음으로 내 마음을 추측하는가? 본시 친륜으로 말하자면 양녕대군이 누릴 대위大位(높은 관위나 지위)를 지금 내가 누리는 것이라. 저 필부匹夫라 할지라도 형제간에는 서로 악을 감추어주고 선을 나타내어주다가, 불행히 하나가 죄에 걸리면 애걸하고 뇌물해서 구해내려고 애쓰는 것이 인정이거늘, 한 나라의 임금으로 필부만도 못하게 제 형을 감싸주기는커녕 벌까지 하라고 내게 조르는가? 다시 내게 그런 말을 하지 말라."

종서가 공조판서 때에, 종서는 공조에 시켜서 정승 황희에게 주과를 바친 일이 있다. 황정승은 그 주과를 물리치고 종서를 책망하였다.

"국가가 예빈시禮賓寺를 둔 것은 정승을 대접하기 위해서라.

내가 시장하면 예빈시에 시킬 것이어늘, 공조판서가 사사로이 대접하는 건 웬일인가?"

뿐 아니라 평생을 노여운 기색을 나타내어본 일이 없다는 황정승도 김종서에게만은 매우 엄하였다.

말하자면 김종서는 아첨하기를 좋아하고, 아첨할 필요상 이간질이 필요하다 하면, 이간질도 사양치 않는 사람이었다.

자기가 부귀하기 위하여, 자기가 영화되기 위하여는 어떤 일이라도 감행할 사람이었다. 많은 자손을 거느린 그요, 부귀에 애착심이 강한 그요, 또한 부귀를 얻거나 유지하기 위해서는 도덕적으로는 불감증인 그라, 만약 그에게 수양의 존재라는 것이 제 부귀의 방해물이라 보이면 수양 제거에 힘을 쓸 것이며, 수양이 지금 왕의 신임을 입고 있어 수양만을 떼어 제거하기 힘들면, 더 높은 데까지라도 손을 뻗쳐보려 할 위인이었다.

안평이 그런 인물이 조종하는 연극에서 놀아난다 하면, 그것은 수양에게는 가슴 아픈 일이었다. 김종서는 만약 수양이 득세하면 자기는 몰락할 판이니, 기어이 다른 꾀를 내하려고 갈팡질팡할 것이나, 안평이야 무엇이 부족해 그의 농락 아래로 들어갈 것인가.

수양 자신과 사사건건 맞서려 하고 거슬리려 하는 안평이 밉기는 했다. 그래도 동생이었다. 동생끼리 아랫동생이 웃동생에게 지기를 싫어하고, 매사에 거역하고 하는 것은 괘씸하나마, 그것은 집안일에 지나지 못한다. 남의 농락 때문에, 제삼자의 행복을 위하여 아랫동생이 웃동생을 거역한다 하는 것은 가슴 아픈 일이었다.

한명회와 이야기를 하다가 수양은 머리를 수그린 채 한참을 들지 않고 생각에 잠겨 있었다.

"나으리, 이번 사행使行을 그만두시면 어떻습니까?"

수양이 머리를 수그리고 생각에 잠겨 있을 동안, 한명회도 역시 잠잠히 있다가 수양이 약간 몸을 움직일 때에 비로소 말을 걸었다. 그 기회에 권람도 함께 말하였다.

"지금 나으리께서 먼 길을 떠나시면 여러 가지로 좋지 않은 일이 있지 않을까 생각합니다."

수양도 모르는 바가 아니다. 그러나 그들의 입에서 직접 들어서, 그들의 생각과 자기의 생각이 같은지 어떤지를 알고 싶었다.

"안평이 왜?"

"그야……"

"그야……"

두 사람의 입에서는 같은 말이 함께 나왔다. 그리고는 함께 끊어졌다.

"그야 어떻단 말인가?"

재차 물었으나 대답은 없었다. 할 말이 없는 것이 아니라,

그 말은 입 밖에 내기 어려운 말이기 때문이었다.

"안평이 신기神器(옥새)를 엿본단 말이겠지? 황보정승이나 김정승이 안평을 떠받들리란 말이겠지? 그런가?"

수양은 그들의 말을 꼬집어 밟았다. 그러고도 역시 대답을 못하는 그들에게 무거운 눈을 부었다.

"그렇지만 이보게. 이번 사행은 누가 가라 한 것도 아니고, 가달라 한 것도 아니고, 내가 자진해서 가겠습니다고 한 것인데… 그것도 열흘 이십일 전도 아니고, 아까 방금 가겠다고 한 것인데, 체면이 있지, 이제 무엇이라고 그만두겠습니다고 하겠나?"

"그야, 탈이 났다던가 무슨 핑계야 없으오리까?"

"핑계야 없겠나마는, 그렇게 가볍게 가겠습니다 했다가 그만두겠습니다 했다가 번복무쌍하면, 이 뒤 내가 무슨 일을 한다면 누가 신용을 하겠나. 그 점도 생각을 해야지."

"그래도 무슨 대비가 있어야 하지 않겠습니까?"

수양은 머리를 기울였다.

"이렇게 하면 어떨까, 지금 생각한 바인데 지봉芝峰(황보인)의 아들 석錫이와 절재節齋(김종서)의 아들 승규承珪를 수행으로 데리고 가면……."

"그것도 한 방책은 되겠습니다."

"한 방책뿐이 아니라, 만전지책(실패의 위험이 없는 아주 안전하고 완전한 계책)일 것일세. 지봉이든 절재든 무슨 안평에게 대한 충성이 크다든가, 국가에 대한 충심이 커서 그러는 게 아니고, 단지, 늘그막에 평안히 살고 자자손손이 영화 누리자고, 그러는 게 뻔한 일인데, 내가 저희들의 아들을 전당잡아가지고 저 땅에 간다면, 그동안이야 저희네들이 꼼짝이나 할 것인가.”

“하기는 그렇습니다.”

한명회와 권람은 수양의 의견에 승복하지 않을 수 없었다.

안평과 황보인, 김종서 등에게 대할 방침은 대략 그렇게 하기로 하였다.

이만한 의논과 지휘가 있은 뒤엔 그날 밤은 그대로 헤어졌다.

자정이 훨씬 넘은 시간이었다.

수양대군

문학지사

한명회 등이 돌아간 뒤에, 수양은 정침正寢에 들었다.

그러나 자리에 들 생각은 하지 않고 사방침에 몸을 의지하며 비스듬히 앉아버렸다.

술을 먹지 않았으니 취하지는 않았다. 취하지 않은 또렷한 머리에는 안평의 생각이 불끈 솟아올랐다.

어렸을 적부터 까불고, 까부는 위에 또한 꼬인 성격은 아직도 조금도 고쳐지지 않았다. 부왕(세종) 생존 시에도 부왕은 얼마나 안평의 사람됨을 걱정하셨던가. 부왕이 가사를 의논할 수 있는 단 한 사람인 백형 양녕대군을 조용히 만나면, 늘 첫째로는 동궁(선왕 문종)의 나약함을 근심하고, 계속하여 반드시 안평을 걱정하던 일을 수양은 아직 기억하고 있다.

더욱이 백부 양녕은 언젠가 아우님(세종)께 직언을 한 적도 있었다.

"자칫 문학지사라 함은 겉으로는 의義를 꾸미고 속으로 이
利를 도모하기 쉽습니다. 안평이야말로 이 사직에 가장 경계할
인물이올씨다."

"아아, 이 일을 어찌하나."

안평이 나이 벌써 서른, 그의 성격은 이제 굳어질 대로 굳어
진 사람이어서 어떤 노력으로도 도저히 고칠 수가 없을 것이
었다. 안평이 이 세상에서 무서워하는 다만 한 사람인 부왕이
생존 시에 그만큼 늘 엄책하고 훈계하여 고쳐보려 하였으나
고쳐지지 않은 안평이라, 성격 이미 굳어진 위에 또한 내심 복
종치 않는 수양 자신의 책망과 훈계쯤으로는 어림도 없을 것
이었다.

성격은 못 고치나마 그가 품고 있는 생각이나마 어떻게 고
칠 수가 없을까.

비꼬인 사람이라 잘못 건드렸다가는 더 빗나갈 염려가 있다.
그렇다고 어르고 달래어 마음 돌리기에는 너무 장성하였다.

과단성이 없는 사람이라, 앞장서서 부추길 김종서만 없으면
자기가 앞장서지는 못할 사람이다. 그러나 이利에는 생사를 가
리지 않는 이 속세에서, 김종서가 없어진다 해도 제이의 김종
서가 또 생길 것이고, 제삼의 김종서가 또 생길 것으로, 끝이
없고 한이 없을 것이다.

잘못하다가는 이를 위하여 생겨날 유혈극… 수양은 몸을

떨었다. 안평의 문제를 썩 잘 해결하지 못하면 반드시 유혈의 참극은 일어날 것이었다. 일을 될 대로 내버려두면, 어린 임금은 아무것도 모르고 대궐에 안온히 있는 동안, 밖에서는 자기 일신의 안전과 이익을 도모하는 음모가 빚어져서 가장 고약한 종류의 유혈극이 연출될 것이었다.

이 유혈극을 방지하는 수단으로 '독毒을 제하는 데는 독으로 한다'는 방법을 쓰면, 또 다른 종류의 유혈극이 연출될 것이었다.

어느 편으로라도 유혈극이요, 어느 편으로라도 혈족상잔의 참극이었다.

이 두 가지를 다 피하고 평온리에 무사할 도리는 없는가.

선왕(문종)도 적지 않게 성격이 비틀어진 분이었다. 그러나 그래도 백부 양녕대군만은 저어하고, 양녕의 진언이면 약간 뜻과 상반되는 일이라도 승복하였다. 그러나 안평은 백부에게까지도 불복할 뿐 아니라 반항하기까지도 사양치 않을 사람이었다. 양녕 또한 입장이 입장이라, 위력으로까지 안평을 누르지 못한다.

여기 만약 안평을 정면으로 꾸짖고 호령할 사람이 있다 하면 그것은 수양 자신뿐이다. 친형이라는 지위로서 안평을 호령하려면 할 수는 있다. 그러나 이 형에게 대하여 심복은커녕 반항심을 품고 있는 안평이라, 그 호령에 복종치는 물론 않을 것이요, 도리어 반대의 길로 뺄기가 십상팔구요, 혹은 딱 버티고 대항할는지도 알 수 없다. 이도 못할 노릇이었다.

이도 못하고 저도 못하고, 그렇다고 또한 방임할 수도 없고… 안평의 문제는 과연 골치 쓰이고 난처한 일이었다. 지금 임시적으로나 저쪽에서 손쓰지 못하도록 황보인과 김종서의 아들을 이번 사행에 수행원으로 데리고 가려고 마음먹었다. 그 두 아들을 수양이 잡고 있을 동안은 아무 일도 생겨나지 못할 것으로 임시의 안심은 얻을 수가 있겠지만, 그 뒤는 어찌하나.

와석종신

이튿날 입궐하여, 수양은 이번 사행의 수원隨員(수행원)으로 황보인의 아들 석과 김종서의 아들 승규를 직접 꼽았다.

수양에게 뽑힌 두 사람의 아버지 인과 종서는 당황하여 서로 얼굴을 바라보았다. 하고많은 청년 재사들 가운데서 자기네 두 사람의 아들을 골라낸 뜻밖의 일에 놀란 것이었다. 석이나 승규가 다 수양에게 특별히 사랑을 받는 사람이라든가, 혹은 가장 적임자라든가 한 바도 아닌데, 왜 하필 이 두 사람을 골라내었는지 알 수 없는 이 일에 다른 생각을 품고 있던 두 늙은 대신은 가슴이 섬뜩하였다.

정사로 조선 국왕의 친숙되는 수양대군 이유.

부사로는 공조판서 이사철, 종사관으로는 집현교리 신숙주. 그 밖에 수행으로 황보석, 김승규 등이 결정되었다.

일행 인원이 작성된 뒤, 영의정 황보인은 가슴이 떨리고 서

늘하여 더 있을 수가 없어서 먼저 자기 집으로 물러나왔다. 나올 때에 좌의정 김종서에게 눈짓하여 뒤따라 나오라는 뜻을 전하고⋯⋯.

인은 집으로 물러나와서, 황황히 사랑으로 들어가며 시청지기에게 분부하여 문객 겸인들도 사랑에 들게 하고, 김종서만 오거든 들이라고 하여두었다.

설레는 가슴으로 안절부절 코를 어루만지며 손을 비비며 기다릴 때에, 인으로서는 무척이나 오래 기다린 것 같았다. 기다리던 종서가 인의 집으로 왔다.

"대감, 어떻게 된 일이오?"

인사도 절차도 차릴 여유가 없이, 종서의 귀에 입을 갖다 대고 떨리는 작은 소리로 이 말부터 하였다.

"참⋯⋯."

종서는 인보다는 좀 덜 당황하였다. 그러나 역시 낭패한 듯 창백한 얼굴이었다.

"이 일을 어떻게 합니까?"

황보인이 겁먹은 얼굴로 말했고, 김종서가 받았다.

"하지만 대감, 이 일이 꼭 수양대군이 눈치채고 한 일이라고 생각할 필요는 없지 않겠소."

"글쎄올씨다. 그렇지만 왜 하필 우리 두 집안 아들을⋯⋯."

황보인이 그렇게 말하고 잠깐 침묵하다 목소리를 낮추어 말

수양대군

했다.

"좌상대감, 난 빼주시오."

"지금 와서 무슨 말씀이십니까?"

"늘그막에 와석종신臥席終身(자리에 누운 채로 생을 마침)도 못할까봐 그래요. 난… 치사致仕(벼슬에서 물러남)하고 선향에 돌아가 와석종신이나 할까봅니다."

"대감도, 참, 그래 만약 수양대군이 눈치챈 게 사실이라면 대감께서 치사하신다고 와석종신이 될 듯싶소이까?"

진퇴유곡이었다. '수양이 득세하는 날에는 우리는 몰락을 피하기 위하여 수양을 제거합시다. 제거하려면 안평을 앞세워야 합니다.' 이 말에 끌려서 황보인은 김종서와 동반하여 안평을 찾아다닌 것이었다. 수양의 억센 압력에는 황보인도 늘 내심 전전긍긍하던 바였다. 그러나 특별히 수양과 원수진 일이 없으니, 굳이 배척할 생각까지는 없었다. 그런데 수양이 득세하면 우리는 몰락이라 하는 김종서의 말을 듣고보니, 또한 그도 그럴듯한 말이었다. 수양의 성격으로 보아서 자기네 같은 노물들을 내쫓을 듯한 점도 부인할 수 없었다. 많은 식솔을 거느리고, 한낱 평범한 선비로 시작하여 힘겹게 오늘날의 지위와 부귀를 얻어낸 그였으므로, 그만큼 부귀와 영화에 대한 동경과 집착도 강하였다. 마음은 약하고 오직 착하였지만, 부귀에 연연한 그의 심리는 유혹에 빠지기가 쉬웠다. 잘못하다가는 부귀를 잃어버릴지도 모르겠다 할 때에, 부귀를 놓치기 싫은 본능과 함께 잃지 않을 방도를 강구할 유혹이 생겨났다.

"안평과 붙읍시다."

이것이 수양을 제거할 방도라 할 때에, 이 단순한 늙은 선비는 그럴듯하게 들렸다. 다만 안평에게 접근하여 수양의 세력을 꺾는 것이라 단순히 생각하였다. 한 번 두 번 종서와 동반하여 안평을 찾는 동안에, 그는 지금 하려는 일이 단순히 안평을 수양보다 높이자는 것이 아니고, 더 다른 목적이 있다는 점을 알게 되었다. 그러나 이미 발목이 잡혔는지라, 부득이 호인다운 미소를 연방 얼굴에 띠워가며, 그들에게 추수(남의 뒤를 쫓아 따름)하여 다른 뜻 없다는 점을 나타내기에 급급하지 않을 수 없는 입장에 서게 되었다.

그러면서도 마음속에 늘 일말의 불안은 안고 있었다. 드러나기만 하면 구족이 멸할 수도 있는 이 위협감에 그는 늘 바늘방석에 앉은 듯한 불안을 느꼈다. 후회막급이었다.

일찍이 벼슬을 버리고 고향으로 갔으면 무난했을 것을, 지위에 연연하여 치사하지 못했고, 그 위에 또 더 오래 영화를 누리려는 공연한 욕심을 냈다가, 지금은 발목을 뽑으려야 뽑지 못할 궁함에 걸리게 되었다.

수양대군이 수행원을 선발함에 있어서 자기의 아들과 김종서의 아들이 뽑힌 것이 우연한 일이라면 그 이상 다행한 일은 없겠거니와, 아까 수양이 둘을 지정하면서 적이 눈을 굴려 자기와 김종서를 한 번 둘러본 눈치는 자기네 두 늙은이의 기색을 살피는 눈치로 보였다. 그때 자기는 속으로 얼마나 놀랐던가.

"좌상, 이 일을 어쩌면 좋겠소?"

황보인이 신음하였다.

종서에 대한 원망이 크게 일었다.

그러나 장본인인 종서는 비교적 평정하였다.

"대감도, 기왕 이렇게 된 이상에야 어쩌겠습니까? 할 수 없는 일 아니오이까. 이렇게 된 이상은, 더욱 우리 일을 서둘러야겠소. 안평께도 알리고……."

"그런데 우리 자식들이 수양대군의 손안에 들었으니……."

"그러니 더욱……. 하지만 또 그애들이 상국에 들어갔다가 나올 때까지는 그저 기다려야겠지요."

"아아! 이럴 줄 알았더라면……."

"허허허. 참 소심허시오. 그러니 도모지간倒帽之諫을 하셨지요(도모지간은 글자대로 하면 '모자를 거꾸로 쓴 채 올린 간언'이나, 여기서는 황보인이 너무 다급하고 정신없이 간하다가 사모를 거꾸로 썼다는 일화에서 나온 말)."

종서는 이제 당황한 기색이 아주 없어졌다. 인의 벌벌 떠는 모양을 도리어 조소하는 태도로 볼 수 있으리만큼 평정을 찾고 있었다.

"대감. 저는 이제 안평대군 댁에 가보아야겠는데, 대감은 어쩌시겠소?"

"나는 싫소이다."

"너무 염려 마세요. 무슨 일이 있으오리까. 수양대군은 아직 편이 없어요. 기회를 봐서 우리가 먼저 손쓰면 수양은 속수무책이지요. 육진을 개척한 이 절재의 위력을 보십쇼. 대감은 평안히 누워 계시다가 굴러오는 복이나 한 덩어리 붙잡으세요. 헛헛헛."

평정을 회복한 종서는 이런 말까지 하였다. 그러나 인의 겁에 질린 얼굴에는 그래도 미소나 화기가 나타나지 않았다.

종서가 돌아갈 때도 인은 떨리는 몸을 간신히 일으켜서 종서를 보냈다.

약한 사람은 원망이 많다. 인은 자기가 마음이 약하기 때문에 유혹에 걸렸다기보다, 자기를 유혹한 사람에 대한 원망이 앞섰다. 김종서의 유혹만 없었더라면 자기는 본시부터 그다지 수양에게 원심도 없었으니까, 현재에 만족하고 있었을 것을, 가만있는 사람을 공연히 부추거서 죽을 구덩이에 빠지게 하였다고, 연해 혀를 차면서 분개하였다. 그러나 남에게 밝힐 수도 없고 하소연이나 통사정을 할 수도 없는 상황이었다.

허후의 평

　수양은 사은사로 떠나기 앞서 고구려와 고려 때의 강역(영토의 구역)을 좀 상고하여보았다. 연경에 가기 위해서는 반드시 지나야 할 곳이 옛 고구려 땅이었기 때문이다.

　요동의 광활한 지역은, 본시 고구려의 강역이요, 그 뒤 고려가 선 뒤에도 그 강역을 회복하고자 여러 번 시도해보았다. 더욱이 여말麗末의 우왕禑王은 요동정벌의 대군까지 일으키려다가 실패하였고, 아조我朝에 들어서는 세종대왕이 온 국력을 기울여서 육진을 개척하며 야인 토벌에 주력한 것도 이 고구려 옛 땅의 회복을 도모하는 복선이었다. 명나라를 상국으로 섬기는지라, 표면상 현재는 명나라의 강토인 요동을 회복하려 한다는 눈치만은 보일 수가 없었으나, 북진北進은 늘 게을리하지 않았었고, 이 북진정책에 대하여 명나라에서 항의하고 책망을 할지라도 그런 항의는 묵살하고 북진정책은 그치지 않왔기에 이 지역에 대한 지식을 좀 얻어두기 위해서였다.

수양은 그런 와중에 시간을 내어 좌참찬 허후를 만나보기로 하였다.

근래 수양의 뜻에 대하여 드러내놓고 반대하는 사람은 없었다. 모두 수양을 싫어하고 꺼리기는 하였지만, 워낙 억세고 위압력이 있는 위치에 종실의 장로라는 지위를 가졌는지라 반대하기를 두려워하였다. 그런데다가 일전 김종서가 수양에게 호되게 당한 일까지 있어서, 수양이 무슨 의견을 말하면 모두들 선선히 따르는 형편이었다. 그런데 허후가 이전 왕이 있는 자리에서 내놓고 반대를 해왔었던 것이다.

하도 야위어서 '수응재상瘦鷹宰相'이라는 칭호를 듣던 아버지(세종 때의 좌의정 허조許稠)를 닮아서 싸리채같이 수척한 허후는, 또한 성격까지 아버지와 한판으로 한 푼의 융통성도 없는 사람이었다. 아버지 허 정승의 융통성 없는 성격은 부부생활까지도 너무 엄격하고 규율적이어서, 세상에서는 '허 정승은 음양지도를 모르는 사람인 모양'이라는 소문까지 높아서 허 정승으로 하여금, '내가 음양을 모르면 후厚와 눌訥(허 정승의 아들들)은, 어떻게 생겼겠느냐'는 말을 끄집어내게 하였다는 일화까지 있었다. 그런 아버지의 아들이라, 역시 한 푼의 융통성도 없는 사람이었다.

그러나 지금껏 지내본 바로 허후는 수양을 배척하고 멀리

하려는 사람은 아니었다. 그렇던 허후가 당시 정면으로 반대하므로, 수양이 의외라 여겨져 이유를 묻자 그는 이렇게 답했었다.

"다른 이유가 아니라, 지금 국상이 어제의 일이고, 유주幼主께서 당국當局하신 이 때, 대신들도 아직 주상 전하께 익숙지 못하고, 전하 또한 의지하고 의논하실 데가 없으신 이런 때에, 종실의 어른이신 나으리께서 중심을 잡고 좌우편을 잘 융화시키고 단합시켜야 하지 않겠습니까. 전하께서 아직 신하들에게 생면이시고, 치국에 미숙하신 이때, 나으리 같으신 분이 안 계시면 군신간의 융화를 바라기 힘들지 않을까 합니다. 이런 이유로 나으리께서 자리를 비우시는 게 좋지 못하다 하는 것입니다."

말하자면 이런 때일수록 수양이 섭정을 해야 한다, 적어도 군신간의 돌쩌귀(두 편을 이어주는 중심 고리)는 되어야 한다는 뜻이었다.

이 말이 수양에게는 고마웠다. 문종도 수양의 섭정은커녕 섭정을 하지나 않을까, 겁을 냈고, 지금의 대신들은 더욱더 그런 일이 생길까 기어이 막으려는 이때에, 이 정부에 있어서 허후 혼자 다른 생각을 내보이며, 수양이 지금 이곳을 떠나면 안 된다고 주장했던 것이다. 기왕 작정한 일이요, 가기를 포기할 수는 없었지만, 그때 허후의 말이 지극히 고마웠기에, 따로 시간을 갖고 한번 이야기라도 나누어보고 싶었던 것이다.

허후는 여전히 싸리채같이 꼬장꼬장하고 융통성 없는 태도로 수양을 맞았다.

"대감은 반대하셨지만, 이번 사행에는 내가 꼭 가야겠습니다."

단 두 마디의 인사 뒤에 수양은 이 말을 꺼냈다. 거기에 대하여 허후는, 역시 멋대가리 없이, 그렇다고 배척하는 것도 아닌 표정으로 말했다.

"나으리가 꼭 가신다는 데야 할 수 없겠지만……."

"대감은 어떤 점이 걱정이 되십니까?"

"전하께서 과히 연소하셔서 대신들을 어려워하십니다."

"대감, 저는 종인이라 한 겹 막힌 데가 있어서 대신들의 생각이나 마음을 잘 모르는 데가 있습니다. 대감 아시는 대로 말씀 좀 해주시지요."

"소생이 뭘 알리까마는, 전하께서도 대신들을 어려워하시는 모양이지만, 대신들도 전하가 너무 연소하시니까 어려워하는 것 같습니다. 선대왕이나 영묘께는 계청이나 상소라도 할 수가 있었지만, 금상께는 그것도 못하니 답답하긴 할 겁니다."

"흠!"

"전하께서도 매한가지로, 무슨 분부하실 일이 계셔도 못하시는 모양이구요. 간간이 보면 도리어 늙은 내관들이 성지聖旨

(임금의 뜻)를 듣고, 승지에게 전해서, 승지에게서 대신에게로 전해지는 일이 있는데, 이렇게 되면 군신간에 의사의 소통이나 융화가 없지 않겠습니까. 지금도 보자면 나으리께서 가운데 계신 덕에, 위에 뜻이 아래로 전해지고 아래 뜻이 위에 다다른 일이 비일비재가 아닙니까? 이런 때에 나으리가 오래 멀리 가 계시면, 군신간의 의사 소통이 끊어지는 것이니 그것이 근심됩니다."

수양은 고개를 끄덕였다. 이렇게 사람마다의 생각이 다르다는 것을 새삼 느끼며.

"참, 내 늘 대감을 만나면 터놓고 물어보고 싶은 일이 있었는데, 이참에 솔직히 말씀해주시겠습니까?"

"무엇입니까?"

"지금 삼공(의정부의 3정승) 중에 국가를 위해서 목숨이라도 내놓을 수 있는 분이 누구입니까?"

이 말에 허후는 한참을 생각하였다.

"글쎄올씨다. 모두 과히 늙었지요. 사람 늙으면 영기靈氣가 꺾입니다."

일부러 말을 피했다.

"영상은 어떨까요?"

허후는 또 한참 생각하였다.

"지봉도 늙었지요. 어릴 때부터 교우라 잘 알지만… 늙었지요. 충의야 누구에게도 뒤지겠습니까마는……"

그러고는 잠시 말을 끊었다가 다시 이었다.

"게다가 식솔이 많지요."

"좌상은요?"

허후는 또 한참 생각하고야 대답했다.

"절재는 교분이 엷어서 잘 모릅니다."

역시 대답을 피하려는 눈치였다. 수양이 뒤따라 다시 물었다.

"그래도 짐작이야 안 가리까. 한번 말씀해주시지요."

허후는 또 잠시 생각하였다.

"약간 탐욕하다는 소문이 있습니다. 노인답지 않게 담력은 아직 남은 모양이지만. 함길도 절제사 적에도 황금을 즐긴다는 추성醜聲이 들리더니, 근자에도 늙은이답지 않게 야화野花라는 야인 계집애 하나를 구해다놓고… 뭐 그런 폄들을 하나봅니다."

"우상은요?"

"약간 경망하지요."

"하하, 그러면 대감은요?"

"가장 다겁多怯합니다."

웃지도 않고 하는 대답이었다.

수양이 탄식하며 말했다.

"아조我朝 육십 년에 충의의 대신이 한 사람도 없단 말인가."

수양대군

"다 늙었습지요."

"나이 늙으면 충성도 늙는다는 의견이십니까?"

이 말에 허후는 역시 표정 변화 없이 말했다.

"그럴 리가 있겠습니까? 다만 선대왕 때의 여러 재사들의 결기를 생각다보니… 절재 같은 이도 장년 때는 그렇게도 훌륭하고 비범하더니, 용기는 줄고… 그 대신……"

말을 끊었다. 그러나 뒷말은 '탐욕만 생겼다'는 뜻으로 들을 수가 있었다.

수양은 머리를 숙였다.

늙어서 용기가 줄었다? 늙으면 혹은 용기도 줄리라. 그러나 충성도 줄랴. 충성이 있으면 충성에 따르는 용기도 줄랴.

예로부터 순국殉國한 재상이 다 젊은이들뿐이었더냐.

아니다. 충성에 어찌 노약이 있으랴. 그러고 진실한 충성에 어찌 목숨을 아끼랴.

요컨대 이 백성의 마음이 위축된 때문이다. 태조에서 시작하여 정종, 태종의 대를 지나서 나라의 기초가 섬에 따라서 정부와 백성이 한결같이 안심하는 바람에 방심하기까지에 이른 것이다.

세종 재위 삼십여 년간, 그 말년 수년간을 건강이 상하였기 때문에 정사를 동궁께 맡겼다.

'유儒'의 한 길밖에는 모르는 동궁이, 더욱이 병약하기 때문에 심약하여, 나라를 북돋우려는 노력은 다 내던지고 게으른 지도를 하였다.

이 동궁이 섭정을 한 수년과, 동궁이 즉위한 뒤 수년 동안의 정치적 나태는 이 백성으로 하여금 용기 없는 백성으로 화하게 하였다.

지금 어린 임금이 위에 오른 이때, 그냥 버려두면 더욱 쇠퇴하여 갈 밖에는 없을 것이다. 아래로 떨어지려 하는 힘은, 그 자리에서 받아 멈추기만 하려 해도 힘들 것이다. 하물며 다시 위로 올려 밀려 하면 어지간한 힘이 아니면 성공하기 힘들 것이다. 그러나 이대로 버려두면 아주 떨어지고 말 것이니, 어떻게 해서든 도로 위로 올려 밀 방책을 강구해야 한다.

"대감."

수양은 잠시 머리를 숙이고 있다가 다시 허후를 찾았다.

"예?"

"지금 삼공(세 정승)은 다 치사(벼슬을 그만두고 물러남)하고 선향에 돌아가 노후를 평안히 보내는 게 좋을 것 같구려. 솔직한 대감 생각은 어떻습니까?"

"소생도 그렇게 생각합니다. 지봉에게는 흠 없는 사이라 권고도 몇 번 해보았지요. 이제 지봉은 선향에 길게 누워도 아쉬울 게 없을 텐데……."

"절재도 그렇겠죠."

“절재는 조금 더 바라겠지요.”

“영상 자리?”

“그러믄요.”

그의 공적으로 보아서 만년만 잘 지켰다면 영상 자리인들
무엇이 과하랴.

수양은 탄식하였다.

종친의 곡연

수양이 사은사로 출발하기 전날, 어린 왕은 대궐 내전에서 몇몇 종친을 청하여 곡연曲宴을 열었다. 수양의 계청으로 열리게 된 것이다. 수양은 이 기회에 그간 다소 소원했던 종친간의 정을 나누고 혼자 남을 어른 왕을 위로해드리기 위해서였다.

아버님 세종대왕이 생존한 동안에는, 양녕, 효령, 성녕은 물론이요, 적서嫡庶를 합하여 이십 인이나 되는 형제들이며, 서숙, 서사촌, 오촌들이 늘 대궐에 들어와 세종께 알현하며 종실끼리의 교분도 유지되었었다.

아버님이 떠나고 형님(문종)이 등극한 뒤에는 큰 돌쩌귀가 빠지기라도 한 듯, 종친들의 입궐 횟수도 줄었다. 몸이 약하여 당신 한 몸의 건사조차 귀찮은 문종은 종친들의 알현도 반가워하지 않았으니, 자연 종실들도 소원하여졌다. 양녕, 효령의 친숙이며 형제들도 부득이 입궐해야 하는 날밖에는 대궐을 피하였다.

어린 조카님이 등극하매 한층 더하여졌다. 그들은 종친부나 대군청에까지 들어와서도 거기서만 시간을 보내지, 왕께 배알하는 일은 좀체 없었다. 수양 단 혼자서만 늘 왕을 찾아 알현하곤 하였다.

넓다란 대궐을 단 혼자서 지키는 어린 조카님, 아직 어리기 때문에 젊은 궁녀들은 기뻐할 줄도 모르고, 늙은 궁녀들은 패거리가 생겨 자기네들의 경쟁에 몰두하기 때문에, 역시 왕에게는 귀찮고 시끄러운 존재였고, 대신 재상들은 무시무시하고 어렵기만 하니, 이런 고적한 환경이 수양이 보기에는 눈물겨웠다. 이즈음 겨우 수양 자신에 대하여 차차 믿고 의지하여 오는 어린 조카님, 이분을 남겨두고 한동안 멀리 떠나 있어야 할 수양은, 자기가 없는 동안 다른 종친들이라도 자주 왕께 뵈어서 왕을 위로드리도록 그 실마리를 틀 기회를 얻기 위해서였다. 그리고 이 좌석에서 안평에게 '조카님을 보호하는 책임'을 좀 지울 수가 있으면 그것까지도 좀 하여보고 싶었다.

양녕은 수양과 동반하여 가장 먼저 왔다. 효령은 몸이 불편하여 오지 못하였다. 수양, 안평, 금성, 이 삼형제와 매부 영양위 정종, 이렇게 단 여섯(왕까지)의 아주 단출한 연회였다.

연회는 세종대왕이 사랑하는 손자님(지금의 왕)을 늘 붙안고 거닐던, 유서 깊은 자미당紫薇堂에서 열렸다. 술을 즐겨하는 양녕을 위하여서는 특별히 주효酒肴(술과 안주)도 있었다.

왕도 이 자리가 기뻤다.

수양은 거의 매일 보지만, 조부 양녕이며 숙부 안평, 금성 등은 꽤 여러 날 만일 뿐더러, 이 여러 웃사람들이 한자리에 모이고 그 위에 화기애애한 기분으로 모인 것이 진실로 기꺼웠다.

"조부님, 숙부님. 지금도 생각나요. 한 옛날 일이지만, 영묘께서 어린 저를 안고 이 창란窓欄에 기대어서 머리를 쓸어주시며 용비어천가를 들려주시던 그 기억이……"

양녕 대신 수양이 받았다.

"전하, 신도 생각납니다. 그 시절에 한창 장난꾸러기던 신 또한 매일 입궐해서 영묘께 귀찮게 굴고, 또 현묘顯廟께……"

수양은 말을 끊었다. 끊었다가 숨을 한 번 돌리고 계속하였다.

"현묘며 안평이며 임영臨瀛이며, 이 자미당 앞에서 격구를 하고 있노라면 영묘께서는 그때 강보에 싸인 전하를 안으시고 구경하시며 상을 주시고……"

"참." 양녕은 눈물 어린 눈으로 안평을 보면서 말했다. "안평은 격구가 서툴기도 하더니."

"현묘께서도 서투셨지요."

수양도 웃으며 안평을 보았다.

이런 몇 마디의 이야기가 오갈 동안, 아직 잠잠히 있던 안평이 비로소 끼어들었다.

"점잖지 못하게 격구를 왜 합니까?"

어린 왕이 받았다.

"숙부도. 왜 격구가 점잖질 못해요?"

"그게 뭐오니까. 상스럽게 달리고 뛰고 넘어지고……."

"그럼 숙부께서는 뭘 즐겨하십니까?"

"독서, 영시詠詩(시를 읊고 지음)이런 일이 군자의 할 일이옵지요."

"유희로는요?"

"유희에는 바둑과 거문고지요."

안평의 본시 성질이 또 나오려는 것을 본 수양은 말머리를 돌리기 위해서 끼어들었다.

"참, 안평의 탄금은 유명합니다. 현대의 백결(신라 때의 유명한 탄금가)이라고 명성이 자자합니다. 어디, 안평, 한번 전하께도 들려드려봄은 어떤가? 내 길 떠나는데 송별곡 한 곡 못 뜯어 줄 것도 없잖은가?"

안평은 잠깐 형을 보고 입을 꼬아 웃었다. 어린애도 아니고 그런 칭찬에 넘어가겠느냐는 뜻인 듯했다.

"숙부, 한 번 들려주시죠."

"신이 뭐 잘하는 게 있으리까. 오히려 형님의 탄궁 소리가 더 훌륭할 게올씨다."

"이 사람. 그리 비싸게 굴지 말구. 전하께서도 소청하시구, 나도 소원하니, 한 곡조 들어봄세."

"……."

"백부님 비파가 또한 안평의 거문고에 못지않게 소문이 높죠. 백부님도, 비파 한 곡조……."

수양의 연이은 흥 돋우기에 왕도 거들었다.

"영양위의 소고小鼓가 또한……."

가장 친애한 매부 영양을 자랑하고 싶은 것이다.

"금성의 생笙(아악雅樂에 쓰는 관악기의 하나인 생황)도 또……."

이제 왕도 소년답게 만면에 기쁜 기색이 넘쳤다.

"나도, 저笛는 간신히 율은 아는걸요."

"아하, 저하께서는 저笛(아악에서 가로로 불게 되어 있는 관악기를 통틀어 이르는 말)를 부시면 되겠습니다그려. 이러다보니까 신혼자서 풍류는 아주 어둡습니다그려."

수양이 웃으며 말했다.

"숙부의 경磬(틀에 옥돌을 달아, 뿔 망치로 쳐 소리를 내는 아악기)은 고금족보라고 영묘께서 늘 말씀하시던 일이 있는데요. 하하……."

수양의 겸손에 왕이 수양의 편을 들었다.

양녕도 얼굴에 노인답지 않은 웃음을 가득 품고 말했다.

"전하. 우리 종중 전부가 풍류지인이올씨다그려. 오늘 수양을 먼 길 떠나보내는 이 자리에서 수양의 길을 축복해서 모두 풍류를 울려보는 게 어떻겠습니까?"

"그러시죠."

이리하여 내관에게 명하여 온갖 악기를 자미당으로 가져오게 하였다. 세종대왕이 박연을 지휘하여 제정한 악기들을 포함해 유쾌한 풍류의 한 장면이 시작되었다.

안평은 처음에는 그다지 내키지 않는 기색으로 거문고를 들었지만, 한 곡 두 곡이 지나가는 동안에 마침내 흥이 난 모양으로, 열 있게 뜯었다.

풍류 연주가 끝나고 앞서의 상이 치워지고 교잣상이 들어왔다. 임금 이하 여섯이 둘러앉을 수 있는 상에 차림은 단출했다.

"조부님. 조부님을 모시고 음식을 함께하는 것이 생후 처음인 듯싶습니다. 많이 잡수세요."

왕이 양녕에게 한 말이었다.

"저笛는 기음氣音이오라 허하시리다. 전하께서도 많이 진어하셔요. 허허."

"숙부도 명일 떠나시면 한동안 우리나라 음식은 못 대하실 테니 많이 잡수세요."

"안평, 금성 두 숙부님도, 영양寧陽 너도."

수라를 이렇듯 유쾌하게 받기는 왕으로서는 생전 처음이었다. 진실로 유쾌하였다. 도홍색의 소년다운 용안에는, 희열이 흐르고 넘쳤다. 그야말로 파격적인 자리였다.

환관들의 자기네끼리의 이야기를 엿들은 바에 의하면, 저 민간에서는 오촌 육촌은 당연하고 구촌 십촌까지도, 한 집에서 살며(적어도 조석으로 서로 만나며) 친근히 지낸다 하는데, 왕실이라는 데는 어떤 까닭으로, 형제가 벌써 소원해지고, 삼촌 사촌이 되면 벌써 남과 같이 되는가? 신변이 고적하기 때문에 사람이 그립고 더욱이 일가친척이 그리운 왕은, 민간의 그런 제도가 잘 이해가 안 되고 무척 그리웠다.

"조부님. 오늘 이렇게 조부님이며 제숙과 한 상에서 담소를 하니 참 기뻐요. 종종 이렇게 대할 기회가 있으면……."

"황송하옵니다."

오늘의 이 잔치는 이런 기분이 들게 하기 위하여 왕께 청하여 열었던 바라, 수양은 여기서 나서서 한마디 했다.

"백부님. 저도 여기에 대해서는 늘 생각하곤 했는데, 전하께오서 오죽이나 적료하시겠습니까? 백부님도 그러하셨겠지만, 저희네 형제로 보아도 소년 때에는 양친이 계시고 형제가 수두룩해서 적적한 것을 몰랐지만, 전하께서는 이야기 벗까지도 없으시니 여북하시겠습니까? 백부님, 노체에 피곤도 하시겠지만 우리 전하를 위해서 자주 틈을 좀 내주시지요."

"전하께서만 용납하시면 신이야 내일부터라도 참예하리다."

저녁도 모두 대궐에서 함께하였다.

저녁 뒤에는 쌍륙을 내다놓고 편을 갈라 경기까지 하였다.

임금까지 섞이어서 저녁을 한 상에서 하고 쌍륙 같은 놀이까지 한다는 것은, 이씨 개국 이래 처음 있는 일이었다.

조손祖孫 군신君臣인 여섯 귀인들은 세종대왕을 중축으로 한 일가로서 한자리에 모여 한저녁을 유쾌하게 보냈다. 그리고 이 저녁의 유쾌함을 맛보았기에, 이 뒤에도 이런 회합을 가끔 하자고 의논이 나서 그렇게 하자고 의견이 합해졌다.

밤늦게 왕께 하직하고 대궐 밖에 나와서 백부께도 하직하고 아우들이며 영양위와도 작별하고 초헌軺軒에 앉아서 집으로 향하는 동안, 수양은 근래에 맛보지 못한 큰 희열을 느꼈다.

아까 대궐에서 유쾌히 지낸 그 기분의 여력이라기보다, 또는 왕께 매우 유쾌한 기분을 드렸다는 그 생각의 기쁨보다, 안평의 태도가 매우 순순한 것이 무엇보다 기뻤다. 안평은 처음에는 뾰로통해 있었지만 나중에는 다른 사람들과 기분이 넉넉히 맞도록 융화가 되었다.

안평이 항상 수양 자기에게 적의를 품고, 그 위에 근자에는 김종서 등과 접근한다는 일 때문에 내심 매우 불쾌하고 기분 나빠서 수양도 차차 안평에 대하여 좋지 않은 생각이 들곤 하였다. 그런 생각은 좋지 않은 생각이라고 수양은 늘 스스로 자기를 꾸짖고 스스로 불쾌히 여겨온 바였다.

오늘 안평을 그 잔치에 오게 한 것은, 안평에게 어린 조카님

보호 책임의 일부를 맡겨서 안평으로 하여금 스스로 자기의 양심을 불러일으키게, 적어도 그렇게 되면 다행이라 하는 생각으로 오게 한 것이지, 안평이 그렇게까지 융화가 되리라고는 생각지 못했었다.

그러나 무릎을 맞대고 이야기를 나누어보니 역시 한 핏줄이라 그런지 쉽게 융화의 싹이 보인 것이다.

안평의 태도가 이만큼 연화되었으면, 안평에 대하여 근심할 필요는 없어졌다. 이 위에 오늘의 약속대로 자주 대궐에 들어오면 어린 조카님에 대한 동정심도 더 일어나겠지.

그렇게 되면 더욱더 호전될 것이다.

여기서라도 만약 안평의 뒤에서 부채질하는 사람이 있다면 줏대 약한 안평은 또다시 어디로 기울는지 알 수 없지만, 그 부채질할 사람도 수양이 연경에서 돌아오기 전에는 일을 벌일 수 없게 손을 써놓은 상황이라 이 문제에 대해서도 적이 마음을 놓을 수 있었다.

가벼운 기운으로 수양은 자기의 집으로 돌아왔다.

이튿날 사은사의 일행은 성대한 송별을 받으면서 연경을 향하여 출발하였다. 날씨 쾌청한 가을날이었다.

아, 고구려

사신 일행은 평양에서 사흘을 지냈을 뿐, 그 밖의 지방에서는 하룻밤만 지나면 다시 길을 재촉하였다. 이 땅의 특유한 청명한 날씨는 연일 구름 한 점 없이 맑게 개어, 상쾌한 길을 계속할 수 있었다.

여로에서 수양은 부사인 이사철보다도 서장관 신숙주를 가능한 한 자기 곁을 지키게 하였다. 이 청년 학사 신숙주의 정밀하고도 풍부한 지식이 수양에게 필요했기 때문이다.

옛날 정도전이 태조의 분부로 고려사를 편찬할 때, 고려사를 전연 다른 물건으로 만들었다. 고려라는 나라를 뒤엎고 생긴 이씨 조선인지라, 고려사를 나쁘게만 고칠 필요를 느낀 것이었다.

그 뒤 세종 때에 당시의 예문제학藝文提學이던 정인지에게 명하여 또 고려사를 편찬하였다. 정도전에 의하여 한 번 꺾인 고

려사는 정인지에게서 재차 꺾이어 아주 다른 역사가 되어버렸
다. 그때 신숙주는 정인지의 아래에서 협력하였다. 따라서 고
려의 정원초기政院草記를 상세히 열독할 수가 있었는지라, 개조
되지 않은 고려의 역사를 알고 있었다.

옛날 고구려의 터요, 그 뒤 고려도 늘 넘겨다보던 터인 요동
을 통과함에 그때의 사적을 알 필요가 있었다. 역사의 기록은
정인지 이후에는 불살라 없어지고 지금은 단지 사람의 머릿
속에만 남아 있는 사실이라, 평양에 대한 정보로서 신숙주의
머리가 필요하였던 것이다.

압록강을 건너서면 명나라 땅이었다. 외국의 첫날 저녁은
진강부鎭江府에서 지내기로 되었다.

평양서부터 배행하던 역리며 선인先引(앞에서 이끄는) 관속,
의주 용만의 통인(통역)이며 관기 등은 용만의 나룻머리에서
차례로 하직하였다. 그리고 사신 일행의 인마人馬와 방물 등은
다섯 척의 배에 분승하여 강을 건넜다.

본시 첫 배에는 정사 수양이 표자문과 수역首譯(각 관아나 사
신에 속한 역관의 우두머리) 및 그 대솔帶率(거느린 사람들)을 이끌
고 함께 오르고, 다음 배에 부사와 서장관 및 그 대솔이 오르
는 것이다. 그러나 수양은 서장관 신숙주를 자기 배에 오르게
하였다.

이곳의 물살은 여간 세차지 않았다. 사람들이 배에 오르고

　　　　　　　　　　　　　　　　　　　　　수양대군

사공이 첫 삿대로 배를 떼어놓은 다음 순간, 배는 벌써 언덕에서 멀리 떨어져, 언덕에서 하직하던 무리는 왼편으로 전전하여 순간순간 차차 작아가며 아득하여갔다. 억세고 다부진 사공들의 조종에도 불구하고 배는 물살이 가자는 대로 달음질쳤다. 저편에서 뗏목이 흘러오는가 하면, 그 뗏목은 어느덧 이 배의 곁을 지나 아래쪽으로 쏜살같이 내려가곤 하였다. 벌부筏夫(뗏목사공)들의 입은 옷이 벌써 딴 나라 것이었다.

"벌써 이국異國일세그려."

수양이 물소리를 누를 만한 큰 소리로 숙주에게 말하였다.

"예, 해가 다르게 더 이국화해갑니다."

"전에는 지금과 달랐는가?"

"소인이 세종대왕의 분부를 받아 우리말 소리의 체계를 살펴보려고 황명찬이라는 학자를 만나러 심양까지 다녀왔을 때만 해도, 심양까지는 아직 고려 때의 풍속이 적지 않게 남아 있었습니다."

"흠. 어떤 것이?"

"말로 말씀드리자면, 우리나라 평안도 사투리와 요동 토박이들의 말 가운데 같은 것이 많았습니다. 완전히 같은 것도 아주 드물지 않았습니다."

"흠."

"풍속이나 문물이나 제도도, 시골에 가보면 외국이 아니라 우리나라 시골이 아닌가 하고 착각하기 쉬울 정도였습니다."

"그때도 그랬다면, 나라 초창기에는 더 비슷했겠구먼."

"그렇습니다. "고려사"를 보면, 옛날 고구려가 당나라에 망한 뒤에 고구려의 옛 신하인 대(대조영)씨가 고구려 땅에서 고구려 백성들을 이끌고 발해를 세우지 않았습니까? 그때 발해의 영토는 압록강 이북이었지만, 압록강 이남도 본래 고구려의 옛 땅이었고 백성들도 같은 계통이었으니, 서로 오가고 섞이는 일은 한 나라 안에서나 다름없었습니다. 그러다가 발해가 요나라에 망하고, 같은 시기 압록강 이남에는 왕씨의 고려가 생겨났습니다. 그렇게 되자 망한 발해의 백성들은 어떤 이는 새 나라 고려로 들어오고 어떤 이는 요나라로 들어갔지만, 본래 같은 백성들이었으니 백성들끼리의 왕래는 그대로 끊어지지 않았습니다.

왕씨의 고려는 스스로 고구려를 이은 나라라고 여겼으므로, 옛 고구려 땅이던 요동까지도 자기 영토로 삼고 싶어했습니다. 한편 요나라는 발해를 멸망시키고 그 나라를 차지했으니, 발해의 옛 땅은 자기네 것이라고 주장했습니다. 그러나 실제로는 고려의 왕권도, 요나라의 왕권도 발해의 옛 땅에까지 제대로 미치지 못했습니다. 그래서 요동과 여진 땅에서는 어느 한 나라의 지배력이 확실하지 못했고, 사람들은 지방의 추장 밑에서 살아갔을 것입니다. 그러니 고구려의 백성들은 그대로

 수양대군

그 땅에 남아 있었고, 서로의 왕래도 계속되었던 것입니다.

그 뒤 요나라도 망하고 원나라가 들어서자, 원나라는 다른 방식을 썼습니다. 원나라가 중원까지 차지해 한족의 지배자가 되면서, 몽골 사람들을 요동과 중원으로 옮기고, 또 한족도 많이 요동으로 옮겨 살게 했습니다. 그래서 요동 땅 자체는 그대로였지만, 그곳 백성은 본래의 고구려계 사람들에 한족, 여진족까지 뒤섞이게 되었습니다.

이렇게 삼백 년쯤 지나면서 관리들과 상류층 사이에서는 또 다른 언어와 풍습이 생겨나고, 백성들 사이에서도 여러 종족이 섞인 언어와 풍습이 생겨났습니다. 그래도 이곳의 본래 주민이 고구려의 후손인 만큼, 그 바탕에는 고구려 풍속이 가장 많이 남아 있었던 것입니다.

그러다가 원나라가 한족에게 쫓겨나고 명나라가 들어서자, 명나라는 요동이 본래 원나라 땅이었다고 하여 철령에 책을 세우고, 서로 오가는 일을 아주 엄하게 막아버렸습니다.

그때 우리나라에서도 새 왕조가 일어났습니다. 이 왕조는 여진의 옛 땅에서 일어났으므로, 여진 땅, 곧 함경도는 차마 버릴 수 없는 땅이었습니다. 고려 오백 년 동안에도 고려는 스스로 고구려의 후신이라 했지만, 고구려의 옛 땅은커녕 압록강까지도 제대로 지배하지 못했습니다. 힘이 부족했던 것입니다. 그런데 세종 삼십 년의 노력으로 동쪽으로는 두만강 건너

야인들의 마을까지, 서쪽으로는 압록강까지를 우리 땅으로 만들어놓았습니다. 그러나 강대했던 옛 고구려의 영토에 비하면 그것도 오분의 일도 안 되는 가련한 형세였습니다.

세종께서 놀라운 지략으로 국토를 넓히시고 두만강과 압록강까지를 우리 땅으로 만들자, 명나라는 더 두려워하여 국경 방비를 더욱 엄하게 하고, 서로의 왕래도 더욱 심하게 막았습니다. 그래서 우리나라는 우리나라대로 머물러 있고, 압록강 건너편은 더욱 한족화되어, 풍속과 언어가 최근 십 년 사이에도 얼마나 더 달라졌는지 헤아리기 어려울 지경입니다."

요란한 물결 소리를 누르기 위하여 이마에 실핏줄까지 세우며 소리치듯 하는 이 말을 수양은 머리를 끄덕이며 들었다.

숙주의 그 논지에 감복했다기보다 그 기개에 감복하였다.

집현전 학사요, 따라서 유제자儒弟子인 숙주가 명나라의 처분을 부당하게 생각하는 것은 희귀한 일이었다. 숭당존명崇唐尊明 사상으로 빚어놓은 듯한 유생들 가운데서 이런 생각을 품은 사람이 있다는 것은 과연 희귀한 일이었다.

일찍이 세종이 언문을 창제하고자 할 때에 온 사림에서는 얼마나 반대를 하였던가. 합사진계(여러 사람이 함께 간하는 것), 내지 항소까지 하여 그 불가함을 극렬히 주장하였었다. "성인이 이미 물려주신 글자가 있는데, 어찌 새 글자를 만든단 말입니까?" "옛 임금이 세운 제도를 어찌 무시한단 말입니까?"

수양대군

그러나 그런 거센 반대 속에서도 세종은 그 반대 여론을 물리치고 언문 창제를 밀어붙였다.

이 분부를 신숙주와 성삼문, 최항 등에게 내렸다. 왕명보다도 사문斯文(유학의 도의나 문화를 뜻함)을 중히 여기고, 국가를 위해서는 한 손톱 상하기를 피하나 사문에는 목숨을 아끼지 않는 유인들이라, 성인의 글 아닌 언문 따위를 제작하는 일은 아무리 왕명일지라도 거절할 것이었다. 청년 명사인 신숙주, 성삼문 등이 왕명이라도 거역함이 당연하였다. 그러나 이 분부를 광명光明으로 알고 받았다. 선배며 친구들의 욕설과 비난을 무릅쓰고 봉행하였고, 더욱이 제 가진 바 지식과 재주를 다하여 어명에 봉답奉答하였다.

이만한 견식見識이 있었기에 세종도 이 청년들을 골라 분부한 것이었고, 이 청년 학도들 또한 이것이 옳은 일이라는 신념이 있었기에 선배 부형 친구들의 비난을 무릅쓰고, 제 재지才智(재주와 지혜)를 다하여 사문의 외도外道라 할 일을 감행한 것이었다. 이번 수양이 사신으로 떠남에 임하여, 하고많은 재사들 가운데서 신숙주를 골라낸 것도 또한 이만한 견식을 크게 보았기 때문이었다.

한漢을 숭상하고 당唐을 존신尊信하는 이 땅의 학자들은, 한당漢唐을 전지전능한 듯이 알고 스스로 비굴해지며 스스로 자하自下한다. 지금의 요동이 예전 고구려의 땅이라 하면, 그런 참람한 말이 어디 있느냐고 성을 내고, 당태종이 고구려인 양만춘의 살에 눈을 잃었다 하면 그런 불경한 말이 어디 있느냐고 펄펄 뛰며, 을지문덕이 수양제를 책망하였다 하면 미친 사람이라 욕하며, 고구려의 패수湨水를 평안도 평양에서 찾으려 하며, 요컨대 조선이라 하는 땅은 압록강과 두만강 이남에 있는 반도에 한한 것으로 알고, 그 너머 광대한 요동 여진 등이 다 고구려라는 것은 상상도 못한다.

그런 무리들 가운데 신숙주라 하는 딴 종자가 있는 것이었다. 대담하게도 명나라를 비평하고 고구려의 웅대雄大를 찬송하는 것이었다. 수양대군은 그런 신숙주가 갈수록 마음에 들었다.

"고서古書의 평양 혹은 패수가 물론 지금 평안도의 평양이며 대동강은 아닌 모양인데, 그것이 어딜까?"

"글쎄올씨다. 그 점을 소인도 늘 생각해보는데, 혹은 이렇지 않을까 생각됩니다. 즉 평양이라, 패수라 하는 것은 어느 일정한 땅, 일정한 강을 일컬음이 아니고, 도회都會와 거기 딸린 강을 평양이라, 패수라 함이 아닐까? 옛날 주周에서 기씨箕氏를 봉封하여 평양에 도읍하게 했다는 것은, 요양遼陽 근처의 평양이 아닐까? 광녕현廣寧縣에 기자箕子의 묘廟가 있고 소상塑像이 있는 것으로 보아, 거기가 옛날의 평양이 아닐까? 그 뒤 기씨는 연인燕人 위씨衛氏에게 본국과의 사이를 끊기고 동으로 쫓겨

가는 길에, 한동안 자리잡는 데마다 거기를 도읍지로 삼았고, 그 한동안씩 정착했던 곳마다 거기를 평양이라 일컫고, 거기 있는 강을 패수라 일컬었던 건 아닐까? 평양은 일정한 곳이 아니라, 기씨가 한동안 머물렀던 데가 다 평양이 아닐까? 그 뒤 한에서 사군을 둘 때는, 기씨가 마지막 자리잡았던 평양을 그대로 답습하여 지금의 평양이 마지막 평양으로 그 칭호가 지금까지 그냥 쓰여오는 것이 아닐까? 싶은 것이지요. 한의 사군도 고구려에게 망하고, 고구려는 도읍지를 국내성國內城에서 환도성丸都城으로, 그 뒤 장안長安으로, 평양으로 여러 번 옮겼는데, 마지막 고구려가 옮겼던 평양이 지금의 평양이고, 그 전의 평양은 요동 근처의 어디라고 소인은 그렇게 생각됩니다.”

“옳으이. 내 생각도 그러네.”

“동방의 역사를 알려면 고구려 역사를 알아야겠는데, 고구려 문헌은 당나라 장수 이적李勣이 한漢·수隋·당唐의 참패기慘敗記를 없애기 위해 모조리 불살라버렸으니 분한 노릇입니다. 한나라에 남아 있는 한인漢人의 기록으로 겨우 만 분의 일의 면영面影(모습의 자취)이나 엿볼 뿐인데, 그 한인의 기록에도 숨기지 못한 참패사慘敗史뿐이니, 실상은 얼마나 창피하고 참담한 것이었을지 참으로 궁금합니다. 하여간 몇 나라가 고구려에게 망하고 또 망하고 해서 칠백 년 동안에 수없는 나라가 차례로 망하고, 당나라 때에도 당 태종의 강성으로도 역시 참

패에 참패를 거듭하고, 고종에게 정려征麗(고구려 정벌)의 유언을 하고 떠나고, 당 고종도 여러 차례 원정을 되풀이한 끝에, 마지막에는 신라와 손을 잡고서야 비로소 고구려를 무너뜨리지 않았습니까? 그 한족의 칠백 년간의 창피한 역사를 감추기 위하여, 고구려 문적文籍이라는 문적은 모조리 불살라버렸고 말입니다.”

“또 김부식이, 삼국사를 찬술한 김부식은 신라를 추켜세우기 위하여 고구려의 웅대하던 점은 다 제거해버리고, 고구려의 흉한 점만 고르고 지어내어 역사를 편찬했으니 소인배의 행실이었지요. 더욱이 한인漢人에게 꺼리어, 한서漢書에 있는 일까지도 말살해버렸고 말입니다.”

“학이재(김부식의 호)도 후세에는 칭찬을 받지 못할걸세.”

숙주는 머리를 숙였다.

“참으로 지당한 말씀이십니다. 소인도 “고려사” 편찬에 조금 참여하였사오나, 아조我朝(우리 왕조)의 용흥龍興(왕조의 창업)은 하늘의 명命이니, 선조先朝를 욕한다고 하여 아조가 더 훌륭해질 것도 아니고, 선조를 높인다고 하여 아조에 불리할 것도 아닌데, 학이재 대감이 굳이 고집하여 선조의 사실을 왜곡하여 적었습니다. 더욱이 앞 시대 역사에서 ‘조祖’, ‘종宗’이라든지, 혹은 조詔 칙勅 짐朕 폐하陛下 같은 말을 참람한 칭호라 하여, 왕王 교敎 여余 전하殿下 등으로 고쳐버리는 따위의 마땅치 못한 데가 많습니다."

"재주가 너무 과했지."

이야기를 하는 동안에 배는 대안對岸에 이르러 무성한 갈밭 틈으로 배의 머리를 디밀었다.

"격강이 천리라, 만리타향이라, 강 하나 건너서 남의 나라에 왔으니 일만일천 리를 온 셈인가……."

돌아보니 부사의 배는 꽤 하류까지 흘러 내려가서 그 근처 물에 대려고 삿대질들을 하는 모양이었다.

어디서 뛰어나오는지 몇 명의 야인이 이 배를 향하여 무엇이라고 지껄이며 달려온다. 이 배에서 사람들을 물의 마른땅까지 업어다주고 삯전을 얻으려는 토인土人(토착민)들이었다.

여기서 내리면 명나라 관인들에게 수검搜檢을 받아야 한다. 사람과 말의 적籍이며 성명, 주소, 연령, 수염의 유무, 체격, 키 꼴 등을 교열하고, 소지품의 품목이며 수량 등을 조사하여 금제품禁製品(금하는 물건)이나 남월濫越(함부로 국경을 넘음)을 단속하고, 겸하여 국경의 경계를 하는 것이다.

수양 이하는 토민의 등에 업히어 배에서 내려서 명나라 관원의 둔소屯所(주둔지) 앞을 지나, 완전히 명나라 땅에 발을 들여놓았다.

연경에의 여정

연경까지는 석달 이상이 걸리는 여정이었다. 이 짧지 않은 도정을, 수양은 서장관 신숙주와 함께하였다.

수양이 보기에 신숙주는 그때의 유생이며 학자들이 품고 있는 공통적 사상인 '무조건 사대주의자', '무조건 명나라 숭배자'가 아니었다. 정치적 현상으로 현재 명나라는 상국上國이요 조선은 그 한 변방이었다. 제도가 그렇게 되어, 고誥를 받고 사례를 하며, 이 나라에 무슨 일이 있으면 저 나라에 품稟(어떤 일의 가부나 의견 따위를 글이나 말로 물음)하고 하기는 하나, 이것은 단지 한낱 국교상의 의식에 지나지 않지, 저 나라의 윤허가 없으면 이 땅에서 자의로는 아무 일도 못한다는 유생들의 공통적 사상과는 근본적으로 배치되는 사상을 품은 사람이었다. 그러기에 그는 진서眞書가 아닌 글을 연구하기 위하여 예닐곱 번을 요동 땅까지 방문했을 터였다(사대주의자들은 이 언문諺

文 창제에 얼마나 반대를 하였던가).

수양은 숙주의 이 점을 높이 평가하였다. 그리고 숙주를 믿음직이 보고, 그의 놀랄 만한 기억력과 비판력을 자문 삼아 긴히 썼다.

압록강을 건너서면 지금은 명나라 땅이었다. 그러나 그 토속土俗(그 지방의 특유한 풍속)과 향풍鄕風에는 아직 조선 북도北道의 민속과 유사한 점이 현저히 발견되는 것을 수양도 숙주와 함께 주의 깊게 보면서 길을 갔다.

역사상의 안시성安市城이 어딘지, 백암성白巖城이 어딘지는 지금 찾아낼 바가 없다. 그것을 구구하게 여기로다 저기로다 다툴 필요도 없다.

이 끝이 없고 한이 없는 넓은 평원, 옛날 고구려 무사가 말 달리고 활 쏘던 대평원은, 단군 일천 년의 업을 일으킨 땅이었다. 그 뒤 한때 이 지역의 한편 구석은 기씨箕氏라, 위씨衛氏라, 그 밖의 한족漢族에게 침식을 당한 일은 있었으나, 성봉聖峯 백두를 중심 삼은 대부분의 강역은 단군의 후예인 부여가 물려받아 일천수백 년을 누려오다가, 그 뒤를 고구려가 받았다. 고구려 칠백 년의 광휘 있는 역사가 소멸되자, 이 지역은 천하의 축록장逐鹿場(천하의 주도권을 다툼)이 되었다.

고구려의 국호를 물려받은 '고려'는 겨우 본래의 고구려의 한 군현郡縣쯤인 남방에서 신라와 백제를 합하여 조그만 새 나라를 이룩하고, 고구려 지역의 대부분인 압록강 이북은 고구려의 한 지족支族이 발해국을 이룩하였다가, 발해국은 거란에게 망하고, 거란은 또다시 고구려의 한 지족인 여진족이 이룩한 금金국에게 망하고, 금국은 몽고에게 망하고, 몽고는 명에게 망하고… 이리하여 이 지역은 천하의 축록장이 된 것이었다.

그동안 고구려의 국호를 물려받은 고려의 뒤를 이어, 지금 다시 고려의 뒤를 물려받은 이씨의 조선. 계통적으로 따져올라가자면, ‘조선’에서 ‘고려’로, ‘고려’에서 ‘고구려’로, ‘고구려’에서 ‘부여’로, ‘부여’에서 ‘단군’으로, 이렇게 올라갈 수가 있지만, 지역적으로 보자면 지금의 조선은 옛날의 겨우 한편 구석에다가, 백제와 신라를 합하여 그 전부를 합친 것으로도 고구려 강역의 십 분의 일도 못 될 귀퉁이요, 그 대부분은 압록강 건너에 남아 있다.

만약 ‘조선’이 옛날 고구려의 후신이라 일컫고자 하면, 요수遼水 이동以東의 지역은 전부 자기의 땅으로 삼아야 할 것이었다. 고구려가 망하고 이 땅이 천하의 축록장이 된 이후에도 이 땅에 군림한 자는 혹은 발해라, 혹은 금국이라, 모두가 고구려의 지족이었다. 전조前朝(고려)의 우왕禑王이 일으키려 하던 북벌北伐쯤 대군도 역시 이 땅을 도로 찾아보려 함이었다.

수양대군

이씨 조선 태조의 증손자 되는 수양으로서는 이 땅에 무관심할 수가 없었다. 만약 이 땅에 여진족의 후예가 주인으로 앉았다면, 여진족 역시 고구려의 한 지족이라 그다지 남이라 할 수도 없겠지만, 명나라는 전혀 관계없는 종족이었다. 이씨 조선으로서는 이 땅이 적지 않게 비위 동하는 땅이요, 또한 넘겨다볼 만한 권리가 있는 땅이었다.

기억력 좋은 신숙주를 데리고 이 땅의 위를 스치고 지나간 고금의 역사를 토론하며, 수양은 첫겨울의 상쾌한 대기 가운데서 여행을 계속하였다. 이리하여 사신의 일행은, 그해 섣달도 절반이나 가서 연경에 다다를 수 있었다.

그러나 정작 도착한 연경에서 수양은 적이 실망하였다. 주周 이래의 발달된 문물제도를 시찰하려 하였으나, 그 땅에서는 그다지 배울 만한 것이 없었다. 부력(경제력)이 이곳만 못하고 사람의 수효가 이곳만 못할 뿐이지, 문물제도로써는 수양의 부왕, 곧 세종께서 세우신 바가 워낙 커서, 결코 이 땅보다 못하지 않다는 점을 수양은 절실히 깨달았고, 동시에 아버님에 대한 존신尊信의 마음이 새삼스레 더욱 깊어졌다.

약 삼 년 전 형 왕, 곧 문종 등극 때에도 이번과 똑같은 사명을 띠고 이곳을 찾은 일이 있었으나, 그때는 다만 이 땅의 화려하고 부유한 점에 눈이 혹하여 크고 훌륭한 나라로다 싶었었지만, 이번에는 이 땅의 문물제도를 눈여겨보자는 심산

으로 왔는지라, 주의하여 관찰하여 보매 그다지 혹할 만한 것
이 없었다.

다만 그 크고 부유한 점이 부러웠다. 연경으로 모여드는 국
내의 물산으로 보아도 그 강역이 얼마나 넓은지, 조선 땅 안에
서 자란 수양으로서는 측량하기조차 어려웠다.

겨울에도 과일을 따 먹는다는 남쪽 끝에서, 여름에도 털옷
을 입는다는 북쪽 끝까지, 그것이 얼마나 넓은지는 짐작도 되
지 않았다.

수양대군

안평대군의 폄

수양대군이 연경으로 떠난 다음, 왕은 당신 마음속에 수양 숙부에 대한 애모의 마음이 의외로 컸음에 스스로 놀랐다.

한때는 그렇게도 무섭고 싫던 사람, 그 얼굴을 멀리서 보기만 하여도 은근히 치가 떨리던 사람, 그렇던 것이 수양대군의 변함없는 충성의 덕으로 그 공포와 염오厭惡가 사라지고 믿음 직한 사람이라는 생각으로 돌아선 것은 왕도 스스로 인정하였지만, 수양대군이 가까이 있지 않다는 것이 그렇게 적적하리라고까지는 생각지 않았다. 그랬는데 수양대군이 먼 길을 떠나고보니, 왕은 마치 어버이를 잃은 것 같은 적적함과 불안증을 절실히 느꼈다.

'누구를 의지하랴.'

'누구를 믿으랴.'

부왕이 승하한 때에 느낀 바와 흡사한 고적감을 느꼈다. 부왕이 승하한 때에는 다만 어리둥절한 가운데, 그래도, '내 앞은 내가 감당해야 한다' 하는 단단한 마음이 있었다. 그리고 사위가 늘 두선두선했는지라, 다만 기막히고 안타까울 뿐이었다.

그러나 수양숙이 길 떠나며 느낀 고적감은 그와 달랐다. 수양숙은 당연히 곁에 모실 사람이요, 또한 다시 올 사람이라 하는 점에서 더욱 그리웠다.

매부 되는 영양위 정종은 늘 참내參內(대궐 안으로 들어감)하였다. 그러나 영양은 동무할 사람이지, 믿고 의지할 사람은 아니었다.

수양이 떠난 뒤에는, 전번 연찬의 영향 때문인지 안평숙이 비교적 자주 참내하였다.

그러나 왕께는 이 안평숙이 별로 마음에 들지 않았다. 이전 전혀 모를 때에는 수양숙이 무섭고 진저리나는 사람이었다면, 안평숙은 오히려 아버님 왕의 말도 있어서 믿고 의지해야 하는 사람으로 인식하고 있었다. 그러나 안평숙은 보아갈수록 그럴 마음이 사라져 갔다. 아니 오히려 영문도 모르게 싫은 마음이 생겼다.

더욱이 안평숙은 은근히 수양숙을 헐뜯는 말을 했다. 이 점이 더욱 불쾌하였다.

어느 날인가, 편전에 났을 때였다. 마침 안평숙과 영의정 황보인, 좌의정 김종서 등이 함께한 자리였다. 그때 이번의 사행

수양대군

이야기가 나왔다. 그때 안평숙은 이런 말을 했다.

"지금쯤 수양대군께선 연경 미색 품고 호사하시겠군요."

웃으며 하는 이 말에 대하여, 좌상 김종서가 대답하였다.

"색에 혹해서 사명이나 다하올지."

여기 수상 황보인이 웃음을 연방 얼굴에 띠며 한몫 거들었다.

"연첩 하나 데리고 오실지도 모르지요. 하하."

왕은 세 사람의 말을 다 모른 체하고 있었다. 그러자 안평이 슬쩍 왕에게 말했다.

"전하. 이번 사행을 좀 연로하셨더라도 양녕대군을 보내셨다면 하는 생각이 문득문득 듭니다."

"왜요?"

"수양대군도 덕이야 높으시지만 젊은 혈기에 혹시……."

"혹시요?"

여기서 안평은 정면으로 사뢰기가 황송하다는 듯이, 입을 비꼬며 머리를 숙여버렸다.

왕은 불쾌하여 다시 묻지 않았다. 그러나 이야기를 여기서 끊는다는 것은 안평에게는 도리어 불만일 것이었다.

왕이 외면하고 말자 안평은 다시 종서에게 향하였다.

"젊은 혈기와 색은 할 수 없지요."

"암요. 수양대군이 본시 즐겨하는 일인데요. 하하."

"남의 집 여인네 쫓았다가 남편에게 욕볼 뻔한 일이 연세 열네살이셨을 겁니다. 하하."

"영웅호색이라지 않습니까. 하하하."

현재 이곳에 있지도 않은 사람을 두고, 자기네끼리 올려치고, 내리치고 하는 양에, 왕의 마음은 매우 불쾌하였다. 듣다 못하여 왕은 말을 끼었다.

"글쎄. 수양숙께 그런 일이 있을 거라고 믿지도 않지만, 설사 있다 해도 내게는 수양숙에 대한 좋지 못한 폄을 마세요. 아니, 수양숙이 아니라 해도 도대체, 당자 없는 데서 그 사람의 폄을 하는 것은 군자가 할 양은 아닌 듯합니다."

대군과 대신은 각 얼굴을 붉히고 머리를 숙였다. 아무리 왕이라지만 나이 어린 소년에게 들은 부끄러운 책망인 셈이었다.

종조부 양녕대군은, 연회 당시에는 매일이라도 입궁하겠다고 했지만 그다지 참내하는 일이 없었다. 그러나 이 연로한 양녕숙과 있을 때만은 마음이 놓이고 자유감을 느꼈다. 이 세상에 떨어지면서 어머님을 잃고 엄격한 아버님의 품 아래서 자란 왕이라, 어린애가 본능적으로 하는 응석이나 떼씀에 굶주린 때문이겠지만, 종조부님의 참례는 그 자체로 반갑게 느껴졌다.

신하들은 지긋지긋하였다. 그 사람들이 강요하는 것은, 무슨 국가에 관한 것이나 정치에 관한 것이 아니라, 한마디로 '성

                                                    수양대군

현이 어떻다' '삼고가 어떻다'는 이야기였다.

'삼고三故가 어떻다' 하며, 하늘이 가물어도 임금의 책임이요, 날이 차도 임금의 탓이요, 살인 강도나 불효 부정한 사람이 생겨도 임금의 탓이라 하여, 모든 일을 임금에게 책임지우려 하고, 신하는 마치 임금을 감독하는 감독자인 듯한 태도를 취했다.

이 신하들과 만날 때마다, 또 그들에게 책망(모두 책망하는 태도였다)을 당하는 것이 딱 싫었다.

수양숙만 곁에 있으면 이렇지 않았다. 대체 안평숙이며 대신들은 왕을 무엇으로 여기는지, 어전에서도 조금도 삼가는 기색이 없이 자유로이, 곧 버릇없이 언행하였다. 수양숙이 곁에 모실 때는 대신들이 어디 감히 버릇없는 언행을 못하더니, 지금은 자기네끼리의 사삿일이며 음담패설까지도 하는 것이었다.

이런 가지가지 점으로, 왕은 수양숙이 나날이 더 그리워갔다. 국가에 관해서도 그 시끄럽고 번잡스런 문제를 수양숙이 있기만 하면 스스로 맡아 해결지었다. 전연 자의로 하는 것이 아니라, 일일이 조카님께 품稟하고 그 결재를 받아 행하여서, 숨김이 없고 또한 왕을 번거롭게 하지 않았다.

친구로, 보호자로, 지도자로, 어버이로 믿고 우러르던 수양이 멀리 떠나가 있는 것이니 왕이 그리워하는 것이 당연하였다.

왕이 이렇듯 수양을 생각하고 사모하는 것은 김종서 등에게는 큰 위험이었다. 그래서 몇 번 그들끼리 몰래 회합을 가졌지만 어떤 행동을 옮길 계제는 아니었다.

무엇보다 자기네들의 자식들이 수양대군의 손에 볼모로 잡혀 있는 것이었다.

이리하여 수양이 먼 길을 떠나 있는 그 시기에 왕과 왕의 신변에는 아무런 문제없이 무사히 지났다.

수양은 사명을 다하고 이듬해 이월에 한양으로 돌아왔다.

수양의 귀국

사신의 일행이 서울로 돌아올 때에, 나라에서는 종친은 물론이요, 삼공육경三公六卿 이하 백관서료百官庶僚에 이르기까지 모두 모악원母岳院까지 길맞이하였다. 이것은 이 나라 개국 이래 전무한 굉장한 길맞이였다.

일개 이 나라의 사신은 물론이요, 명나라 사신이며 왕의 거둥(임금의 나들이)에도 이러한 성대한 길맞이는 본조(本朝) 창업 이래 전례가 없었다.

왕의 분부가 그러하였기 때문이다. 거기다가 수양에게 딸려 보낸 아들 때문에라도 영상과 좌상이 앞장서서 찬동하여, 몇몇 문신들의 반대가 있음에도 불구하고 이러한 굉장한 길맞이를 하게 된 것이었다. 그리고 모악원에서 잠깐 길맞이의 대작大酌도 있고 하여, 돈의문 안에 들어설 때는 밤도 중야中夜는 되었는데도, 왕은 수양대군을 곧 대궐로 들라는 분부를 내렸다. 정식 알현과 복명은 물론 내일 전례대로 할 것이나, 우선 즉시 대궐로 들라는 것이었다.

물론 수양만 들라 한 것이기에, 부사 이하 다른 수원들은 각각 제 집으로 돌아갔다.

수양은 이 분부에 퍽 눈물겨웠다. 그새 넉 달, 얼마나 적적하고 외로웠으면 밤중인데도 불구하고 대궐로 곧 들라 하실 터인가.

왕은 연침燕寢(왕이 평상시에 한가롭게 거처하던 궁궐)에서 수양을 기다리고 있었다.

"전하. 그간 무양無恙(별 탈 없음)하셨습니까?"

"숙부님. 피곤하신데 드시라 하여, 미안합니다."

"무양하오신 용안 우러르오매, 기쁜 말씀 올릴 바가 없습니다."

"숙부님. 먼 길에 얼마나 피곤하십니까. 그걸 내 욕심 채우기로 곧 드시라 하였으니… 편히 앉으세요."

"신은 피곤한 줄을 모르는 위인이옵니다. 용안을 뵈오니, 다만 황송하옵고 기쁠 따름이옵니다."

얼핏 바라본 임금의 얼굴은 참으로 반가운 듯이 빛났다.

"이 혹한에 색북을 휘돌아서……."

"삼십 소년이 겨울을 춥다 해서 무엇에 쓰오리까. 신은 피곤치 않습니다. 전하 옥체를 편히 하십시오."

왕은 조금 안석에 몸을 움직여서 좀 더 편한 자세를 취하였다.

"숙부님. 기달렸어요."

그 말에 수양은 탁 목이 메려 하였다.

그동안 조카님을 둘러싼 외롭고 쓸쓸한 주변 형편과, 곁에는 믿을 사람 하나 없고 무서운 사람들만 드나들었을 그 처지를 생각하니 가슴에 무슨 덩어리가 콱 뭉치는 것을 느끼지 않을 수가 없었다.

"하루 바삐 사명을 다하고 용안을 우러르고자, 초조히 넉 달을 보냈습니다."

"물론 숙부님 친히 가셨으니 사명이야 거침없이 치르셨겠지만, 무슨 이문異聞(신기하고 들을 만한 소문)이나 없습니까?"

"무슨 이문이야 있사오리까. 다만 상국도 북경으로 천도한 이래, 궁궐이며 경내가 화려하고 웅대하게 자리잡혀, 우리 동방의 궁궐과는 비길 바가 아니옵더이다. 이것이 신에게는 부러웠습니다. 신, 그것을 볼 때마다 우리 성상聖上으로 하여금 이런 궁궐에 계시게 하면 얼마나 좋으랴, 이 생각이 나곤 했나이다. 그렇지만 우리는 하도 소방小邦이라, 분에 넘치는 것을 부러워하고 흉내내려 하다가는 국가를 망칠 일이라, 딴 꿈을 꿀 수는 없어, 그것이 한이었습니다."

"그거야 참 할 수 없는 일이지요."

"전하, 복 생선의 배와 같이, 이 땅을 불릴 재간이 있사오
면……."

그 넓은 땅을 생각하며 수양은 웃으면서 이렇게 아뢰었다.
왕도 미소하였다.

"땅을 복고기의 배와 같이 늘릴 수가 있다면 오죽이나 좋겠
습니까. 하하."

"신이 원행한 동안 이곳에서는 무슨 별고가 없었습니까?"

"무슨 별고 있었겠습니까. 아침에 해 뜨고 저녁에 해 지고…
그게 다입니다."

왕이 수양을 부른 것은 무슨 특별한 용무가 있든가 하여서
가 아니라, 어서 바삐 만나보고 싶다는 단순한 정 때문이었을
뿐이었다. 아까는 당신 몸소 모악원까지 나가보겠다는 의견을
내었다가, 김종서 등에게 '국왕의 체모로 그런 법이 없다'고 반
대를 받고 중지한 것이었다. 그런지라 수양을 곧 불렀지만, 무
슨 특별한 하교도 없고, 수양에게 연경 유람담을 시키고 당신
은 고요히 듣고 있을 뿐이었다.

수양은 이 소년 왕이 듣고 재미있어 할 이야기와, 또 들어서
이해하고 참고 될 만한 이야기를 골라가면서 사뢰었다.

밤이 매우 깊도록 수양은 대궐에 그대로 있다가, 왕의 얼굴
에 피곤과 졸음의 자취가 나타나는 것을 보고 하직하고 집으
로 돌아왔다.

 수양대군

누가 왕이 되나?

연경에 다녀온 뒤부터, 수양은 저절로 섭정의 지위에 서게 되었다.

왕이 임명한 바도 아니요, 정부에서 결정한 바도 아니요, 형세상 저절로 섭정이 된 것이었다.

왕은 무슨 일이 생기건 무슨 일을 당하건 수양과 의논하였다. 아직 왕비도 없는 소년왕이어서 가정적으로는 무슨 일이 있을 까닭이 없고, 모두가 대외적인 사무라 왕이 친재를 하지 않으면 수양밖에는 의논할 데가 없었다.

간간이 어찌하여 대신들과 의논해보기를 시험해본 적도 있었지만, 대신들이 아뢰는 말이라는 것은 해당 사건에 대한 사무적인 대답이나 해결책이 아니고, 반드시 인성人性이 어떠니 옛날 성현이 어떠니 하는 추상적이고 요령부득한 것뿐이었다. 그리고 좀 어려운 문제를 만나면 반드시,

"전하, 마음을 바르게 하시고 뜻을 깨끗이 하시와 옛 성현을 사모하시는 지성으로 궁행하시면, 인의를 따라 바르게 되고 천리를 따라 순해져, 지치至治가 자연히 생겨날 것이옵니다" 한다. 구체적인 답도 되지 않으려니와 사실은 그 책임을 임금께 밀어버리고 말려는 것이다. 거기에 반해 수양은 실제적으로 임금이 행할 일과 대신들에게 시킬 일을 아뢰어서 무슨 일에든 명쾌하고 순조로운 해결안을 알려주곤 했다.

이런지라, 왕은 수양을 믿고, 수양에게만 의지하려는 마음이 더 커지지 않을 수가 없었다.

이제 왕의 신임을 한 몸에 지니게 된 수양은 아직 양암諒闇(상중) 중이니 정치상의 중대한 변혁 같은 것은 좀 꺼리는 바였지만, 조금씩 조금씩의 개량은 꾸준히 해보려 하였다. 그러면서도 수양에게는 매우 마음 쓰이는 두 가지 점이 있었다.

하나는, 수양 자신은 사실 단지 임금의 삼촌이라는 것 이외에는 아무 실질적 권한이 없다는 점이었다. 정부에 직접 명한다든가, 유사有司에 직접 지시할 권한이 없는 사람이었다. 조카 왕에게 아뢰고, 조카 왕이 정부에 분부하고… 이렇게 군더더기 같은 수속을 밟지 않을 수 없다는 점이었다.

또 한 가지는, 왕과 수양이 서로 믿는 사이가 된 지금 그 신임에 이간을 붙이려는 손길이었다.

한마디로 그들은, 김종서, 황보인을 중심으로 하는 세력이었다. 권세와 영화에 연연하는 그들이 이대로 가다가는 자기네들의 몰락이 자명한 사실이었으므로 다양한 꾀를 내고 있는 것이 수양의 눈에는 수시로 감지되었다.

궁한 쥐는 고양이에게도 달려드는 법, 그들에게서 무슨 무모한 행동이 벌어질지는 하늘도 모를 일이었다.

물론 자기의 신변도 신변이려니와 어린 조카님의 신변 역시 마찬가지였다.

그렇게 두고 보면 차이는 같은 듯 갈린다. 당연히 김종서가 당면한 적으로 여기는 사람은, 수양 자기이다. 종서는 자기 때문에 왕의 신임을 잃었다고 생각한다. 하여 수양이 없어지면 본인이 선왕의 고명을 무기 삼아 다시 왕의 신임을 회복할 수 있을 것이라 여기는 것이다.

그리고 안평인데… 그동안 살펴본 바로는 안평이 김종서와 뜻을 같이하여 뭔가 일을 꾸미고 있는 것은 분명하다.

그런데 친동생이니만큼 안평의 성격을 누구보다 잘 아는 수양이 보기에 안평은 주동자가 되거나 앞장을 서서 딴짓을 꾸밀 만한 과단성은 없는 사람이다. 세력과 영화를 놓치게 될지 모른다는 불안에 빠져 있는 종서가, 안평을 충동하고 설득했을 것이다. 왕위 계승권에서 그다지 멀지 않은 거리에 있는 안평이요, 본시 감정적이고 가벼운 안평이라, 이 충동에 넘어갔을 것이다.

그렇기에 안평의 목표는 가장 높은 곳에 있는 분이요, 수양 자기는 다음 차례일 것이었다.

그들을 은밀히 살피고 있는 한명회의 말에 따르면 둘은 간간이 의견의 충돌도 있는 모양이었다.

임금과 정부가 대립하고 있다는 것을 백성들이 알 길은 없다. 그러나 두 대군인 수양과 안평이 서로 경쟁하여 수하에 사람을 모으고 있다는 사실은 이유야 어떻든 세상에 적지 않은 의혹과 불안을 안겨주고 있었다.

세상의 눈과 귀 입은 그것이 얼마나 정확한 것이냐는 차치하고 언제나 열려 있는 것이다.

봄과 여름을 지나서 초가을쯤에는 소문 아닌 소문이 도성을 떠돌고 있었다.

"수양대군이 왕이 된다."

"안평대군이 왕이 된다."

"아니, 수양대군이 왕이 되려고 하는 것을 안평대군이 못하게 하려 한다."

"아니, 안평대군이 딴 뜻을 품은 것을 수양대군이 못하게 한다."

수양의 귀에도 이 풍설은 들어왔다. 그것을 처음 들었을 때, 수양은 가슴이 선뜩하였다. 그 소문은 어느 쪽으로 보나 왕위에 변동이 있으리라는 같은 결론에 이르는 것이었다.

　수양대군

이 풍설이 왕에게까지 들어가면, 어린 마음에 얼마나 놀랍고 두려울까.

수양은 이 일이 무엇보다도 근심스러웠다. 좀체 어느 사안을 두고 오래 근심하는 수양이 아니었지만, 자신이 개입된 이 상황에 대해서는 어찌 처리해야 할지 난망하였다.

그렇기에 안평이 야속하고 딱하였다. 아무리 그렇기로서니 몇몇 대신의 농락에 놀아나 감히 어디에 딴생각을 품을 수 있단 말인가. 장차 안평이 대체 어떤 수단을 써서 목적을 달하려는지는 예측할 수 없으되, 지금의 형세로 보자면 이전 태종정사太宗定社(이방원이 정권을 장악하는 과정, 곧 조선 초의 왕자의 난, 특히 제1차 왕자의 난(1398)을 가리킨다) 때와 동일한 수단을 쓰려는 듯싶었다. 사실 그런 수단밖에는 달리 방도가 없을 것이었다.

이런 형세 아래서 수양은 단단히 결심한 바가 있었다.

김종서를 제거해버려야겠다는 점이었다. 선왕의 고명을 받았다는 방패를 앞세우고, 모든 일에 수양에게 맞서며, 수양이 왕께 계청하여 행하려는 일도 선왕의 고명이라는 방패로 눌러버리기를 일삼는 이런 인물은 국가의 흥성에 큰 지장이 될 뿐 아니라, 그 반대의 결과를 낳게 될 것이다. 종서가 자진하여 벼슬을 내던지고 여생이나 안온하게 지낼 생각으로 있다면 모르되, 부귀에 연연한 그는 그런 생각은 꿈에도 하지 않고 있다.

수상 황보인은 호인好人인 대신 우물愚物이다. 한 포의布衣(벼슬이 없는 선비를 비유적으로 이름)에서 현재의 인신의 극이라는 자리까지 올라간 그는 역시 지위에 연연하기 때문에 남의 유혹에 넘어갔다.

황보인 한 사람뿐이면 다만 벼슬이나 깎고 시골로 내치면 그만이지만, 지금의 형세가 그렇게 단순하지 못하다.

지금 어린 왕을 두고 이 나라의 정치를 숙청하는 데 있어 이들을 두고는 한걸음도 나아갈 수 없는 일이었다. 어린 왕이 장성하기를 기다리는 방법도 있겠지만, 문제는 그렇게 되면 분명 저편에서 먼저 손을 쓸 것이다.

여기서 가장 수양의 가슴을 아프게 하는 것은 역시 안평의 문제였다.

어리석은 동생아! 연하여 나오는 탄식이 이것이었다.

그러나 이러한 탄식만으로 이룰 수 있는 것은 없는 것이다.

저들로 하여금 동생 안평을 어떻게 떼어낼 수 있을까?

이제 수양의 고민은 그리로 모아지고 있었다.

사실 이런 일은 지극히 난처한 일로서, 명료히 설명할 수도 없고, 은근하게 암시로 나타내면 상대는 각각 제 뜻대로 해석을 하는 경향이 있었다. 현재 자신을 믿고 따르는 권람과 한명회조차 아무리 이야기해도 자신의 진심을 이해하지 못하고 있는 것과 같았다.

기회 있을 때마다 수양은 그들에게,

"나는 옛날 선왕을 보좌한 주공의 역할을 하려노라."

고 진심을 밝혔고, 추호도 다른 뜻이 없음을 강조해도 그들은 수양의 그 말 자체에 다른 뜻이 포함되어 있다고 해석하는 눈치였다. 그런데 그걸 알면서도 다시 노골적으로 화를 낼 수도 없는 것이고, 말을 덧붙이면 덧붙일수록 그 뒤에 감춘 딴 뜻이 있는 것이라고 해석하는 것이었다.

진실로 딱한 일이었다.

마침내 수양은 구월 어떤 날, 안평을 만나러 무이정사로 향했다. 그날은 마침 안평이 무사들과 사회射會(활쏘기 대회)를 하는 날이었다.

수양의 고뇌

아무리 마음으로 따르지는 않는다 하더라도 그래도 형님의 행차인지라 안평은 어쩔 줄 몰라하며 서둘러 문밖으로 나가 형님을 맞았다.

수양은 가마에서 내리며 미소 띤 얼굴로 안평의 인사를 받았다.

"오늘 사회가 있다지? 나도 좀 구경하세."

이 형님의 말에 안평은 좀 어색한 듯이 미소하며 정자를 돌아서 후원에 열린 사회장으로 형님을 인도하였다.

안평의 인도로 수양은 사장射場으로 들어갔다. 차일 아래 남향하여 중앙에 호상胡床(의자) 하나가 놓여 있고, 그 좌우의 참가자들은 청색과 홍색으로 나뉘어 동서로 갈라져 있었다. 하인들은 수양의 자리를 마련하느라고 분주히 움직였다.

그동안 수양은 위에 친 차일을 쳐다보았다. 그러고 안평을 보았다.

차일에는 미르(용龍)를 수놓았다. 안평의 몸에는 흡사 용포와 비슷한 청포青袍가 입혀 있었다.

수양은 한 번 그곳에 눈길을 준 뒤에는 천연덕스러운 표정으로 준비된 자리(안평의 오른편)에 조용히 앉았다.

안평은 형님이 그 두 가지(차일과 옷)를 한순간이나마 주목하는 것을 알고, 잠깐 거북한 안색을 하였다.

형제는 잠자코 경기를 구경하고 있었다. 이 자리의 경기자들이며 구경하는 문객들도 모두 뜻밖인 수양의 행차에 다 기분이 서먹해졌다. 요즈음 세상 형편을 알기에, 수양이 이 자리에 나타나리라고는 그들도 예상치 못한 일이었다.

수양은 아무렇지도 않은 기색으로 경기를 보고 있었다. 그러나 사실은 눈을 그곳으로 향하고 있을 뿐이지, 경기를 구경하는 것은 아니었다. 청이 나은지 홍이 나은지 전혀 의식하지 못하였다.

수양의 마음에 지금 걸려 있는 것은 안평의 옷과 차일이었다.

불쾌하였다. 아무리 자기의 문객과 겸인傔人(시종)들만 모인 자리라 할지라도, 감히 용을 수놓은 차일을 치다니. 용포를 본뜬 옷을 입다니. 잠시 전혀 의식하지 못하면서 눈을 경기하는 데 붙들고 있다가 수양은 벌떡 일어섰다.

"활을 보니 나도 한번 쏘고 싶군."

차차 불쾌해져 가는 자기의 기분을 삭이기 위해서였다.

형님의 안색 때문에 안평도 내심 불안하던 차였다.

"그러시지요."

안평은 하인에게 명하여 가장 강한 활과 화살을 가져오라 일렀다.

준비된 활과 화살을 들고, 수양은 서너 걸음 걸어 차일 밖으로 나섰다. 그러고는 옷소매도 걷는 듯 마는 듯, 겨냥도 하는 듯 마는 듯하며 화살 다섯 발을 연달아 쏘았다. 과녁에 맞는지 안 맞는지조차 확인하지 않고, 이미 자신이 있었기에, 활을 내던지듯 놓고 돌아섰다. 화살 다섯은 모두 정확히 중심을 꿰뚫었다. 차일 안으로 다시 들어온 수양은 안평의 소매를 잡았다.

"국화 향기나 맡으며 저 뒤쪽으로 좀 돌아가보세."

큰 소리도 아니었고 명령조도 아니었다. 그러나 안평은 거역할 수 없는 압박감을 느끼며 따라 일어섰다.

형제는 차일 밖으로 나섰다. 나서면서 수양이 다시 입을 열었다.

"차일이 참 좋군. 이 차일은 대궐에 바치고 다른 것을 치게나."

곧이어 그는 한 마디를 더 덧붙였다.

"지금 즉시 말일세."

이것은 감히 거역할 수 없는 말이었다. 이 땅에 수양의 이 말에 거절할 수 있는 사람은 없었다. 안평은 결국 머리를 숙이고 뒤를 따랐다.

형제는 뒷산 길로 나섰다. 차츰 사람들의 말소리가 들리지 않는 깊은 곳으로 들어갔다.

산국山菊 향기가 그윽하게 코로 몰려들어왔다. 이 국화 덤불을 헤치며 형제는 묵묵히 더 깊숙한 곳을 찾아갔다.

적지 않게 갔다. 인적 끊긴 꽤 깊은 곳까지 이르렀다.

앞서가던 수양이 홱 걸음을 멈추고 돌아섰다. 팔을 길게 폈다.

이 갑작스러운 행동에 안평은 소스라쳤다. 비명 같은 부르짖음이 그의 입에서 나왔다.

“아이 아!”

그때 수양은 팔을 뻗어 안평의 관복 흉배, 용을 수놓은 것,를 낚아채듯 뜯었다.

“기린麒麟 흉배가 있겠네그려.”

비교적 고요한 음성이었다. 그러나 안평은 대답하지 못하고 몸만 와들와들 떨었다.

“좀 앉아 쉬게.”

수양은 어느 바위에 걸터앉았다. 그러고는 그냥 몸만 떨고 서 있는 안평에게 앉기를 권하였다.

두세 차례의 권고에 안평이 간신히 앉자, 수양은 한마디 한마디 생각해 가며 이렇게 말했다.

"자네는 자기 신분이 왕자이니 괜찮으리라고 대수롭지 않게 여기고 하는 일이겠지만, 남의 이목도 있으니 삼가게."

다른 때 같으면 형님에게 이런 말을 들었을 때 무슨 톡 쏘는 대답이라도 했을 안평이었다. 그러나 직전에 겪은 두 가지 일은 안평으로 하여금 아무 대답도 못 하게 하였다.

수양도 한참을 아무 말없이 있었다. 한참 뒤에야 다시 입을 열었다.

"자네, 요즘 절재(김종서)와 너무 자주 왕래한다고 항간에 말이 많더군. 자네도 절재의 사람됨을 짐작하지 못하나? 예전에 절재가 헌묘와 영묘께 양녕백부를 얼마나 참소했는지 자네도 알 것 아닌가. 양녕백부가 무슨 허물이 있는 분인가? 청풍명월 같으신 양녕백부의 기백이야 천하가 다 아는 사실인데, 절재인들 그걸 몰랐겠나? 그러면서도 참소하고 또 참소하던 그 더러운 속내를 생각해보게. 아첨해서 총애를 받으려고 남을 헐뜯어 죽을 구덩이에 집어넣으려 하다니. '양녕대군을 죽여야합니다, 죽여야합니다' 하며 얼마나 참소했는가. 자기가 총애받으려고 남을, 그것도 죽이자는 참소를 일삼는 그런 마음보를 가진 사람과 가까이 상종하는 것은 결코 이롭지 못한 일일세."

수양대군

수양은 여기서 말을 끊었다. 그러고는 안평의 얼굴을 뚫어지게 들여다보았다.

표정에 조금이라도 변화가 있기를 바라서였다. 그러나 안평은 입술을 부루퉁하게 내밀고 눈을 푹 내리깐 채, 입으로는 대답하지 않아도 마음으로는 여전히 승복하지 않는 표정이었다.

수양은 다시 말을 이었다.

"그러고 말일세, 자네가 지금 절재와 가까이 상종한다 하나 그 사람됨이 그런 이상은, 언제 자네를 해하려고 참소하고 모해할지 어찌 알겠나. 사람의 천성은 바꾸지 못하는 법이라, 지금 자네와 상종하는 게 잇속이 있을 듯싶으니 상종하지, 장차 다른 사람과 상종하는 편이 이로울 것 같으면 그때는 자네를 배반할 게 당연한 일이 아닌가. 그만한 눈치나 지각은 자네도 있을 법한데."

여전히 안평의 얼굴을 보면서 말하였다. 그러나 안평의 얼굴은 여전히 변함이 없었다.

수양은 다시 입을 열었다.

"또 다른 일을 생각해보세. 우리 돌아가신 아버님(수양은 '세종'이라지도 않고 '영묘'라지도 않고 아버님이라 하였다)의 단 하나의 꼭지 장손 되시는 우리 조카님, 우리 전하, 그분이 잘되셔야 우리 문중(종중이라 하지 않았다)이 번성하고, 그분이 복을 누리셔야 우리 문중이 영화로운 것이 아닌가. 그분께 불행이 닥치면 우리 문중의 불행이요, 그분께 불길한 일이 생기면 우리 문중의 곤란이야. 우리 문중이 힘을 합쳐 그분 잘되시도록, 그분께 복이 내리시도록 해올려야 할 것일세. 이 점도 서로 잘 알아서……"

그 뒷말이 좀 힘들었다. 하기 매우 어려운 말이었다. 한순간 주저한 뒤에, 천천히 뒤를 이었다.

"남의 농락에 속아서 자멸지도自滅之道(스스로 멸망하는 길)를 밟지 않도록. 남에게 속아서 화를 스스로 부르지 않도록……"

과연 안평에게서 대답이 튀어나왔다. 맞서는 말이었다.

"형님. 지금껏 잠자코 듣고 있으니, 형님은 혼자서 치켜세우고 깎아내리며 별별 말씀을 다 하십니다만, 나는 도무지 무슨 말씀인지 한마디도 못 알아듣겠소. 절재가 어쩌니 참소가 어쩌니 하심은 무슨 말씀인지……"

수양은 곧 대답하였다.

"스스로 마음에 물어보게."

"물어도 그렇소. 절재는 우리나라 북방 육진 개척의 영웅이자, 용흥지지龍興之地(왕조의 발상지)를 회복해서 우리 땅으로 만든 은인이 아닙니까?"

"그게 영묘의 공적인가, 절재의 공적인가?"

"영묘의 분부로 절재가 한 일이지요."

"여보게. 말을 가지고… 말재간을 가지고 말다툼을 하자는
게 아닐세. 내가 한 말이 마음에 짚이는 데가 있으면 재고, 삼
고하라는 말일세."

"재고 삼고는커녕, 십고 이십고를 한들 달라지겠습니까!"

수양은 눈을 번쩍 떴다. 노여움이 불타올랐다. 그러나 즉시
그것을 삭였다.

한순간 주저하다 입을 열었다.

"다른 말은 그만두고, 절재는 만고의 흉물일세. 더욱이 게
다가 불측不測(헤아릴 수 없이 음험함)한 심사까지도 품은 듯싶은
점이 많아. 그래서 조만간 주상께 계청啓請(여쭈어 청함)하여 군
측君側(임금의 곁)에서 제거할까 하네. 자네가 그냥 절재와 가까
이 사귀다가는 공연한 화가 자네에게까지 미칠지도 모르겠기
에 미리 말해두는 걸세. 나라의 휴척休戚(기쁨과 슬픔, 운명)을
같이하는 이로서 그런 사람과 친근히 지낸 탓에 연루된다면,
만대까지의 치욕이니 그만큼만 알아두게."

어떻게 보자면 몹시 경솔한 말과도 같은 이 말이었지만, 수
양은 이 말까지 하면 혹시 안평도 내심 두려워하는 생각이 들
어서 마음이 달라지지 않을까 하여 이 말을 한 것이었다.

그러면서도 수양은 속으로 울고 싶었다. 무슨 말을 할지라
도 안평의 날선 마음은 달라지는 것 같지가 않았다.

수양은 해가 저물어서야 무이정사를 나섰다.

전혀 허사였다.

안평을 달래보기도 하였다. 위협적인 언사도 써 보았다. 의리와 인정으로써 타일러 보기도 하였다. 동정도 빌어보았다. 그러나 안평은 끝끝내, 자기는 아무것도 모르며, 따라서 수양의 말이 무슨 말인지 알아듣지도 못하겠다는 태도를 버리지 않았다.

민망하였다.

설사 다른 별다른 뜻이 없다 할지라도, 김종서는 국가의 쇄신과 확정을 위해 제거하지 않으면 안 될 사람이다. 하물며 수양 자기 자신을 배척하는 데다, 자기를 배척하기 위해 더 무서운 마음까지 품었음에랴. 이런 자를 제거하려는데 안평은 왜 함께 엮여 들려 하는가. 그만큼 알아듣도록 타이르고 책망하다시피 했는데도, 그냥 떨어지지 않으려는 것은 대체 무슨 속셈인가…….

안평의 속마음이 미웠다. 수양 자기에게 반항하려는 마음이라든지, 또는 더 높은 곳에 반항하려는 마음을 생각하면 참으로 미웠다. 야속했다.

그러나… 문득 생각났다. 어렸을 적 아버님의 품 안에서, 어머님의 품 안에서 함께 놀고 함께 자라던 그 정이며, 대궐의 후원에서 손을 잡고 나비를 잡으러 돌아다니던 그런 추억들… 어렸을 적부터 성격이 비틀린 면이 없지는 않았지만, 한 부모 아래서 함께 자라던 그 사랑과 정이 울컥 상기되어, 장차 실행될 확청행동廓淸行動(나라를 깨끗이 하는 거사)에서 안평이 덧걸려 들어간다 하면 그것은 참지 못할 일이었다.

'손을 놓아라.'

'떨어져라.'

그만큼 말하는데 왜 그냥 붙어 있으려 하느냐. 이것을 떼어낼 재간은 없을까, 몹시 기분이 무거웠다.

언짢은 기분, 불쾌한 기분, 걱정스러운 기분, 노여운 기분… 가지가지의 나쁜 기분이 마음속에 뒤섞여 소용돌이쳤다.

이런 좋지 못한 기분 때문에 마음이 불편할 때면, 언제든 양녕백부를 찾고 싶은 생각이 저절로 일어나는 수양이었다.

수양은 행차를 백부의 댁으로 가도록 하였다.

양녕은 수양의 마음이며 사람됨을 잘 안다. 아버님 세종대왕과 백부 양녕대군 두 분은 수양의 입장을 잘 알며, 수양의 심경을 잘 이해하고, 수양의 고충을 늘 동정하는 것이었다. '울분'이라고 형용하고 싶은 지금의 심경을 백부 앞에서 피력하였다.

"백부님. 안평과 김종서를 떼어낼 수가 없겠습니까?"

안평과 김종서 사이에 특별한 관계가 있고, 그 결합된 관계가 지향하는 목적까지 설명한 뒤에 수양은 이렇게 하소연하였다.

“백부님도 물론 잘 아시겠지만, 안평은 누가 뒤에서 조종해 주는 자가 없으면 겨자씨만 한 일 한 가지도 하지 못하는 위인이 아니옵니까. 종서와만 떼어놓으면 안평은 그럴 위인이 아니지 않사옵니까. 떼고 싶어요. 아니, 떼고 싶을 뿐 아니라 꼭 떼어야겠어요. 그런데 제게는 떼어낼 방책이 생각나지 않습니다.”

“너뿐 아니라 영묘께서 계셔도 그 방책은 생각지 못하실 게다. 김종서는 스스로는 떨어지지 않을 위인이고, 안평은… 안평도… 둘 가운데 하나가 이 세상에서 없어지기 전에는…. 안타깝게도 앞이 꽉 막힌 위인과, 멧돼지같이 미련하고도 음흉한 위인이니…….”

백부는 안평을 좋아하지 않았다.

그랬기에 일찍이 아우님 되는 세종대왕께도 늘, 만약 장차 동궁(문종)이 누구를 의심하려거든 안평이야말로 의심할 만한 사람이라고 아뢰곤 하였다.

그랬던 안평이, 이전에 자기가 예언했던 바와 같은 짓을 하는 흔적이 분명해지자, 양녕은 자기의 예언이 불행히도 적중한 것에 탄식하였다.

“그러면 어떡하면 좋겠습니까?”

“물론 종서는 없애야겠지. 현묘(문종)의 실수니라. 유난히 괴팍한 고명을 하셔서 종서의 자긍심을 길러 주신 게 실수니라.”

                                                수양대군

수양은 머리를 숙였다.

현묘 고명 때의 억울하던 회상이 획 마음을 스쳤다. '수양은 들지 말라 하라.' 수양 자기를 꺼리면 하다못해 양녕백부께라도 고명을 하셨던들 김종서로 하여금 유아독존의 만심을 품게 하지 않았을 것을.

"백부님. 저는 요즈음 매일 용안을 우러러보는데, 우러르면 우러를수록 애처롭습니다. 영묘께서 승하하신 이후로는 누구 한 번 머리를 쓸어올려 준 분도 없이 귀염 한 번 못 받아 보시고…… . 백부님, 저 어렸을 적에 늘 저를 보시고는 '요 녀석, 요 녀석' 하시고, 좀 자란 뒤에는 '이 녀석, 이 녀석' 하고 부르지 않으셨습니까? 근래 제가 자라고보니, 이제는 그런 말씀이나 그런 호령을 안 하십니다. 그게 제게는 쓸쓸해요. '요놈' 하고 한번 꾸중하시는 걸 듣고 싶어요. 어린아이의 응석… 우리 전하는 그런 재미 한 번 못 보시고, 보수步數(나이) 겨우 열셋에 벌써 노숙한 분 같으신 데가 많이 보입니다. 우리 어렸을 적과는 왜 그렇게도 다르겠습니까. 제 뜻대로만 할 수가 있다면 우리 전하를 강녕전으로 모셔 들이고, 장발長髮(성인)하시기까지 단 일, 이 년만이라도 보통 소년들과 같은 자유로운 생활을 하시도록 해드리고 싶어요. 어렸을 적에 어린 재미 하나를 못 보고 건너뛰고 장성하시면, 일생에 무엇 하나 잃어버린 것 같지 않을까요? 그 재미를 한번 느끼게 해드리고 싶어요."

"네 성미가 내 성미와 비슷해서 그런 생각을 하느니라. 나도 본래 세자로 책봉되어 까다롭고 속박된 생활을 하다가, 문득 영묘께 사위를 물려드리고자 일부러 차차 난행을 시작했는데, 처음에는 일부러 시작한 노릇이지만 그 길에 발을 들여놓고보니 인간의 즐거움이 거기 있더구나. 그 재미를 맛보고 나니 왕후의 자리가 무엇이더냐. 인간의 수효가 억조창생이라 해도 나만큼 복 있는 사람 없으리라."

수양은 백부를 우러러보았다. 일국의 세자라는 존귀한 위를 헌신짝같이 차 던지고, 그 여생을 산수 사이에서 자유로이 돌아다니며 호탕하고 즐겁게 보내는 이 노인. 그 견식이 부족하랴, 학식이 부족하랴. 그러나 그것을 드러내어 내세우지 아니하고, 인간 세계의 번잡한 문제에서는 멀리 떠나 지내는 이 존귀한 노인.

백부는 수양 자기에게,

"너는 나를 닮아서……."

라고 말한다. 물론 호탕하고 시원스러우며 작은 절개에 구애되지 않는 점은 닮았다고 할 것이다. 그러나 자기는 속세의 업무에 연연하여 이 백부와 같이 모든 잡된 사무에서 초연할 수는 없었다. 돋는 달, 지는 해나 즐기며 천하를 도외시하고 지내기에는 자기는 속세에 너무 집착이 크다.

'어떻게 해서든 이 국가를 더 훌륭하고 좋은 국가로 만들어

수양대군

보자.'

그의 마음에는 이 생각이 강력히 자리 잡고 있어서 이것만은 버릴 수가 없다. 신분으로 말하자면 자기나 이 양녕 백부나 꼭 같다. 왕의 지친至親(아주 가까운 친척)으로서 그 지위든 부귀든 백부와 추호도 다른 데가 없다. 자기도 세상 잡무를 내던지고 산수 사이에서 놀면, 어디 조금이라도 백부와 다른 데가 있으랴. 활쏘기에 능하고 사냥을 즐기며, 호탕하게 놀기를 좋아하고 술을 즐기는, 이런 성벽性癖까지도 흡사하다.

그러나 자기는 백부처럼 산수 사이에서 놀고 있자면 국사가 근심되고, 좋은 친구와 술상을 대하면 정치 이야기가 먼저 나오니… 요컨대 인선人仙(인간 신선)이 될 수는 도저히 없음을 어찌하랴.

수양은 길게 탄식하였다. 정치와는 도저히 끊을 수 없는 이 자기의 집착과, 양녕백부의 신선 같은 심경, 그리고 안평의 헛된 욕심, 이 세 가지를 비교하는 생각이 마음속에 뒤섞여 마음은 여전히 무겁고 어지러웠다.

숙청전야

수양이 안평을 무이정사로 찾아본 지 며칠 뒤부터 김종서 등의 움직임이 좀 더 활기를 띠기 시작하고, 그 행동이 차차 겉으로 드러나 보이기 시작했다.

그들은 어떤 순서로 어떤 행동을 취하려는가? 어떤 수단을 밟으려는가? 수양의 엄중한 감시의 눈은 그들 뒤에서 움직이고 있었다.

태종의 정사定社(나라의 기틀을 바로잡음) 때와 같이 무력을 사용해 불의의 변란을 일으켜 오는 것이 가장 귀찮은 문제였다. 그렇게 일이 돌발하여 이쪽에서 손쓸 새도 없이 결판까지 나버리면 속수무책이었다. 이 방면을 가장 엄중히 경계하였다.

그러는 한편, 자기가 먼저 숙청 행동을 취했을 때 그 뒤에 자기가 써야 할 방침에 대해서도 차분하게 진행을 시켰다.

자기 휘하에 끌어들여야 할 사람도 착착 골라서 접근하였다.

난을 다스리는 큰 기틀은 수양 자기가 몸소 감당해야 할 것이었다. 그 아래에는 실무에 밝고 재능 있는 인물들을 배치해야 할 것이었다.

첫째로 현재 우참찬 정인지를 끌어들이는 데 성공하였다.

정인지는 선왕(문종)께 고명을 받은 신하 가운데 가장 정치적 수완에 능할 뿐 아니라, 이 나라의 국론을 잡고 있는 집현전의 원로 학자였다. 또한 수양이 연경, 북경, 에 갔을 때, 연경의 한림翰林들에게서도 정인지의 이름을 여러 번 들었기에 이 점으로도 크게 평가할 만한 사람이었다.

정인지는 비교적 쉽게 수양의 날개 아래로 들어왔다.

그 밖의 집현전 학사 중에 신숙주는 물론이요, 성삼문과 박팽년 등 몇 사람과도 가까이하며 그들을 자기의 품 안으로 넣었다.

권람과 한명회는 본래부터 수양의 휘하에서 활동하던 사람이라 다시 말할 것도 없었다.

이렇게 자기의 영향력 아래 둔 사람 가운데서도 수양은 세 가지 부류의 성격을 보았다.

첫째는 수양 아래서 이 국가 부흥의 대업에 조력하려는 충심으로 수양을 따르는 무리였다. 현재 정체된 국정과 침체된 세태에 활기를 불어넣어, 옛날 세종대왕 때와 같은 지치至治(지극히 잘 다스려진 상태)를 실현하고자 하는 자들이었다. 수양의 역량과 수완을 믿는 집현전 학사들이 대개 이 부류에 속했다.

둘째는 그 반대로, 수양에게 다른 뜻, 왕위에 대한 야심, 이 있다고 해석하여 수양의 편에 서야만 훗날을 도모할 수 있다고 생각하는 무리였다. 한명회와 권람, 그리고 그즈음 모아들인 무사들이 대개 이런 자들이었다.

나머지 하나는 그 중간으로, 수양의 진의가 어디에 있는지는 명확히 모르나 수양에게 총애를 받으면 좌우간 유리하고, 수양에게 협력하는 편이 국가에도 좋다는 생각을 가진 무리였다. 정인지와 그 밖의 집현전 소장파 학사 몇몇이 이런 사람들이었다.

이들은 각자 생각하고 바라는 바는 다르지만, 수양이 조만간 일대 숙청의 거사를 일으킬 것만은 한결같이 굳게 믿고 있었다.

더욱이 상대 쪽, 김종서 등의 움직임이 활발해지는 동시에 수양 측의 감시 또한 엄중해지자, 상대는 다른 행동을 취하지 못하는 대신 연달아 수양 일파에 대한 고약한 뜬소문만 퍼뜨리고 있었다. 그들은 수양 측의 감시 때문에 무력으로 변란을 일으킬 틈을 찾지 못하고, 그 대신 세간의 여론을 악화시켜 수양으로 하여금 의심을 받게 한 뒤 수양을 먼저 제거하려는 순서로 나오려는 모양이었다.

이 소식은 매일같이 수하들에게서 수양의 귀로 쉴 없이 들어왔다. 그리고 수하들은 어서 빨리 수양이 결심하고 분연히 일어날 것을 재촉하였다. 저쪽에서 단지 언사로만 수양을 농락하여 세력을 잃게 하려는 동안은 괜찮으나, 저편에서 먼저 실질적인 행동을 취하면 이 편이 몰락하는 것은 불 보듯 뻔한 일이었다. 이런 일에 먼저 손을 쓰지 못해 저쪽이 먼저 선수를 치게 내버려 두면, 이쪽이 역적의 이름을 뒤집어쓰게 되는 것은 정해진 이치였다. 이 때문에 수하들은 차츰 초조해져 수양을 재촉하였다.

그러나 수양은 움직이지 않았다. 감시만 엄중히 하여 저쪽에서 먼저 손을 쓰지 못하게만 하고, 이편에서는 아직 그대로 방관하였다.

몇 번 김종서를 빈청에서 만났다. 종서는 언제나 적의를 품은 채 상관없다는 듯한 방관적 태도를 취하였다.

황보인은 언제나 송구한 듯 억지웃음을 만면에 띠고 안절부절 못하는 태도를 보였다.

이양, 민신 등 선왕의 고명을 받고 지금 김종서의 휘하에서 수양을 배척하는 움직임을 도모하는 이들 역시 적의와 무관심한 태도를 동시에 보이며 수양을 대하였다.

안평과는 다시 만날 기회가 없었다. 안평이 입궐하지 않고 수양을 찾지도 않았으며, 수양 역시 안평을 찾지 않아서 서로 대면할 기회가 없었다.

지금의 이 불안한 상태는 내관들의 입을 통하여 왕에게까지 전해진 모양이었다.

내관 가운데도 수양에게 호의를 가진 무리와 반대하는 무리가 생긴 모양인지, 왕에게 상달된 소문은 수양을 나쁘게 말하는 것과 좋게 말하는 것, 두 가지가 있었다.

왕의 어린 마음은 이런 소문에 커다란 불안을 느꼈다. 당신께서는 수양숙부를 굳게 믿었으나 풍설이 하도 분분하여 갈피를 잡을 수가 없었다. 수양숙부를 믿고 있으며, 또 숙부가 태산같이 든든하여 믿음직하니 근심할 바는 없었으나, 그래도 풍문이 어지러우니 불안을 느끼지 않을 수 없었다. 더욱이 왕의 유년기와 소년 시절의 성장 환경과 그로 인해 형성된 성격 탓에, 이런 불안을 느껴도 믿고 의지하는 수양숙부에게 심경을 호소하여 불안을 해소하려 하지 않고, 혼자 가슴속에 불안을 감추며 참아 나가는 것이었다.

수양은 여전히 조카님을 쾌활하게 대하며 아무런 불안도 드리고 싶지 않았고, 그렇게 하느라고 애를 썼지만, 왕은 당신의 불안을 혼자서 감추고 견디고 있었다.

왕에 대한 대신들의 태도도 전보다 달라졌다. 친애하는 마음이란 손톱만큼도 없고, 유난히 모가 나면서도 형식적이며 은근하였다.

왕으로서는 수양을 대하기가 몹시 어려웠다. 믿음직하면서

  수양대군

도 마주 대하면 무한한 압박감을 느끼는 것이었다.

이즈음은 벗으로서 매부인 정종이 가장 반가웠다. 아무런 불안도 없고 압박감도 느끼지 않게 하는 사람은 오직 정종 한 사람뿐이었다. 한때 소년답게 피어나던 용안은 근래에 다시 노성老成해졌다.

그러는 동안 구월도 다 지나가고 새달이 밝았다. 계유년 (1453년) 시월이었다.

마지막 결심

수양은 드디어 마지막 결심을 하였다.

첫째로는, 임금의 용안이 나날이 노숙해지고 입을 꾹 다문 채 아무런 하교도 없이 사방을 경계하는 기색만 짙어가는 것이 보기에 민망하였다. 숙청할 일은 얼른 매듭지어 왕을 안심시키고, 다시 소년다운 활기를 회복하도록 해드려야겠다고 생각했다.

둘째로는, 저편 상대 쪽을 경계하고 감시만 하기가 수양에게도 차차 숨이 가빠왔다. 저편을 경계하려니 이편도 언제까지나 마음을 놓을 수가 없었다. 상대는 상대대로 이편의 감시가 워낙 엄중하니 구체적인 일을 착수하지 못하고 있는 모양이었다. 이대로 지내다가는 십 년이고 이십 년이고 서로 대치하고 있을 수밖에 없으니 끝이 날 날이 없었다. 이것이 점차 불안하고 숨이 막혔다.

셋째로는, 이편에서 경계만 하는 동안 저편에서 몰래 먼저 손을 쓰게 되는 날에는 큰 변이기 때문이었다.

이런 번거로운 일들을 제거하기 위하여 이편에서 먼저 손을 쓰기로 결심한 것이었다.

본래는 저편에서 실질적인 행동을 시작할 때 그 꼬리, 증거,를 잡아가지고 일어나려고 아직 결정을 미루고 있던 참이었다. 그러나 일전에 양녕백부에게 이 일에 대해 물었을 때 조용히 해주던 말,

"선참후주先斬後奏 하려무나."

하던 그 암시는 수양에게 광명을 주었다. 벼락치듯 이쪽에서 일을 실행해버리고 그 뒤에 왕께 아뢸 것, 이 방책이 듣고 보니 최상책이었다. 저편이 실제로 움직이기를 기다리다가 덜컥 저편에서 먼저 손을 쓰는 경우에는 다 망쳐버리는 일이며, 더욱이 안평의 문제로… 만약 저편이 움직이는 것을 보고 착수하여 국문을 하는 경우에는, 심술궂은 그들이 혼자 죽기 싫어서 안평까지 끌어들일 것이 뻔했다. 그리되면 어찌할 도리 없이 안평에게도 국법에 따라 극형을 내리지 않을 수 없었다. 이런 골육상잔骨肉相殘의 비극만은 피하기 위하여, 이편에서 기습적으로 일을 결행해버리기로 결심을 하였다.

시월 초하룻날.

아침부터 퍼붓는 비가 이 땅에서는 흔치 않은 현상으로, 오

후까지 줄기차게 내려붓는다. 장마철이 아니고서는 한나절 내내 비가 계속 오지 않고, 혹 온다 할지라도 가랑비나 소나기로 적당히 오는 법인데, 그 관례를 무시하고 아침부터 소나기가 오후까지 그냥 쏟아진다.

이런 날, 수양은 자기의 결심을 실천에 옮기고자 그 뜻을 한명회에게 피력하였다. 조용히 이런 의논을 하기에는 아주 적당한 날이었다.

김종서 등 몇몇―아홉 사람이다―을 제거해버릴 것은 이미 작정한 방침이었으나, 어떤 절차를 밟아야 할지, 어떤 방식으로 처치해야 할지를 의논하기 위해서였다. 나이 마흔이 넘도록 말단 관리 생활과 떠돌이 생활을 해왔으나, 지혜의 덩어리인 한명회는 이런 방면에 있어서 종횡무진의 기지를 수양에게 아뢰어 바치는 것이었다.

"원흉 김종서는 직접 없앤다 치고 나머지는 어찌하면 좋겠나?"

이 말에 대하여 한명회는 대답하였다.

"이렇게 하시지요. 옛날 태종의 정사定社 때 선례도 있거니와, 아무리 성재聖裁(임금의 결재)를 받아 일을 한다 해도 조정에 문의하면 역시 이렇다 저렇다 잔소리가 많이 나오게 마련입니다. 그러니 그런 일은 다 집어치우고 어느 좋은 날을 택해 그냥 실행하시지요. 날을 잡아 장사壯士 몇 명을 뽑아 좌상 댁

수양대군

에 매복시켰다가, 좌상이 퇴궐하여 귀가하기를 기다려 일을 도모하는 겁니다. 따로 설명할 필요 없이 '어명이다!' 한마디로 없애버리는 겁니다."

"그래서?"

"그런 뒤에는 장사들을 사대문에 배치하여 좌상의 집에서 벌어진 일이 성안으로 들어오지 못하게 막으십시오. 그사이 나으리께서는 곧장 어전으로 나아가 전하께 상달上達(윗사람에게 보고함)하신 뒤 허락을 받으십시오. 그리고 처단해야 할 사람들을 어명이라고 대궐로 불러들인 뒤, 벼락치듯 정리해버리시는 겁니다."

이런 계획에 있어서 명회는 치밀하기 짝이 없었다. 실상 한명회가 낸 의견이라는 것은, 요컨대 양녕이 말한 '선참후주'를 실무적으로 구체화한 것이었다. 그 의견의 줄거리를 보자면 원흉 김종서를 어명이라 칭하며 제거해버린 뒤, 수양이 직접 왕에게 김종서를 처치한 이유를 계달啓達(윗사람에게 여쭈어 보고함)하고, 이후 진짜 어명을 받아 김종서와 연합하여 수양을 배척하려던 자들을 불러들여 앞뒤 가릴 것 없이, 불문곡직하고 죄를 묻자는 것이었다.

"거기 세울 사람, 누구는 무엇을 하고 누구는 어디를 지키고 하는 건 누가 맡지?"

대략 순서가 결정된 뒤에 수양은 이렇게 말하였다.

"그건 소인이 하오리다."

"또 날짜는 중십이重+二(10월 10일, 이달 열흘)로 하기로 하고."

"예……."

대략적인 의논은 여기서 끝났다.

이것을 끝맺음하고 다른 이야기를 꺼내려 할 때에, 한명회가 무엇이 좀 미진한 듯이 수양을 쳐다보았다. 그 눈치를 알아보고 수양은 물어보았다.

그에 대해서 명회는 잠시 주저한 뒤에 입을 열었다.

"나으리, 안평대군은 어떻게 하실 작정이십니까?"

수양은 대수롭지 않게 대답했다.

"어쩔 것 있나? 모른 체해버리고 말지."

하였다.

"나으리, 그게 무슨 말씀이십니까? 대군을 첫째로는 도리상 그냥 둘 수 없지 않습니까? 국사鞫詞(신문 기록) 없이 처리하니 대군의 이름은 나오지 않는다 할지라도 세상의 의혹을 어찌합니까. 좌상이 옥새玉璽를 엿보았다고는 세상이 믿지도 않을 것이고, 설사 요행히 이번에 그냥 지나게 된다 할지라도 이 뒤로 또 다른 김종서가 생기면 어쩝니까. 나무를 윗동이만 자르고 밑동이를 그냥 두면 자른 보람이 없지 않겠습니까?"

수양은 슬그머니 부정하였다.

"그건 자네가 모르는 소릴세. 내 동생이나 보호하자는 개인

                                        수양대군

적인 욕심 때문만이 아니라, 안평이라는 위인은 좁고 잘아서
뒤에 누가 부추기는 자만 없으면 움직일 생각을 못하네. 김종
서만 없애놓으면 안평은 저절로 가라앉고 말 위인일세."

"그러기에 드리는 말씀입니다. 대군은 스스로 아무 일도 못
하시겠지만, 대군이 하도 남의 충동에 동하기 잘하는 분이니
까 또 다른 누군가가 생겨날 게 아닙니까. 다른 김종서가 또
생기지 않겠습니까? 금상께서 유약하시고 안평대군은 남의
말 잘 듣는 분이신 데다, 또 비위 동할 만한 일이니 다른 김종
서가 왜 생기지 않겠습니까?"

"그래도 김종서의 일만 처리되면 겁나서 다시 덤벼들 자도
잘 생겨나지 않으리."

수양은 이 문제를 가볍게 치워버리려 하였다.

그러나 명회는 쉽게 그 문제를 버리지 못하였다.

"나으리도 세상을 너무 홑으로 보십니다그려. 누구든 죄지
을 때 이 죄가 장차 발각되리라고 생각하고 짓겠습니까? 자기
만은 곱게 면하고 좋은 일 보겠다고 하는 게지, 하도 욕심낼
만한 일이라 반드시 다른 김종서가 생겨날 것입니다."

"글쎄, 그렇게 말하면 그럴 것 같기도 하지만 그래도 안 그
럴걸세."

수양은 그냥 피하려 하였다. 그러나 명회는 그냥 완강히 그
문제에 매달려서 떨어지지를 않았다.

"나으리도, 참. 어떤 근거로 안 그러리라고 하십니까?"

"……."

"예?"

"그저 그렇게 생각되네."

수양은 말이 좀 막혔다.

"나으리, 화초밭에 김을 매는 사람이 잡초를 아주 뽑아버리지 않고 그 잎만 뜯어버리면 되겠습니까? 손댄 김에 아주 뿌리까지 뽑아야지요."

"그럼 어떻게 하잔 말인가? 자네 의견은 어떻게 하여야 되겠단 말인가?"

"글쎄, 뿌리를 없애버려야겠단 말씀이 아닙니까?"

"비유로 말하지 말고 분명히 밝혀 말해보게."

"밝혀 말하자면 안평대군도 좌상 등과 같이 해야지요."

수양은 눈을 들어 명회를 보았다.

"안평도 처치한다?"

"그럼요."

"김종서와 같이 말이지."

"……."

명회는 그렇다는 뜻으로 머리를 숙였다.

그러나 수양은 대답 대신 무거운 눈길을 명회의 얼굴에 던질 뿐이었다. 그 눈길과 마찬가지로 사실 마음도 무거웠다. 이

나라 벼슬아치들의 성미는 수양이 잘 아는 바다. 현재 자기의 수하에서 일하는 사람들은 물론이요, 장차, 일을 결행한 뒤에, 다른 벼슬아치들도 지금 한명회와 같은 의견을 가진 사람이 많을 것이었다. 어떤 사람은 진심으로 안평이 그냥 있으면 숙청의 본의를 잃는 것이라는 근심으로 이런 조언을 할 것이다. 그러나 어떤 사람은 수양의 마음을 제 뜻대로 해석하여, '이리하여야 수양의 총애를 받으리라'고 생각하고 조르는 사람도 있을 것이다. 지금 김종서를 처치하려 하면서, 여기서 예전 김종서가 부왕께 양녕대군을 죽입시다 하고 성화대던 것과 흡사한 일을 자기가 스스로 당하는 기괴한 운명에 마주쳤다.

한명회의 심정은 수양이 잘 안다. 명회는 이러함으로써 더 총애받겠다는 것이 아니고, 이러함이 첫째로는 국가에 안전하고, 둘째로는 수양과 명회 자신에게 안전하다는 생각에서 나온 것임을 짐작한다. 그러고 명회의 말에 일리 있는 것도 모르는 바가 아니다. 그러나 수양은 명회의 말과 같은 일을 실행하기는 싫었다. 그것은 결코 장차 악명을 남기기 싫다든가 하는 공명심에서 나온 바가 아니고, 이런 일로 형제상잔의 유혈극을 연출하고 싶지 않았기 때문이었다.

"한 서방, 한 서방의 생각은 그렇지만 난 차마 내 동생을 어떻게 하라고 할 수가 없어. 이 일이 말하자면 이씨 왕실을 흥성케 하자는 일인데, 이씨 왕실을 흥성케 하자는 일에 어떻게 이씨 임금의 지친至親되는 사람을 해치는 일을 하겠나? 못할 일일세."

"그렇지만, 나으리, 세상사는 명분을 밝혀야 하는 법입니다. 좌상에게만 죄를 씌우고 대군께는 아무 말도 없으면 명분이 흐려지고, 명분이 흐리면 백성의 신망을 어떻게 얻겠습니까? 백성의 신망이 없으면 나라를 다스리는 일이 잘되겠습니까?"

수양은 머리를 숙이고 생각한 뒤에 대답하였다.

"하여간 난 못하겠네. 내 인정도 인정이려니와 우리 전하께서도 윤허하시지 않을 게야. 그러니까……."

계속하는 말을 명회가 끊었다.

"그거야 역시 좌상같이……."

선참후주하자는 뜻임이 분명하였다.

"다른 것보다도 내가 할 수 없다니까. 그 이야기는 내게 다시 하지 말게. 듣기 싫으이."

"그래도……."

그래도 무슨 의견을 끼워 넣으려는 것을 수양은 억박지르듯 막았다.

"그만두게, 그만둬. 아무리 그렇기로 내가 내 동생을 해치겠나. 아예 다시는 말도 말게."

억박지르는 바람에 명회는 말을 계속하지 못하였다.

그러나 수양은 내심 꽤 무거운 기분이 생기는 것을 어찌할

수양대군

수가 없었다. 명회는 지금 눌러 막아 버렸으니 입을 봉하기는 할 것이었다. 그러나 여러 가지 사정으로 따져 보아, 명회든 혹은 다른 사람에게서라도, 반드시 일어날 문제였다.

이 일은 또 어떻게 처리해야 하는가? 이 나라 벼슬아치들의 심정으로나 전후 사정으로 보나 안평을 처치하자는 의견은 크게 일어날 것이다. 예전 양녕백부 때조차, 백부는 처백妻伯(아내의 큰아버지, 후사가 없음) 한 사람이었거늘 그때조차 그런 문제가 크게 있었으니, 안평에게는 더 맹렬히 일어날 것이었다. 진실로 귀찮았다.

수양은 탄식하였다.

신숙주와의 밀의

한명회와 회동한 이튿날, 수양은 신숙주의 집으로 그를 찾아갔다. 안평의 일을 의논하기 위해서였다. 한명회와는 단지 그 방책과 지혜를 의논했다면, 유문儒門(유교 가문) 출신인 신숙주와는 의리와 도덕이 얽힌 문제를 의논하고 싶었다.

버선발로 뛰어나오는 신숙주와 함께 조용한 산정山亭(산속의 정자)으로 자리를 옮겼다. 먼저 한담 섞인 인사 한두 마디가 오간 뒤에, 수양은 한쪽 무릎을 다가앉으며 손을 내밀었다. 그 뜻을 알아챈 숙주도 마주 다가앉으며 손을 내밀었다. 수양은 숙주의 양손을 자기의 양손으로 꽉 잡았다.

"신 서장."

연경을 다녀왔으니 이제는 서장관 신분이 아니었다. 그러나 수양은 평소처럼 신숙주를 그냥 '서장'이라 부르곤 하였다. 친밀감 때문이었다.

"요즈음 집현전이나 성균관 유생들 사이에 어떤 말이 돌아가나?"

숙주는 대답하지 않았다. 난처한 질문이었다. 바른대로 말하기도 어렵고, 그렇다고 감추기도 어려웠다.

"응? 어디 바른대로 말해보게."

수양의 얼굴에는 미소가 나타나 있었다. 기쁨을 나타내는 미소도 아니요, 우습다는 미소도 아니요, 그렇다고 쓴웃음도 아니었다. 그것은 호기심을 갖고 기다린다는 미소였다.

숙주는 주저하다가 매우 말하기 어렵다는 듯이 말을 더듬으며 대답하였다.

"철없는 소년들의 말을 무엇하러 괘념하십니까?"

"그러기에 바른대로 알려달라는 말이 아닌가? 내가 그런 일에 괘념하겠는가?"

"철없는 사람들의 말이, 나으리께서 대보大寶(옥새)를 엿보신다고들 합니다."

수양의 얼굴에 나타났던 미소는 한층 더 짙어졌다.

"고맙네. 자네 입에서 내 뜻에 맞을 거짓말이 나올 줄 알았더니 들은 대로 말해주니 참으로 고마운 일이네. 그러면 자네는 어떻게 생각하는가?"

"소인이야 대군의 뜻을 모르오리까? 다시 안 물으셔도……."

"그래요, 그럼 그것은 그렇다 하고……."

수양은 정겹게 그렇게 말하고 잠시 간격을 두었다가 다시 말했다.

"안평대군의 일이 걱정일세. 좌상 김종서가 자기 혼자 죄를 쓰고 말겠나? 안평을 물고 들어갈 게 분명하네. 어찌하면 좋은가?"

숙주는 얼른 수양의 안색을 살폈다. 숙주 자신으로서도 안평대군이든 누구든 간에 이번 거사에 방해되는 사람은 일소해버리고 싶었다. 조정의 인심을 잘 아는 숙주는, 어린 왕이 위에 계신 지금 이 기회에 한몫 챙기려는 사람이 비단 김종서 일파뿐만이 아님을 짐작하고 있었다. 수양이라는 튼튼한 기둥이 버티고 있기에 겉으로 소동이 일어나지 않는 것이지, 만약 수양조차 없다면 이 구석 저 구석에서 울컥불컥 덤벼들 사람은 훨씬 많을 것이었다.

왕이 어린 데다 아직 총각이니, 만약 왕의 신상에 변고가 생기는 날에는 숙부 항렬叔行이 당연히 나설 차례였다. 그리하여 눈치가 빠른 몇몇 종친들은 딴 궁리를 하며 수군거리는 기색이 보였다. 어느 종친에게는 누가 문객으로, 또 누구에게는 누가 문객으로 필요 이상 자주 출입하는 형적이 뻔하였다. 안평을 찾는 이들은 이 나라의 정승들이라 그 형세가 가장 급박할 뿐이지, 안평이 없어진다 해도 그 뒤를 이을 자들이 또 있을 것이었다.

수양대군

　그러나 수양은 그렇게 생각하지 않는 모양이었다. 수양의 그 명민한 관찰안도 동기간의 문제에는 무뎌지는 모양인지, 수양은 안평이 본래 주견 없는 사람이라 뒤에서 충동질하는 무리 때문에 먹잇감이 되었을 뿐이며, 충동질하는 자들만 없으면 잠잠해져서 태평무사한 세월을 보내리라 믿는 모양이었다. 수양이 지금 "어찌하면 좋은가?"라고 말하는 것은, 안평까지 사태에 휘말릴 것을 진심으로 근심하는 마음이 담겨 있음이 틀림없었다.

　형님의 마음은 이러하거늘, 동생은 사사건건 형님을 배반하는 행위만 하고 있으니……. 일전에도 수양과 조용히 의논하던 중에 이 문제가 나온 일이 있었다. 그때 숙주는 수양에게,

　"죄에는 주범과 종범이 있사온데, 주범이 있으면 종범은 죽음을 면하게 되는 법이라 저들은 자기들이 살기 위해서 주범을 반드시 끌어들일 것입니다. 대군께서도 화를 면치 못할 줄로 생각되옵니다."

　하였더니, 수양은 질색을 하며 엄하게 꾸짖었었다. 숙주는 그때 일을 떠올리며 진심으로 말했다.

　"만약 안평대군을 온전히 문책하지 않으시면 백성들이 승복하지 않을 터이오니, 논죄하는 마당에 어명을 내어 가까운 어느 섬으로 유배 보내셨다가, 세상 사람들이 잊어버릴 때쯤 해서 다시 불러들이시도록 함이 최상책일까 하옵니다."

수양의 얼굴로 한줄기 밝은 미소가 피어올랐다.

그리하여 그렇게 하기로 내정하였다. 그리고 거사에 대해서도 몇 마디 말을 나누었다.

어차피 일을 결행하는 이상에는 이편에서 먼저 손을 써야지, 저편이 먼저 손을 쓰는 날에는 도리어 형세가 뒤집힐 것이다. 이에 이편에서 먼저 손을 쓸 셈인데 날짜를 중십일(10월 10일)로 정하였다. 물론 그 날짜를 아는 이는 지극히 제한적이다. 이런 이야기와 함께 신숙주에게는 현재 조정에서 등용할 사람과 제거할 사람을 구분하는 일을 맡겼다.

 수양대군

생살부

마침내 10월 열흘.

그날 수양의 집에서는 경사競射(활쏘기 대회) 모임이 있다 하여 무사들을 불러 모았다.

사랑방에서는 한명회와 홍윤성이 모여드는 사람들을 응대하고, 후원에서는 술과 안주까지 준비해놓은 채 백여 명이 모여 한편으로는 대작을 하고 다른 한편으로는 거사의 예비 연습을 하느라 들썩거렸다.

수양은 내실에서 나오지 않고 묵연히 앉아 있었다. 부인과 단둘이었다.

어제까지도 이 일에 대하여 아무런 다른 생각이 없었는데, 막상 일을 결행하려는 오늘에 이르러서는 차츰 가슴이 무거워졌다. 자기가 지금 하려는 일은 나라를 위해서요 사직을 위해서이니, 하늘과 땅에 조금도 부끄러운 바가 없었다.

그러나 이 일이 아직 조카님(단종)께 여쭈어 결제를 얻지 못
한 일이며, 또한 자기의 동생이 연루되어 있는 일이었다.

그것 때문일까? 단순히 그렇지도 않았다.

오늘 행하려는 일 자체가 그다지 마음 내키지 않는 일이었
다.

그동안 늘 사랑방에서 한명회며 권람 등과 의논은 하였지
만, 부인에게는 오늘에야 비로소 그 내막을 알렸다. 그러자 부
인은 오히려 기뻐하는 모습을 보였다. 마치 기다리고 있기라
도 했다는 듯이. 그 기뻐하는 기색을 보고 수양은 가슴이 서
늘하였다.

부인 역시 지아비의 참뜻을 모르고 자기 나름대로 해석하
여 기뻐하는 것이었다.

부인은 지아비가 하는 일을 장차 국왕이 되고 자기는 왕비
가 될 예비 행동으로 해석하고 있는 게 분명했다. 그렇다고 '그
말'을 직접적으로 입 밖에 내지는 않았다. 그것을 입 밖에 내
는 것은 (아무리 부부 단둘의 대화일지라도) 역적 행위인 것이었다.

말, 언어로 나타내지 않는 일이라 수양도 말로 부인할 수는
없었다. 그러나 알아듣게끔,

"장차 조카님께서 장성하여 친정親政을 하실 때까지 이 나
라를 훌륭하게 만들어 조카님께 고스란히 내어드리겠노라"
하는 뜻을 명백히 했음에도 불구하고, 부인은 역시 그 말 뒤

에 다른 뜻이 포함된 것으로 확신하는 눈치였다.

부인마저 이러하니 수하인 한명회나 권람 무리가 오해하는 것을 과하다 할 수도 없는 노릇이었다.

무엇보다 다른 사람들이야 어떻게 생각하든 간에 그다지 상관할 바가 아니지만, 만약 조카님께서 그렇게 생각하신다면 이보다 민망한 일이 어디 있겠는가. 세상이 다 그렇게 생각하니, 조카님인들 또 어찌 그렇게 생각하지 않으시겠는가.

조카님을 돕고자―조카님으로 하여금 부강한 국가의 임금이 되시도록 하고자―한편으로는 한때 조카님께 닥치려던 박해를 없애려 했던 고심이, 도리어 그 반대로 해석되어 지금까지 안심하고 계시던 조카님을 불안과 공포 속에서 지내시게 한다면 이 얼마나 민망한 일인가.

그러나 이제 와서 중지하거나 뒷걸음질 칠 수는 없는 일이었다. 이제는 온전히 지하의 선대왕들과 하늘의 뜻에 맡길밖에. 수양은 다시 한번 마음을 다잡고 자리에서 일어났다.

문을 나선 수양은 한명회와 권람 등을 불렀다. 수양은 한명회가 애초에 냈던 계획을 조금 수정했던 것이다.

"지금부터 나는 역적의 수괴에게로 간다. 양정, 홍순손, 유수, 이 셋만 내 뒤를 따른다."

그러자 한명회가 놀라 소리쳤다.

"나으리, 너무 위험합니다. 적어도 열 명은 따라야 할 것입니다. 좌상은 비록 늙었으나 전장을 누볐던 자입니다. 그를 지키는 수하들 또한 만만치 않을 것입니다. 그리고……."

한명회가 더 말하려 했지만 수양은 말을 끊었다.

"사람들 눈에 띄어 오히려 경계심을 안기면 더 위험하네. 더 이상 말하지 말게."

그러고는 짧게 덧붙였다.

"명회는 윤성과 함께 문 앞쪽에서 나를 기다리되, 내가 돌아오기 전에 순군巡軍이 문(돈의문)을 닫으려 하면 내 분부가 있었다고 못 닫게 하고, 다른 잡인들의 출입을 막게."

그러고는 권람에게,

"자네는 순청巡廳에 가서 한달손에게 내가 전하더라고 순군들을 멈춰 세워두게 하고……."

권연에게는,

"자네는 집 안에 모여 있는 다른 이들이 동요하지 않게 관리하게. …그렇게 하고 길보吉報(기쁜 소식)를 기다리고 있게."

짧게 지시를 마친 수양은 양정 등 장사들은 멀리 뒤따르게 하고, 가동家僮(집안 하인) 임운 단 한 사람만을 데리고 돈의문을 나섰다.

수양 일행이 김종서의 집에 이르렀을 때는 사방이 꽤 컴컴하였다.

종서의 집 솟을대문 밖에는 사람 그림자 몇이 서 있는 것이 보였다. 수양은 속으로 혀를 찼다. 자기가 행하려는 일에 방해자가 있었기 때문이었다. 가까이 가서 보니, 그것은 종서의 아들 승규가 신사면, 윤광은과 함께 한담을 나누고 있는 것이었다.

승규는 자기 집 앞에서 말에서 내리는 사람이 누구인가 싶어 다가와 들여다보았다. 그러고는 수양을 알아보고 황공히 절하였다.

"춘부대감春府大監(남의 아버지를 높여 부르는 말) 계신가?"

수양은 가볍게 승규의 절을 받으며 물었다.

"예, 계시옵니다. 들어가 여쭈오리까?"

"여쭈어 주게."

승규는 총총히 들어갔다. 들어갔다가 제 아버지를 인도하여 다시 나왔다.

서로 좋지 않은 감정을 품고 있음을 뻔히 아는 처지였다. 종서는 대문 안에 선 채로 달갑지 않다는 듯한 태도로 수양에게 인사를 하였다.

일찍이 빈청에서 큰 충돌까지 있었던 수양, 그 뒤 연경에 사행을 떠날 때는 아들 승규를 인질 삼아 데리고 갔던 수양이, 이처럼 뒤숭숭한 시절에 더욱이 황혼을 틈타 찾아온 것이 종서에게는 적지 않게 의외인 모양이었다. 대문 안에서 인사만 할 뿐 한순간 주저하였다. 그러나 지금 왕의 숙부요 선왕의 친

아우인 수양에 대한 예우를 저버릴 수는 없었는지,

"누추합니다만 잠깐 들어오시지요."

말은 하였으나 그 태도가 얼음같이 차고 냉담하였다.

수양은 미소하였다. 아무런 딴생각이 없다는 듯이 명랑한 미소가 그의 얼굴에 흘렀다.

"문(돈의문)이 닫힐 시각이 임박했는데, 들어갔다가는 큰일 나지 않겠소? 대감께 잠깐 의논할 일이 있어서 왔으니 잠깐만 틈을 내어주시오."

수양이 말했고, 종서가 되물었다.

"무엇 때문입니까?"

수양은 종서에게 답하지 않고 승규와 사면 등을 돌아보았다.

"내가 대감과 잠깐 은밀히 의논할 일이 있으니 좀 피하거라."

이 말에 승규 등은 약간 물러서는 듯하였다. 그러나 수양의 말에 예의상 두어 걸음 물러났을 뿐이지, 자리를 뜬 건 아니었다.

수양은 눈을 들어 한 번 사방을 살폈다. 살핀 뒤에 다시 종서를 향하였다. 들릴 듯 말 듯한 작은 소리로 말하였다.

"대감, 내가 황혼을 틈타 온 까닭을 짐작하시겠소?"

그 말의 이면에 섞인 상당한 위협의 기운을 종서는 알아챈 모양이었다. 종서의 얼굴로 놀라움과 두려움이 한꺼번에 나타났다.

"소생이 어찌 알겠소!"

그리고 본능적으로 돌아서려는 그의 옷소매가 수양에게 꽉 잡혔다. 소매가 잡혀 비틀거리는 종서에게 수양의 두 번째 말이 내리누르듯 터져나왔다.

"대감은, 대감뿐 아니라 황보 정승까지도 요즈음 자주 안평을 찾아다니는 연유가 무엇이오? 왜 몰래 찾아다니며 사람들을 물리치고 밀담을 나누는 것이오?"

이 말에 종서의 얼굴은 사색이 되었고, 수양의 손을 뿌리치려 하였다. 그러나 그 순간에는 벌써 숨겨두었던 수양의 소매 안 철퇴가 높이 들린 때였다.

"간물奸物(간사한 자) 같으니! 선왕의 은혜가 지중하거늘 감히 그런 딴마음을 품는단 말이냐. 이런 간물을 보면 저절로 날뛰는 내 철퇴가 가만히 있지 못한다!"

고함과 함께 종서의 머리 정면으로 철퇴가 내려졌고, 종서는 외마디 비명을 크게 내지르며 그 자리에 거꾸러졌다. 철퇴가 재차 내려치려 할 때, 그리 멀리 물러나 있지 않았던 아들 승규가 달려들어 제 아버지의 몸을 자기 몸으로 덮어 막았다.

수양의 뒤에서 대기하고 있던 임운이 어느새 칼을 뽑았다. 아버지를 보호하려던 승규에게 임운의 칼날이 힘차게 내리꽂혔다.

이때 조금 멀리서 뒤따르던 양정, 홍순손, 유수 등이 단숨에 달려왔다. 거꾸러진 김종서 부자에게 몽둥이가 어지러이 내리쳐졌다. 그 아래에서 종서 부자는 길게 몸을 뉘인 채 움직임이 없게 되고 말았다.

펙! 펙! 철퇴가 살과 뼈에 부딪히는 둔탁한 소리가 몇 번 힘차게 울렸다. 처음에 외마디 비명을 한두 번 내뱉었을 뿐, 종서 부자에게서는 다시는 아무런 소리도 들리지 않았다. 그동안 수양은 두어 걸음 물러서서 철퇴에 묻은 피를 닦으며, 땅에 엎드려 있는 부자를 말없이 굽어보았다.

'왜 딴생각들을 하였느냐. 그만한 부귀와 그만한 영화면 넉넉하거늘, 이제는 벼슬을 사퇴致仕하고 노후나 안락히 보냈으면 더 부족함이 없었을 것을. 더 무슨 욕심을 내려 하였느냐. 세종께서도 말씀하신 바, '나 아니면 이 일을 시킬 사람이 없다' 하신 뜻을 옳게 해석하여, 좋은 주군이 없어진 뒤에는 자기는 한낱 어리석은 용맹愚勇에 지나지 못한다는 점을 이해하고 일찍이 물러났더라면, 육진 개척의 광휘 있는 이름은 영구히 역사에 빛날 것이었거늘. 당치 않은 욕망을 내었다가 와석종신臥席終身도 못하고 오늘 이런 더러운 죽음을 맞이하였으니 이것이 무슨 꼴이냐.'

푸들푸들 경련하는 부자의 시신을 굽어보며 수양은 소리없는 탄식을 내었다.

수양대군

종서는 아래에 깔리고 그 아들 승규는 아비를 보호하고자 그 위를 덮은 채 칼과 철퇴를 무수히 맞았는지라, 드디어 약간씩 떨리던 경련까지 멈추고 두 시신이 겹쳐진 채 길게 누워 있을 뿐이었다. 신사면과 윤광은도 두 동강이 나서 네 개의 고깃덩이가 되어 따로 굴렀다.

"이제 돌아들 가자."

이런 큰일을 저지른 사람 같지 않은 침착한 목소리가 수양에게서 나왔다. 그러고 자기는 먼저 말에 올랐다.

돈의문에 이르자 벌써 문이 닫힐 시간이 지났는데도 불구하고 지시한 대로 문은 그냥 열려 있었다. 그러고 그 성벽 위에는 한명회와 홍윤성이 서서 어둑컴컴한 성밖을 내다보고 있다가 수양 주종이 오는 것을 알아보고 내려와 맞았다.

"나으리, 어떻게……."

수양은 대답 대신 미소로 답했다.

한명회와 홍윤성이 알아듣고 환호성을 올렸다.

수양이 한명회에게 물었다.

"생살부生殺簿는?"

"예, 그건 됐습니다만 지금 전하께오서는 대궐에 계시지 않습니다."

"무어라? 그럼 어디 계신가?"

의외의 말이었다. 대궐에 계실 거로 알고 세워진 계획이었다.

한명회가 답했다.

"영양위 정종 댁에 거동해 계십니다……."

"언제? 아직 거기 계신가? 분명한가……?"

"확실합니다. 거기서 출어하오시면 즉시 알리라 해두었는데 아직 아무 소식도 없었습니다."

"흐음."

수양은 한순간 머리를 기울였다. 그러나 생각해보니 계획과 크게 달라지는 것도 아니었다. 그 장소만 달라지는 것일 뿐.

"아무 데 계시고 간에 원래 계획대로 진행하게. 나는 지금 전하를 배알하고 간흉들의 흉계를 여쭈어서 성재를 받을 터이니……."

"예… 알겠습니다."

"주의하고 또 주의하게."

당부하고 수양은 다시 말에 올랐다. 그러고 있을 때 막 홍달손이 거느린 순군이 도착했다.

순군조차 수양의 지휘 아래 있었기에 그 시각 수양의 길을 막을 자는 없었다. 수양은 순군의 호위를 받으며 임금이 머물고 있다는 영양위 집 앞에 이르렀다. 놀라서 달려나오는 내금위에게 수양은 오늘 입직 승지는 누구냐고 물었다. 최항이 입직했다는 대답을 듣고 수양은 그를 급히 불러내었다.

수양은 최항에게 사태의 대강을 말하였다. 사안이 급하여 먼저 김종서만은 처단하였으나 다른 무리는 아직 그대로 있다는 사실과, 이것은 왕의 결단을 받아 처리해야 할 문제이니 급히 전하게 고하여 수양이 뵙기를 청한다고 아뢰어 달라 하였다.

최항도 이 뜻밖의 사변에 정신을 차릴 수 없었다.

"시간이 없네, 빨리 전하게."

수양의 재촉을 받고서야 최항은 간신히 안으로 들어가 그 뜻을 아뢰었다. 최항의 상주上奏(임금에게 말씀을 아룀)에 왕은 하늘이 무너지는 듯이 놀랐다. 꿈이 아닌가, 무슨 착오가 있는 것은 아닌가 의심하면서도 왕은 수양을 들라 명했다.

뛰다시피 들어가 어전 앞에 이른 수양은 그 자리에 엎드렸다.

"전하!"

우러러보니 왕의 얼굴은 사색이 되어 있었다.

"숙부님!"

떨리는 목소리로 간신히 옥음玉音이 새어나왔다.

"전하! 안심하십시오."

"숙부님, 이 일을 어찌해야 합니까. 숙부님, 저를 살려주십시오."

수양이 침착한 목소리로 대답하였다.

"전하, 수양이 전하를 모시겠나이다. 소신이 불민하오나 전하를 곁에서 모실 것이오니 안심하십시오.”

왕은 비로소 눈길을 수양에게로 옮겼다. 잠시 엎드려 있는 수양을 굽어보았다. 그의 든든한 등판과 믿음직한 머리 위로 한참 동안 신뢰의 시선을 던지고 있었다.

드디어 옥음이 다시 흘러나왔다. 아까와 같이 당황하여 떨리는 음성은 아니었다.

“숙부님. 이게 꿈은 아니지요?”

“황공하옵니다, 전하.”

“아아, …그 적당은 누구누구입니까? 몇 명이나 됩니까?”

수양은 김종서 등 아홉 명의 주요 인물 이름을 아뢰었다. 그 아홉 명 전부가 안평대군을 옹립하려던 무리는 아니었으나, 수양을 배척하려던 자들이었다.

“전하, 이 수양이 있사오니 마음 놓으소서. 수양의 눈동자가 검게 살아 있는 동안에야 어찌 전하의 터럭 끝 한 올인들 다치게 하오리까. 만사를 신에게 일임하시고 편히 침전에 드시옵소서. 오늘은 벌써 날이 저물었고 길도 뒤숭숭하오니 이곳에서 밤을 지내시옵소서. 내금위 봉석주奉石柱 휘하의 금위병과 홍달손 휘하의 순군이 합세하여 겹겹이 이곳을 방위하고 있사오며, 적괴賊魁 중의 수령인 김종서는 이미 처단되었사오니 아무 염려 마시고 신을 굳게 믿어 주시옵소서.”

이 명쾌한 상주와 수양의 믿음직한 태도에 왕은 약간 안심

   수양대군

이 된 모양이었다. 사색이 되었던 용안에는 비로소 약간의 생기가 돌았다.

"숙부님, 대체 어떻게 된 일입니까? 무슨 일입니까?"

수양은 머리를 더욱 방바닥에 낮게 대었다. 작은 소리였으나 똑똑한 어조로 대답하였다.

"전하, 전적으로 신의 탓이옵니다. 신이 너무나 경망했던 탓이옵니다."

"그건 또 무슨 말씀입니까?"

수양은 이 하문에 극히 간략히 대답했다. 자기가 조카님을 아끼는 마음이 너무나 급한 나머지 저들의 처지를 고려할 여유를 잃었고, 그 때문에 저들의 지위와 영화가 위태로워지자 저들이 그것을 유지하기 위해 불측한 마음을 품게 되었다는 내력과 경과를 아뢰었다.

"신이 불민하고 경망하여 뒷일을 헤아리지 못한 탓이옵니다."

"그게 어찌 숙부님의 탓이겠습니까. 아아, 그러나 선묘(세종)의 고명까지 받은 몸으로⋯ 사람의 욕심이라는 게 그렇게까지 엇나가는 것이란 말입니까."

"아뢰옵기 황송하오나, 신이 차츰 전하께 신임을 받자 좌상 이하의 그 사람들은 자기네 세력이 꺾일 것을 두려워하여 벌써 딴 뜻을 품기 시작한 지 오래되었습니다. 그러나 신이 그 눈치를 알아채고 그들을 엄중히 감시하였기에 거사하지 못하고, 좋은 기회만 기다리며 초조하게 주저하고 있었던 것입니다. 신이 연경에 사행으로 떠난 동안에도 그들의 자식들을 신이 인질로 데리고 갔기에 딴마음을 품을 수 없었을 것입니다. 시일은 차차 길어지고 신의 감시는 풀리지 않으니, 결국 죽든 살든 간에 결말을 지으려고 근래에 더욱 밀의密議를 서두른 바, 형세를 방치할 수 없게 되었기에, 신이 마침내 거사에 나서게 된 것이옵니다. 통촉해주시옵소서."

왕은 잠자코 있었다. 그러다가 간신히 들릴 듯 말 듯한 가냘픈 소리로 말하였다.

"숙부님, 알겠습니다. 그러나 모의한 자들은 그들이라 하더라도, 그 배후에는 수령이 따로 있을 게 아닙니까. 그 수령은 누구입니까?"

수양은 머리를 푹 숙였다. 왕이 재촉하였다.

"숙부님, 감추지 말고 알려주십시오. 누가 수령입니까?"

"전하, 그들이 모의한 자들이옵고 그들 가운데 누군가 하나가 수령이 될 것이옵니다. 신이 불민하여 그 점까지는 알아내지 못하였나이다."

"숙부님 아니올시다. 나도 대궐 안에서 내관들의 수군거리는 소리로 들은 바가 있습니다. 믿을 수 없어서 잠자코 있었지만, 오늘 숙부님의 말씀을 들으매 그 일이 전혀 황당한 소문도

수양대군

아닌 듯하니 내가 들은 바 수령도 전혀 황당한 소리라고 돌릴 수가 없습니다. 내가 들은 바는 안평숙……."

계속되는 왕의 말을 수양은 당황하며 막았다.

"아니옵니다. 천만의 말씀이옵니다. 전하, 어떤 말씀을 누구에게 들으셨는지는 모르오나 안평이 어찌 감히… 천만의 말씀이옵니다."

"아니오. 그래도 내가 그 소문을 들은 이래로 안평숙을 유심히 보아왔는데, 그 태도나 행동 모두 의심하며 보자면 의심할 데가 한둘이 아니었습니다. 첫째로……."

"전하, 아니옵니다. 결코 그렇지 않사옵니다. 안평이 어찌 감히……."

"숙부님, 기군欺君(왕을 속이는 것)은 죄입니다. 숙부님, 분명 아니란 말씀입니까?"

수양은 머리를 방바닥에 푹 대었다. 이렇게까지 추궁하시니 더는 아뢸 말이 없었다.

"어떻습니까, 숙부님. 대답해주십시오."

"신을 죽여주시옵소서."

왕 자신도 긴가민가하며 부인하고 싶던 일이었다. 엄하게 수양숙에게 대답을 재촉하면서도, 내심 숙부가 그 일을 부인해주고 부인할 수 있는 증거를 내밀어주기를 기대했던 것이다. 왕의 마음이 그러했는데, 수양이 '죽여달라'며 죄를 엎드려 비는 것은 곧 안평숙의 죄를 인정하는 것이 아닌가. 그래도 아니기를 기대했던 왕은 그만 맥이 탁 풀리고 말았다.

"으음."

아득해지려는 정신을 어린 왕은 간신히 붙들었다.

"숙부님……."

왕은 '내가 죽고 싶습니다'라는 말이 목 끝까지 차올랐으나 억지로 삼켰다.

조카 왕이 기가 막혀하는 것만큼 수양도 기가 막혔다. 안평이 저 노회한 무리들에게 이용당했다는 사실을 조카 왕에게만은 알리고 싶지 않았다. 국문鞫問이나 옥초獄推(죄인을 심문함)를 모두 생략하고, 장사들로 문간을 지켜 처단할 자들만 입을 막아버리는 멸구책滅口策을 쓰려던 것도 가능한 확전을 막기 위해서였다. 그러나 이 나라 신하들의 생리상, 수양이 아무리 입단속을 한다 해도 이 사건을 왕에게 일러바치는 것이 왕의 총애를 얻는 길이라 믿고 반드시 고자질할 자가 있을 터였다. 하지만 그때는 수양이 조정의 실권을 잡고 그 고자질에 대하여,

"아마 몇몇 재상이 안평을 끌어들이려 한 모양입니다만, 안평은 그 우유부단한 성격 탓에 어정쩡하게 있었던 모양입니다."

정도로 임금께 아뢰고 대신들을 누르면, 확증이 없는 일이

니 조카의 마음을 크게 아프게 하지는 않을 것이었다. 그러나 왕이 미리 의심을 품고 있다가 이번에 확증까지 나타났으니, 그 어린 마음에 얼마나 통분하시랴. 수양은 진실로 가슴이 아렸다.

"전하."

수양이 마침내 말했다.

"안평이 본래 약간 경망하여 선왕께도 늘 꾸중을 들었습니다. 경박한 사람이 음흉하고 노회한 무리의 꼬임에 어정쩡하게 넘어가기는 했겠으나, 설마 망령된 생각이야 품었겠습니까. 신은 안평의 동기로서 한 어버이의 슬하에서 함께 자랐기에 그 마음 씀씀이도 잘 압니다만, 안평은 본래 성질이 가벼울 뿐이지 망령된 생각을 낼 위인이 결코 못 되옵니다. 전하, 망령된 생각을 '안' 낼 인물이 아니라 '못' 낼 인물이옵니다. 전하, 안심하시옵소서!"

그러나 왕의 마음에 생긴 불쾌감은 쉽게 가라앉지 않는 듯하였다. 수양이 하는 말에 아무런 대답도 없이, 시선은 멀리 닫힌 창밖으로 향하고 있을 뿐이었다.

수양은 어서 이 안평의 문제에서 벗어나고자 다른 말을 꺼내었다.

"전하, 적당賊黨의 수괴 김종서는 일이 급하기에 미리 처단하였사오나, 황보인·이양 등 나머지 일고여덟 명은 그대로 남아 있사옵니다. 그 무리가 수괴 김종서가 처형된 소식을 들으면 무슨 불측한 짓을 저지를지 예기할 수 없사오니, 그 소식이 퍼지기 전에 어명을 내어 궐 아래에서 치죄(죄를 다스림)하시기를 바라옵니다.”

왕은 대답이 없었다. 수양은 참을성 있게 한참을 기다렸다. 한참 뒤에야 왕이 대답하였다.

“숙부님, 맡아서 처리해주십시오. 나는… 난… 난……”

뒷말이 끊어졌다. 머리를 다른 데로 돌릴 뿐이었다. 그러나 수양은 말하지 못한 조카님의 뒷말을 알아들었다. ‘나는 가슴이 아픕니다’ 하는 말이었다. 수양도 한참 잠자코 있다가 아뢰었다.

“신이 맡아서 처리하겠나이다. 전하는 침전에 드셔서 쉬시옵소서. 밤도 해시亥時(밤 9~11시)에 가까워졌사옵니다.”

사직이 안정되면 모든 영화는 조카님께로, 만약 불행히 일에 착오가 생기면 뒷감당은 수양 자기가 하리라, 이렇게 마음을 먹고 다시 아뢰었다.

“그럼 신은 사랑으로 나가서 소문이 퍼지기 전에 일을 처리하겠나이다.”

그렇게 어전을 물러났다.

“나도 그 결과를 기다리겠습니다.”

물러나가는 수양에게 왕은 이렇게 말하였다.

　　　　　　　　　　　　　　수양대군

사초롱으로 길을 비추는 영양댁 하인의 인도로 수양은 사랑으로 나왔다. 부마 영양위는 왕과 함께 내실에 있었고, 사랑에는 승지 최항이 혼자 있었다.

수양이 들어와 앉자, 청지기방에 있던 한명회와 권람이 지시를 받고 따라 들어왔다.

따라와 영외에 읍하고 서 있는 그들을 모른 체하고, 수양은 아랫목에 내려가 앉았다.

수양의 마음은 차차 무겁고 괴로워졌다.

조카님의 심경을 생각하니 가슴 아프기 한량없었다. 대신들이, 그 가운데에서도 선묘께 고명을 받은 대신들이 모두 당신을 배반하였다. 가장 신임해야 할 그들이 단지 허욕 때문에 선묘의 은총을 배반하고 선묘의 유명遺命(임금이나 부모가 죽을 때에 남긴 명령)까지 배반하니, 원통하고 분한 마음이 이를 데 있으랴.

대신들은 그래도 또한 남이로다. 친숙인 안평이 당신을 배반한 것은 얼마나 가슴 쓰리시랴. 부귀와 영화가 무엇이 부족하기에, 그보다 무엇을 더 바라서 당신을 배반하는가. 인신人臣으로서 가장 영화롭고 가장 귀한 자리에 있는 안평숙이 그보다 더 무엇을 바라고 당신을 배반하였는가.

이런 고통은 가장 마음 굳고 억센 사람으로도 참기 힘든 일이다.

용하게 참으셨다. 그 고통을 남에게 보이지 않고 혼자 참으시느라고 얼마나 마음 태우고 계실까.

이런 때에 왕비라도 있어서 위로해드리면 그래도 약간의 위안은 되겠거늘, 넓고 쓸쓸한 대궐을 홀로 지키고 어떠한 가슴 아픈 일이 있더라도 위로 없이 혼자서 겪고 참고 지내야 할 고적하신 조카님.

선묘의 일 년상만 지나면, 예의며 격식을 다 무시하고라도… 왕비라도 영입하여 고적한 대궐의 동무를 지어드리자. 오늘 밤 장차 이 집에서 실행될 참극도, 할 수만 있으면 좀 연기하여 왕이 모르는 동안에 실행하고, 실행한 뒤에 사필상주事畢上奏(일을 끝낸 뒤 결과만 상주함)에 그칠 수 있다면 그렇게 하고 싶었다. 왕께서 알게 그 일을 실행하여 어리신 조카님의 가슴을 더 선뜩하게 하고 싶지 않았다.

그러나 그 일의 일부분으로 김종서를 벌써 처참處斬(참형에 처하다)했으니, 밝은 날 사대문이 열리기만 하면 그 소문은 삽시간에 장안에 퍼질 것이요, 그 소문이 저쪽 귀에 들어가면 어떤 모피책(죄를 모면하려는 계책)과 어떤 흉계를 꾸며낼는지 알 수 없다. 그러므로 오늘 밤 안으로 일을 끝막음해야 할 것이었다. 더욱이 왕은 그냥 깨어 하회를 기다리겠다 하시니, 이미 왕께 그 일단이 알려진 이상은 끝막음까지 하여 안심을 드려야 할 것이었다.

절대적으로 안심시켜드릴 수 있는 그 끝막음.

자… 수양은 눈을 들었다. 처분을 기다리는 수하인들은 그
대로 영외에 읍하고 서 있었다.

"최 승지."

수양은 발치에 읍하고 서 있는 최항을 불렀다.

"예."

"명패命牌(임금의 명령을 증명하는 패찰)로 대신들을 부르게, 어
명일세."

"대신들 모두 부르오리까?"

"문 안에 있는 대신, 재상 전부… 그러고 한 서방."

수양은 한명회를 불렀다.

"예."

"한 서방은 계획한 건 잊지 않았겠지?"

"잊을 리가 있겠습니까?"

수양이 말하는 계획은 이런 것이었다.

모든 대관들의 얼굴을 알아보는 권람이 장사 두어 명과 함
께 대문 안에 서 있다가, 참내하는 재상마다 권람이 직함과
성명을 큰소리로 아뢰고, 그러면 한명회가 두 번째 문에서 생
살부와 대조하여 살려둘 사람이면 잠자코 인사하여 맞아들이
고, 참해야 할 자면 홍윤성에게 눈짓으로 알려 기다리고 있던
무사들로 하여금 단매에 참해버리는 것이다.

“그대로 진행하게.”

“예.”

한명회는 권람, 홍윤성 등과 함께 사랑 밖으로 나갔다.

한명회 등이 나간 뒤에 수양은 다시 최항을 불렀다.

“최 승지, 이제 재상들을 부르겠지만, 그 뒤에 여기서 생기는 일은…….”

수양은 여기서 일단 말을 끊고 최항의 얼굴을 정면으로 바라보았다. 특별나게 엄한 어조도 아니요, 명령적 어조도 아니로되, 한 마디씩 끊어서 또렷이 하는 수양의 말에는 거역할 수 없는 위엄이 실려 있었다.

“혹은 비상한 일, 간담이 서늘한 일일 수도 있지. 그러나 이건 어명으로… 수양이 어명을 받들고 하는 일이니, 잠자코 보고만 있게. 공연한 입을 놀렸다가는 화를 입을 수도 있으니…….”

온화하고 순조롭게 하는 말이지만, 본시 천품으로 위압력을 타고난 데다가 또한 비상한 명령이라, 최항은 떨리는 가슴을 간신히 억제하고, ‘알겠습니다’ 하고 답하지 않을 수 없었다.

“그럼 금군에게 재상들을 부르도록 채비하게.”

“예.”

수양의 지시를 받고 최항이 대청에 나서서 내금위 봉석주

     수양대군

를 불러 지휘하는 동안, 수양은 안석案席(앉아서 몸을 기대는 방석)에 몸을 기대며 다시 눈을 감았다.

눈을 감고 생각하는 동안, 오늘 이곳에서 처참될 재상들의 얼굴이 걸핏걸핏 머리를 스치고 지나갔다.

호인 황보인… 호인이기 때문에 김종서에게 넘어가 딴생각을 품었다가 그 탓으로 생명을 잃지 않을 수 없게 된 영상 황보인이 가장 가엾었다. 한 포의布衣(벼슬없는 선비)에서 몸을 일으켜 영영공공 오늘날의 지위를 쌓아 올렸던 그는 남의 탓으로 와석종신도 못하는구나. 그 언제 수양 자기가 빈청에서 김종서의 멱살을 잡고 세찬 주먹을 휘두를 때, 몸을 떨면서 나오지 않는 웃음까지 지어가며 자기를 그 모양으로 말리던… 아아, 욕심이란 것은 과연 무서운 것이로구나.

황보인도 황보인이려니와, 또 안평… 어린 조카님이 가엾지도 않더냐. 왕께서 비록 벌써 아셨다 해도 수양은 애써 안평을 보호하고 싶었다. 조카님도 안평의 행위를 괘씸히 생각은 하시겠지만, 그래도 멀지 않은 골육인지라 구태여 엄벌하실 생각까지는 없으실 것이다. 충심으로 변명해드리면 조카님도 의견을 좇으실 것이다. 그러나 이 나라 재상들이라는 것이 괴악하고 망측하여 안평의 죄목을 정면으로 들고 나서서 떼를 쓰면…, 이 일을 장차 어찌하랴.

재상들이 말썽을 내기 전에 자기가 먼저 서둘러서 안평을 근도近島 찬배竄配(가까운 섬으로 귀양보내다) 쯤으로 끝막음하도록 하게 하자. 재상들이 말을 꺼내기 전에 안평을 벌주어 재상들의 말썽을 미리 방지하자…….

이윽고 "우참찬 정인지 참내요!"라는 권람의 외치는 소리가 들렸다.

생각에 잠겼던 수양은 고요히 눈을 떴다.

수양대군

정인지의 가담

수양이 영양위 댁 사랑에서 입직 승지 최항과 묵연히 기다리고 있을 때, 가장 먼저 달려온 이가 우찬성 정인지였다. 정인지는 먼저 수양에게 읍하고, 최항에게 자신이 참배한 뜻을 어전에 아뢰라고 일렀다. 최항은 수양을 보았다. 수양에게 어찌하는 게 좋을지 의견을 묻는 뜻이었다. 수양이 인지에게 대답했다.

"대감, 이리로 앉으시오. 성념聖念(임금의 마음)까지 번거롭게 할 것 없습니다. 불초하지만 수양이 명을 받들어 봉행하고 있습니다."

"밤에, 더구나 시어소時御所(임금이 임시 머무는 곳)로 급히… 무슨 사변이라도 생겼습니까?"

의아한 기색이었다.

수양이 한 번 눈을 고요히 감았다가 뜨면서 대답하였다.

"태평이 오래 계속되더니 종내 괴변이 생겼습니다. 좌우간 앉으시오."

인지는 발치로 들어앉았다. 일찍이 수양에게서 그 비슷한 말을 들은 일이 있기는 하였다. 수양은 인지가 앉는 것을 보고 무거운 음성으로 말을 이었다.

"일찍이 대감께도 우려를 드린 바가 있지만, 결국 일을 벌이고 말았습니다."

"그래서요?"

"그래서 일을 더디 하다가는 오히려 당할 수도 있을 것 같아서, 미처 전하께 상계치도 못하고 급히 손을 썼소이다."

"……?"

"좌상은 내가 아까 참했고……."

"아, 나으리께서 친히?"

눈을 둥그렇게 뜨는 인지의 말에는 대꾸하지 않고, 수양은 그냥 계속 말을 이어갔다.

"저 사람들이 거사할 때 측근에서 내응하기로 했던 내관 김연과 한송도 내다 베게 하고, 윤허를 받아 지금 재상들을 부르는 중이외다."

인지는 자기 몸에는 별일 없을 줄 짐작하면서도 마음이 크게 동요되는 모양이었다. 불안한 기색이 역력히 나타났다.

"그럼, 나으리… 이 시어소는……?"

수양대군

그러나 수양은 말을 끊지 않고 계속하였다.

"그러니 전하는 유충하시고, 저쪽은 영상 이하 삼공육경三公
六卿이 전부인 데다가 병권까지 잡았으니, 한발만 늦었으면 어
떻게 되었겠소? 선수를 잃었다가는 필연코 일이 뒤집혔을 것
이오. 좌상을 참했다는 소식이 도성 안에 퍼지기 전에 남은
잔당을 제거해야지, 그 소식이 먼저 들어와 우리가 후수가 되
었다가는 큰일이외다."

여기서 수양은 무릎을 한 걸음 인지에게 가까이 가져갔다.
그리고 인지에게도 가까이 오라는 눈짓을 보냈다. 수양은 다
가오는 인지의 손을 탁 잡았다.

"대감, 나를 도와주시오. 외롭습니다. 고립된 군사와 같소
이다. 삼공육경이 모두 적수외다. 어명으로 적들을 모두 제거
한다 해도, 그 뒤에 누가 정부를 맡겠소? 우리 유충하신 전하
를 누가 보좌하겠소? 아까 전하께서는 이 불초한 자에게 만사
를 부탁하셨지만… 나 또한 영묘(세종) 시절에 못지않게 해보
려는 생각은 간절하나, 힘이 모자란 데다 신명을 다해 전하를
받들려 해도 이 외로운 힘으로 어찌 뜻대로 되겠소? 대감같이
박학다식한 분의 협조가 있어야 할 게외다. 대감, 수양을 도와
주시오. 수양 개인을 위해서가 아니라, 우리 전하를 위해서외
다. 대감은 영묘께도 고명을 받으신 분… 지금 대감 말고는 인
물이 없소이다. 저들에게 아부하거나 기맥을 통하거나, 그렇

지 않으면 무능하거나… 유능한 인물은 참으로 적습니다. 대감, 수양을 도와주시오.”

“잘 알겠습니다. 재주 없으나 부려주시면 힘닿는 데까지 도우리다. 아아, 대군께서 이러실 날이 있기를 기다렸습니다. 대군 같은 분을 돕지 않고 누구를 돕겠습니까? 안심하십시오.”

그러나 수양은 인지를 잘 알고 있었다. 인지의 비범한 지혜와 해박한 학식 등은 높이 평가하여 조금도 흠잡을 데가 없었다. 지혜와 지식으로는 당대에 다시 구할 수 없는 보배였지만, 그의 위인됨에는 흠잡을 점이 많았다. 부귀와 영화에 대한 동경심이 보통 이상으로 강한 이였다. 아첨과 참소도 제법 할 위인이었다. 일찍이 김종서가 영묘에게 양녕대군을 참소했듯이, 누군가에게 아첨하기 위해 다른 이를 참소하는 일쯤은 할 수 있는 사람이었다.

그가 신봉하는 ‘유儒’가 가르치는 지혜는 배웠으나, ‘유’가 명하는 ‘충忠’을 실천할 의지력은 갖지 못한 인물이었다. 부귀공명을 사모하는 마음은 김종서나 정인지나 비슷했다. 또한 그것을 얻기 위해 수단을 가리지 않는 점도 비슷했으나, 그 수단이 전자는 음흉했다면 후자는 간교했다.

세종대왕의 분부로 전조前朝 고려사를 편찬함에, 고려 충렬왕 이후의 임금들에게 본래 기록에는 조·종이라 되어 있는 것을 모두 참람되이 일컬은 이름이라 하여 무슨 왕 무슨 왕으로 고친 것은 둘째 치고, 고려 오백 년을 쇠잔 패망지국으로 만들고 더욱이 여말麗末의 역사는 통째 뒤집어 놓았으니, 아무리 이조의 신하라 하나 이는 지나친 일이었다. 본조本朝(조선 왕조)의 흥기는 천명에 따름이라, 전조(고려)를 칭찬한다고 본조가 흥하게 될 것이 아니요, 전조를 헐뜯는다고 본조가 더욱 훌륭해질 것도 아니어늘, 인지의 생각은 그렇게 해야 본조가 더욱 빛날 것 같아서 한 일로, 이는 다만 인지의 위인이 그만한 탓이었다. 그것은 마치 양녕대군을 헐뜯어야 세종대왕께 총애를 받을 것같이 생각한 김종서의 심리와 공통되는 것이었다.

다만 저는 음흉한 데 반하여 이는 간특하거니, 음흉한 사람은 음흉한 꾀를 베풀되 간특한 사람은 간특한 꾀 이상은 부리지 못한다. 음흉한 사람은 언제든 마음 놓을 수 없으되, 간특한 사람은 거기에 속지만 않으면 된다.

수양은 인지의 나쁜 방면을 모름이 아니로되, 그의 쉽지 않은 지식과 지혜를 높이 보아 그를 긴히 쓰고자 함이었다.

"대감의 지혜와 지식… 국가를 다스림에 없지 못할 것이외다. 대감과 힘을 아울러 우리 전하를 도웁시다."

"나으리 앞에서 견마의 노를 다하리다."

수양은 인지의 손을 잡은 채 입을 다물었다.

이 정인지는 미리부터 눈여겨보아 오던 사람으로, 그의 박학은 충분히 쓸데가 있을 뿐더러, 집현전 청년 학도들에게 받는 존경심과 믿음은 또 큰지라, 정인지 한 사람의 향배가 끼치는 영향이 또 적지 않다. 세력이 가는 곳에 당연히 따를 것이라, 오늘 이 부탁은 쾌히 승낙할 줄은 미리 알았던 바였지만 직접 그에게 말까지 하여 맹세까지 얻어 놓으니, 한시름이 덜어졌다. 수양은 잠시 더 있다가 입을 열었다.

"대감, 오늘 밤으로 반드시 끝내야 할 일이 이러합니다!"

수양은 정인지에게 대강의 이야기를 했다. 문간에 지키는 무리들의 역할이며 수양 자기의 복안 등을.

수양과 인지가 이야기하는 동안에 밖에서 차례로 보고가 들어왔다. 영상 황보인이 죽었다는 보고가 들어왔을 때는, 수양은 인지와 하던 대화를 멈추고 합장명목合掌瞑目(두 손을 모으고 눈을 감음)하였다.

"천하의 호인! 재능이 없으니 죽어도 아까울 바 없지만, 공연한 일에 걸려들어 와석종신도 못하고, 이름을 더럽히고 죽었으니… 아아!"

수양은 그의 호인답던 얼굴을 회상해보고, 그 얼굴이 주검으로 변하여 길게 넘어졌을 일을 생각하고는 탄식하였다.

오늘 참내하는 사람 가운데 사부死簿에 들지 않은 사람들은 딴 방에서 기다리게 하였다.

수양은 인지와 대강 이야기를 마친 뒤에,

"그러면, 대감, 그렇게 아시고 대감의 박식과 다지多知로 불초 수양을 도와주십시오. 나는 전하께 들어가봐야겠습니다. 얼마나 놀라고 얼마나 불안하실지……."

하고 몸을 일으켰다.

안으로 들자, 왕은 불안으로 창백해진 얼굴로 매부 정종과 내관들을 곁에 가까이 모아놓고 있었다. 수양이 들어오는 것을 보고야 마음 놓인 얼굴이 좀 펴졌다.

"숙부님! 어떻게 되었습니까?"

수양은 왕 앞에 엎드렸다.

"전하, 성대에 어찌 이런 해괴한 일이 성공할 수 있겠나이까? 간배奸輩(간악한 무리)들이 차례로 복주伏誅(죄를 받고 죽임을 당함)하고 있는 모양입니다."

"난 몰랐어요. 그 사람들이 그런 생각을… 그런 일을 도모할 줄은 참으로 몰랐어요. 무엇이 부족해서……."

"신은 벌써 눈치채고 있었사옵니다. 모두 신의 탓이옵니다. 저들이 신을 기탄忌憚한 나머지 그와 같은 불측한 생각까지 내었던 것입니다. 전하께서는 신을 믿으시고, 신은 저 사람들을 믿지 않았기에 자위지책自衛之策(스스로 보호하기 위해 세우는 대책)으로 어쩔 수 없었던 일입니다."

"그러니 이제 누구를 믿나요? 선묘께 고명顧命을 받은 사람들까지 그러하니……."

“신을 믿으소서. 신만을 믿으소서.”

수양은 분명한 어조로 아뢰었다.

“숙부님, 다시 나가지 마셔요. 곁에 계셔주셔요. 무섭습니다.”

“곁에서 모시겠나이다. 떠나지 않겠나이다…….”

“밖에는 군졸들이 있습니까?”

“예, 홍달손 휘하의 순군과 봉석주 휘하의 금위군이 성궁을 겹겹이 호위하고 있사옵니다. 또한 신이 기르던 무사들이 그 안쪽을 수호하고 있으며, 신 또한 미력하나마 내관들과 합력하여 성궁을 보필하고 있나이다.”

“밖에는 밤바람이 좀 차지 아니합니까? 밤도 깊었는데…….”

“약간 차옵니다.”

“수고들 하는군요, 군졸들이… 술이라도 한 잔씩 나누라고 내보내주세요.”

“이 광은을… 군졸들이 이 광은에 얼마나 환희하올지…….”

수양은 이 높은 뜻을 병졸들에게 알리게 하고, 술을 내어 다주게 하였다.

수양대군

집현전 학도들

영양위 정종의 집, 시월 열흘.

대문에서는 한명회와 홍윤성 등의 손에 의해 참극이 연출될 동안, 안에서는 수양이 왕을 모시고 어린 조카의 불안을 위로해드리고 있었고, 영양위 댁 안방에는 젊은 학도들이 모여 있었다.

이들은 세종대왕 휘하 집현전에서 학문을 닦던 무리였다. 지금은 승지로, 교리로, 혹은 간헌부에서 자리를 달리하고 있으나, 일찍이 현 국왕의 할아버지인 세종의 품 안에서 선묘(문종)의 학우로서 서로 '너나들이' 하던 친구들이었다.

"범옹(신숙주의 자)! 자네는 수양대군을 잘 알지 않나? 더욱이 몇 달씩이나 모시고, 먼 길을 동행까지 했으니……."

묻는 사람은 성삼문이었다. 숙주가 대답하였다.

"음, 꽤 지기知己를 얻었지."

"수완이 대단하시지?"

"범상한 인물은 아니네."

이 이야기에 곁에 있던 박팽년이 끼어들었다.

"오늘 같은 일이 있을 줄은 예전부터 짐작은 했네만, 앞으로 어떻게 되겠는가?"

거기에 대한 삼문의 대답.

"아마 몸소 수상이 되시겠지."

"그래도 종실로 대신이 된 전례가 없지 않은가?"

"신례新例를 만들면 되지."

숙주는 잠깐 생각해보았다. 그리고 입을 열었다.

"여보게들, 우리 좀 잘 생각해서 스스로 처신해야 할 일이 있네. 뭐인고 하면, 수양대군이 만약 수상(영의정)이 되시면 젊은 사람들을 많이 쓰실 걸세. 내 누차 들은 일인데, 늙은이는 할 수 없이 겁과 욕심만 늘고 용과 지勇智(용기와 지혜)는 줄어들어 간다고, 모두 묶어서 한강수漢江水에 집어넣을밖에는 없다고 웃음 섞어 농한 적도 있네. 그러니까 그분이 사람을 쓰시면 젊은이를 많이 쓰실 걸세."

성삼문의 말이었다.

"좀 그렇게 되어야지. 유주幼主(어린 임금)에 모신耄臣(늙은 신하)이니, 국가의 꼴이 되겠나?"

이번엔 박팽년이었다.

"아아! 좀 제발 숨찬 살림(활발하고 바쁜 정무)을 좀 하고 싶네 그려. 이전에 영묘(세종대왕)를 모실 적에 오죽이나 숨찼는가?"

"'너는 무얼 해라, 너는 무얼 해라' 연달아 시키시는 일, 참 숨찼지. 그때는 너무도 숨차서 못할 말이지만, 좀 역逆(힘들고 괴로움)할 때까지 있었네그려."

"인수仁叟(박팽년의 자)! 자네는 그래도 우리나라 안에서나 분주했지. 훈민정음을 창제하실 때 같은 때는 범옹이며 나는 요동에 황한림을 만나러 자그마치 열세 번이나 왕복했네그려. 참 숨찬 나라님 섬겼지."

"그렇지만 그때가 얼마나 그리운가? 영묘 대행(大行, 임금이 세상을 떠남)하신 지 몇 핸가?"

"삼 년 하고 반인가?"

"뭐? 그 정도밖에 안 됐나? 아 참! 그렇구먼. 까마득한 옛날 같은데……."

"너무 한가로운 세월에 지리(지루하고 따분함)해서 그럴 게야. 영주英主(현명한 군주) 가시고……."

젊은 학사들은 추모하는 생각에 잠깐 이야기를 멈추었다. 그 뒤에 성삼문이 신숙주에게 말하였다.

"범옹! 수양대군도 영묘같이 그렇게 넉넉히 하실까?"

"글쎄, 지금 같아서도 주상께서 수양대군을 절대로 신임하시니까. 수양대군께 간섭만 안 하시면 꽤 바쁘게 시키실 걸세.

위에서 '이건 하라, 저건 말라' 시키시면 모르겠지만, '수양숙부 좋을 대로 하오' 하고 맡기시면 꽤 바쁘게 시키실 걸세. 모르긴 몰라도……"

젊고 씩씩한 그들. 그사이 수년간의 정치적 침체에 주먹 힘 처치할 데가 없어서 궁금(답답)하던 그들에게는, 장래에 무슨 광명이 보이는 듯하였다. 그것이 어떤 것인지는 알 수 없지만, 그것은 아주 바쁘고, 자기네의 몫이라고 칭할 만한 무슨 일을 하여 나아가고… 하여간 지금 같은 낮잠과 하품만의 세월은 아닐 것이었다. 권세나 명예나 부귀에 대한 욕망보다도, 나라를 위하여 무슨 일을 한다는 이 '역할'이야말로, 주먹 힘 보낼 데 없어서 클클(답답하고 안달이 남)하던 그들에게는 명랑한 소식이었다

안평의 최후

입직 승지의 책무로 내실에서 왕을 모시던 최항이 나왔다. 어명으로 정인지를 불렀기 때문이었다. 삼공과 좌우찬성이 복주伏誅(죄를 지어 죽임을 당함)하고, 좌참찬 허후가 궁에 들어오지 않은 오늘, 우참찬 정인지가 현 정부의 최고 재상이었다.

왕은 정인지와 최항을 입회시키고, 수양을 영의정 겸 이병 양조판서吏兵兩曹判書에 좌우 병마도통사로 임명하였다.

영의정의 지위와 백관 인사권, 병권兵權, 군권軍權의 총권한 이 수양의 한 손에 들어갔다. 재상 인사권을 받은 수양은 즉석에서 좌의정으로 정인지를 차출하고, 한확을 우의정으로, 그 밖의 몇몇 중신을 결정하였다.

신임 좌의정 정인지가 어전을 물러나려 할 때에, 왕은 인지에게 군인들에게 내리는 교서를 지으라 분부하였다. 어명을 받고 사랑으로 물러나온 인지는 권람을 불렀다. 권람에게 이

계전, 최항과 협력하여 교서를 짓도록 하였다.

교서는 다음과 같았다.

"간신 황보인, 김종서 등이 안평대군 용瑢과 결탁하여 널리 당파를 늘려놓고 사사군이 병사를 몰래 기르며, 변방의 병기들을 실어 들여 불궤不軌(역모)를 도모하였다. 이에 그 무리들은 처벌하였으나, 안평은 지친이라 차마 법대로 시행할 수 없어서 유배지에 안치하노라."

이 교서를 지은 것 외에도 그날 밤의 처분으로, 한명회는 군기시 녹사軍器寺錄事(병장기 관리청의 말직)라는 미관말직이나마 벼슬을 얻게 되었다. 이번 정란의 큰 공을 세운 그였지만, 기실 그는 오랫동안 벼슬길에 오르지 못하고 경덕궁직 같은 미관말직을 전전하다 이제 처음으로 중앙 정계로 진출하는 공식적인 발판을 얻은 것이었으니 그로서는 대단히 의미 있는 벼슬이었다.

또한 신임 좌우의정의 제청으로,

"이번 잔당의 남은 무리가 혹 수양대군께 위해를 가할지도 모르오니, 출입하실 때 군사로 호위하게 하심이 좋을 듯하옵니다."

라고 아뢰니, 왕도 진무 두 명에게 각각 별시위 오십 명과 총통방패 이십 명씩을 거느리고 수양대군을 호위하게 하였다.

수양 이하 서른여섯 사람은 '정난공신靖難功臣'이라 하여 공신 명부에 올리고 작호를 내렸다.

이번 사건으로 적지 않은 사람이 목숨을 잃었다. 김종서도 그때 채 죽지 않고 회생하였다가, 이튿날 미심쩍은 마음으로 살펴보러 간 사람의 눈에 띄어 온전히 죽었다.

정본, 허후, 이현로 등도 황보인·김종서와 교분이 두터운 죄로 죽었고, 종서의 심복이던 이징옥도 죽임을 당했다. 이런 가운데에서도 젊고 재능 있는 사람은 없었다. 얼마간의 혐의가 있는 사람일지라도 젊고 유능한 사람은 수양이 애써 구하였다.

그러나 수양이 내심 피하고자 했던 일이 끝내 벌어졌다. 안평대군을 죽여야 한다는 공론이 일어나기 시작했던 것이다.

이 나라 벼슬아치들의 심리의 산물이었다. 이전에 김종서가 양녕대군을 죽여야 한다고 탄원하던 것과 같은 맥락이었다. 그와 다른 점이 있다면, 옛날 양녕은 아무 죄도 없었다는 것이고, 이번의 경우 안평대군은 분명 혐의가 있다는 점이었다. 어느 쪽이건 임금의 총애를 받으리라는 억단臆斷(근거 없는 단정)에서 나온 것은 매한가지였다.

밤중에 영양위 댁에서 큰 변이 있고 영상 황보인 이하가 다 복주한 그 이튿날, 벌써 양사兩司(사헌부와 사간원)에서,

"안평대군은 수악首惡(우두머리 악당)이라 한 하늘 아래 살 수 없는 원수이니, 법대로 처단하여주옵소서."

라고 상계를 하였다.

이 상계에 왕은 여간 놀란 게 아니었다.

"숙부님, 이 일을 어찌합니까?"

임금의 목소리는 떨리기까지 하였다. 수양은 서슴지 않고 아뢰었다.

"염려 마시고, 불윤不允(허락하지 않음) 두 자로 답하십시오."

왕은 수양의 의견대로 하였다. 그날은 수양이 새로 영상이 된 첫날이라, 축하 잔치다 뭐다 하며 분주하여 다시 안평의 일이 입에 오르지 못하였다. 그런데 이튿날 수양이 빈청賓廳(재상들이 모여 정사를 논하던 곳)으로 나오매, 인지가 먼저 그 문제를 꺼내었다.

인지는 다음과 같이 말하였다.

"왕의 지친이라 하여 법을 흐리게 하는 것은 나라의 정사를 믿음성 없게 하는 것입니다. 안평의 죄는 역모로 가장 중한 죄이니, 모른 체하시면 안 됩니다."

수양이 거기에 대답하였다.

"강화도에 안치安置(유배)했으면 되지 않겠소?"

"그게 무슨 말씀이십니까? 그만한 죄에 그 정도 형벌이라면 누구든 하지 않겠습니까? 안평이 아무리 지친이라 하나, 태종대왕께서도 방번과 방석 두 지친을 치법治法(법으로 다스림)하신 일이 있지 않습니까. 나으리, 수상이 되셔서 첫 정사를 밝게 하지 않으시면, 백성들이 나으리를 믿지 못할 것입니다."

말로는 수양을 나무라는 듯하나, 내심으로는 이렇게 해야 수양이 기뻐할 줄 알고 하는 그 심리를 수양은 잘 알고 있었다.

수양은 딱하였다. 첫째로는 자기가 아무리 안 된다고 설명해도, 저쪽은 이것이 수양에게 총애받는 일이라 믿고 있다는 사실이다. 자기의 거절을 단지 반어로만 믿을 터라 그것이 딱했다. 둘째로는 '법을 흐리게 한다'는 말에 딱히 대꾸할 말이 없다는 점이었다. 그럼에도 수양은 허락하지 않았다.

"안 됩니다. 안평에게 이미 죄를 준 이상 다시 무슨 죄를 내리겠소? 내 뜻도 그러하거니와 성의聖意(임금의 뜻)도 그러하니, 다시는 그런 말을 꺼내지 마십시오. 성념聖念(임금의 마음)을 괴롭게 하는 일은 신하의 도리가 아닙니다."

인지는 우선 입을 닫았지만, 그 뒤로 양사 혹은 삼사가 그 일로 왕과 수양을 졸라댔다.

왕이 "못하리라" 하고 수양이 "못하리라" 하지만, 저 사람들은,

"체면상 그렇게 말하는 것이지 내심은 그렇지 않으리라."

하고 하는 일이라, 아무리 말려도 뒤이어 다시 그 문제를 들

고 들어오는 것이었다. 더욱이 '종從'이라 할 만한 김종서며 황보인을 치법하고 '수首' 되는 안평을 방임하는 것은 안 된다는 말이니 상당한 이유도 섰다.

이 문제를 가지고 꽤 여러 날을 조르고 졸리고 하였다. 그러는 어느 날, 왕은 경회루 아래서 정인지 이하의 여러 신하들과 정사를 의논하고 의논이 파할 때에 정인지는 또 이계전을 수양께 보내서 안평의 일을 재촉하였다. 여전히 법을 밝혀야 한다는 주장이었다.

그날 수양이 왕을 편전에 모실 때에, 왕에게서도 그 걱정이 또 나왔다.

"숙부님, 연해 조르는데 참 성가셔요. 그런데 친숙을 법한 전례가 있습니까?"

"태조 어우에 태종께오서 방번, 방석 두 왕자를 치법하신 일이 있지만 참 딱하옵니다."

"이즈음은 대신들을 만나려면 끔찍해요. 또 그 소리가 아닌가 해서……."

"지당하시옵니다."

황송하고 민망하였다. 자기가 정사를 맡아보는 동안은, 어린 조카님께는 조그만 근심도 드리지 않으리라 했는데 이게 웬일이란 말인가. 더욱이 골육의 문제로…….

그날은 그만치 해서 지났지만, 이튿날 인지가 다시 그 말을 꺼냈을 때, 수양은 끝내 불쾌한 감정을 감추지 못했다.

"대감, 내가 혀에 굳은살이 박힐 만큼 말해온 바외다. 내게 더 무슨 의견이 있겠소? 치법하자는 의견은 공론이요, 내 말은 사사로운 내 감정이니, 억지로 못하게 할 수는 없지만, 내 앞에서 그 말은 다시 하지 마시오. 듣기 싫소이다."

그러나 정부에서는 이 말을 어떻게 해석하였는지, 인지가 백관을 거느리고 왕께 조르기를 낮에서부터 해가 기울도록 하였다. 날씨조차 꽤 서늘한데, 전정에 백관을 거느리고 서서 조르는 것을 보다 못한 왕은 종내,

"좋을 대로 하라."

고 하였다. 치법이라 하는 말도 말이거니와, 이 추운 날씨에 뜰에서 떨고 있는 재상들의 모양도 더 이상 보기 민망하여, 어린 왕은 종내 하교를 내린 것이다.

그날 아침에 예궐했다가 일이 있어서 일찍 집에 돌아왔던 수양은 다음날에야 그 사실을 알았다.

수양은 그 소식을 듣고 먼저 왕을 뵈었다. 수양은 엎드려 겨우 말했다.

"전하, 안평을 처단하라 윤허하셨다고요……."

"숙부님, 아침부터 밤까지 찬 바닥에 엎드려 계청을 하는데, 차마 더 이상은 못 보겠어요."

어린 마음에 그럴 법도 하였다. 그러나,

"전하, 신께 한 번 더 의논을 하시지 그러셨습니까? 불편하시겠지만 굳게 물리치시면, 종내는 저들도 마음을 바꾸었을 것을……."

"…그럼 이제라도 그만두라고 할까요?"

"그러나 왕명은 지중한 것, 기왕 윤허하셨으니 다시 물리실 수는 없는 일, 심기를 어지럽혀서 다만 망극할 따름입니다……."

수양은 더 이상 아뢸 말이 없었다.

수양은 퇴궐해 신임 좌찬성 신숙주와 박팽년을 집으로 불렀다.

廟堂深處動哀絲　萬事如今摠不知
柳綠東風吹細細　花明春日正遲遲
先王大業抽金櫃　聖主鴻恩倒玉卮
不樂何爲長生樂　賡歌醉飽太平時

묘당 깊은 곳에서 슬픈 가야금 소리가 울리고

세상만사 이제는 도통 모르겠네

버들은 푸르고 동풍은 가늘게 부는데

꽃은 환하고 봄날은 한창 더디게 흐르네

선왕의 큰 사업은 금궤에서 꺼내어졌고

성스러운 임금의 큰 은혜로 옥잔이 기울어지네

즐기지 않는다면, 어찌 오래 즐기지 않을 수 있으랴

노래를 이어 부르며 취하고 배불리 태평 시절을 누리세

얼마 전 수양이 영의정에 올라 축연을 벌였을 때 박팽년이 지어주었던 시였다. 수양이 뜻을 새기며 심심파적으로 종이에 끄적거리고 있을 때 숙주와 팽년이 함께 들어왔다.

몇 마디의 이야기가 흐른 뒤에, 수양이 마침내 물었다.

"자네들도 어제 같이 했겠지?"

이에 대해 수양의 마음을 잘 아는 숙주는 머리를 숙이는 것으로 답했고, 팽년이 혼자 대답하였다.

"예, 나으리의 뜻도 짐작은 합니다만, 정은 정이고 왕법이야 어찌 굽히겠습니까."

"하지만 위에 전하 계시고 그 아래 내가 수상으로 있으면서, 전하께는 숙叔이요, 내게는 계季 되는 사람 하나를 마음대로 못하다니……."

"그건 전하나 나으리의 뜻보다도 선왕의 제도 분부가 아니오니까? 나으리, 그런 일에 구애되실 줄은 몰랐습니다."

"그러나… 알다시피, 나는 안평대군과 그다지 의가 두텁지 못했네. 남에게 알리기도 부끄러운 말이지만, 형제의 의가 그다지 살뜰치 못했단 말이지. 그렇더라도……."

수양은 길이 탄식하였다. 수양은 차마 본인 스스로 입 밖에 내놓기 힘들었는지 평소와 달리 더듬듯 말했다.

"내가 살뜰치 못했으니 세상에서는 내가 애써 구하지 않았다거나, 혹은 일부러 모른 체해서 동생을 죽였다 할 텐데… 내가 감수해야 할 몫이지만… 그래서 더 힘들군."

"왕법대로 시행했는데 누가 여러 말을 하오리까? 만약 안평대군께서 나으리의 혈육이 아니시면, 나으리 스스로 상계해서 치법하실 게 아니오니까?"

"그건 그렇지만……."

"그런데 무엇을 그리 마음에 두십니까?"

수양은 더 말하지 못하였다. 팽년의 하는 말은 인지와 같이 단지 더 총애를 받고자 하는 생각에서 나온 것이 아니요, 법을 바로 하겠다는 성의에서 나온 바임을 알므로 더 할 말이 없었다.

이리하여 안평은 유배지인 강화에서 사사賜死되고, 그의 아들 우직은 진도에 정배 보내게 되었다.

'법'과 '공론' 앞에서는 수양도 하릴없었다.

수양의 첫 행정

수양이 나라의 중임을 한몸에 지고 단행한 첫 번째 조처는 인물의 쇄신이었다.

가장 눈에 띄는 것은 인물들의 연령이었다. 영의정 수양이 삼십 대 청년인 것을 필두로, 좌의정 정인지가 오십 대 장년이었고, 역시 일품관인 좌찬성에 신숙주 같은 젊은 학사를 발탁해 올린 것은 이조 창업 이래 처음 있는 일이었다. 부마라든가 외척 관계로 젊은 일품관이 나온 예는 있었지만, 단지 서생으로서 일품관이 된 것은 사람들의 눈을 휘둥그레지게 만들었다.

집현전 계통의 다른 젊은이들 가운데서도 재주가 뛰어난 사람들은 계단을 밟지 않고 초배超拜(직급을 뛰어넘어 임명함)시켰다. 하위지와 성삼문을 좌우 사간司諫으로 삼고 이개李塏를 집의執義로 삼는 등, 조정은 젊고 씩씩한 무리들로 채워졌다.

더욱이 그사이 벼슬을 사퇴하고 고향 선산에 내려가 있던 하위지를 불러 사간직에 올린 일은, 같은 집현전 동료인 신숙주·성삼문·박팽년 등으로 하여금 환호성을 올리게 할 정도였다.

세종대왕 시절, 세종은 집현전 유생들로 하여금『역대병요歷代兵要』를 찬수하게 하면서 수양에게 그 일을 총괄하게 한 일이 있었다. 그『역대병요』가 금년 봄에 완성되었다. 수양은 그 책임을 맡은 사람으로서, 그동안 수년간『역대병요』찬수에 힘쓴 유생들에게 상을 내려 줄 것을 임금 단종에게 청하였다. 이리하여 성삼문과 유성원 등이 모두 상자賞資(품계가 오름)를 받았다. 하위지도 사헌부 집의로서 이 편수에 참여한 공으로 중훈계中訓階에서 중직中直으로 승차하게 되었다.

그러나 하위지는 이 상자가 부당하다며 연이어 상소하였다. 수양대군이 중간에서 주선하여 이루어진 상은, 곧 수양대군이 조신朝臣들의 인심을 사려 한다는 혐의를 불러일으킬 수 있으니 부당하다는 것이었다.

왕이 하위지에게 물었다.

"그대는 예전 세종조 때 찬집의 공으로 상자를 내릴 때는 이의 없이 받더니, 지금은 왜 반대하는가?"

이에 하위지가 답하였다.

"그때는 은혜가 위(임금)에서 내린 것이니 황송히 받았지만,

이번 것은 아랫사람의 주선으로 나온 것이니 받지 못하겠나이다."

그는 끝까지 고집하며,

"만약 이를 강제하면 조정에 있을 수가 없나이다."

라고 말한 뒤, 얼마 후 병을 핑계 삼아 사퇴하고 고향에 내려가 있었다.

말하자면 수양을 배척한 것이나 다름없었다. 그런 하위지였음에도 수양은 인재를 등용함에 그를 좌사간으로 불러들인 것이었다.

하위지며 다른 청년 재사들이 모두 정부의 긴요한 자리에 앉고, 동시에 무능한 노물老物들은 차례로 벼슬을 깎거나 한직으로 내보내니, 이 방토方土는 완전히 청년들의 방토로 변모하였다.

한때 어린이답지 않게 노성하고 우울한 기색이 넘쳐 있던… 어린 조카님의 용안을 우러를 때마다, 수양은 넘치는 야심과 희망이 가슴에 복받쳐 올라 저절로 참을 수 없는 미소가 떠오르는 것이었다.

'전하, 몇 해만 더 기다려주시옵소서. 전하의 어우御宇(치세)를 한나라와 당나라에 못지않은 빛나는 세상으로 만들고, 전하의 백성들을 요순시대의 백성 못지않게 평안하게 하리이다.

그리하여 전하께서 이 강토의 위대한 군주가 되시도록, 신이 목숨을 걸고 애쓰겠나이다.'

아아! 이 어린 조카님이 친정親政하시기 전에 이 나라를 어서 완벽하게 일구어, 빛나고 튼튼한 국가로 만들어 조카님께 바치자. 훗날 부왕을 저승에서 만나는 날, 아버님께서 소자의 등을 두드려주시며 칭찬하시도록 어서 빨리…….

지금 자기가 수하에 배치한 무리 중 좌의정 정인지는 희대의 재사다. 그의 충성심에는 의심할 여지가 있고, 인물됨에는 수긍치 못할 점이 없지 않으나, 풍부한 학식과 기지, 수단 등은 다시 구하기 힘든 인물이다.

신숙주는 정인지보다 연배는 어리나, 지혜와 지식은 결코 뒤떨어지지 않는다. 더욱이 견식과 포부는 정인지가 도저히 따르지 못할 정도다. 관록과 연륜을 갖출 동안은 정인지 아래 두었다가, 장차 그를 대신하여 국정을 맡긴다면 예전 부왕이 황희에게 맡긴 것과 다름없을 인물이었다.

한명회는 유문儒門 출신이 아니기에 유자의 기풍은 없고 조금 천한 티가 보이나, 충직하기 이를 데 없는 인물로서 재상의 재목으로 손색이 없었다.

집현전 청년들의 학식과 견식, 그리고 충성심 또한 모두 재상이 되기에 충분하였다.

이렇게 조정을 둘러보자면, 장래에는 인물이 넘쳐나서 나라

　　　　　　　　　　　　　　　수양대군

가 훨씬 더 커지고 정무가 훨씬 더 많아져야 할 판이었다. 더 많은 사람을 앉힐 자리를 마련하지 않으면 안 될 정도였다. 이만한 나라의 이만한 정무에만 쓰기에는, 유능한 인물들을 한직에 두어 술로 세월을 허송하게 만들 수는 없는 것이었다.

문득문득 머리에 떠오르는 것은 요동의 무변광야(끝없이 넓은 들판)였다.

'저 땅을 어찌할 방도가 없을까?'

부왕이 무척이나 내심 마음 두시던 일이었으나, 형 왕은 마음을 두기는커녕 큰일날 일이라며 두려워하시던 일이었다.

언젠가 수양이 병석의 형 왕을 모시며 이런저런 말씀을 아뢰다 야인 이만주李滿住 이야기가 나왔을 때였다.

"양암諒闇(상중) 벗으신 뒤에는 이만주의 잔당을 전멸하고, 그 기회에 일거에 요동까지 얻었으면 참 좋겠습니다."

말을 꺼냈다가 형 왕에게,

"천자(명나라 황제)의 발을 건드린다는 게 웬 말이냐!"

하고 엄한 꾸지람을 들은 적이 있었다.

그러나 수양의 몽상은 늘 그 땅 위를 헤매었다.

밖으로는 정무를 이만큼 처리하면서, 수양은 안으로 어린 왕의 신변에 대해서도 마음을 썼다.

어린 왕은 부왕(문종)이 막 승하했을 때보다 용안이 훨씬 보기 좋았다. 엄격한 부왕 아래서 동무 하나 없는 쓸쓸한 대궐

생활을 하느라 수척했던 용안이, 이제는 완전히 소년답게 피어나 복숭아빛이 늘 감돌았다. 그렇기는 해도 역시 어디인지 모르게 쓸쓸한 그림자가 보였다.

수양은 용안을 우러를 때마다 이 점이 늘 민망하였다. 그래서 왕이 갓 태어났을 때 젖을 먹인 혜빈 양씨를 대궐로 불러들이고, 양씨의 몸에서 난 왕자들, 세종의 서자들, 즉 지금 왕의 젖형제이자 숙부들도 늘 대궐을 출입하도록 분부하였다. 또한 부마인 영양위도 늘 들어와 왕의 동무가 되어 드리게 하였다.

정치적 식견이나 목민관으로서는 전연 무능하면서도 이런 일에는 잔소리하기 좋아하는 예전 대신들은,

"임금은 좀 더 임금답게 점잖게 구셔야지, 그런 잡인들과 더군다나 성학聖學이 아닌 잡담을 나누며 노는 것은 안 될 일이옵니다."

라며 '간'하여, 영양위나 혜빈 양씨 및 그 소생 왕자들과 소년 왕과의 사귐은 극히 제한되어 있었다. 수양은 이것을 완전히 해방하여 출입과 놀이를 자유롭게 하였다.

경연도 구속을 없애 왕의 뜻이 있을 때만 열게 하고, 시강관侍講官(임금의 교육을 담당하던 관직)도 청년 문사 중 기상이 출중한 이들을 택했다. 이런 형식적인 경연보다 수양은 한가한 시간에 왕을 모시고 한담 나누는 것에 치중하였다. 구중궁궐

깊은 곳에서는 알기 어려운 백성들의 생활과 정경을 왕과 주고받으며, 왕으로 하여금 자연히 세상이라는 것을 알고, 이를 통해 군왕으로서 백성을 가엾게 여기는 휼민심이 돋아나기를 기다렸다. 지금 열세 살인 어린 왕이 장차 친정을 할 때, 스스로 세상을 이해하고 좋은 정치를 베풀 지각이 자라나도록 주력한 것이다.

　이런 수양의 용의주도한 배려 가운데 왕은 한가하고 평온하게 지내며 몸과 마음이 훌쩍훌쩍 성장하였다. 또한 조정 관리들도 예전과 달리 바쁘고 긴장된 속에서도 활기차고 여유 있게 정무를 보았다.

소년 왕의 변화

그해(계유년 1453년) 동짓달 어느 날 밤이었다.

수양은 연침(임금의 침소)에서 소년 왕을 모시고 세상 돌아가는 이야기를 나누고 있었다. 비록 수양은 대궐 밖 신하인 외신外臣이라 하나, 왕의 친숙부인 데다 현재 곤전坤殿(왕비)이 없는 내전 상황이라 밤에도 가끔 침소에서 왕을 모시곤 하였다.

밤바람이 꽤 차고 서늘한 기운이 돌기에, 수양은 왕께 몸을 안석에 편히 기대시라 청하고, 시종을 불러 옥체를 덮을 작은 이불을 하나 가져오라 분부하였다. 분부는 환관에게 하였으나, 처네(얇은 이불)를 받들고 온 것은 여관女官(궁녀)이었다. 이제 막 피어오르는 꽃 같은 열어섯 혹은 열일곱 살쯤 되어보이는 여관이 조심조심 옥체 위로 이불을 덮어올렸다.

왕은 몸소 손을 꺼내어 이불이 바로 덮이지 않은 곳을 매만졌다. 여관이 이를 보고 자기가 바로 펴서 덮어드리려 했다.

그 순간 수양은 보았다. 이불을 고칠 때 왕과 여관의 손이 한데서 움직였는데, 찰나의 순간 왕이 손이 아닌 척하며 여관의 손을 잠깐 덮었다가 놓는 것을. 여관은 얼굴이 주홍빛으로 변해 얼른 이불을 여미고 절한 뒤 물러나갔다.

그날 밤 집으로 돌아온 수양은 부인과 이야기를 나누다 문득 말했다.

"연침이 좀 쓸쓸해보입니다."

부인은 무슨 뜻인지 몰라 눈으로 되물었다. 수양이 설명을 이었다.

"상감도 내일모레면 벌써 열네 살이 되시는구려."

"그렇지요."

그래도 부인은 그 속뜻을 다 알지 못했다. 수양은 잠시 생각하더니 다시 말을 꺼냈다.

"내가 열네 살 때는 창가娼家(기생집) 출입을 했거든."

"듣기 싫어요. 그게 무슨 큰 자랑이라고……."

수양은 쓴웃음을 짓고 잠시 있다가 다시 말을 이었다.

"남아 열다섯이면 대장부요, 열넷이면 색을 알기 시작하며, 열셋이면 색을 엿보기 시작한다는데, 열둘이면 무엇일까……."

일단 말을 끊었다가 다시 이었다.

"상감 보령이 이제 열셋, 내년이면 열넷……."

수양 부인도 그제야 말뜻의 윤곽을 짐작한 모양이었다.

"그래, 어찌하시려고요?"

"곤전(왕비) 책봉을 계청해야겠소."

"나으리도 참, 아직 양암 중이 아니십니까?"

"단상短喪(상기를 줄임)을 하면 되지."

"단상까지 해서 서둘러야 할 일인가요?"

"아니, 그저 그렇다는 말이오."

수양은 말끝을 흐렸다. 이튿날 입궐하기 전, 수양은 부인에게 조용히 단 한마디를 남겼다.

"덕과 재주와 인물을 겸비한 규수가 어디 있는지 미리 마음속으로 꼽아보시오."

부탁하였다. 이 정도면 부인은 그 의중을 충분히 알아챌 것이었다.

어느 재상과도 의논을 해야 할 것이었다. 조카님이 어리다 하여 생각도 안 하였더니, 여관의 손을 잠깐 잡아보는 것을 보니 성性에 눈뜬 것이 분명하였다. 그렇게 생각하고 스스로 자기를 돌아보니 그럴 듯한 것으로, 자기는 열네 살에 창가를 찾아다닌 일까지 있었던 것이다.

왕의 고적한 환경을 위하여 지금껏 자기는 왕을 그냥 소년으로 알고 놀이동무를 구해드리는 데만 노력하였다. 마땅히 생물이 가질 바 '짝'이라는 것을 생각도 안 하였던 것이다. 아무리 가까운 친구라 한들, 아무리 가까운 친척이라 한들, 배우자 이상의 친구가 어디 있으랴. 넓은 대궐을 혼자서 지키시는 것이 애연하고 민망하여 위안 방도를 늘 강구하였지만, 가장 당연하고 가장 효과 있는 방법을 지금껏 제외하고 있었다.

왜? 첫째로는 아직 너무 어리다고 알았기 때문이다. 자기 자신의 과거는 생각도 않고. 둘째는 아직 양암 중이기 때문이었다. 그랬는데, 결코 어리지만은 않았다. 그게 아니라면 양암이 무슨 문제랴. 그런 문제에 구속되어 인간 본능을 어찌 무시하랴?

고적하신 조카님, 그 심경을 위로키 위하여 왜 돌림길만을 생각했을까? 한 쌍의 원앙… 생각만 하여도 미소가 저절로 떠올랐다.

고려조부터 전해 내려온 왕비 간택의 규습은 조카님께는 쓸 수가 없다. 대비大妃나 모후母后가 없으니, 수양의 부인이 이를 대신하여야 할 것이며, 임금 당신과 아랫사람밖에 없는 대궐이니 대궐에 불러들여서 간택하는 수순도 쓸 수 없으니, 수양은 부인께 간단히 부탁하여 두었던 것이다.

그러나 재상과 유생들이 반드시 반대를 할 것이다. 양암 중에 왕비를 책립하는 것을 첫째로 문제 삼을 텐데, 만약 단상短喪을 한다 하면 그 또한 반대할 것이다. 삼고의 예의를 가장 큰 신조로 하는 그들이 어찌 인정과 인간 본능을 이해하길 기대할까.

수양은 좌우간 이 일을 어느 재상과 의논을 해보아야 할 터인데, 누구와 할까 생각해보았다. 당연한 순서로는 좌상 정인지와 의논해야 할 것이었지만, 정인지는 유자 행세를 하느니만치 바로 반대할 것이었다. 만약 바로 의논해서 반대를 받으면 도리어 말썽이 커져서 실행이 어렵게 된다. 그러니 정인지는 우선 빼고, 모든 방침이 결정된 뒤에 알리기로 작정하였다.

수양은 입궐하여 용안을 여러 번 엿보았다. 엿볼 때마다 이 고귀한 조카님께 어울릴 처녀가 누구일까, 천하 아무 데 내놓아도 손색이 없을 훌륭한 배우자를 구해드리자는 마음이 절로 일었다. 반대할 거라고? 아니다. 억누를 뿐이었다. 정당한 욕구를 억누르고 있을 뿐이었다.

신숙주를 저녁에 조용히 불렀다. 아무리 생각해도 재상 중에서 왕비 책립에 관해서 의논해볼 이는 신숙주밖에 없었다. 쓸데없는 이론이나 작은 절차에 구애받지 않고, 옳은 눈으로 보고 옳은 비판과 단안을 내놓을 사람으로는 신숙주밖에는 없었다.

종일품 좌찬성 숙주는 수양의 부름을 받고 저녁에 금관조복 차림으로 수양댁으로 왔다.

수양은 조카님의 심경과 대궐의 공허함을 대략 말한 뒤에 왕비 책립에 대하여 숙주의 의견을 물었다. 그러자 숙주는 곧 대답하였다.

"시생도 그런 생각을 가지고 있었습니다."

"찬성도?"

"예, 양암諒闇 중이신 전하시니 그런 말씀을 나으리께 여쭐 수가 없어서 가만히 있었습니다마는, 위로는 전하를 위해서… 다음에는 나으리를 위해서 곤전 영립을 해야겠습니다."

"나를 위해서?"

"예, 나으리께서도 나으리의 일에는 못 살피시는 데가 계십니다."

"나는 왜 끼오?"

"나으리, 모르십니까? 남은 잔당들이 퍼뜨리는 소문이겠지만, 나으리께 황송한 소문이 간간이 들립니다. 차차 커질 것입니다."

"웅? 무슨 소문이오?"

"나으리, 그만큼 아뢰었으면 나으리께서도 짐작을 하실 일이 아니옵니까?"

물론 무슨 말인지 짐작이 갔다. 남은 잔당들이 수양에게 못된 소문을 퍼뜨린다 하면 무슨 소문인지 짐작이 간다.

'수양대군이 어린 왕을 속여서 중신들을 모두 없애버렸다. 중신들을 없앴으니 그다음은 무엇이랴.'

수양이 말이 없자, 이미 알고 있으리라 짐작하고 신숙주가 말했다.

"그래서 생각해보았는데, 이런 소문을 사라질 방책은 의외로 쉽습니다."

"쉽다?"

"다만 아뢰기 힘든 말씀이라 잠자코 있었습니다."

"뭔가?"

"전하께서 곤전을 영립하시고, 그리하여 원자가 탄생하시면 그런 악풍문은 저절로 박멸될 것입니다."

역시나 숙주였다. 만약 인지에게 물었다면, 당장 그 대책으로 "그런 악풍문을 내는 자들을 엄벌하여 일벌백계해야 합니다. 풍문의 뿌리를 뽑아 더 이상 그런 풍문을 못 내게 합시다" 했을 것이었다.

그런데 숙주는 "왕비를 맞아 왕자가 탄생하면 저절로 그런 풍문은 없어지리다" 한다. 수양은 숙주의 지혜에 감탄하지 않을 수 없었다.

"그렇지만 양암 중이라 감히 생각을 내지 못했고, 나으리께 여쭙고 싶은 마음이 간절하면서도 못하였습니다."

숙주가 이런 생각이라면 역시 한번 시도해볼 만한 일이었다.

"그런데 전하도 전하시지만 정부와 집현전에서 가만히 있을 것 같소? 어떻소?"

"당연히 바로 찬의를 표하지는 않을 것입니다. 양암 중에 계

수양대군

시니……."

수양은 머리를 수그렸다. 잠시 생각하였다.

"되겠지. 어떻게든 되도록 해봅시다. 이게 범옹이 말한 바와 같이 나를 향한 오해를 위해서라면 나 스스로도 양심에 걸려 힘 있게 계청을 못하겠지만, 우리 전하를 위해서 하는 일이니 뭘 망설이겠소."

"그런데 전하께서 윤허하실지……."

"그 점은 염려 마시오. 전하께는 내 어떻게 해서든 윤허를 얻을 테니."

"그러면 이 일을 혜빈(양씨)께 의논해서 혜빈으로 윤허를 얻게 하시면 어떠리까?"

수양이 미소지었다.

"옳은 말일세. 나도 그렇게 생각했었네. 간택에 관해서는 내가 부대부인(수양 부인)에게 당부했지만, 성심을 움직이게 하는 데는 나 혼자로 감당키 어렵겠지. 전하께 젖을 올린 혜빈이니 이런 임무에 가장 적당한 사람이지. 혜빈께 부탁하지. 그리고 이 일은 아직 우리 둘만 아는 것으로 하세."

"마땅히 그리 하셔야지요."

국모 내정

수양 부인과 혜빈 양씨 사이의 왕래 속에서 왕비가 내정되었다.

고르고 또 고른 끝에, 수양 내외와 혜빈 양씨가 왕비로 내정한 이는 송현수宋玹壽의 딸로, 올해(계유년, 1453년) 열네 살 된 규수였다. 본래 외척의 발호를 경계하여, 이 나라의 제도상 왕비나 세자빈은 가문이 비교적 한미한 선비 집안에서 택하기 마련이었다. 그러나 이 사실은 일절 발설되지 않았다. 왕의 내락조차 받지 않은 채, 수양 내외와 혜빈 양씨가 마음속으로만 정해두고 있을 뿐이었다. 당사자인 송현수 집안에도 물론 알리지 않았다.

그러는 동안, 과연 전일 신숙주에게서 들은 항간의 풍설이라는 것이 조금씩 수양의 귀에까지 들어오기 시작하였다. 그 소식은 군기시 녹사라는 하급 말직에 있다가 두세 번 초배하여 육품 버슬에 오른 한명회에게서 전해진 것이었다.

"항간에는 이번 나으리의 정난에 관하여 괘씸한 풍문이 도는 듯하옵니다."

이렇게 전하는 명회에게 어떠한 풍문이냐고 물으니, 명회는 송구하다는 듯 주저하며 대답하였다.

"이번 정난에 대하여 나으리께서 무슨 딴뜻이 계셔서 일으킨 일이라고들……."

한명회가 주저할 때 이미 수양은 그의 대답이 이럴 줄 짐작하고 있었다. 뿐만 아니라 한명회의 심정 또한 이 풍설과 닿아 있으며, 적어도 그것, 곧 수양의 집권을 희망하고 있다는 것까지도 수양은 이미 간파하고 있었다.

수양은 여기서 신숙주의 사람됨이 한명회보다 훨씬 낫다는 것을 더욱 명료히 느끼지 않을 수 없었다.

이 항간의 풍설을 꺾을 준비가 되어 있는 수양은 이를 그리 뜻밖으로 여기지 않았다. 첫째로는 조카 되시는 임금의 심신에 벗을 만들어 드리고, 둘째로는 외로우신 조카님을 위로하고자 왕비를 간택한 것인데, 이것이 우연히도 수양 자신에게 씌워진 잡음까지 없앨 방책이 된다면 진실로 일거삼득의 양책이 아닌가? 저 고약한 무리들이 수양 자신을 모함하려고

"수양은 딴 마음을 품고 있다!"

고 아무리 소리 높여 부르짖을지라도, 수양 자기가 앞장서

서 왕께 납비納妃(왕비를 맞음)를 계청하고 그 왕비에게서 원자가 탄생한다면, 그 뒤에야 누가 감히 수양이 여사여사하다는 말을 꺼낼 수 있겠는가.

아아! 어서 왕비를 모셔들여 그 몸에서 원자가 탄생하기를!

지금 자기는 원수를 적지 않게 가지고 있다. 그들은 자기의 일거수일투족에 감시의 눈을 부라리고 있다. 조카님께 계청하여 좀 크고 중대한 일을 실행하고 싶어도 그럴 때마다 어디선가 고약한 소문이 들려왔다.

'수양은 저렇게 사직을 위태롭게 하고, 그 뒤를 자기가 차지하려는 야심 때문에 어린 조카님께 저런 위험한 일을 하시도록 강권한다.'

이런 풍문에 발목이 잡혀 그만 움츠러든 일이 한두 번이 아니었다. 그러나 그런 풍문도 왕비를 맞이하고 원자가 탄생한다면 어디 감히 다시 나오겠는가.

아직 왕께도 말씀드리지 않은 책비 문제였으나, 종실의 어른이신 양녕대군께는 미리 여쭈어 그 의견을 듣고 싶었다. 수양은 그 일로 일부러 잠깐 틈을 내어 백부를 찾았다.

"백부님, 전하께 국모 영립을 계청할까 하는데, 백부님 의향은 어떠십니까?"

다짜고짜 이 말부터 꺼냈다.

"글쎄, 양암중인데 윤허하실 것 같으냐?"

"예… 그래도 전하를 우러러 뵙기 민망하여 애써 계청할까 합니다."

"궁실의 공허함도 공허함이려니와, 나도 다른 일로 그 뜻을 가졌었다마는 양암 중이시니……."

다른 일로도? 수양은 백부를 쳐다보며 물었다.

"다른 일이란 무엇입니까?"

"너에게 요즘 좋지 못한 풍설이 도는 것을 너는 못 들었느냐? 그만큼 말하면 짐작하리라마는, 그런 풍설을 떨쳐 버리기 위해서라도 가장 지름길이 국모 영립이다. 그런데 신자의 화를 피하자고 국모를 영립하는 것이 사리에 떳떳하냐 싶어 말을 못하고 있었다만……."

수양은 진심으로 감탄하였다. 세상을 달관한 듯한 백부 역시 생각이 그곳에까지 미쳐있구나!

양녕은 계속 말을 이었다.

"또 가끔 예궐하여 용안을 우러를 때마다 가슴이 선뜩선뜩 놀라는 일이 있구나."

"무엇입니까?"

"성궁聖躬(임금의 몸)이 근래 갑자기 성숙해지셨어. 아아, 소년의 성장이란 장마 뒤의 오이 같더구나!"

역시 백부님도 느끼고 계셨구나, 하고 수양은 생각했다.

'백부님, 백부님이 섭정을 해주시면 이 나라는 참 행복하겠

'습니다.'

이 말이 입술 끝까지 차올랐다. 양암 중이라 하여 왕비를 영립하지 않았다가, 성장한 조카님의 청춘이 다른 곳으로 뻗으면 어찌할 것인가. 궁녀 삼천은 모두 임금의 시앗(첩)이라, 기다리는 꽃에 나비가 앉지 말라는 것은 천리를 어기는 법이다. 양암 중 왕비 영립이 예의에 벗어난다 하여 꺼리다가, 임금이 궁녀를 가까이하여 만고의 죄인이 되게 한다면 그것이 과연 예절에 온당하겠는가. 춘추가 깊어 생각이 미치는 바가 아직 자기 따위는 따르지 못하겠다고 수양은 생각했다.

이 여러 가지 문제가 다만 '왕비 영립'이라는 한 가지 일로 한꺼번에 해결된다.

만사를 제쳐놓고라도 책비는 어서 해야겠다. 책비를 함으로써 '이루어질 일'보다, 책비를 게을리했다가 '저지를 일'을 피하기 위해 날짜가 급하다. 이미 다 간 이 해가 지나 새해가 되면 길일을 택해 결행하기로 하자. 백부 양녕을 찾은 덕분에 수양은 납비를 더 서둘러야겠다는 결심을 굳히게 되었다.

왕비 책립

다사다난했던 계유년이 지나갔다. 갑술년(1454) 정월.

초순도 지나고 어느덧 대보름이 다 되었다. 중순으로 접어드는 정월 열나흗날. 올해의 풍년을 약속하듯 어제 종일 내리부은 함박눈이 한 뼘 넘게 쌓였다. 그 반사광으로 온 누리는 눈부시게 상쾌했으며, 씻은 듯이 개인 날씨 속에 빛나는 햇살이 천지를 감쌌다.

이날 수양은 조카님께 납비를 계청하였다. 본래 순서대로라면 묘당廟堂에서 의논하여 왕께 헌의하고 계청해야 할 일이었다. 그러나 수양은 그 순서를 밟지 않았다.

묘당에서 의논하자면, 이른바 유자들의 모임인 그곳에서는 수양의 뜻대로 일이 순순히 진척되지 못할 것이기 때문이었다. 이제 넉 달만 더 지나면 탈상을 하는데, 무엇이 급하여 양암 중에 납비를 한단 말이냐? 일만 가지 죄악 중에 불효를 으뜸으로 꼽는데, 양암 중의 납비라니 이런 해괴한 일이 어디 있느냐? 유주(어린 임금)를 제대로 보필하지는 못할망정 무슨 까닭으로 불효를 저지르게 하려느냐?

입을 놀리고 이론을 따지는 데 있어서는 누구에게도 지지 않는 이 나라의 신료들이요, 그중에서도 유교를 표방하는 그들이니 결코 의논이 순순히 풀리지 않을 터였다. 열 사람이면 여덟 사람은 반대파가 될 것이 뻔했다.

조카님으로 보자면 분명히 여인에 대하여 호기심을 가지고 계셨다. 왕비 영립을 싫어하거나 피하시지는 않을 것이요, 은근히 기뻐하실 것이 분명했다.

그러나 체면이라는 것이 있어

"어서 그럽시다."

라고 차마 말씀하시지는 못할 것이다. 사양이나 거절, 혹은 엄한 꾸짖음이 있을지도 모를 일이었다.

그 거절이나 사양에 대하여 끈질기게 조르고 간청하면, 못 이기는 체하고 윤허를 내리실 것이다. 못 이기는 체하며 윤허하시도록 이편에서 질기게 졸라야만 한다.

그런데 만약 신료 중에 납비 반대자가 많으면, 왕께서 '못 이기는 체' 하실 좋은 명분을 드리기가 힘들어진다. 왕께서 '조금만 더 졸라주면 좋겠는데' 하며 은근히 희망하면서도 겉으로 사양하실 때, 신료 중에 반대자가 나타나면 그 의견을

　　　　　　　　　　　　　　수양대군

좇지 않을 수가 없을 것이다. 예의에 어긋나는 일이라 본인도 반대하는데, 신료들까지 반대하고 나서면 어찌 "예의에 어긋나는 일이라 과인도 싫고 반대하는 신료도 있기는 하지만, 공적으로는 수상이요 사적으로는 숙부가 되는 수양대군의 의향이 납비하는 쪽이니 그 뜻을 따릅시다"라고 말할 수 있겠는가.

여기서 수양은 일의 진행 순서를 거꾸로 하기로 하였다. 자기 혼자 먼저 조카님의 윤허를 받아내고, 그 뒤에 임금의 허락이 있었다하여 좌·우의정 정인지와 한확을 동의시키기로 했다. 또한 신숙주를 내세워 집현전 학사 중 활달한 식견을 가진 박팽년, 성삼문, 이개, 최항 등에게 시국을 설명하여 책비가 최대의 급선무임을 이해시키고, 권람과 한명회 등으로 하여금 '소절小節(대수롭지 않은 예절)'보다 '대의大義'를 중시할 만한 사람들을 설득시키는 것이다.

이렇듯 묘당의 대체의 형세를 책비 찬성 측으로 돌린 뒤에, 묘당의 총의를 거두고 그로써 왕께 간청하여 왕의 '지는 체하는 윤허'를 얻으려 하였다.

이렇게 허다한 사람에게 동의를 끌어내기 위해서는 '왕의 내락이 있다'는 무기 하나는 반드시 있어야 했다. 그것이 없이는, 우선 좌우의정을 비롯하여 유자를 표방하는 신료 누구에게서도 동의를 얻기 힘들 것이었다. '불효'를 최대 죄악으로 여기는 그들이 어찌 임금께 불효하자는 계청에 동의할 터인가.

초조반(대궐에서는 조반을 '초조반'이라 한다)을 방금 끝내고 상쾌한 반사광을 가득 받은 내전이 식후에 휴식을 할 때, 수양은 어린 왕을 내전에서 뵙고 '국모 책립'을 계청하였다.

수양이 예상했던 바와 같이 왕은 깜짝 놀랐다. 물론 돌아가는 천리天理에 거스를 수 없어, 왕 또한 여인이라는 존재에 대하여 호기심이 일고, 그 묘한 생김생김을 접할 때 쾌감을 느끼지 않는 바도 아니었다.

그러나 '아내를 얻는다'는 생각까지는 아직 미치지 못한 소년이었다. 더욱이 아직 양암 중이니, 그런 생각이 있다 하더라도 할 바는 아니었다.

"숙부님, 그게 무슨 말씀이오니까?"

놀라 묻는 왕에게 수양대군은, 궐내가 공허하여 성심이 고적하실 것이다, 거두어 드리는 이가 없어 불편이 많으실 것이다, 대내에 감독자가 없어 규칙이 문란하다, 선왕의 독자 되시는 입장에서 사직을 튼튼히 하기 위하여 계사繼嗣(대를 잇게 함)가 급하다, 관민이 모두 국모 없음을 걱정하고 있다, 등등을 이유로 책비가 중하고도 급한 일임을 아뢰었다.

"참 숙부님도! 다 지당한 말씀이지만 난 지금껏 그런 생각을 해본 일이 없었어요."

"그러하실 겁니다. 그러나 중차대한 일이오니, 명일 정부에서 계청하겠사오니 윤허해주옵소서."

  수양대군

"명일이오?"

왕은 다시 깜짝 놀랐다. 이렇게 급하게나 서두르다니….

그러나 수양은 보았다. 왕이 눈을 돌려 영창을 바라볼 때, 용안을 스치고 지나간 한 점의 광채와 입가의 미소를.

"예, 명일이옵니다. 윤허하시면 당장이라도 계청할까 하옵니다."

"그렇게 급하옵니까?"

"좋은 일은 생각난 때에 해야지, 지체할 게 있겠습니까?"

"그렇지만… 넉 달만 더 있으면 대상인데, 그렇게 급히 할 이유가 있나요?"

"전하께 경사오며 종실에 경사오며 국가에 경사오니, 대상 뒤까지로 미룰 이유가 없습니다. 속히 윤허를 내려주십시오."

왕은 주저했다. '여인'이라는 것에 대한 호기심이 인 것만은 분명하지만, 즉시 좋다고 할 일은 아닌 듯했다. 잠시 주저하다가 왕은 역시 거절을 표했다.

"숙부님, 넉 달만 더 기다리면 될 일을 무엇 때문에 서둘러 천하의 죄인이 되오리까?"

임금의 말은 틀림이 없었다. 당연히 나올 말이었다. 수양은 그에 대해 준비해 둔 말을 했다.

"신이 이 일에 관해 양녕대군께 의향을 묻고자 찾아갔더니, 대군의 말씀 또한 국모 영립은 가장 좋은 방책일 뿐더러 가장 급한 일이기도 하다 하였습니다. 양녕대군은 우리 종실의 으뜸 어른이실 뿐더러 희대의 현인이시옵니다. 현인의 말씀이 또한 그러하오니, 전하 숙고해주시옵소서!"

"두 분 어른의 뜻은 알겠지만……."

수양은 이야기를 나누는 동안, 임금이 말은 그렇게 하여도 얼굴에 드러나는 기색으로 미루어 볼 때, 상상했던 것 이상으로 '아내 맞이'에 호기심을 품고 있음을 확인하였다.

"전하, 조생모사朝生暮死(아침에 났다가 저녁에 죽는다)의 이 인간 세상에서 좋은 일이면 곧 해야지, 미룰 까닭이 무엇이겠습니까?"

"그렇다 하더라도… 유신들의 반대가 심할 텐데… 너댓 달만 더 기다리면 될 일을……."

"그에 대해서는 신이 담당하오리다. 결코 전하께까지 불경이 미치지 않도록 하겠사옵니다."

비슷비슷한 말이 오륙 차례 더 거듭되었다. 그래도 끝내 왕은 걱정이 되는 모양이었다.

"종사가 중하니 납비를 하기는 해야겠지만, 그래도 세상의 말썽도 귀찮거니와 상인喪人의 몸으로 차마 마음이 내키지 않습니다. 더군다나… 선대왕 생각을 하자면……."

"전하, 곤전 영립 또한 선대왕 전하의 영을 위로해드리는 일이옵니다. 어서 궁의 주인을 맞으소서. 원자 탄생 전에는 선대

수양대군

왕의 영이신들 어찌 명목을 하시오리까? 선대왕은 성조 영묘 聖祖英廟(세종대왕)의 독자이옵시고, 전하 또한 선대왕의 독자이옵니다. 전하께서 어서 원자를 보시지 못하오면, 태조대왕을 비롯하와 대대의 조선祖先의 영께 무엇이라 받들어 사뢰리까?"

왕은 말이 없었다. 그리고 얼마가 지나

"…그래도 사람도 필요할 테고……."

기다렸다는 듯 수양이 말했다.

"그간 신의 처 윤씨가 혜빈 양씨와 협력하와 민간 규수를 물색하온 결과, 여산인(여산 사람) 송현수 댁에서 국모에 부끄럼 없는 한 규원을 찾았사옵니다. 가납하시옵소서."

왕은 다시 놀라지 않을 수 없었다.

수양은 그쯤에서 물러나야겠다고 생각했다. 납비하겠노라는 명확한 답은 얻지 못하였지만, 충분히 마음은 읽은 셈이었다.

"성수 무강하옵시고 성대 만천억으로 창성하소서."

수양은 어전을 물러나왔다.

곤전 영립에 관한 수속은 일사천리로 진행되었다.

우선 좌우의정이었다. 좌의정 정인지는 유자로 자처하는 만큼 수양에게 노염까지 내며 반대하였다. 국상 중에 국혼이라니 웬 말이냐며 펄펄 뛰었다. 그러나 왕의 내락까지 있다는 데다가, 한번 의견을 꺼냈다 하면 물러설 줄 모르는 수양의 성격을 아는 지라, 자기가 솔선하여 주장한 바는 아니라는 점만 밝힌 뒤 물러서고 말았다. 우의정 한확도 내락이 있다는 데에는 다시 할 말이 없었다.

유신들을 설복할 책임을 맡은 신숙주 또한 제 구실을 잘 해 냈다. 신숙주가,

"이 사람들이면 대의와 예의말절(예법의 자잘한 형식 문제)을 구별하리라."

하고 가려서 나아가 설득한 성삼문·박팽년 등은 숙주의 뜻을 알아차리고 납비의 필요를 인정하여 그의 말에 동의하였다.

유신이 아닌 문사文士들을 달래러 돌아다닌 권남이며 한명회들도 제 책임을 잘 치렀다.

수양이 조카님께 납비의 내락을 얻은 정월 열나흗날 낮부터 활동을 개시하여, 열엿샛날 저녁에는 벌써 골라낸 사람들에게 다 동의를 얻었다.

이리하여 그 열이렛날 수양은 곤전 책립 계청건을 묘당에 내어놓았다.

미리 교섭을 받지 못한 사람들은 깜짝 놀랐다. 이 양암 중에 왕비 책립이 웬 말이냐고 모두들 눈을 휘둥그렇게 하였다.

그러나 그들이 더 놀란 것은 이 건에 찬성하는 사람이 많다는 사실이었다. 이런 문제가 생기면 펄펄 날뛰며 목숨이라도 내어던져 반대의 차자, 상소, 상계, 직간, 온갖 수단을 다 쓸

사람들이, 다만 침묵을 지킴에 그치지 않고 한 걸음 더 나아가 동의·찬성하는 의향을 보이는 데에는 아연하여 벌린 입을 닫지 못하였다.

처음에는 좀 반대하던 사람들도 이 의외의 일에 반대할 용기도 잃어 잠잠해져버렸다.

그 저녁으로 왕께 계청을 하였다.

종친을 대표하여 양녕대군이 노구를 이끌고 나서고, 정부를 대표해서는 좌우의정이 나서고, 이리하여 임금께 조르기 시작하였다.

왕은 윤허를 안 하였다. 그러나 수양을 안타깝게 하던 문제, 곧 넉 달만 더 기다리면 될 것을 왜 이리 급히 서두르느냐는 말은 꺼내지 않았다.

효도에 벗어나는 일이라 하여 이 한 가지로 거절하였다.

이튿날 또 그 이튿날, 연하여 사흘 동안을 졸랐다. 종내 왕에게서

"그리 조르면 초지初志(처음의 의지)를 지킬 수가 없으니, 좋을 대로 합시다."

하는 분부가 내렸다.

스무날에는 승지가, 장차 국구가 될 송현수의 집에 이르러, 그대의 딸을 왕비로 책봉한다는 내지를 전달하였다.

스무하룻날을 건너서 스무이튿날에는 왕의 종조부, 세종대

왕의 중형이요 양녕대군의 중제인 효령대군이 호조판서를 앞세워, 옥책보장玉冊寶章을 받들고 송현수의 집으로 갔다. 말하자면 청혼 서간이었다.

동시에 환길還吉까지 하였다.

아직 대상은 넉 달이나 남아 있었지만, 오월 십사일에 문종 승하 기위 책비까지 하였으니 거상居喪은 무의미한 일이라 하여, 단상短喪을 하여 이 곤전 책봉일부터 탈상을 하자는 것이었다.

거기에 대하여 예조 참의 어효첨은 직을 예조에 받고 있느니만치 예로써 다투어

"종사의 대계라 하면 국모 영립은 또한 부득이한 일이지만, 단상까지 하여 선대왕의 영으로 하여금 공궤 없이 대상을 지나시게 하리오?"

라고 버티었지만, 이미 책비가 결정된 마당에는 그야말로 예의 말절에 관한 쓸데없는 잔소리에 지나지 않았다.

오월 스무하룻날부터는 백관이 모두 길복吉服으로 출사하고, 백성들도 모두 탈상을 하였다. 세종 승하 때에 복을 입기 시작하여 문종 말년에 잠깐 탈상을 하였다가 다시 문종복을 입던 이 나라 백성들은, 오래간만에 소년 임금의 대상 탈상에 안심의 숨을 길게 내쉬었다.

통석의 염

정인지로서는 알다가도 모를 것이 수양대군의 속마음이었다. 대체 어떤 마음인가?

수양의 만만치 않은 야심과 그 위력, 지배력 등이 나이가 듦에 따라 더욱 커질 때, 정인지는 그의 신분과 대조하여 그를 결코 허투루 볼 사람이 아니라 생각했다. 세종대왕의 아들이자 선왕 문종의 아우가 바로 수양이었다.

게다가 지금의 왕은 아직 소년인데다 홀몸이라 뒤를 받쳐줄 세력이 아주 단출했다. 수양이 왕위에 오르려 마음만 먹는다면 과정은 아주 간단했다. 백성들의 마음 또한 아직 어린 왕보다는 수양에게 촉망囑望(잘되기를 바라고 기대함)하는 바가 더 많았다. 왕권이 너무 약한 탓에, 나라의 앞날에 위구危懼(위태로워하며 두려워함)의 마음을 품고 있는 백성들이었다.

세종대왕의 늘 '가만있지 않는' 치적 아래 젖어 살던 백성들은, 문종의 '무위無爲'의 몇 해에 질려 오히려 강한 통치력을 기대하는 경향이 강했다.

본래 이 나라 백성의 천성은 위(임금이나 조정)에 대하여 그다지 관심이 없어서, 왕씨가 왕이 되건 이씨가 되건, 혹은 고씨가 되건 도대체 그리 괘념치 않았다. 누구든 간에 나라를 잘 다스려주기만 하면 그것으로 만족이었다. 하물며 선왕의 아들이자 아우이며 현 국왕의 친숙 되는 수양이 지금보다 더 높은 자리에 오를지라도, 백성들은 이를 당연한 일로 여길 터였다.

이 점을 정인지는 잘 안다. 수양도 물론 잘 알 것이다.

인지의 눈에 비친 수양은 장차 반드시 딴일을 할 사람이었다. 그래서 인지는 신왕 때부터 비교적 수양의 호의를 사 두었다.

재상으로 앉아서 왕자와 밀접히 사귄다 하는 것은 이 나라에 있어서는 위험천만한 일이다. 이 나라에서는 누가 금부에 뛰쳐들어가서

"모, 모가 모 종친을 끼고 역모를 합니다."

하고 고변告變(반역을 고발함)만 하면 한 번 돌개바람이 일어난다.

피고고자被告告者(고발당한 자)는 잡혀서 온갖 고문을 다 받는다.

 수양대군

"그러그러하였소."

하는 토사吐辭(죄를 자백함)가 나오기까지는 온갖 악형을 다한다. 그리고 그 연루자라는 것까지 모두 잡아내어 토사를 받는다.

토사를 받고는 두말없이 죽여버린다. 증거라 하는 것은 다만 연루자의 토사가 있었을 뿐이다. 그 토사는 악형에 의지해서 얻는 것이다.

그리고 고변자는 벼슬이나 노복이라 하는 큰 상을 받는다. 상을 받기 위해서 고변하는 자, 혹은 원혐怨嫌(원망하고 싫어함)을 관력官力으로 풀기 위해서 고변하는 자… 이리하여 고변만 하면 반드시 성취를 하고, 고변을 당하기만 하면 반드시 멸족의 참화를 보고야 만다.

이런 나라에 있어서, 이런 시절에 있어서 어느 왕족과 가까이 사귄다 하는 것은 섶을 지고 불 근처를 배회하는 것이나 매일반이었다. 벼슬을 희망하는 어느 불량한 사람이 있어서

"정인지는 수양을 끼고 용상을 엿봅니다."

하고 고변만 하면, 정인지와 수양의 집안은 멸망을 한다. 그럼에도 불구하고 그런 위험을 무릅쓰고 정인지는 수양대군을 자주 찾았다.

그러는 동안 안평대군이 휘하에 사람을 모으기 시작하였다. 그런 움직임을 알고 있으면서도 수양은 꿈쩍도 않았다.

인지는 자기가 잘못 보았는가 의심하였다. 그러나 안평의 휘하에는 가고 싶지 않았다. 안평은 그릇이 아니라 보았던 것이다. 일정한 줏대가 없어서, 장차 다행히 꿈의 성취를 볼지라도 그 꿈을 오래 누리지 못할 사람으로 보았다.

문종이 승하하고 소년 왕이 등극하자, 수양도 드디어 움직이기 시작하였다. 권람이라, 한명회라, 홍달손의 무리가 수양의 휘하에 모여들었다.

계유년 시월의 변란이 폭발하였다. 황보인, 김종서의 무리가 함몰하고 안평대군도 패하였다.

수양이 스스로 영의정이 되었다. 동시에 우참찬 정인지는 좌참찬, 좌찬성, 우의정의 네 계제를 건너뛰어 일약 좌의정이 되었다. 이제 정인지의 위로는 영의정과 임금과 하늘이 있을 뿐이요, 아래로는 백관을 굽어볼 높은 자리에 서게 되었다.

인신人臣(신하)으로서는 다만 영의정 하나만이 웃자리에 있을 뿐이었다. 수양만 영의정에서 물러나면 인지는 인신의 극위極位(최고 지위)에 오르는 것이었다.

비범한 학식과 지혜와 함께, 또한 비범한 허영심과 영화욕을 아울러 가진 인지는, 자기 위로 단 한 계단 남은 영의정이라는 자리를 바라보며 은근히 미소 짓곤 하였다.

수양은 언제 그 '영의정'의 위에서 떠나려는가? 떠나는 데는 두 가지 방도가 있다. 하나는 더 높은 데로 올라가기 위해 떠나는 것이요, 하나는 아주 관직에서 물러나는 것이다. 그 어느 쪽으로 떠나든 간에, 수양이 영상의 자리에서 물러나기만 하면 당연한 순서로 좌상인 자기가 그 후임이 될 터였다.

일찍이 수양과 가까이했던 덕에 오늘날 일약 좌상이라는 자리까지 오르기는 하였지만, 이제 한 계단 더 올라야겠다. 사내로 태어나 수상首相(일국의 재상)의 인부印符(도장과 부신 즉 권력)를 한 번 띠어보지 않으면 태어난 보람이 어디 있으랴? 그러기 위해서는 수양이 어서 자리를 떠나야 했다.

'떠나는 이상은 위로… 더 높은 곳, 보위로 떠나소서.'

인지는 당연히 그럴 것으로 믿었다.

간간이 수양의 속을 떠보았다. 그러나 수양은 어느 때건 어린 조카 임금에게 변함없는 충성을 보일 뿐, 다른 눈치는 추호도 보이지 않았다. 그 역시 그럴 것이, 현재 신하의 몸으로 앉아서 대업에 착수하기 전부터 어찌 눈치를 보이랴. 거사할 때에야 비로소 보일 것이다. 언제 착수하려는지 인지는 목을 길게 빼고 기다렸다.

그랬는데 인지가 보기에 참으로 이해할 수 없는 일이 생겼다. 수양이 왕비 책봉을 주장하는 것이었다.

책비라 함은 임금으로서의 자리를 반석같이 튼튼히 하는 것인바, 비록 다른 사람이 이런 주장을 할지라도 수양은 애써 막아야 할 처지라고 인지는 생각했다. 막으려 들면 절호의 핑계도 있으니, 왕은 현재 복상服喪(상중) 중이라 상중 책비라는 것은 해괴무쌍한 일이었다. 핑계가 아니라 원칙적으로도 막아야 마땅했다. 그런데 막기는커녕 도리어 자진하여 이런 패륜한 문제를 끄집어내다니 웬일인가?

물론 인지는 처음엔 반대 의사를 표명하였다. 반대하면서도 당최 수양의 속마음을 알 수가 없었다. 이것은 무슨 속셈인가? 단지 이런 문제를 꺼내 사람들의 눈치를 살피려는 것인가? 혹은 그저 한번 말해본 것인가? 전혀 생각 밖의 일이라 도무지 짐작할 수가 없었다. 도대체 무슨 필요에서인가?

그런데 전광석화같이 왕비 책봉이 결정되고, 뒤따라 대내大內(궁궐 안)에는 여주인이 자리에 들어앉았다. 이제는 왕의 자리가 반석 같아서 흔들림이 없게 되었다. 게다가 원자까지 탄생하면 더욱더 말할 필요도 없었다.

이것이 인지에게는 알 수 없는 일이었다. 이전 세종대왕 때에 황희가 영상의 자리에서 떠나지 않고, 세종 또한 깊이 황희를 믿어서 갈지 않았기 때문에, 게다가 황희는 욕심사납게도 장수했기 때문에, 황희의 뒤에 달린 많은 명상들… 맹사성, 권진, 최윤덕, 노한, 허조, 신개, 이귀령, 남지 등등… 은 모두 우상이나 좌상까지 올랐다가는 혹은 죽든가, 혹은 더 소망이 없어서 치사하고 물러앉든가 하였다. 황희가 죽은 뒤에야 비로소 하연, 황보인 등이 영상에 올랐다.

만약 수양으로서 그 진심이 지금의 언행과 같으면, 한창 장년의 수양이거니 이전의 황희와 같이 '좌상'만 수두룩하니 남기고 '영상'은 수양이 독차지할 것이다.

좌상까지 올라와서 이제 한 걸음이면 인신의 극인 영상 자리가 있거늘, 침만 삼키다가 그만둬야 할 것인가?

스스로도 기회 있을 때마다 수양의 눈치를 진맥診脈(살핌)해보았다. 그리고 동병상련 격으로 권남이며 한명회에게도 그 의논을 해보곤 하였다.

갑술년 봄에는 권남은 이조참판(종이품)이요, 한명회도 초배에 초배를 거듭하여 군자감 부정(종삼품)이 되어 있었다.

인지에게는 과연 궁금한 일이었다. 신숙주에게도 물어보았다. 그러나 또한 일이 일이니만큼, 함부로 주둥이를 놀리다가는 목이 달아날 일이라 덮어놓고 아무에게나 물을 일도 못 되었다.

국혼國婚이 있은 지도 석 달이나 지나서 양춘陽春(따뜻한 봄)의 어떤 날이었다.

정인지는 수양을 자택으로 찾았다. 그날 수양은 몸이 좀 불편하다고 조정에 들어오지 않았다. 이전과 같으면 수양이 정부나 대궐에 들어오지 않으면 왕이 답답하여, 못 견디겠는 모양으로 계속해서 부르고 야단이었지만, 왕비를 맞이한 뒤에는 어떤 때는 수양을 꺼리기까지 하였다. 마치 어린애가 어른의 눈을 꺼리는 것같이, 왕비와 두 분이서 재미있게 지내는 것이 수양숙께 대해서는 스스로 쑥스러운 모양이었다. 싫어서 꺼리는 것이 아니라, 미안하여 꺼리는 것이었다.

수양을 찾으매 수양은 내실에 있다가 나온다. 수양 내외분의 의좋은 것은 종친이며 재상들 사이에도 유명하다. 웬만한 일은 수양은 그 부인과 반드시 의논하였다. 수양 부인은 또한 여중걸출女中傑出로서, 능히 육척남아를 당할 만한 담력과 기력을 가지고 있었다.

"야, 대감. 어떻게 오시오?"

자리에 대좌하면서 수양이 먼저 말하였다.

"어디 편찮으시다더니……?"

"무얼, 봄철이라 그런지 몸이 좀 노곤하기로 하루 쉬기로 했지요. 정부에서는 대감을 비롯해서 한 정승 이하 명상들이 그득해서, 나 같은 우록愚鹿(어리석은 사슴, 자신을 낮추는 말) 하나 있으나 없으나……."

그러고는 몇 마디의 한담이 오갔다. 한담 끝에, 역시 한담처럼 정인지는 이런 말을 하였다.

"중전을 영립하신 이래로 우리 전하께서 단란하게 지내시는 이 자영姿影(모습)을 우리 신하된 자들이 우러르니, 이전에는 늘 홀로 드넓은 대궐에 계시는 것이 얼마나 민망한지 모르겠던 차에, 이즈음은 우리도 탁 마음이 놓입니다."

 수양대군

"피차일반이라, 그래서 여론을 무시하고 제가 욕을 먹을 줄 뻔히 알면서도 전하께 계청을 하여 억지로 어윤御允(임금의 허락)을 얻었지요."

"참으로 나으리 아니시면 못할 일이었습니다. 우리 같은 사람은 먼저 남에게 욕먹을 일이 무서워 어디 그런 말을 꺼내겠습니까?"

"하하, 열네 살부터 창가에 출입한 저입니다. 남녀 음양의 정리는 꽤 소상히 알지요. 군왕이라고 거기 들어서야 다름이 있겠습니까?"

"시생 같은 사람은 벌써 음양지도陰陽之道는 잊었습니다."

"한창 장년의 대감이 그런 말씀을 하시면 어떡합니까?"

"그래도 그런 것은 어쩔 수 없지요."

"말씀이 되십니까? 지금 우리 정부는 한창 청춘입니다. 젊은이가 아니면 큰일을 치를 수 없지요."

여기서 이야기는 한 토막 꺾어졌다. 그 뒤에 수양이 다시 말을 꺼냈다.

"어서 두 번째 경사도 보아야겠지요."

"또 무슨 경사입니까?"

"어서 원자가 탄생하시어 국본이 튼튼해져야 하지 않겠습니까?"

여기서 정인지는 수양의 얼굴을 유심히 살폈다. 오늘 병문

안을 빙자하고 찾아온 것도, 그 속뜻으로는 말끝에 이런 이야기가 나오지 않을까 해서였다. 그리고 그런 이야기가 나올 때의 수양의 표정과 태도를 살펴보고 싶어서였다. 인지가 보기에 수양의 얼굴은 여전히 왕에 대한 이야기를 할 때 존경과 애모가 담긴 표정이었다. 인지도 맞장구를 쳐주었다.

"참으로 어서 국본이 튼튼해져야겠습니다."

"대감은 어떻게 생각하시오?"

"무엇을 말씀이오니까?"

"나에 대해서 이상한 소문이 떠돈다는데, 대감은 못 들으셨소?"

"무슨 소문이오니까?"

수양은 잠깐, 진실로 한순간 주저하는 기색을 보였다. 그리고 말하였다.

"귀가 있으니 들리기는 하지만, 신하된 자의 입에 차마 올리지 못할 말……."

신자의 입에 차마 올리지 못할 말이라 하면 무슨 말인지 물론 통한다. 그리고 인지도 못 들은 바는 아니었다.

"그 말씀이면 소생도 들은 바 있습니다. 귀를 씻고 싶으나 기왕에 들린 말이라 씻는다고 없어질 것도 아니고, 나으리께 다만 황송할 따름이올시다."

"세상은 왜 그렇게도 남의 공론公論(험담이나 입방아) 하기를 좋아하는지. 그런 말을 하는 당자가 스스로 그런 생각을 품었기에 그런 말을 입에 올리는 것이겠지요.”

“과연 그렇습니다.”

“그런 공론을 박멸시키기 위해서라도 하루바삐 국본이 확립돼야겠는데…….”

“그렇다뿐이오리까?”

아아, 이 수양이 과연 진심으로 그런 마음을 품고 있는가? 인지 자기의 심정으로 따지자면 도저히 상식 밖의 생각이었다. 수양의 말마따나, 자기가 그런 마음을 가졌기에 그리 보는 것인가?

“그래도 나으리, 나 같은 어리석은 소견에는…….”

한순간 힐끗 수양을 보았다. 그리고 말을 그냥 계속하였다.

“나으리 같으신 튼튼하고 활달하고…….”

또 한 번 힐끗 보았다.

“능하신 분이 위에 계시면, 얼마나 백성들이 마음 놓고 의지하고 각각 제 생업에 충성되리까?”

단숨에 내리읽듯이 끝맺었다. 그리고는 눈을 푹 내리뜨고 말았다. 수양이 어떤 표정을 하는지, 그것을 보는 것이 목적이었지만 또 보기가 무서웠다.

그러나 수양은 개의치 않는 모양이었다. 천연한 대답이 그의 입에서 나왔다.

"그러기에 내가 딱 전하의 곁에 경마 잡고 전하를 대신해서 만기를 보는 게 아니오니까? 낸들 무얼 별다르리까마는, 전하 어서 장성하시기까지……."

눈을 들어서 봄날의 영창 밖을 내다보는 그의 얼굴에는 희망과 희열이 넘치어 있었다. 어린 조카님을 잘 보육하여서 훌륭한 임금을 만들어보겠다는 그의 의지도 역연히 나타나 있었다. 인지의 상식으로는 생각할 수 없는 인물이었다. 수양이 아무런 말을 하건 아무런 태도를 취하건, 인지는 역시 자기의 상식으로 수양을 측정하였다. 수양이 표면으로 저렇게 행동하나, 장차 날이 이르면 전광석화같이 일을 하기를 마치 계유 시월과 같으리라.

"대감!"

"예?"

"내 이즈음 간간 생각하는데, 다른 게 아니라, 세종대왕 어우의 찬란하던 개명(발달한 문화와 사상) 말씀이오. 섭정이라 하는 건 당하고보니, 옷을 입고 옷 위로 가려운 데를 긁는 것 같아서 아무리 해도 몸소 내 손으로 하는 것만 못할 게란 말이지요. 예전 양녕대군께서 그냥 동궁으로 계시다가 태종 승하하신 뒤에 사위를 하시고, 세종께서 그냥 왕자로서 양녕대군을 섭정하셨다 하면, 그런 개명이 되었을지 대감 어떻게 생각하시오?"

수양대군

이 말이야말로 인지의 마음에 쾅 하니 울리는 동시에 자기의 생각이 결코 그릇되지 않았던 것이라 믿게 하였다.

"그게 되겠습니까? 양녕대군도 현인이시지만, 그분께 세종께서 왕자로 섭정하셨다 할지라도 세종대왕 몸소 하신 데 절반이나 미치겠습니까? 결코 안 됩니다. 옷을 격해 가려운 데를 긁는다는 말이 공연히 생겼겠습니까? 목마른 사람에게 물소리만 듣고 갈을 축이라는 것이나 일반이지요."

"그럴 것 같아요. 아무리 섭정이라 해도 임금의 뜻을 거슬러서까지 정사를 못 할 테니까……."

"그렇습니다."

뒷말이 나오려는 것을 끊었다. 뒷말은 즉,

'그러니까 나으리께서 더 올라가셔야 마음대로 정사를 할 수가 있습니다.'

하는 것이었다.

그러나 이 약간한 희망을 보여 주었을 뿐 수양의 말은 다시 그리는 가지 않았다. 여전히 인지로서는 수양의 마음을 분명히 알 수가 없었다.

"옷을 격해 가려운 데를 긁는다는 이 시원치 않은 수단으로 어떻게 해서든 우리 전하의 어우(집권시기)를 요순의 어우같이 만들고, 우리 전하의 적자를 요순 때의 백성같이 만들어 드리고 물러앉아야만 내 임무가 다하는데… 무위히 날짜만 보내다가 환정을 하면 그런 싱거운 일이 어디 있겠소이까? 그러기 위해서는 대감 같으신 좋은 협조자가 있어야겠는데, 대감 도와주시오. 미력한 이 수양을 도와주시오."

"나으리의 앞에서 견마의 역을 다하오리다. 있는 힘 다 쓰오리다."

인지는 이렇게 응하지 않을 수가 없었다. 그리고 좀 더 이야기하다가 하직하였다.

밀담

하인배를 앞뒤로 거느린 권남의 행차가 종로 거리를 지나고 있었다. 섭정 수양대군의 총애를 받고, 따라서 왕의 총애도 두터운 가운데, 벼슬이 이조의 아경亞卿으로 있으니만치 꽤 서슬이 퍼랬다.

계유년 시월 정난 직후에는 이조 판서에 수양이 몸소 들어앉았다. 그랬다가 시국이 좀 안정되자, 그 자리를 정창손이 맡게 하고 수양은 물러섰다. 권남은 지금 정창손 아래서 차관次官의 임무를 보고 있는 것이었다.

권남도 정인지와 같은 생각을 하고 있는 사람이었다. 같다 한들 정인지같이 영상의 자리를 바라보기에는 아직 지위가 너무 낮았다. 낮은 관원 자리는 한 벼슬에도 여러 자리씩이 있으므로 승차하기도 쉬우나, 정이품 위로 올라가자면 그렇지 못하였다. 육조의 판서가 한 조에 한 명씩, 합계가 여섯 명, 유수_{留守} 세 명, 이렇게 정이품은 다 합하여 아홉 자리, 그 밖에는 차관으로 좌우참찬과 금부지사가 있을 뿐이다. 거기서 올라가자면 종일품으로 금부판사 한 자리와 의정부 좌우찬성 각 한 자리씩, 합계가 단 세 자리다.

거기서 더 올라가자면 우의정 단 한 자리, 또 더 올라가면 좌의정 한 자리, 또 더 올라가면 영의정 한 자리, 그 뒤에는 중추부_{中樞府}의 한직이다.

요컨대 참찬이나 판서_{判書}는 권남의 눈앞에 있는 자리니 그다지 요원하달 것도 없지만, 거기서부터는 단 두 자리 있는 찬성_{贊成}인데, 자리는 단둘이나 바라보는 사람은 시임과 전임의 수두룩한 정이품들이다. 더 수두룩한 경쟁을 뚫고 찬성의 자리에 올라서야 비로소 정승의 자리에 들게 되는데, 그것이 참 요원하였다.

사람이란 도대체 운수가 틔어야 무슨 일이든 되는 것이다. 권남 자기로 볼지라도 서른다섯 살까지 과거에는 계속해서 낙제만 하고, 늙은 서생으로 지내지 않았는가? 그렇거늘 단 두 자리 있는 '찬성'이라는 열매야 어찌 쉽게 따질 것인가? 우선 현임 찬성이 의정으로 오르든가 벼슬을 사퇴하든가 해서 그 자리가 비어야 대임자의 필요가 생길 것이고, 대임자의 필요가 생겨야 수두룩한 시전임_{時前任}의 정이품관 가운데서 한 명이 뽑혀 올라갈 터이니 까마득한 노릇이다. 게다가 자기는 아직 정이품조차 못 되고 종이품이라는 자리이니, 종이품에서 정이품이라는 것은 이 또한 단 한 계단에 지나지 못하지만 어려운 몫이다. 종이품관이라는 것은 굉장히 수효가 많다. 그 많은 가운데서 뽑혀서 정이품까지 올라가기가 여간한 것이 아니다. 종이품으로 그치는 사람이 많다. 현재 자기는 수양대군을 통하여 왕의 신임을 사고 있으니 이 점만은 다른 사람보다 마음이 든든하였지만, 거기서부터 위는 자리의 수효가 너무 국한되고 뒤를 기다리는 사람이 너무 많아서 '내 몫'이라고 예단할 수가 없었다.

그런지라, 정승의 자리를 바라보기는 좀 지나친 욕심이었다.

정인지는 좌의정에서 영의정으로— 거기는 경쟁자도 없고 딴 길도 없이 다만 현임 영의정이 없어지기만 하면 자연히 정인지가 그리로 오르게 될 것이지만, 권남이 의정의 자리를 바라보기는 너무도 멀었다.

다만 정인지와 같은 생각을 갖는다고 하는 것은, 권남도 정인지와 마찬가지로 수양이 궁극의 자리에까지 오를 것이라고 믿고 있는 점이었다.

수양이 궁극의 자리에까지 오른다 할지라도, 권남이 일약 정승으로 오를 것은 스스로도 바라지 않았고, 그렇다고 특별히 수양의 정치적 수완을 믿어서, 수양이 오르면 이 나라가 훌륭해지겠다는 애국적 사상으로 인해서도 아니었다. 또한 수양에 대해서 개인적으로 특별한 호감을 가진 것도 아니었다.

수양이 사람들을 모을 때에 맨 처음 수양의 휘하에 든 것이 권남이었다. 아니, 적절히 말하자면 수양께 사람을 모으라고 제안한 것이 권남이었다.

그때에 권남은 벌써 '수양이 장차 가만있지 않을 사람'이라 보았다.

그랬으므로 수양의 일거일동을 모두 권남 자기의 선입관으로 보고 해석하였다.

그랬던 만큼 이번 왕비 영립을 가장 의외로 생각하고 가장 놀란 사람 가운데 하나로 권남이었다.

왕비가 영립되고 석 달, 넉 달을 두고 관찰해도 수양의 태도에는 추호도 별다른 기색이 없었다.

이날도 대궐에서 권남은 왕과 수양대군이 의좋게 왕도를 강론하던 모양을 보고 지금 퇴궐하는 길이었다.

며칠 만에 한명회나 만나 이야기라도 하고 싶어서 이조의 하인을 군자감으로 보내 보았더니, 벌써 명회는 집으로 돌아갔다 하므로 지금 명회의 집으로 행차하고 있는 것이었다. 빈손으로 서울로 뛰쳐올라온 한명회는 계유 시월의 공으로 군기시 녹사에 임명되고, 초배에 초배를 거듭하여 겨우 다섯 달 만에 종삼품관에 오른 것은 물론 많은 노비와 전장을 하사받아, 지금은 고래등 같은 기와집에 많은 노비와 전장을 갖고 호화로운 생활을 하고 있었다.

피차일반이지만, 땟국 흐르는 도포차림에 수양 댁을 찾아다니던 것이 겨우 반년 전, 지금 누리는 부귀를 생각하면 입가에 저절로 미소가 떠오르는 권남이었다.

그때였다.

"물렀거라!" 하는 소리가 우렁차게 저편에서 들려왔다. 행차의 규모로 보아 왕자나 정승의 행차가 분명했다. 권남의 행차는 재빨리 옆길로 피하였다.

그 행차는 권남이 있는 곳까지 이르러서 멈추었다. 좌의정 정인지의 행차였다. 방금 수양대군을 만나고 돌아가는 길이었다.

권남은 얼른 초헌軺軒에서 내렸다. 그리고 정승께 등지고 돌아섰다. 그랬더니 정승은 하인을 보내서 권남을 부르는 것이었다.

정승께 가까이 나아가려 하자, 인지는 자기의 행차를 가자고 분부하고, 권남에게는 손짓으로 따라오라는 신호를 보냈다. 권남은 자기의 행차를 뒤따르라 시키고, 자기는 걸어서 정승의 행차를 따라갔다.

집에 이르러, 인지는 사랑에 좌정坐定하고 권남은 영외楹外에 읍하고 섰다. 인지는 읍하고 서 있는 권남을 사랑 앞으로 불러들여 대좌하였다.

수양의 생각이 무언인지는 신하된 자의 입 밖에 내어 의논할 수 없는 일이었다. 같은 정난공신靖難功臣이라 하여, 계유 시월의 사변으로 공신 호를 받은 사람끼리도 마음대로 의논할 수 없는 일… 인지가 수양에게조차 노골적으로 못 물어본 일이었다.

그러나 여기 정인지와 권남 두 사람끼리는 늘 마음을 터놓고 은밀히 의논하고 있었다. 권남이 한명회에게조차 터놓고 의논치 못한 일, 또 인지가 우의정 한확이나 신숙주에게도 의논하지 못한 일을 인지와 권남은 터놓고 의논하고 하였다. 누구 딴 사람의 귀에 들어가기만 하면 단박에 고변告變해서 부귀를 얻을 수 있을 만큼 끔찍한 이야기를 주고받고 있는 사이인 셈이었다.

"수양대군 댁에서 귀가하는 길일세."

인지는 이 말부터 꺼내었다.

예에 의지하여 사람들을 물리쳤다. 그러고도 더 경계하는 뜻으로, 웬만한 긴요한 이야기는 필담으로 하였다. 필담을 한 뒤에는 그 초지는 불태워버렸다.

그날 아직 해가 꽤 높을 때에 인지 댁에 온 권남은 밤이 깊어서야 의논을 끝냈다.

이것은 수양에게도 비밀이요, 한명회에게도 비밀이었다.

　　　　　　　　　　　　　　　수양대군

상왕을 꿈꾸다

왕비 송씨를 맞은 뒤에 왕은 비로소 사람 사는 세상의 낙이라는 것을 알았다.

한 옛날 아직 강보 시절에 할아버님 세종대왕의 귀염을 받아 본 이후로는, 가슴을 누르는 진실한 사랑은 아직 경험해보지 못한 왕이었다. 늘 책망하는 듯한 언짢은 태도로 보시던 아버님 문종 아래서 소년 시기를 보냈다. 간간 입궐하는 종조부 양녕대군이 그래도 가장 살뜰히 살펴주던 이였다.

근자에 수양숙의 애모를 받았다. 그러나 수양대군의 애모는 역시 어려운 데가 있었고 서먹서먹한 데가 있었다.

금년 열네 살… 할아버님(세종대왕)이 건강을 잃은 뒤부터는 인간 세계에서 '애정'이라는 것은 없는 쓸쓸한 세상에서 삶을 계속한 것이었다.

이러한 과거를 보냈으니만치 상대하는 사람에게서 '사랑' 눈치를 알아보는 데는 매우 민감하고 올되어 있었다. 이 왕이 이번에 맞은 왕비는 왕보다 한 살 위로서 열다섯 살이었다. 애정을 줄 줄도 받을 줄도 아는 이였다. 처음 한동안의 수줍은 기간이 지나자 지아비를 온 정열을 들여 애모하였다.

한편 왕은 아직 정치에 호기심을 갖지 못한 나이였기에 숙부 수양이 그 방면은 도맡아서 처리하므로, 왕은 결국 그편이 당신께도 편하여서 전혀 간섭하지 않았다. 수양이 간간이 스스로 결재하기에는 중대한 문제라 어전에 꺼내들든, 혹은 수양에게 의논하지 않고 직접 어전까지 오르는 일이 생기면 이조차 귀찮았다.

그럴 때는 어김없이 "숙부님이 잘 처리해주세요" 하고 밀어 버리곤 하였다.

수양은 왕의 친재가 꼭 필요한 사무 같은 것은 일부러 좌의정 정인지를 대신 내세워 올려보내기도 하였다. 수양이 직접 가지고 들어가면

"숙부님, 알아 처리해주세요."

하고 밀어 버리므로 이런 방도를 밟는 것이다.

그런 일을 당하여도 왕은 역시 인지에게 "수양숙에게 여쭈어 하라"고 책임을 밀었지만, 인지는 수양이 자기를 일부러 보낸 뜻을 알므로, 끝끝내 졸라서 친재를 얻어 나오곤 했다.

이런 사무가 진실로 귀찮고 번거로웠다. 할 수만 있으면 왕

비 처소에 왼종일 들어 있고 싶었다.

갑술년 가을…….

왕비를 맞은 지 반년 남짓, 애정이 들 대로 들어서 그저 귀엽고 사랑스럽기만 한 그 어떤 날이었다.

그날도 왕은 잠깐 경연에나 나타났다가 곧 다시 내전에 들 예정이었는데, 경연이 끝난 뒤에 양사에서 무엇을 계청할 일이 있다는 것이었다.

귀찮았다. 그래서 여느 때처럼 수양숙께 문의하라고 하였다.

그랬더니, 경연에 입시했던 좌의정 정인지가 또 꼭 친재를 내려 달라고 졸랐다.

무슨 특별한 계청이라도 있는가 해서 양사의 관원을 편전으로 불렀더니 또,

"안평대군의 여당이 아직도 여기저기 남아 있으니 제거하십시오"

하는 것이었다.

왕은 화를 냈다. 겨울내내, 다시 봄내내 이 문제를 가지고 성가시게 굴어서 적잖은 인명까지 축내어 놓고 아직도 무슨 부족이 있는가. 계속해서 연신 누구도 여당이요, 누구도 여당이요, 너무도 귀찮게 굴어서, 지난봄에도 왕은 화를 낸 일이 있었다. 그리고 다시 그 문제는 꺼내지 말라고 엄비嚴批(상주한 글에 대하여 임금이 내린 대답)를 내렸던 것이다. 수양숙도 그때

그런 차자(상고)를 한 이를 불러 단단히 꾸중하고 체직遞職(벼슬을 갈음)까지 시켰었다.

여름 한 철 다시 그 문제가 없기에 잊어버리고 있었더니, 아직도 이런 무리가 남아 있었다고? 왕은 왈칵 노여움을 쏟아냈다.

"응, 그래 누구가 또 여당이란 말이냐, 응? 봄에도 그만치 말했고, 다시 그 문제를 꺼내는 자는 엄벌을 내리겠다 했는데, 그만치 말했으면 내 뜻을 알 게지… 썩 물러가서 대죄하거라."

그러고는 내관을 돌아보았다.

"저들을 금부에 내려서 엄히 치죄하렷다!"

얼굴이 붉어지며 분부하였다.

양사의 관원은 왕명으로 금부에 내려졌다. 왕은 자리를 떨치고 내전으로 들려 하였다. 그때 좌상 정인지가 왕을 막았다.

"전하! 전하!"

"왜 그러시오?"

"지금의 처분 거두어주십시오. 언관들의 말에 실수가 있었는지는 모르겠습지만, 언관을 벌해서 언로를 막는다는 건 성조聖朝(어진 임금이 다스리는 조정)에는 있지 못할 일이옵나이다."

왕은 눈길을 인지에게로 옮겼다. 한참을 보았다. 정승이라는 지위에 대한 대접으로든, 학식에 대한 대접, 나이에 대한 대접으로든, 어디로든 이 정승에게는 호통을 칠 수가 없는 왕이기에, 한참을 말없이 바라만 보다가 마지막에야 말하였다.

"에… 에, 귀찮어! 숙부님은 오늘 왜 아직 안 오시나?"

"전하, 국문 처분을 거두어 주시옵소서."

"천천히 거둡시다. 언관에게 언관의 권세가 있으면 임금에게는 임금의 체모도 있으니까. 방금 내린 처분을 어떻게 벌써 거두겠습니까? 나도 공정왕(정종)같이 선위하고 물러앉아 인선ㅅ仙이나 될까? 그러나 세자가 있어야지……."

왕의 이 자탄에 대하여 입시해 있던 권남이 말을 끼었다.

"참 공정왕 전하같이 다복하신 분은 세상에 다시 없으시리다."

"춘추 얼마에 승하하셨지요?"

"춘추 예순셋, 재위 2년, 상왕으로 19년, 슬하에 15남 8녀를 두셨으니… 수壽, 부富, 귀貴, 다남자多男子까지, 인간으로 태어나 이 이상의 팔자가 어디 있겠습니까? 다른 면에서 비슷한 사람이 있을지는 모르겠으나, 만승萬乘(제왕의 자리)의 위엄까지 누리시고 수·부·귀·다남자를 두루 갖춘 분이 어찌 또 있겠습니까?"

이 대화에 인지도 끼어들었다. 인지 또한 왕을 향해 이전 정종대왕의 다복함을 극구 찬송하였다. 정종대왕이 태조대왕의 아드님으로 태어나 한때 왕위에 올랐다가, 그 자리를 아우인 태종께 물려주고 상왕의 존귀한 신분으로 여생 19년을 더 보낸 것은 과연 인간 세계에서 보기 드문 다복함이었다는 둥.

그러고는 왕실에 있던 세 분의 존귀한 이들, 태상왕 태조, 상왕 정종, 시왕 태종, 사이의 단란한 왕래와 여생에 관한 이야기가 이어졌다.

인지뿐 아니라 요즈음 시강관들, 권람, 최항 등은 흔히 이전 왕들의 이야기를 하곤 했다. 그들의 입에서 나온 상왕의 여생이란 진실로 부와 귀를 아우른 인선의 생활이었다. 왕위란 지존지귀한 것이니 한 번 거쳐 가는 자리일 뿐, 물러난 뒤 상왕으로서 한가롭게 거하며 인간의 복락을 다 누리는 것이 마치 원칙인 듯한 어조였다.

"열성列聖께서 모두 상왕이 되셨습니까?"

"그렇습니다. 태조께서 공정왕께 전위하고 상왕이 되셨고, 공정왕은 태종께 전위하고 상왕이 되셨으며, 태종께서는 세종께 전위하고 상왕이 되셨습니다. 세종께서는 문종께서 너무 약하셨기에 정무를 대신 살피게 하며 건강 회복을 기다리시다가 불행히 먼저 승하하셨지요. 그 뒤는 전하께서 겪으신 바와 마찬가지로, 문종께서 재위 겨우 2년 남짓 만에 그렇게 승하하실 줄은 모르셨다가 의외의 붕척崩陟(임금이 세상을 떠남)이라는 망극함을 당하신 것이 아니옵니까?"

말하자면 상왕의 자리라는 것은 아무런 구속도, 부자유도, 번잡함도 없이 영화와 즐거움만 있는 곳이라는 뜻으로, 은근

수양대군

히 부러운 마음이 들 법한 이야기들이었다.

사실 그런 이야기를 듣지 않아도 소년의 마음에는 이 '왕위'라는 것이 귀찮고 역하게 느껴질 때가 많았다. 아직 왕위의 즐거움은 한 번도 경험해보지 못한 반면, 귀찮고 역한 일은 나날이 겪고 있었다. 게다가 무슨 일 하나 마음대로 행할 수가 없었다. 사사건건 집현전이 차자를 올리고, 사헌부가 논집하며, 사간원이 간쟁했기 때문이다.

당신이 행한 일에 관해서는 일일이 말썽을 부리고 트집을 잡으려 했다. 정무는 모두 들어서 수양숙께 맡겼으니, 말썽을 부리려거든 수양숙께 가져가면 좋을 것을, 반드시 왕에게로 가져오는 것이었다. 무신들의 사무 처리는 수양께 가져가면서도, 문신들의 말다툼은 꼭 왕에게 가져왔다.

매부 영양위나 왕비 송씨에게 들으면, 임금이 아닌 사람에게는 이러한 구속이 없다고 한다. 당신이 임금이기 때문에 이런 구속을 받는 것이었다. 재상들의 이야기로는 상왕에게는 영화만 남고 구속은 없어진다고 한다. 또한 그 말이 아주 허무맹랑한 소리가 아닌 증거로 태조, 정종, 태종 세 분 모두 퇴위하여 상왕으로 여생을 보내지 않았는가? 왕이 존귀하다는 것은 '왕 그 자체'가 존귀해서가 아니라, 왕을 거쳐 상왕이 될 수 있기 때문에 존귀한 것이 아닐까? 지금의 왕에게는 조금도 왕위가 좋아 보이지 않았다.

종묘사직은 지중지대至重至大한 것이라 한다. 종사가 지중하
니 지금은 어쩔 수 없으나, 장차 세자가 생겨 나이가 차면, 지
금 생각 같아서는, 당신도 자리를 세자에게 맡기고 상왕이 되
어 신선 같은 여생을 보내고 싶었다. 부마 영양위의 영화도 눈
이 부실 정도인데, 상왕의 영화는 얼마나 대단한 것인가?

한두 마디 더 나누고 왕은 다시 일어나려 했다. 그러자 인
지가 또 막아섰다.

"전하, 아까 그 언관을……."

"오늘은 머리가 아파서 아무것도 하기 싫소. 있다가 수양숙
이 들어오시면……."

"전하, 정무를 게을리하지 마시옵소서. 인군人君의 길은……."

또 잔소리가 나오려는 것을 왕은 모른 체하며 일어나려 했
다. 그때 승지가 차자를 들고 들어와 내관을 거쳐 바쳤다. 아
까 의금부에 가둔 언관들을 너그럽게 용서하시어, 언로를 넓
게 터서 막힘이 없도록 해달라는 내용이었다.

"정무는 일체 수양숙께 맡겼으니 내게까지 가져오지 마시
오. 내가 아직 철없는 동치童稚(나이가 적은 아이)로 무얼 알아서
어떻게 처분하겠소? 수양숙께, 수양숙께 보내시오……."

왕은 모두 떠넘기려 했다.

"전하, 전하께서 몸소 내리신 분부를 영의정인들 어찌하겠
습니까? 국문 처분을 거두어 주시옵소서."

수양대군

"안평대군의 여당을 다시 운운하는 자가 있으면 엄벌하겠다고 지난봄에 하교했소. 왕언王言은 지중한 것이거늘, 내 어찌 앞서 한 말을 뒤집어 번복무쌍한 사람이 되겠소?"

임금에게 언관과 사신詞臣(문장을 맡은 신하)이라는 존재는 무의미할 뿐만 아니라 귀찮기만 했다. 수재든 한재든, 화재든 풍재든 변재든, 심지어 천재지변까지도 모든 재난이 임금이 부덕한 탓이라 하였다. 살인강도나 불효패륜 사건이 생겨도 임금의 덕이 부족해서라고 하였다.

무슨 재변이든 생기면 임금은 하늘에 근신하는 뜻으로 수라의 가짓수를 줄이는 감선減膳(임금이 재변을 만나 반찬 수를 줄이며 근신함)을 하고, 정전正殿을 피하며, 환락을 멀리하여 사죄해야 한다는 것이었다.

왕은 이 이치를 알 수가 없었다. 일식과 월식, 천재지변이 정치의 실수 때문에 하늘이 내리는 벌이라면, 마땅히 정치를 직접 담당한 정부가 책임을 져야 하는 것 아닌가? 경상도 어느 지방에서 불효자가 생겨 누군가 책임을 져야 한다면, 그것은 경상감사가 질 일이었다.

수양숙 또한 그 점에 대해서는 왕과 뜻이 같은 모양이었다. 얼마 전 강원도 어느 곳에서 지진이 심하게 일어나 집 수십 채가 무너지고 인명과 가축의 피해가 적지 않았을 때, 어느 사신이 왕께 정전, 정전을 피하시라, 아뢴 적이 있었다. 그때 왕을 모시고 있던 수양이 나섰다.

"정전을 피하는 일은 임금이 스스로 삼가서 하실 일이지, 신하 된 자가 감히 아뢸 바가 아니다."

수양이 신하를 꾸짖는 모습에 왕은 미처 생각지 못했던 통쾌함을 느꼈다. 지난 사월, 하늘에 해무리가 끼고 몹시 가물어 왕께 수라의 가짓수를 줄이는 감선을 청할 때도 수양숙은 그들을 꾸짖었다.

이런 일들을 겪으며 왕은 수양숙이 승하한 부왕의 성격과 전혀 다름을 발견했다. 부왕은 문신이 무엇을 청하든 너그럽게 받아들였다. 감선을 하시라 하면 감선했고, 정전을 피하시라 하면 정전을 피했다. 부왕은 이것이 모두 옛 성현이 가르치고 지시한 일이라 하여 절대적으로 따랐다. 오히려 신하의 권고를 받기도 전에 먼저 행하려고 노심초사하며 서둘렀다.

그런 아버님 아래서 유년 시절을 보낸 왕은, 문신들이 청하는 일은 당연히 몸소 실천해야 하는 것으로만 알았다. 그런 일에 반대할 수 있다거나, 실제로 반대한다는 것은 꿈에도 생각해본 적이 없었다.

하지만 수양숙은 달랐다. 그런 막연한 청은 늘 왕을 대신해 일축해버리곤 했다. 여기서 왕은 '반대할 수도 있구나'라는 사실을 비로소 깨닫는 동시에, '왜 임금이 천변지재의 책임을 독차지해야 한단 말이냐'라는 의구심까지 품게 되었다.

수양대군

문신이라는 존재는 오로지 이런 말썽을 부리기 위해 존재하는 모양이었다. 수양숙이 곁에서 버티며 이런 추상적인 청들을 일축해버리는 줄 뻔히 알면서도, 문신들은 끊임없이 그런 문제만 들고 찾아왔다. 수양숙이 대신 막아주기에 견디는 것이지, 그 문신들의 시달림을 왕 홀로 감당하기에는 도저히 역부족이었다.

이에 대하여 수양은 어린 왕에게 이렇게 여쭈었다.

"문신들은 할 일이 없어 한가하기 때문이옵니다. 영묘 시절에는 무신들에게는 동정서벌을 시키시고, 문신들에게는 저작·찬술·연구 등을 분부하셔서 눈코 뜰 새 없이 바쁘게 만드셨습니다. 그러니 어느 겨를에 그런 사소한 일로 말썽을 부릴 틈이 있었겠습니까? 『고려사』, 『효행록』, 『자치통감훈의』, 『역대병요』, 『용비어천가』 등에다 언문 창제, 무악, 천문, 지리까지 만반의 일에 몰두하게 하시어 사소한 논쟁으로 말썽 부릴 여유를 주지 않으셨던 것이옵니다. 전하의 치세 또한 불행히도 지금껏 재변이 잇따라 손쓸 틈이 없어 아무 일도 시작하지 못하셨지만, 차차 문사들을 부려 찬술에 전력을 쏟게 함으로써 딴생각할 겨를이 없도록 하시옵소서. 사람이란 한가하면 게으르고, 게으르면 딴생각이 나기 마련인 모양이옵니다."

'제발 그렇게 되었으면.' 문신들이 뵙겠다고 올 때마다 왕은 가슴부터 답답해지곤 했다. 이번에는 또 무엇으로 답답하고 귀찮게 굴려는 셈인가 싶어서였다.

어느 날, 가을이 꽤 무르익은 절기에 왕은 내전에서 수양을 보았다. 그때 왕은 수양에게 이런 말을 건넸다.

"숙부님, 가령 내게……." 왕은 말을 더듬었다. "동궁이 생긴다면 말입니다. 그 동궁이 자라 몇 살쯤 되면 친정을 하게 되겠습니까? 즉, 동궁이 즉위하려면 말입니다."

수양은 알아듣지 못하겠다는 듯 머리를 기울였다. 왕은 말을 바꾸었다.

"우리 왕조의 태조, 공정왕, 태종, 이 열성께서는 모두 일찍이 세자에게 자리를 물려주고 물러나 상왕이 되셨지요?"

"듣고보니 그러하옵니다."

"꼭 상왕이 되어야 한다는 격식이 있는 것은 아니지요?"

"그런 격식이 어디 있겠습니까?"

"그럼 어찌하여 그러셨을까요?"

"그야 태조께서는 새 국가를 후손에게 물려주고자 창업하셨기에 잠깐 재위하신 뒤 은퇴하신 것이고, 공정왕께서는 당신보다 태종께서 더 뛰어난 인재이심을 아셨기에 물려주신 것이옵니다. 태종께서도 당신보다 아드님인 영묘께서 더 훌륭하심을 아시고 물려주신 것이라 신은 생각하옵니다. 그러나 영묘께서는 아드님 문종보다 당신께서 더 오래 계셔야 함을 아셨기에, 32년이라는 긴 세월을 재위하시고 승하하시는 날까지

수양대군

임금으로서 자리를 지키지 않으셨습니까?”

인지에게 들은 말과는 조금 달랐다.

“전하, 새삼스레 그것은 왜 물으십니까?”

“아니, 누군가에게 들으니 상왕이라는 신분은 아주 편안하고 영화로운 데다…….”

왕은 뒷말에 조금 더 힘을 주어 맺었다.

“귀찮은 문제나 뒷책임이 없는 지상 제일의 팔자라더군요.”

“하하하! 그래 전하, 벌써 상왕이 되시렵니까?”

수양의 웃음에 왕도 웃었다.

“동궁이 없으니 종사를 어떡합니까? 그저 욕속부달欲速不達(빨리 하고자 하면 달성하지 못한다)이지요.”

“그야 종친 중에서 세자를 책봉하면 됩니다만, 전하도 참…….”

“그렇게도 합니까? 다른 사람을 세자로 책봉하는 것이…….”

“공정왕께서도 아우이신 태종을 세자로…….”

이렇게 말하다가 수양은 무엇이 생각난 듯 황급히 말을 돌렸다.

“전하도 참, 임금이 계셔야 상왕도 있는 법이 아니옵니까? 임금 없이 상왕이 어찌 생기겠습니까? 임금 이상의 팔자가 어디 있겠습니까? 하늘 아래 제일이라 하는 상왕은 없어도 나라는 유지되지만, 임금이 안 계시면 나라가 어디 있겠습니까? 임금은 천하의 아버님이지만, 상왕은 그저 임금의 친속일 뿐인데 임금 위에 또 누가 있겠습니까?”

왕은 역시 웃기만 했다.

“임금이 되고보니 별로 신통한 일도 없습니다, 숙부님. 그래서 임금보다 높은 사람이 어디…….”

“천만에요, 임금보다 높은 이가 어디 있겠습니까? 왕위는 욕심내어 찬탈하려는 자가 흔하지만, 상왕위를 찬탈한다는 괴변은 들어본 적이 없사옵니다.”

왕은 다시 웃기만 할 뿐이었다.

수양대군

풍문의 그림자

"우리도 어렸을 적에는 그랬겠지. 우리 전하께서는 천승千乘
(일천 대의 전쟁용 수레)의 용상보다도 상왕의 자리를 더 부러워
하신단 말이지."

어전을 물러나와 정부로 돌아온 수양은 웃으며 좌우의정에
게 이렇게 말했다. 영의정 정인지를 비롯한 좌우 의정이 수양
에게 물었다.

"그래, 나으리께서는 뭐라고 답하셨습니까?"

"답할 게 뭐 있겠소? 그저 웃고 말았지."

인지는 손을 허리에 대고 몸을 두어 번 흔들며 다시 말을
이었다.

"나으리, 요즈음 시생이 가끔 그런 생각을 해봅니다. 주상
전하께서는 너무 어질고 마음이 약하시지요. 천만 백성을 거
느리실 어깨로는 너무 작으시단 말씀입니다. 그 때문에 관민

이 모두 은근히 걱정하고 있습니다. 나으리께서도 전하께 직접 들으셨다니 더 말할 것도 없지만, 제가 뵙기에도 너무 무거운 짐을 혼자 짊어지고 번뇌하시는 기색이 역력합니다. 적당한 계승자만 있다면 전하를 상왕으로 높이 모시고 존귀한 여생을 보내시도록… 이것은 전하께서도 희망하시는 바이니까요……. 그렇게 해드리고 싶은 생각도 간혹 납니다. 나으리 생각은 어떠신지요?”

“하하하하! 내가 박학하지 못해 잘 모르지만, 동서고금을 막론하고 ‘소년 상왕’이 있었다는 말은 듣지도 읽지도 못했소이다.”

“그래도 전하께서 그것을 희망하시는데 말입니다! ‘희망’이라는 말이 적절치 않을지는 모르겠으나, 조금 그……”

“그것은 신하들의 실수지요. 정부나 양사, 삼사, 사사, 정원 등에서 너무 귀찮게 해드리기 때문이오. 사람이 때로 ‘에라, 죽어버릴까’ 생각할 때가 있어도 정말 죽고 싶어서 그러는 것이 아닌 것과 마찬가지요. 그저 상황이 힘드셔서 하시는 말씀일 뿐이지. 그러니 우리들이 잘 보필하여 그런 생각이 들지 않도록 해드려야 하지 않겠소? 우리 잘 협력합시다.”

그날 수양은 신숙주를 집으로 불렀다. 신숙주에게 문사들을 동원하여 저작과 찬술 사업을 크게 일으키라는 명을 내렸다.

우선 신숙주가 총재總裁가 되어 집현전 문사 중 적임자를 골라 춘추관 직을 겸임하게 하고, 승정원과 협력하여 태조, 태종, 세종, 문종 4조의 사적을 정리하도록 했다. 이것이 『국조보감國朝寶鑑』의 시작이었다.

『동국통감』의 찬수와 『통문관지』, 『오례의伍禮儀』 등 수많은 편찬 사업을 준비하게 했다. 세종 조에 착수했다가 중단되었거나 휴식 상태에 있던 것들까지 모두 다시 시작하게 하고, 새로 시작할 과업들을 골라내게 했다. 또한 선비들을 모아 오경伍經 해석의 차이점을 논하게 하여 최선의 답안을 얻게 하고, 역학易學과 구두句讀를 연구하게 하는 등 온갖 방면으로 유신儒臣들을 부려먹을 안을 짜내었다. 슬기롭고 박학한 숙주는 수양의 이런 구상에 훌륭한 고문이자 협조자가 되어 주었다.

수양의 이런 계획이 어떤 의도에서 나온 것인지 짐작한 숙주는, 그의 뜻에 부응할 수 있도록 많은 안을 마련해 오기로 약속하고 물러갔다.

한가하기에 옛 예법이나 따지고 남의 허물만 들춰내던 사사와 예문관, 승문원, 춘추관, 성균관 등의 문신들에게 차례로 겸직兼職의 명이 떨어졌다. 한편으로는 쓸데없는 상소나 간언은 가차 없이 거부하고, 정도가 심한 자는 관직을 바꾸거나 파직하기까지 했다.

그 대신 유능한 인물들은 파격적으로 발탁했다. 사품과 오품직에 머물던 박팽년, 성삼문, 이개, 하위지 등이 모두 삼품 관으로 승차했다. 세종대왕이 병석에 누운 뒤로 십 년간 정체 되어 잔소리나 일삼던 조정도 조금씩 활기를 띠기 시작했다.

이리하여 갑술년이 지나고 을해년이 밝았다.

을해년 이월, 또 한 가지 사건이 일어났다.

지난해 연말경부터 장안에는 이상한 소문이 차차 퍼지기 시작했다.

"왕이 그 자리를 수양대군에게 물려주고, 당신은 상왕이 되 신다."

대략 이런 내용이었다.

이 소문이 얼마나 널리 퍼졌는지는 알 수 없으나, 수양의 귀 에 들어온 것은 부인의 입을 통해서였다. 하인들이 얻어듣고 온 소문이었다. 하인들의 귀에까지 들어갈 정도라면 항간에는 꽤 파다하게 퍼진 모양이었다. 그렇다면 한명회나 권람 같은 측근들도 당연히 들었을 텐데, 왜 수양에게 전하지 않았을까?

너무 무서운 소문이라 차마 입에 올리지 못한 것일까, 아니 면 자기들이 퍼뜨리고 화답한 일이라 스스로 사뢰기가 민망 해 망설인 것일까? 부인의 입을 통해 수양의 귀에 이 소문이 들어온 것은 을해년 정월이었다.

수양은 민망했다. 그런 소문을 듣고 나니 모든 사람이 자기 를 주목하는 것만 같았다. 항간에 널리 퍼진 소문이라면 재상

 수양대군

들 중에도 들은 이가 많을 터였다. 소문을 들은 날부터 사람들의 눈치가 갑자기 달라질 리는 없겠지만, 웬만한 일에는 구애받지 않는 수양의 성격에도 모두가 저를 지켜보는 듯해 꽤 마음이 켕겼다.

무엇보다 재상들보다도 왕의 귀에까지 이 소문이 들어가면 어찌해야 하나 걱정이었다. 그날은 종내 조카를 뵙지 못했다. 스스로 송구하여 뵐 용기가 나지 않았기 때문이다.

이튿날은 왕이 시종을 보내 부르는 바람에 어쩔 수 없이 어전에 나아갔다. 그 풍문에 관해 하문이 있지는 않을지, 적어도 낯빛이라도 다르지 않을지 마음이 조마조마했다. 그러나 조카 왕은 아무런 다른 기색이 없었다. 수양은 그제야 길게 숨을 내쉬었다. 그렇게 며칠이 지나는 동안, 이제는 어전에 나아가는 것이 어색하지 않을 만큼 평정심을 회복했다.

어느덧 정월이 지나고 이월이 되었다. 이월 초에 수양은 왕에게 휴가를 얻어 며칠간 쉬기로 했다. 쉰다고 해서 누워 지내는 것이 아니라, 백부인 양녕대군을 따라 사냥을 나간 것이었다. 정무에 골몰하기도 했고 백부의 권유도 있어 며칠 다녀오기로 한 것이다. 수양은 떠나기 전, 좌우의정과 신숙주에게 자기가 없는 동안 결코 번거로운 일을 꺼내어 왕의 마음을 괴롭게 하지 말라고 단단히 당부했다.

사냥을 다녀온 뒤 곧장 입궐하여 어전에 나아갔다. 그런데 용안에 매우 언짢은 기색이 가득했다. 수양의 문안 인사도 받는 둥 마는 둥했다. 몸에 수상한 풍설을 두르고 있는 수양이라 가슴이 철렁 내려앉았다. 왜 언짢아하시느냐고 물을 용기조차 나지 않았다.

수양은 어물어물 어전을 물러나와 정부로 향했다. 정부에 나오고 나서야 알게 되었다. 자기가 자리를 비운 사이, 결국 한 가지 사건이 벌어지고 만 것이었다.

금성대군 유瑜(세종의 여섯째 아들로 수양의 동생)의 관직을 박탈하고, 화의군 영瓔(세종의 서장남)을 귀양 보낸 것이다. 죄목은 화의군이 적제嫡弟(정실 소생 동생)의 첩과 간통했다는 죄와, 금성대군이 왕자의 신분으로 집에 화의군을 포함하여, 잡배들을 모아 연회를 벌였다는 것이었다.

금성대군이 왕자답게 근신하지 않는 것에 대해서는 수양도 몇 번 권고한 바 있었다. 지금 왕실의 틈새만 엿보는 무리들이 많으니 좀 삼가라고 일렀으나, 끝내 조심하지 않더니 결국 걸려든 것이었다.

이 사건과 동시에 또 다른 사건이 있었다. 바로 내관 엄자치와 혜빈 양씨를 벌한 것이다. 양씨는 왕에게 젖을 먹여 키운 인연이 있는 사람이다. 왕이 왕비를 맞기 전 적적한 마음을 조금이라도 위로해드리고자 수양이 아뢰어 대궐에 불러들였던 것인데, 이번에 크게 꾸짖어 내쫓았다.

　　　　　　　　　　　　　　　　　　　　수양대군

엄자치는 의금부에 내려 제주도로 귀양 보냈는데, 가는 도
중에 죽었다는 소문이 들렸다.

그 두 사람, 양씨와 엄자치의 죄목은 항간에 떠도는 고약한
풍설을 왕께 사뢴 탓이었다. 수양은 눈앞이 아득했다. 그런 풍
설을 왕께 사뢰었으니 조카님이 자기를 얼마나 괘씸하게 보시
겠는가. 그만큼 정성껏 조카를 위해 애써 왔거늘, 그런 소문이
들어가면 모든 노력이 허사로 돌아가지 않겠는가? 가슴에 품
었던 아름다운 꿈, 즉 모든 일이 달성되어 조카에게 자랑스러
운 얼굴로 정권을 돌려줄 환정還政의 날을 기다리고 있었거늘,
하루아침에 그 신임을 잃는단 말인가? 신임만 잃는 것이 아
니라, 나아가 사사賜死의 처분이라도 내리면 이 일을 어찌해야
한단 말인가?

수양은 한참을 생각했다.

눈물이 나오려 했다. 공든 탑이 너무도 허무하게 깨져나갔
다. 문종 승하 이후 사 년 동안 공들여 조카의 신임을 얻고,
이제 막 나라를 키우려는 정치적 작업이 시작되려는 이때에
모든 것이 무너져 내린단 말인가?

한참을 생각한 끝에 그는 몸을 일으켰다. 뒤뜰로 돌아가 거
적 하나를 구해 옆에 끼고는, 조카가 머무는 자미당 뜰 아래로
갔다.

이월의 얼어붙은 땅 위에 거적을 폈다. 찬바람을 막으려 굳

게 닫힌 문을 향해 수양이 외쳤다.

"전하께 죄인 수양대군이 대죄待罪한다고 사뢰어라!"

창이 덜컥 열렸다. 내관이 아니라 조카인 왕이 몸소 내다보았다.

"아이구 숙부님, 웬일이셔요? 어서 올라오셔요! 이 찬 땅에… 누구 내려가서 어서 영상을 모셔올려라!"

내관 두 명이 내려와 좌우에서 수양을 부축했다. 그러나 수양은 일어나지 않았다.

"전하, 저를 의금부에 내리시어 치죄治罪하십시오."

"어서 올라오셔요. 대죄가 무엇이고 치죄가 무엇입니까? 문을 열어놓으니 춥습니다. 어서 올라오셔요. 안 올라오시면 제가 내려가겠습니다."

수양은 잠깐 고개를 들어 왕을 살폈다. 용안에 조금이라도 아까와 같은 언짢은 기색이 있다면 결코 움직이지 않으리라 마음먹었다.

그런데 의외에도 용안에는 아무런 기색 없이 그저 수양이 올라오기만을 재촉하고 있었다. 그제야 수양은 몸을 일으켰다.

금성대군의 입

"숙부님답지 않게, 그만한 일에 대죄가 다 뭐오니까? 내 숙부님을 깊이 믿는데, 그만한 풍설에 놀라신단 말씀이어요? 또 숙부님이 달라시면 이 자리인들 드리지 못하겠습니까? 아까 마침 무슨 일로 속이 언짢을 때에 숙부님이 오서서, 용렬한 어린 마음에 언짢은 낯빛을 미처 감추지 못했더니, 숙부님이 잘못 알고 도로 나가버리시더군요. 나가신 뒤에 어찌나 미안한지 누구를 보내 모셔 올까 주저하던 참에 오셨군요."

왕은 뜰 아래에서 대죄하는 수양을 불러올려 이토록 따뜻한 대답을 내렸다.

수양은 진심으로 감읍했다. '이 임금, 이 조카를 위해 무엇을 아끼랴.' 자기가 어리석었다는 생각이 들었다. 항간에 그런 고약한 소문이 돌면, 차라리 자기가 먼저 자진하여 조카에게 사뢰야 했던 일이 아니었겠는가. 내관 엄자치를 엄벌한 것과 혜빈 양씨를 내쫓은 것은 모두 왕의 직접 처분이었다고 한다.

수양은 그날 퇴궐하여 집에 돌아온 뒤, 부인에게 조카의 고마운 처분을 전하며 울었다.

한편, 금성대군과 화의군의 사건, 그리고 혜빈 양씨와 내관 엄자치의 사건은 개별적으로 치죄되었다. 양씨와 엄자치는 난언亂言(근거 없는 헛소문)을 퍼뜨린 죄로 다스렸다. 두 왕자와 그곳을 출입한 무리는 근신하지 못한 죄를 물어, 화의군은 귀양을 보내고 금성군은 고신告身(관직 임명장)을 거두었다.

관직을 박탈당한 금성대군에게서 말썽이 터져나왔다. 금성은 신분이 왕의 숙부이자 영의정 수양의 친동생인데, 고작 활쏘기 잔치, 연사宴射, 같은 소소한 유희 때문에 관직을 뺏긴 것에 큰 불평을 품은 모양이었다. 혈기 왕성한 서른 전의 청년인데다 본래 감성적인 천성이라, 가슴속에 그 원망을 묻어두기에는 너무 어렸다. 그는 여기저기 불평을 말하며 다녔다.

금성의 불평은 당연히 수양에 대한 원망으로 이어졌다. 형이 영의정 자리에 앉아 있으면서, 동생이 죄 같지도 않은 죄로 관직을 뺏기는 것을 방관했다는 불평이었다. 또한 "당신들, 수양과 안평,은 실컷 문무 잡배들을 모아 장안을 소란케 하더니, 동생이 활 좀 쐈다고 벌을 주느냐, 설령 직접 벌하지 않았더라도 어찌 보호조차 해주지 않느냐" 하는 무정함에 대한 성토였다.

이런 불평이 커지면서 좋지 못한 소문이 퍼지기 시작했다. 항간에 돌던 소문을 더욱 과장하여 공공연히 퍼뜨리는 것이었다. 문종, 수양, 안평 등의 아우이자 금성에게는 형이 되는 임영대군이 수양을 찾아와 동생 금성을 걱정했다. 임영과 금성 모두 수양의 친동생들로 평소 귀여움을 받던 이들이었다.

수양은 마음이 좋지 않았다. 금성이 원망을 품는 것도 예상 밖의 일인데, 그런 풍설을 스스로 퍼뜨리다니 될 말인가. 임영 또한 그 말을 전하며 금성의 행실이 괘씸하니 의금부에 고발하겠다고 펄펄 날뛰었다. 수양과 임영은 네다섯 살 차이였고, 임영과 금성 또한 그 정도 차이가 났으니 중간 역할을 하기에 알맞은 나이였다. 수양은 임영을 타일렀다.

"흥분하지 말고 가서 금성을 만나 이 말을 전하게. 아버님과 어머님을 보아서라도 네가 어찌 내게 이럴 수 있느냐고 말이다. 또한 주상 전하를 놀라게 할 말을 함부로 해서야 되겠느냐. 지금 나라 형편에 조그만 허물이라도 보였다가는 큰 화를 입는다는 것을 안평의 선례를 보고도 모르겠느냐. 공연한 화근을 일으켜 위로는 주상 전하와 형들의 마음을 또다시 아프게 하지 말라고 일러라."

이렇게 타일러 임영을 돌려보내기는 했지만, 수양은 진실로 마음 아팠다.

이번에 금성대군과 그 댁 문객들(대개 위험을 느끼고 출입을 중지하여 현재는 몇 안 되지만)로부터 장안에 퍼져나가는 소문은 이전의 풍문보다 훨씬 더 고약했다. 이전의 소문이

"왕이 상왕이 되고 수양이 왕이 된다."

는 수준이었다면, 지금 덧붙여진 소문은

"수양이 왕위를 찬탈하려 한다."

는 것이었다. 왕의 깊은 신임과 지배자로서 수양의 타고난 기품이 없었더라면, 목이 열 개라도 견뎌 내지 못했을 일이었다. 더욱이 이전의 풍문은 출처가 불분명하고 막연했으나, 새로운 풍문은 "금성대군이 말하기를 이러이러하다더라" 하며 출처가 확실했기에 그 영향력이 훨씬 컸다.

금성을 타이르고 책망할 임무를 띠고 갔던 임영대군은 더욱 흥분하여 형님인 수양에게 결과를 보고했다. 금성에게 가서 분부대로 전했더니, 금성은 그 풍문을 부인하기는커녕 도리어 이렇게 쏘아붙였다는 것이다.

"안평 형을 죽이더니 재미가 나시는 모양구려? 나도 죽이시오! 차례차례 동생들을 다 죽여 없애고, 소망대로 왕이 되시구려!"

이것은 조카(왕)에게 여쭐 수도 없고, 더구나 정부에서 의논할 수도 없는 일이었다. 만약 정부에 안건을 내놓았다가는 단박에 극형에 처하라고 야단법석이 날 것이 뻔했다. 오직 금성이 스스로 자진하여 근신하는 길밖에 없었으나, 금성의 태도

는 점점 더 과격해질 뿐이었다.

수양은 여기서 깊이 번민했다.

'내가 모든 희망을 버리고 집 안에 들어박혀 문을 닫고 사람을 만나지 않으며 근신할까? 그러면 나를 둘러싼 못된 소문도 자연히 잦아들 것이 아닌가.'

그러나 그것은 차마 못 할 일이었다. 그동안 침체에 침체를 거듭하던 이 나라가 이제 겨우 정상 궤도에 올라서는데, 여기서 손을 놓아버리면 다시 역전되어 머지않아 아주 꺼져 버릴 것이었다. 이를 어찌 좌시하겠는가. 게다가 어린 조카에게 그 무거운 짐을 어찌 다 지워드린단 말인가.

'어리석은 금성아! 제발 몸가짐을 단정히 하고 입을 삼가며 주위를 둘러보아라. 네가 어찌 조카를 괴롭게 하고 또 나를 배반하느냐? 나를 배반하는 것이야 내게는 상관없다만, 그 때문에 네게 재앙이 내릴 것을 어찌 생각지 못하느냐? 지금 나를 훼방하는 사람을 벌하여 공을 세우려는 무리가 수두룩한 판국에, 네 어찌 그것을 살피지 못하냐!'

수양은 다시 임영을 보내 금성에게 오라고 전갈을 보냈다. 그러나 금성이 올 리가 없었다. 형제 사이는 나날이 악화되어 갔다. 이제 수양은 '찬탈을 도모했다'는 죄를 쓰고 벌을 받든가, 아니면 반대로 그런 풍설을 뿌리 뽑든가 둘 중 하나를 선택해야만 하는 처지에 놓였다. 정부와 양사, 삼사에서는 연일 수양과 왕을 들볶으며 이 난언을 처단하라고 촉구했다.

왕은 책임을 숙부인 수양에게 미루었다. 수양은 정부의 빗발치는 요구를 그저 억누르는 것으로 임시방편을 삼았다.

"정말이지 귀찮고 성가셔 못 견디겠습니다!"

왕은 수양을 대할 때마다 이렇게 하소연했다. 어떤 대책도 세우지 못한 수양은 그저 민망하여 묵묵히 있을 뿐이었다.

금성은 대체 어쩌자는 셈인지 수양으로서도 알 수가 없었다. 자신이 벌 받는 것을 형이 구해주지 않았다는 원망에서 시작된 반항은, 이제 단순히 반항 그 자체를 목적으로 삼은 듯 보였다. 마치 반항하는 행위 자체에 흥미를 느끼는 모양새였다.

"금성대군이 말하기를……."

이라는 문구로 시작되는 소문은 장안을 휩쓸었다. 임금의 권위에 도전하는 난언은 참형에 처하고 가산을 몰수하는 것이 이 나라의 법이었다. 금성의 행위는 이미 그 법망에 걸려 있었다. 사헌부에서는 이를 근거로 연일 압박을 가했다.

"왕법을 사사로운 정으로 굽히면 백성이 따르지 않습니다. 이는 나라를 위태롭게 하는 일입니다. 나라의 지친이라 차마 법대로 처치하지 못하시겠거든, 죄를 한 단계 감하여 참형은 면해주시되, 장형杖刑 백 대와 유배 삼천 리로라도 처단하심이 옳을 줄 압니다."

그들은 왕과 수양에게 이와 같이 강경하게 청했다. '유배'란 무기한 종신 정배를 뜻했고, '장형'은 집행하는 자의 손길에 따라 생사가 갈렸다. 대개 장형을 맞고 유배를 떠나면 가는 도중에 죽거나 배소에서 앓다 죽기 마련이었다. 명목만 다를 뿐 사실상의 사형이나 다름없었다. 더욱이 왕실의 공자로 귀하게 자란 금성이 이런 처분을 받는다면 그것은 확실한 죽음이었다. 이 어수선한 판국에 어쩌자고 이리 구는지, 수양은 민망하고 답답할 따름이었다.

어느 날 수양은 조용히 신숙주를 불렀다. 수양의 휘하에 있는 수많은 재사 가운데 대의와 인정을 아울러 이해하는 식견은 숙주가 으뜸이었다. 수양은 숙주를 불러 은밀히 분부한 바가 있었다.

이튿날, 수양은 조카인 왕을 찾아가 조용히 뵈었다.

"숙부님, 정말이지 귀찮아 죽겠습니다!"

근래 조카를 뵐 때마다 벽두에 터져나오는 말은 이것이었다. 수양은 먼저 왕의 마음을 위로한 뒤, 본론을 아뢰었다.

지금 민간에 퍼진 악랄한 소문은 금성이나 수양 자신, 둘 중 하나가 죄를 받지 않고서는 갈무리가 되지 않을 형세임을 알렸다. 이어 만약 이를 방치하거나 정부와 육조, 삼사의 의견만을 좇는다면 더 큰 화근이 벌어질 것임을 여쭈었다. 끝으로 그 화를 가볍게 매듭짓기 위해 신 찬성(신숙주)에게 부탁한 바가 있으니, 이따가 신 찬성이 독계獨啓(왕에게 홀로 아룀)로 금성대군을 삭녕朔寧으로 유배 보낼 것을 청하거든 군말 없이 즉시 윤허해 달라고 청했다. 형벌이 너무 가벼우니 다시 논의하자는 등의 소란이 일 틈을 주지 말고 곧바로 승인하여 사태를 최소한으로 줄이자는 계산이었다.

왕은 깊이 탄식했다.

"어떻게 무사히 무마할 방법은 없겠습니까?"

"아마 안 될 것이옵니다. 시기가 늦었습니다. 게다가 이미 펴진 풍설을 다시 거두어들이기는⋯⋯."

뒷말을 잇기가 딱하고 민망했다. 금성을 유배 보내면 더 이상 '금성대군이 말하기를'로 시작되는 소문은 사라지겠지만, 이미 펴진 풍설을 어떻게 수습한단 말인가. 금성을 벌한다는 것은 곧 '금성의 행위가 죄'임을 확정하는 것이니, 금성과 연루된 자들 또한 종범從犯으로 엮일 수밖에 없다. 이 나라 관민들의 생리를 잘 아는 수양은, 사후에 닥칠 분규를 생각하며 몸서리치지 않을 수 없었다.

안평대군의 선례도 있었기에 저마다 입을 놀렸다.

"누구도 금성의 연루자라더군."

"누구는 금성과 이러저러한 일을 했다지? 혹은, 술을 함께 마셨다지."

벌떼같이 일어날 사후 분규, 소위 공을 세우려는 무리가 천백 명을 헤아릴 것이었다. 이를 다 어찌한단 말인가. 안평의 사건에서 이른바 연루자 문제를 겨우 정리하고 나니 또 금성인가?

"숙부님, 나는 정말 싫습니다. 한 숙부(안평)을 차마 못 갈 구덩이에 보내고, 또 여기 두 숙부를 내가 벌해야 한다니… 참으로 못 견디겠습니다. 그 밖에도 내 손으로 어보御寶를 눌러 죽인 사람이 대체 얼마나 됩니까? 무슨 업보로 이런 일이……. 차라리 입산수도나 하고 싶습니다. 끔찍하고 진저리가 나요. 어제 저녁 너무 심심하기에 『조종조 일성록祖宗朝日省錄』을 좀 보았는데, 헌묘(태종)께서 많은 동포를… 내가 지금 그 형편이 아니옵니까? 참으로 속이 무섭습니다."

아아, 이 조카를 무엇으로 위로해드린단 말인가. 수양은 등줄기에 식은땀을 흘렸다.

신숙주의 계청에 따라 금성대군은 삭녕으로 귀양을 갔다. 아니나 다를까, 당장 의정부에서는 형벌이 가볍다는 불만이 터져나왔다. 형량을 높이자는 문제는 물론, 금성의 연루자 문제 또한 조정과 민간에 파도처럼 일어났다.

이에 대응하여 수양은 적극적인 수단을 취했다. 이를 주도하여 논한 사품관 한 명과 오품관 한 명을 남고濫告(함부로 고발함)의 죄로 결장決杖 처분하고, 집장리執杖吏에게 분부하여 맹렬히 매질해 죽였다.

공을 세워 상을 받으려는 욕심으로 관가에 고발한 백성 몇 명과, 금성대군을 폄하하는 말을 저잣거리에 내뱉으며 잘난 척하던 백성 몇 명을 모두 잡아들였다. 이들에게도 소란을 피운 죄를 물어 매질해 죽였다. 금성의 연루자는커녕, 연루자를 고발한 사람이 도리어 죄를 입은 격이었다.

소문은 더 이상 퍼지지 못했다. 금성대군을 칭찬하면 '죄인을 옹호한다' 하여 벌을 받고, 금성대군을 깎아내리면 '난언' 혹은 '소란'의 죄로 벌을 받았다. 금성대군의 일에 대해서는 시시비를 막론하고 아예 입을 열지 못하게 된 것이다. 사후 분규는 더 이상 일어나지 않았다. 목숨이 달린 일이었기 때문이다.

금성대군의 일을 두고 여전히 이야기를 나누며 입을 비죽거리는 이들은 대궐 안의 궁녀 몇 명뿐이었다. 계유정난 이후, 수양이 왕의 고적함을 달래 주려 혜빈 양씨를 대궐로 불러들였을 때 그녀를 시종하던 궁녀들이었다. 옛 주인을 그리워하던 이들은 주인과 비슷한 운명에 처한 금성대군에게 동정심을 품고 있었으나, 감히 입 밖으로 내뱉지는 못했다.

선위의 유혹

을해년 유월, 왕이 부왕(문종)의 뒤를 이어 보위에 오른 지
만 삼 년이 지난 어느 날이었다.

왕은 환관 단 한 명만을 데리고 경회루로 향했다. 호상胡床
(걸터앉는 의자)에 몸을 실었고, 환관은 묵묵히 곁에 시립하였다.

예사롭지 못한 환경 탓에, 소년답지 않은 노숙함과 우울이
늘 넘쳐나던 얼굴이 이 년 사이에 도로 소년다운 활기를 찾아
얼굴에 핏기가 돌고 눈동자도 크고 광채나게 변하여, 종친과
신하들의 마음을 기쁘게 하였는데, 근일의 얼굴은 다시 빛을
잃고 음침한 기색이 감돌고 있었다.

숙부 수양대군의 노력과 보좌 아래 온갖 정무가 차차 활기
를 띠고 명랑해지는 것은 분명히 알고 있었다. 그러나 어린 소
년에게 쏟아지는 수많은 정무는 너무도 번거롭고 귀찮은 것이
었다. 어떤 때는 역정이 날 만큼 성가셨다. 그럴 때마다,

“에이, 귀찮아!”

“차라리 산에 들어가 승려나 될까보다.”

이런 한탄이 부지불식간에 터져나왔다. 이것이 입버릇이 되어, 어떤 때는 별다른 의미 없이도 그런 말을 내뱉곤 했다.

더욱이 자신의 손으로 ‘사람을 죽이는 처분’이나 벌을 내리는 결정을 할 때면 스스로 가슴이 덜컥 내려앉았다. 자신의 처분 때문에 죽음의 길을 걷는 사람이 지금쯤 형벌을 당하고 있지는 않을까 생각하면 무섭고 떨리기까지 했다. 그럴 때는 진정으로 왕위가 귀찮게 느껴졌다.

하지만 내심 참으로 이 ‘왕’이라는 자리가 싫거나 귀찮은 것은 결코 아니었다. 정말로 왕위에서 물러날 생각이 있는지 어떤지는 깊이 생각해본 적조차 없었다.

며칠 전, 이조참판 권람을 비현각에서 접견할 때였다. 그날도 시끄러운 문제를 중언부언하는 것이 귀찮아 평소 하던 대로 말을 내뱉었다.

“에이, 귀찮아! 입산하여 승려나 되어야지, 이래서야 어디 살 수 있겠나?”

농담 섞인 투정이었다. 그런데 권람은 기다렸다는 듯 이렇게 말했다.

“전하, 근자에 늘 그런 하교를 내리시는데 왜 하필 입산수도입니까? 상왕으로 오르시면 그 위엄과 영화는 왕과 다름없으

   수양대군

면서도, 세상의 잡다한 업무에서는 신선처럼 벗어나실 수 있는데 어찌 산으로 가려 하십니까?”

왕은 스스로도 무심코 한 말이라 권람의 대답을 귓등으로 흘려버리고 말았다.

그때는 그렇게 지나갔는데, 잠시 후 좌의정 정인지가 급히 뵙기를 청했다. 이미 내전으로 들었던 왕은 다시 사정전으로 나가 인지를 보았다. 인지는 매우 당황하고 놀란 기색이었다.

“전하, 아까 이조참판 권람에게 퇴위하실 뜻을 비치셨다니 신은 듣고 놀라움을 금치 못하겠습니다. 어찌 그런 중대사를 이토록 돌연히 거론하십니까? 신은 무능하여 먼저 영묘(세종)를 보내드리고, 이어 현묘(문종)를 보내드렸습니다. 이제 다시 전하마저 잃는다면 이 몸은 둘 곳이 없습니다.”

인지는 몹시 황송한 듯 떨리는 음성으로 아뢰었다. 왕은 어리둥절했다. 자신이 언제 선위하겠다고 분부했단 말인가? 그저 평소 하던 말을 오늘도 무심히 던졌을 뿐이었다. 이렇게 크게 소동을 피울 일이 아니라고 생각했다. 그런데 인지는 왜 이러는 것인가?

왕이 할 말을 잃고 가만히 있자, 인지가 다시 말을 이었다.

“성지가 그러하시다면, 국가의 용상을 하루라도 비워둘 수 없사오니 우선 뒤를 이을 왕을 선택하셔야 할까 합니다.”

“영상을 좀 보내주시오.”

왕은 우선 대답을 피하며 상황을 넘기려 했다.

"영상은 오늘 습진習陣(군사 훈련)을 총람하시려 강 건너에 가셨습니다. 아무튼……."

"내가 영상과 의논하리다."

왕은 민망한 마음에 인지를 서둘러 물러가게 했다.

수양은 그날 군사 훈련이 늦게 끝나 이튿날에야 입궐하여 어전에 나아갔다. 왕은 수양을 따로 불러 보았다.

"좌상에게 무슨 말씀을 듣지 못하셨습니까?"

"빈청에서 좌상을 만났으나 별말 없었사옵니다. 무슨 일이 있었사옵니까?"

"아니, 별일은 아닙니다. 습진은 어떠했소……?"

왕은 그 기괴하기 짝이 없는 말을 다시 입에 올리기도 싫어 화제를 돌리고 말았다. 인지도 다시 말이 없었고, 권람도 침묵했다. 그날 인지는 사관史官도 없이 독대하였으므로 조정의 누구도 그 내용을 알지 못했다.

그런데 사오 일 뒤, 인지가 다시 권람만을 데리고 은밀히 왕을 뵈었다. 그리고는 이렇게 말했다.

"저희가 그때 그 분부를 받고 이 일을 영상 대감께 아뢰면, 영상께서 크게 반대하여 성지를 이루지 못할까 우려되었습니다. 또한 워낙 중대한 일이라 가벼이 누설할 수 없었기에 이미 이 내용을 아는 저희 두 사람만이 내밀히 계왕繼王(뒤를 이을 왕)의 재목을 구해보았습니다. 그 결과 종친 중 수양대군 한 분만이 제왕의 그릇이라는 데 의견이 일치되어 오늘 그 뜻을 아뢰려 들었습니다. 처음 그 분부를 들었을 때는 하늘이 무너진 듯 눈앞이 캄캄하였으나, 수양대군을 마음속으로 헤아려보니, 그 사람됨이 넉넉히 전하와 비견될 만하여 나라의 주인이 되기에 부족함이 없을 줄 아뢰옵니다. 손쉽게 계왕의 재목을 찾은 것은 전하의 크신 덕 덕분이니, 전하께서도 안심하고 선위하실 수 있고 신하들도 그 아래서 태평성대를 누릴 수 있어 참으로 경사스러운 일이라 하겠나이다.”

이런 웃어야 할지 성내야 할지 분간할 수 없는 말을 왕은 묵묵히 들어야만 했다.

“좌우간 영상과 의논해보겠소.”

왕의 체면상, 혹은 대신에 대한 체면상 “그날 그 말은 농담이었소”라고 할 수도 없었고, “그대들이 내 말을 잘못 알아들었소”라고 할 수도 없었기에 그렇게 답했을 뿐이었다.

“전하, 영상의 마음은 저희도 잘 아는바, 영상께 알렸다가는 성지를 관철하지 못할 염려가 있습니다. 그리되면 전하께서는 끝내 속세의 번뇌를 떠나지 못하실 것입니다.”

“좌우간……”

일단 물리치기는 했으나 일이 수양과 직결된 터라 수양에게 직접 묻기도 껄끄러웠다. 좌상을 물러가게 한 뒤 왕은 우상 한확을 내전으로 불렀다. 한확은 누이를 명나라 황제의 후궁으로 보낸 인연으로 명나라 벼슬을 지냈고, 수양과는 인척 관계라 우상의 자리에 올랐으나 그저 좋은 사람이었을 뿐 지략은 없는 인물이었다. 하지만 수양에게 묻기는 힘들고 좌상은 그 지경이니, 하나 남은 우상에게라도 의논할 수밖에 없었다.

참내한 우상을 앞에 두고 왕은 한참을 묵묵히 있다가 갑자기 입을 뗐다.

"우상, 나는 퇴위를 할까 하오. 영의정께 뒤를 맡기고……"

"전하, 그게 무슨 하교이시옵니까!"

우상은 깜짝 놀랐다. 기략은 없어도 정직했던 한확은 눈물까지 글썽였다. 당연히 놀랄 일이었다.

"좌우간 아무에게도 발설하지 마세요. 아직 영의정도 모르시는 일이니."

왕은 왜 이렇게 말했는지 스스로도 알 수 없었다. 불쑥 튀어나온 말이었다. 놀라서 어쩔 줄 모르는 한확에게 왕은 다시금 입조심을 당부하고 물러가게 했다. 한확이 퇴출할 때 다리를 와들와들 떨며 가는 것을 보니 그 또한 이 소식에 경악한 것이 분명했다. 그런데 왕의 마음은 왜 그런지 온 천하가 자신을 배반하는 것만 같았다. 수양숙도 모든 것을 다 알면서 자신에게만 숨기는 것 같다는 의심이 갑자기 들기 시작했다.

왕비의 처소에 들자, 왕비 또한 안색이 변한 채 왕을 기다리

                                                          수양대군

고 있었다.

"상감마마!"

"……?"

"상감마마, 이 말을 들어보셔요."

왕비는 이런 이야기를 전했다. 혜빈 양씨를 모시던 손님(대궐의 잔심부름을 하는 여종), 하나가 어제 친정에 나들이를 갔다가 돌아오며 올린 보고였다.

"지금 영의정 수양대군은 음흉하기 짝이 없는 사람입니다. 그는 왕위를 엿보기 위해 방해가 되는 전 영상 황보인과 좌상 김종서, 그리고 가장 두려운 존재였던 안평대군을 없애버렸습니다. 그 뒤 임금을 욕보이기 위해 탈상도 전인 임금께 왕비를 맞게, 납비하게 하였고, 자기 음모를 꿰뚫어보는 화의군과 금성대군, 그리고 저(양씨)와 엄자치마저 곁에서 물리쳤습니다. 왕을 보호할 사람을 다 치웠으니 이제 왕의 신변은 호랑이 굴처럼 위험합니다."

이런 소문을 양씨에게서 직접 듣고 왔다는 것이었다.

물론 왕은 이 말을 추호도 믿지 않았다. 천성적으로 무식한 여인인 양씨가 한 말이라, 마음이 불쾌한 지금 같은 상황에서도 결코 믿지 않았다. 그러나 한창 기분이 좋지 않을 때 이런 소문이 들려오니 불쾌감은 최고조에 달했고, 이유를 알 수 없으나 수양에 대해서도 분노에 가까운 감정이 일어나기 시작했다.

“무슨 같지도 않은……”

여종의 말과 왕비의 말을 한꺼번에 부정해버리기는 했으나, 마음은 분노 때문에 육체적인 통증마저 느껴졌다. 그날 왕은 종내 수양을 부르지 않았다. 수양이 뵙기를 청할 때도 몸이 불편하다는 핑계로 거절했다.

수양을 보지 않으면서도, 한편으로는 수양에게서 억지로라도 뵙겠다는 청이 재차 들어오기를 은근히 기다렸다. 몸이 불편하다는 사람을 억지로 뵙자고 할 수양이 아님을 뻔히 알면서도 말이다.

그 뒤부터 왕과 주변의 분위기는 묘하게 변했다. 정인지와 권람에게서는 더 이상 아무런 말이 없었다. 일절 입을 다문 모양이었다. 수양의 태도 또한 변함이 없었다.

그러나 왕은 홀로 태도가 완전히 달라졌다. 누구를 보든 의혹의 눈초리로 대했다. 수양에게도 마찬가지였다. 이성적으로 조용히 생각할 때는 별다른 일이 없다고 여겨졌으나, 감정적으로는 늘 불쾌함과 경계심을 품고 있었다.

수양에게 가슴을 펴고 심경을 털어놓으며 처신할 방침을 의논하고 싶기도 했지만, 막상 수양을 보면 위압감부터 느꼈다. 이것은 일 년 전 문종 승하 직후, 처음 수양과 밤낮으로 대할 때 느끼던 감정이었다. 그동안 수양이 공을 들여 해소해주었던 그 감정이 다시 살아난 것이다. 왕이 이토록 외골수로 뻗

수양대군

어나가자, 수양은 민망하여 더 친근하게 다가가려 했으나 그 럴수록 왕은 더욱 멀어질 뿐이었다.

혜빈 양씨를 시종하던 여종이 친정에 다녀와 불길한 소식을 전한 뒤부터 내전은 분명히 동요하기 시작했다. 내관과 여관들 사이에서도 수양을 지지하는 파와 반대하는 파가 갈라졌다. 내전의 일이라 궐 밖으로 새어나가지는 않았지만 서로를 비웃고 헐뜯었다.

어느 날, 내관 전균田鈞 단 한 명만을 데리고 경회루 누각 아래로 나왔다. 왕은 근래 자신을 둘러싼 일들을 회상하며 깊은 생각에 잠겼다.

귀찮고 성가신 일들을 생각하면 당장이라도 용상을 내던지고 싶었다. 아직 정치적인 야욕이나 자손 대대로 이어질 권력의 차이, 왕의 후손은 왕손이지만 상왕의 후손은 종친에 불과하다는 점을 모르는 소년 왕은, 대체 상왕과 왕이 무엇이 다른지 구별할 수조차 없었다. 『조종조 일성록』을 보더라도 상왕의 영화와 호사는 왕보다 앞섰고, 왕은 늘 상왕에게 절하고 복종했다. 왕실을 아주 떠난다면 모르겠으나, 상왕으로 물러난다면 무엇이 부족한지 이해할 수 없었다. 왕이기 때문에 받아야 하는 수많은 구속과 절제도 상왕에게는 미치지 않는다. 왕이기 때문에 형제와 숙질을 죽이거나 멀리해야 하고, 미운 사람이라도 눈치를 보아야 하며, 심지어 먹고 자는 것까지 간섭을 받아야 하니 말이다.

지금은 수양숙이 앞장서서 모든 일을 대신 겪고 처리해주는데도, 그 틈으로 새어 나와 자신에게 전달되는 정무조차 귀찮고 번거로웠다. 만약 수양이라는 보호벽이 사라지고 만가지 일이 모두 자신에게 쏟아진다면 얼마나 소란스럽고 역겨울까. 그것은 상상조차 하기 힘든 일이었다.

이성적으로 생각할 때는 이러했다. 그러나 그것은 '곰곰이 생각'해야 결론이 날 일이었다. 전반적인 느낌으로만 생각하면, 아무리 영화롭고 호사스러우며 성가신 일이 없는 '상왕'이라 할지라도 역시 왕위와는 비길 수 없이 초라해 보였다. 어디가 어떻게 초라한지는 알 수 없었으나, 경회루 누각 아래로 들어오는 시원한 바람을 맞으며 한참 생각에 잠겨 있다가 곁에 모시고 있던 늙은 내관 전균을 바라보았다.

"야, 나는 옥새를 영의정께 물려드리고 상왕이 될까보다."

왕이 미소 지으며 말했기에 전균도 농담으로 여긴 듯했다.

"너는 어느 파냐? 영파냐, 군파냐?"

여관과 내관들 사이에서 파가 갈려 수양을 믿는 쪽은 영의정의 파라 하여 '영파', 수양을 배척하는 쪽은 대군과 군들의 파라 하여 '군파'라 불렀다.

"상감마마도 참! 소인 같은 벌레만도 못한 인생이 파가 무슨 상관이겠습니까?"

수양대군

"이왕이면 영파가 되거라. 내 장차 큰 임무를 수양대군께 전하고 물러나려 한다. 수양대군은 범인이 아니니라."

전균은 이것을 농담으로 들어야 할지 진심 어린 소회로 해석해야 할지 분간하지 못해 그저 싱겁게 웃을 뿐이었다. 왕 또한 쓸쓸히 웃었다. 어찌해야 할지 스스로도 결정을 내릴 수가 없었다.

그사이 몇 번 왕비와도 의논해보았다. 열여섯 살 왕비의 의견은 왕보다 더 막연했다. 상왕이라는 자리 또한 '마마'라는 존칭과 '궁'이라는 저택, 그리고 많은 노비와 전장을 가질 수 있고, 게다가 임금조차 와서 절하는 지위라면⋯ 그리고 자신 또한 계속 왕비, 상왕비로 머물 수 있다면, 상왕 또한 마다할 이유가 없다는 것이 왕비의 생각이었다. '왕'과 '왕비'라는 칭호에 미련은 있었으나 '상왕'과 '상왕비' 역시 싫지 않았다. 이런 분위기 속에서 왕은 마음의 갈피를 잡지 못한 채 방황하고 있었다.

드디어 어떤 날 결심하고 수양과 의논하였다. 그 사이 혼자의 번민, 정인지, 권람 등과 나누었던 말들을 모두 수양에게 말하였다.

수양은 펄쩍 뛰며 놀라워했다.

"전하, 그것이 대체 무슨 하교이옵니까? 정무가 번거롭다 하시지만, 그 번거로운 일들은 신이 모두 맡아 처리하고 있지 않

습니까? 전하, 정 마음이 답답하시면 한동안 온양으로 행행行
幸하시어 휴양하시는 것이 어떠하겠습니까? 이제 겨우 국정이
제 자리에 들어서려는 무렵에, 또 한 번 세상을 뒤집어 놓으시
면 어찌되겠습니까?"

"국정은 숙부가 보시던 일이니 그냥 그대로 보시면 뒤집힐
게 있겠습니까?"

"그도 그러니와 금성이며 혜빈의 일 때문에 그렇지 않아도
국인들이 신을 의혹의 눈으로 보는 이때, 그런 일이 생기면 신
은 사실 몸 둘 곳이 없습니다. 신이 백성들에게 무어라 변명하
오리까?"

"그래도 난 정말 싫어요. 이젠 진저리가 나요."

싫고 진저리나는 것은 전부터 알던 바였지만, 수양과 이야
기를 나누고 수양이 놀라서 사양하는 것을 보자, 왕은 왜 그
런지 꼭 수양에게 자리를 넘겨주고 싶다는 충동을 강렬히 느
꼈다.

"신 정말 몸 둘 곳이 없습니다. 영묘며 현묘께 장차 무슨 낯
을 들겠나이까? 전하, 그러시면 신은 차라리 사직하옵고 들판
에 눕겠나이다."

수양은 끝까지 강경하게 반대하였다.

"그럼 내 좀 더 생각하리다."

왕은 이렇게 뒤를 흐리고 말았다.

    수양대군

그날 어전을 물러나서 수양은 좌상 정인지와 무엇을 언쟁하더라는 말이 내관을 통하여 왕께 들어왔다.

왕은 역시 깊이 탄식할 뿐이었다.

마침내 왕이 되다

왕과 정인지, 권남 사이에서만 의논이 거듭되고, 한확이 잠깐 참여한 이외에는 일체 드러나지 않았던 그 문제는, 그것이 수양에게 넘어가자 수양과 정인지의 언쟁으로 온 조정에 소문이 퍼졌다.

왕으로부터 놀라운 이야기를 듣고 정신이 아득한 가운데 정부로 나온 수양은 그 자리에서 정인지를 심하게 힐난하였다.

인지는 끝끝내 침묵으로 답했다. 수양은 집으로 돌아와 사랑에 자리하고 누웠다.

아아, 모든 계획이 깨어졌구나! 무슨 낯을 들고 사람을 대하랴? 세상에 그런 소문이라도 없었으면 모르겠거니와, 그렇지 않아도 고약한 풍설이 돌던 데다가 왕에게서 그런 분부까지 났으니, 이제는 변명할 여지가 없었다. 수양이 왕이 되려고 계유년 사변이라는 것을 빚어내어, 문종 고명의 신하들뿐 아니

수양대군

라 같은 부모를 모신 친동생까지 죽이고, 또 그 뒤 두 형제를
귀양 보내고 종내 찬탈까지 하였다. 이렇게 잡힐지라도 무엇이
라 변명하랴.

이제 자기가 자기의 결백을 변명하려면 단 한 가지 길, 들에
길게 누워서 아무 일에든 간섭하지 않고 사람을 만나지 않아
근신하는 한길 밖에는 없다. 장구한 세월을 이렇게 지내노라
면 세상의 오해도 자연 벗어지고 청백도 드러날 것이다.

그러나 그러면 이 나라는 어찌하는가? 세종 말엽의 환후의
몇 해, 문종 재위의 전 기간, 금상 등극 초의 한동안 정치를
돌보는 이가 없었기 때문에 피폐한 국가를 바로잡는 것도 큰
일이려니와, 마음에 늘 그려 두던 원대한 희망까지도 모두 버
려야 하는가. 자기의 희망 하나는 버리거나 말거나 자기 개인
의 사소한 문제지만, 자기가 희망을 버리자면 이 땅은 어디로
굴러갈 것인가? 고려 말엽과 같은 어수선한 암흑천지로 화해
버려서, 마지막에는 사직이 전복까지 되지 않을까? 기막히고
안타까운 노릇이었다. 이 길도 취할 수 없고 저 길도 취할 수
없는 양난의 처지였다.

하인이 들어와서 신숙주와 박팽년이 뵈러 왔다고 고하였다.
수양은 만날까 말까 잠시 주저한 뒤에, 만나기로 마음을 작정
하고 자리에서 일어났다.

두 사람을 영내까지 불러들였다. 자리도 잡기 전에 오늘 일

에 대하여 말을 꺼냈다.

"예… 물론 듣자왔습니다. 그 일로 인수(팽년)와 함께 뵈러 왔습니다."

"난 치사(사직하고 은퇴함)하려네."

"혹 그러실까보아 그런 일 없도록 진언하러 일부러 범옹이를, 의정부로 찾아서 작반作伴(짝하여 같이 옴)하여 왔습니다."

박팽년의 말이었다.

"그러니, 여보게들, 내가 무슨 면목으로 주상을 뵈며 또 세인을 대하겠나?"

"좀 어려우실 줄 시생들도 압니다. 그래도 지금 나으리 은퇴하시면 그 뒤가 어떻게 되겠습니까? 대사를 생각하셔서서 나으리 어려우신 것 좀 참아주셔야지……."

팽년의 이 말에 숙주가 뒤를 받았다.

"나으리, 귀택하신 뒤에 시생이 좌상께 그사이 경유를 여쭈어봤는데, 좌상 말씀은 전하께서 먼저 하실 뜻을 권이참(권람)께 분부하셔서서, 그래서 중대한 일이라 발설치도 못하고 은밀히 좌상과 이참이 내밀히 의논하고 의논해서, 나으리께서 가장 적임자라고 생각되어 계상한 게라 합니다. 좌상이 주상 전하께 계상한 지는 벌써 여러 날이 된다는데, 전하께서는 그사이 생각하시고 또 생각하여 오늘에야 분부가 계셨던 것이라 합니다. 그러니까 시생네들의 생각으로는 전하께서 돌연히 생각하신 바가 아니고, 여러 날을 생각하신 다음에 결정하신 것이니, 명을 받드는 게 옳지 않을까 합니다."

"그게 될 말인가! 또, 세상의 구설 비난은 다 어찌하고?"

"나으리, 그건 받으십시오. 감수하십시오. 드리기 죄송스러운 말씀이나, 나라를 위해서 백성을 위해서 욕 좀 잡수시지요. 이걸 조르러 일부러 왔습니다. 그러나 구설도 특별히 없으리라고 생각합니다. 만약 전하께서 진정으로 선위하실 생각으로 그런 분부를 하신 게 아니라면, 나으리는 그냥 영의정으로서 국정을 보아주시면 되옵니다. 거기 무슨 구설이 있으리오까?"

그것은 그렇기도 하였다.

"또 만약 진정으로 선위하신다면, 나으리께서도 예를 갖추어 전하를 상왕으로 높이고 신하의 예로 잘 모시면, 거기에 무슨 비난이 있겠습니까? 나으리께서 주상 전하께 취하시는 태도 여하로 구설의 유무가 결정될 것이옵니다."

수양은 두 사람에게 명일부터 여전히 정부에 나아가 시무하기를 약속하고 돌려보냈다. 돌려보내고는 혼자 생각하였다.

집현전 학사 중에도 빼어난 지혜를 가지고 있는 두 사람의 의견은 타당하였다. 자기가 벼슬을 버리고 집에 누우면 자기 위에 씌워졌던 악명은 벗어질지도 모른다. 그러나 어린 조카님과 이 방토를 어찌하랴?

조카님은 아직 국정이라는 것에 대하여 무관심한 분이다.

재상이라 하는 것은 제아무리 재간이 비범하다 할지라도, 좋은 웃사람의 아래서야 그 본질을 발휘하지, 그렇지 못하면 재질을 헛되이 썩혀버린다. 세종조에 세종을 협조하여 찬란한 문화를 빚어내었던 이 재사들이 세종 말엽과 문종 재위의 전 기간을 아무 일도 않고 보낸 것을 보아도 넉넉히 알 수 있는 일이다. 조카님으로 하여금 피폐한 국가의 암약한 임금으로 날을 보내다가, 더욱이 실수하여 사직까지 넘어뜨려 놓으면, 이것은 조카님께만 불충할 뿐 아니라 조종祖宗(선대의 임금들)께 불충이요, 국가에 불충이다. 조카님이 꼭 선위하겠다는 것은 아니지만, 꼭 선위하겠다면 달갑게 받자. 국가를 위해서 받자. 국가에 내가 발휘할 수 있는 힘을 부어 기르고, 일방으로는 조카님을 상왕으로 모시고 영화롭고 안온한 일생을 보내게 해드리자. 왕으로서 누릴 권세와 영화를 다 드리고, 왕으로서 받을 번거로움과 책무를 깨끗이 제해드리고… 또 관제를 고쳐서 상왕의 적장嫡長은 세습적으로 그 영화와 존귀를 물려받을 수 있도록… 이렇게 하면 상왕께들 무슨 부족함이 있으며, 조종껜들 무슨 부끄럼이 있으랴?

만약 진정으로 물려주시기만 하겠다면 달갑게 받으리라. 간간이 들어오는 번거로움에도 그렇게 못 견디어 하시는 조카님 마음에 아무 티도 없이 진정으로 물려주시려면, 조카님으로 하여금 '물려주기를 잘했다'는 생각이 드시도록 심신 아울러 평안하고 영화로운 일생을 보내시도록 해드리자. 그리고 겸하여 자기는 '옷을 격하여 가려운 데를 긁는 듯'한 느낌이 있던 국정을 마음대로 자유로이 주물러서, 이후 지하에 조종의 영들을 뵈올 때 잘했다는 칭찬을 들을 수 있도록 해보자.

이렇게 생각하자 수양의 마음에는 다시 만만한 야심이 솟구쳤다. 자기의 손으로 자유로이 조종할 수가 있는 이 방토… 여기 꽃을 피우자, 훌륭한 열매를 맺게 하자!

그러는 일방으로는 자기는 현재 단지 수양대군일 뿐이라는 자기의 지위가 생각났다. 국왕은 역시 조카님이요, 자기는 왕의 사사로운 숙부요 영의정일 뿐이다. 조카님이 그저 그런 말씀을 하신 뿐이지, 선위가 결정된 바도 아니었다.

수양은 은근히 이미 국왕이나 된 듯한 공상을 하던 자기에게 도리어 놀랐다. 스스로 혀를 찼다.

이튿날 수양이 바야흐로 예궐하려고 할 때에 정인지의 청지기가 달려와서 정승이 잠깐 오겠다는 것을 아뢰고, 뒤이어 곧 인지가 찾아왔다.

"어제 나으리 과히 노하시기에 아무 말씀도 안 드렸지만, 퇴위하시는 것이 주상 전하의 진심이신데 왜 주저하십니까?"

이런 말을 하였다.

"또 나으리, 그 분부가 단지 습관되셔서 저절로 나오신 말씀이라 해도 나으리 수선(선위를 받다)하시는 일이 어느 편으로 보아도 복이 아니오니까? 생이야 어느 분을 섬기면 임금이 아니오리까? 나으리 영구히 수상으로 안 계실 테니, 나으리 떠나시면 생이 수상이 될 것, 나으리의 밑에서보다 주상 전하의 밑에서… 좀 황송한 말씀이지만… 생에게는 평안하오리다. 그걸 굳이 나으리께 조르는 건 무슨 까닭이오리까? 연전에 안평대군께서도 생을 부르셨는데, 거기는 안 가고 나으리께로 온 건 무슨 까닭이겠습니까? 나으리께 오늘날이 있을 줄 알고, 사내가 세상에 났다가 한 번 훌륭한 국가의 재상이 되고 싶어서가 아니겠습니까? 선위하시려 할 때에 받으십시오. 나으리, 장차 수선하신 뒤에 전왕에 대한 대접 하나만 부족함이 없으시면, 전왕 이하 관민이 모두 기꺼워할 경사가 아니오니까? 받으십시오."

요컨대 신숙주, 박팽년의 말과 비슷한 말이었다.

"경우 보아 좋도록 처리하리다."

이만치 말하여 먼저 돌려보내고 자기도 뒤따라 예궐하였다.

그전에도 왕은 비교적 내전에만 있었지 외전에 잘 나지 않았는데, 그날은 한 번도 외전에 나오지 않았다. 무슨 분부가 있으려면 내관을 대신 시켰다. 수양이 보자는데도 몸이 불편하다 하여 물리쳤다. 다른 재상들은 말할 것도 없었다.

이리하여 유월도 지나고 윤유월, 윤유월도 닷새가 지나고 엿새가 지났다.

그동안에 수양은 단 네 번을 잠깐씩 뵈었다. 용안은 몹시 침울하였다. 사무적인 말 몇 마디로 다시 입어하려는 것을 수양이 한 번은 가로막았다.

"전하, 근자 왜 그렇게 우러르옵기 힘드오니까? 신께 무슨 죄라도……."

"아니, 내 뭐 좀 생각하는 일이 있어요. 숙부님, 결코 근심 마셔요."

노엽거나 불쾌한 음성이 아니었다.

"그사이 좌상은 몇 번이나 보셨습니까?"

"좌상도 한 너덧 번, 한데……?"

"전하, 좀 참람된 말씀이오나 한동안 좌상을 만나지 마세요. 이 복염에 전하 더위를 피해 어디 청량한 곳에 한동안 가오시면……."

"내게 관해서는 아무 염려 마셔요. 이 더운데 죄송스런 말씀이지만 정무나 잘 보아주세요."

하고는 왕은 그냥 내전으로 들어가 버렸다. 수양은 무슨 유언이나 듣는 것 같은 느낌을 받고 망연히 왕의 뒷모양을 향해 절하였다.

수양은 인지에게조차 정무에 관한 일 이외는 말하기가 이상하여 아무 말도 하지 않았다. 한명회며 권람의 무리도 요즈음은 한 번도 수양 댁을 찾아오지 않았다.

지금 수양의 심경으로는 왕이 진심으로 선위를 하려면 달게 받을 생각이었다. 달게 받은 뒤에 내놓은 분의 마음에 띠끌만한 후회도 생기지 않도록, 당신의 개인 신상에도 안락을 드리고, 겸해서 부탁받은 일을 넉넉히 자랑할 수 있도록 해보겠다는 생각이었다.

자기의 마음은 청천백일 같았다. 만약 그분의 마음에 조금이라도 아쉬워하는 눈치라도 보이면, 결코 딴생각 없이 깨끗이 정무에만 몰두할 참이었다. 자기의 심경이 그렇거늘, 이제 누구에게 그 일에 관해서 한마디라도 입을 벌리면 반드시 오해를 살 것이었다. 그 오해를 사기 싫어서 왕에게조차 여쭙지 못한 것을, 어찌 다른 사람에게 입을 벌리랴.

그렇게 지내기를 하루 또 하루…….

윤유월 초열흘이었다.

수양이 저녁을 끝내고 서늘한 저녁바람에 종일 받은 더위를 씻으려 대청에 나려 할 때에 대궐에서 급사가 이르렀다.

곧 참내하라는 것이었다.

수양에게는 의외였다. 아까 대궐에서 뵙자 할 때에도 보지 않았다. 이즈음 왕의 부름이라는 것은 전혀 없었다. 뵙자고 여러 번 여쭈어야 간신히 한 번 만나 주었다. 그렇거늘 오늘은 부르는 것이었다. 무슨 변이나 생기지는 않았을까? 황황히 예궐하였다.

왕은 편하게 내전에서 수양을 맞았다.

용안이 창백은 하지만 특별히 노엽다든가 불쾌하다든가 하는 기색 없이 오히려 반가이 수양을 맞았다.

"숙부님, 더운데 오시라고 해서……."

"무슨 일이 생겼사온지요?"

"숙부님, 이제부터 내가 하는 말을 믿으시고 날 낙심치 않게 해주셔요."

"무슨 분부시옵니까?"

"어보를 숙부님께서 맡으시고 이 백성들을 숙부님이 맡아주셔요."

수양은 가슴에서 쾅 하는 소리가 나는 듯했다.

이즈음 자주 생각하던 바이요, 지금 소명을 받고 올 때도 혹 그 일 때문일까 생각 안 한 바 아니었지만, 갑자기 닥치니 가슴이 철렁하였다.

"전하! 전하!"

몸이 와들와들 떨렸다. 목소리는 더 떨렸다. 마음만 급하지 다음 말은 나오지 않았다.

"이건 내가 누구한테 떠밀리어 하는 말씀이 아니에요. 내 어린 몸으로 철모르고 아버님 승하하신 뒤를 이어 위에 오르기는 했지만, 과연 부족했어요. 아마 지금만 해도 저는 사양했을 거예요. 조부님 승하하시고 아버님 승하하시고……."

왕은 목이 메어 간신히 말이 토해지고 있었다.

"고독한 몸뚱이 의지할 데 없는 걸 숙부님이 거두어 주셔서 삼 년 나마 보寶를 받들고 용상에 앉아 백료, 문무백관을… 숙부님이 곁에서 잡아주지 않으셨다면 어찌 버텼겠습니까? 고명 받은 신료가 배반하고, 피를 나눈……."

왕이 숨을 돌리노라고 말을 끊은 기회를 잡아 수양이 아뢰었다.

"전하? 과거에도 그랬거니와 금후도 수양 꼭 전하 곁을 떠나지 않고 대소사를 도와 올리겠나이다. 어려운 일이 있으시면 한 달이고 두 달이고 일 년, 이 년이라도 한가히 지내시 오소서. 산천 유람, 입산 휴양, 양녕대군을 배행케 하옵고, 유렵遊獵도 좋으시구요. 전하 좋으실 대로 하시오소서. 전하 안 계실 동안 수양이 미력하나마 흔들림 없이 사직을 지키고 있겠나이다. 그러니 다른 생각은 아예 잡숫지 마시고……."

수양의 눈에서도 눈물이 나오고 목소리도 떨려나왔다.

"아니, 산천 유람을 하든 유렵을 하든 간에, 내가 이 보의 주인인 이상은 마음이 걸려서 못 견디겠어요. 너는 죽어라, 너는 정배 가거라. 너는 매 맞거라. 이게 모두 제 이름으로 되는 게 아니오니까? 이게 제겐 무섭고 진저리납니다. 저 내관들에게 들어 안 바인데, 민간에서는 가장家長 하나가 죽거나 원배 가거나 하면, 온 가족이 유리걸식을 한다니, 이게 차마 할 노

수양대군

릇이오니까? 저는 더 못하겠습니다. 역한 일을 숙부님께 맡긴
다는 건 예가 아니지만, 그래도 국가 수성守成의 주인으로 숙
부님밖에는 다른 이가 없습니다. 맡아주셔요. 그저 부탁은 영
묘께서 다스릴 때의 백성들 같이 왕덕을 칭송하는 백성만 되
게 해주세요……."

"전하, 다시 생각하소서. 좋지 못한 풍설이 항간에 돌고 있
는 이때, 이런 일이 생기면 백성은 반드시 의심할 것입니다. 의
심하면 마음으로 따르지도 않을 것입니다. 따르지 않는 백성
을 어떻게 복되게 하오리까?"

"그것도 내 생각해봤어요. 내가 숙부님께 선위한다는 뜻을
천하에 공포하면, 백성은 회의치 않을 게 아니오니까? 절개를
태산보다도 중히 여기는 유신儒臣들에게 내가 분부해서, 집현
제학提學에게 교서를 짓게 하고 성균사성成均司成에게 송시頌詩
를 짓게 해서 천하에 공포하면 의심은 없어질 것입니다. 숙부
님, 전일 제게 상중 납비를 강권하셨지 않습니까? 법도에 얽
매이지 않고 오로지 제 생각만을 해주신 숙부님 마음을 압니
다. 그 품값입니다."

이제 왕의 목소리는 차분해져 있었다.

"그 품갚음으로 다른 걸 분부하시면 사양치 않겠사옵니다.
그러나 이 일만은… 이 일만은 더 생각하시옵고……."

"생각했어요. 생각하고 또 생각했어요. 문득문득 그저 싫어

지기 시작한 건 벌써 옛날이에요. 숙부님께 물려드리자고 마음먹고 생각한 것도 벌써 오래전이었어요. 두고두고 생각했어요. 어떤 때는 그래도 이래도 되는 건가 생각도 들고, 어떤 때는 누구 다른 이에게 드릴 만한 분이 없는가도 생각하고, 이모저모로 두고두고 오래 생각했어요. 그러나 두고두고 생각했지만 이 한 가지 길밖에는 딴 길이 없네요. 사양치 마시고 이 어린 조카를 곤경에서 구해주세요……"

수양은 더 이상 할 말이 없었다. 한동안 침묵하며 생각했다. 그리고 결국

"신께 수일간만 시간을 주십시오. 신 잘 생각하와 아뢰겠나이다."

"생각은 숙부님 마음대로 하시더라도 사양은 마음대로 못 하세요. 사양은 왕인 제가 허락치 않겠어요."

수양은 선온宣醞(왕이 내리는 술)도 사양하고 집으로 물러나왔다. 부인과 의논해볼까 하다가 그만두고 자리에 들었다.

이튿날 대궐에 들기는 하였지만, 수양답지 않게 가슴이 답답하고 무거워서 머리를 들지 못하고 다녔다. 대내 쪽에서 사람이 나올 때마다 흠칫흠칫 놀랐다.

낮이 조금 지나서 대내에서 내관 전균田鈞이 나왔다. 나와서는 우선 영상께 절하고 다음 좌상께 절하고 우상께 절하고는 우상 앞에 꿇어앉았다.

"상감님께서 우상 대감께 전교가 계시오이다."

"내게? 무슨 전교시냐?"

한확은 자세를 바로 하며 물었다.

"예이, 상감님의 전교… 과인 유충해서 중외의 대사를 살필 줄 모르고, 간물奸物(간사한 사람)들의 화단禍端(화를 일으킬 실마리)까지 생겨 과인 같은 소년으로서는 감당할 수 없으니, 대임을 영의정께 전하노라… 하시는 전교이옵니다."

수양은 숨이 끊기는 듯한 고통을 느꼈다. 한확이 내관에게 말하였다.

"지금도 중외의 대소사를 전부 영의정이 보시거늘, 더 무엇을 맡기시려는지 신, 미련하여 알 수 없습니다, 고 들어가 여쭈어라."

내관은 다시 들어갔다. 청내는 죽은 듯 숨소리도 들리지 않았다.

전균은 다시 나왔다.

"이 뜻은 과인이 오래전부터 갖고 이미 굳게 작정한 바이니 어서 거행할 차비를 하랍시는 전교이옵니다."

전하! 전하! 신하들에게서 곡성이 터져나왔다. 그중에서도 수양의 목소리가 가장 컸다.

"어명, 거역하는 죄를 짓고 대죄한다고 들어가 여쭈어라."

내관은 이 통곡의 방에서 또다시 내전으로 들어갔다. 들어갔다가 조금 뒤에 다시 나왔다.

같은 분부를 다시 전했다. 그리고 왕도 경회루로 날 터이니 대신들도 곧 그리로 오라는 분부가 덧붙었다.

모두들 어찌해야 할지 모르고 수런거리고 있었다.

환관은 다시 예방승지禮房承旨 성삼문을 찾아서 '어보를 받들고 경회루 아래로 오라'는 분부를 전하였다. 성삼문은 어보를 관리하는 벼슬을 겸임하고 있었다.

여기서 대신들은 다시 한번 내관을 왕께 보냈다. 전하 직접 외전에 나셔서 분부하시기 전에는 거행키 힘들다는 내용을. 그러나 내관이 채 대내까지 가기 전에 다른 환관이 또 나와서, 어서 거행하라는 재촉과 함께 왕은 벌써 경회루로 들 준비를 하고 있다는 전교를 전했다.

달리 어떻게 할 방법이 없었다. 수양이 부복하고 있을 때 인지가 와서 말했다.

"영상 일어나시옵소서. 일이 이렇게 된 이상은 봉행할 외에는 수가 없지 않겠습니까. 생이 그사이 수삼차 성지를 들었는데, 확고한 결의가 서신 지 벌써 오래였습니다. 이 일은 봉행하는 편이 전하는 물론이요, 어디로 보아도 좋을 줄 압니다. 일어나시지요."

그리곤 주위 배관들을 돌아보며 다시 말했다.

"자, 일어들 나십시오. 어서 우상도… 자, 경회루로 듭시다."

인지의 재촉으로 의정부의 당상관들이 하나둘 일어서기 시작했다.

앞에는 예방승지 성삼문이 어보를 전균에게 들리어 앞서고, 그 뒤로 의정부 삼공과 좌우 찬성, 참찬, 그 뒤는 다섯 승지와 사관이 따라서 경회루로 향해갔다. 아무도 입을 여는 사람은 없었다. 이제 무슨 일이 벌어질지는 의정부 관원과 내관 전균만이 알 뿐, 어보를 받든 성삼문도 무슨 까닭으로 어보를 받들고 경회루로 가는지 알지 못했다.

이들이 경회루 앞에까지 이르매, 그때 막 왕도 소련小輦(임금이 상중에 쓰는 작은 가마)에 몸을 싣고 내관 몇 명을 거느리고 나타났다.

걸핏 우러르매 용안이 놀랍게도 초췌하고 창백하였다. 왕의 심정이 이해되었다. 수양은, 아직 정식으로 공포한 바가 아니니, 지금이라도 취소하소서, 전하… 수양은 가슴에 고통을 느끼면서 그렇게 말없이 속으로 빌고 또 빌었다.

왕이 소련에서 내렸다. 내관의 곁부축을 받으며 경회루 누하樓下에 들었다.

누하에 든 왕은 수양을 가까이 오라고 불렀다. 수양은 허리를 굽히고 들어갔다. 그 뒤로 어보를 받든 승지와 붓을 든 사관이 따랐다.

수양이 가까이 오매 왕은 호상에서 일어섰다. 그 앞에 수양은 부복하였다.

"숙부님, 돌연히 놀라시겠지만, 내 어리고 약한 몸이 도저히 임금의 전위를 보전할 수가 없습니다. 숙부님께 이 대보를 부탁합니다."

"전하!"

또다시 울음이 터져나왔다.

"신께는 너무나 큰 짐이로소이다. 종신宗臣과 도당에 묻고 결정하시옵소서."

"더 이상 거절치 마세요. 내 굳게 작정한 바이니 이만 받아주셔요."

영문도 모르고 뒤따라왔던 성삼문은 어보를 받든 채 와들와들 떨기만 했다.

왕이 어보를 이리 보내라고 손을 폈지만, 삼문은 당황하여 전혀 인식하지 못하였다.

드디어 왕이 손을 내밀어 어보를 삼문의 손에서 받았다.

"어보입니다, 숙부님 받으셔요."

"전하!"

"어서 받으셔요."

그리고는 내관을 돌아보았다.

"영상을 부액해드려라."

내관이 좌우로 부액하였다. 한 명은 어보를 받들었다.

수양대군

수양은 대군청大君廳으로 나왔다.

잠시 머리가 횡하여 아무것도 인식하지 못하였다. 뜰에 어수선한 소리가 나므로 내다보니, 어느새 백관이 열을 지어 뜰에 시립하고 시위병까지 기다리고 있었다.

수양에게 맞는 익선관과 곤룡포까지 벌써 준비되어 있었다.

왕이 수양에게 약속하였던 바, 집현전 제학에게 교서를 짓게 하마 한 것은 집현전 부제학 김내몽에 의해 작성에 들어갔다.

즉위식을 위한 헌가軒架도 근정전에 설치되는 중이었다. 대체로 즉위식이라 하는 것은 대행왕의 구柩(관) 앞에서 거행되는 것이라, 경사보다도 비극에 가까웠다. 따라서 식의 절차는 그때그때의 편법으로 거행되었다. 예조와 선공감에서 나와 지휘하였다.

익선관과 곤룡포로 몸을 장식한 수양은 이제 전에 나가서 수선의 절차와 즉위의 절차만 거행하면 바야흐로 새로운 왕이 되는 것이었다. 그 뒤 전왕을 뵙고 '받았습니다'하는 말씀을 여쭙고, 종묘에 봉고하고, 선위와 즉위의 교서를 반포하면 완전히 이 강산의 새 주인이 되는 것이다.

지금 뜰에 하례를 하러 시립한 백관들의 얼굴도 한결같이 모두 창백하였다. 너무 돌연한 일인지라, 오늘의 일이 어떻게 된 일인지 갈피를 못 잡고 있었다. 의혹의 눈, 혹은 기쁨의 눈, 경악의 눈, 비통의 눈, 가지각색의 눈이 몰래 이제는 신왕의 용안을 엿보고 있었다.

정말 이래도 되는 것일까? 나는 못할 일을 하고 있는 것인가? 신왕은 다시 한번 속으로 자문하였다.

…아니로다. 천상천하 아무 데를 내놓을지라도 추호도 부끄러운 데는 없다. 다만 조카님의 부탁처럼 이 백성을 내 힘으로 넉넉히 안락되게 하며, 이 땅을 기름지게 키우는 데 성공하느냐 못하느냐 하는 문제뿐이로다. 온 힘을 다하자. 뼈를 부수고 몸을 갈아서라도 조카님의 뜻에 답하고, 또 어린 마음에 고통스럽게 물러서신 조카님, 이후 몸과 마음이 다 평안하시도록 온 힘을 다 쏟자.

신왕은 구왕이 보낸 옥련에 몸을 싣고 백관과 병사들의 호위를 받으며 근정전으로 돌아갔다. 거기 임시로 설치된 헌가에서 수선의 절차를 밟고, 백관에게 하례의 숙배를 받았다.

그리고 사정전으로 들어가서 구왕에게 '임금'과 '신하'로서의 최후의 배알을 하였다.

여기서 근정전으로 나가서 '즉위식'이라는 간단한 식만 거행하면 구왕에 대해서도 이제는 수양이 왕이었다. 전왕을 '상왕'으로 높여 드리지 않으면 한낱 '신위臣位(신하의 지위)'에 지나지 못한다. 이 삽시간에 달라지는 신분을 생각할 때에, 신왕은 이러한 지위에서 떠나신 조카님을 어떻게든 위로해드려야겠다는 생각에 골몰한 채 모든 절차가 진행되고 있었다.

수양대군

신왕은 근정전으로 나와 정식으로 즉위의 절차를 밟았다.

이리하여 수양은 새 임금으로 이 나라에 군림하게 되었다.